Suzanne Enoch

Originaire de Californie du Sud, elle a obtenu un diplôme de lettres à l'université d'Irvine. Autrice à succès de romances historiques et contemporaines, elle affectionne tout particulièrement la période de la Régence.

Ses livres, pleins d'humour et aux dialogues enlevés, ont été récompensés par le *Romantic Times* et figurent régulièrement sur la liste des meilleures ventes du *New York Times* et de *USA Today*.

La femme
au charme discret

DE LA MÊME AUTRICE AUX ÉDITIONS J'AI LU

Au bord de la crise de nerfs

Les rebelles
1 – *Partie d'échecs*
2 – *Étrange complicité*
3 – *La duchesse aux pieds nus*
4 – *Laisse-moi t'aimer*

Scandaleux Écossais
1 – *Un diable en kilt*
2 – *Le quadrille*
3 – *La fleur des Highlands*
4 – *La flamboyante des Highlands*

Leçons d'amour
1 – *La dame à l'éventail*
2 – *La femme au charme discret*
3 – *La dame de ses pensées*

Les héros
1 – *Le héros des Highlands*
2 – *Au cœur de la tourmente*
3 – *Un loup en Écosse*

Les MacTaggert
1 – *Trop anglaise, mais si adorable*
2 – *Un diable d'Écossais*
3 – *L'héritier du clan*

La famille Griffin
1 – *Drôle de chaperon*
2 – *Invitation au péché*
3 – *Une vision de rêve*

SUZANNE

ENOCH

LEÇONS D'AMOUR – 2

La femme au charme discret

Traduit de l'anglais (États-Unis)
par Agathe Nabet

J'AI LU

Si vous souhaitez être informée en avant-première
de nos parutions et tout savoir sur vos autrices préférées,
retrouvez-nous ici :

www.jailu.com

Abonnez-vous à notre newsletter
et rejoignez-nous sur Facebook !

Titre original
LONDON'S PERFECT SCOUNDREL

Éditeur original
Avon Books, an imprint of HarperCollins Publishers, New York

Pour Jackson Lee Byrne.
Bienvenue dans le clan !
Mais tu ne seras autorisé à lire ce livre
que lorsque papa et maman
donneront leur accord,
d'ici à seize ou dix-sept ans.
Je t'aime.

Prologue

— Et un gentleman doit aussi savoir qu'une lady est capable de penser par elle-même, déclara Evelyn Ruddick en faisant claquer sa tasse sur sa soucoupe, surprise que la conversation qu'elle avait entamée avec ses amies sur les manières des gentlemen ait pris un tour aussi... direct.

Elle pensait s'être faite à l'idée que les hommes étaient impossibles, mais son émoi prouvait bien qu'elle ne pouvait s'en accommoder.

Les critiques éclairées de Lucinda Barrett et de Georgiana Halley étaient très justes, et Evelyn était elle aussi fatiguée de se laisser marcher dessus par tous ces messieurs portant cravate. Il était temps que les hommes adoptent un comportement décent – cela sonnait comme un oxymore, mais il était impératif de remédier à leurs manières pleines de mépris et d'arrogance.

Lucinda se leva et gagna le secrétaire, au bout du salon.

— Nous devrions consigner cela par écrit, déclara-t-elle en sortant d'un tiroir quelques feuilles de papier qu'elle revint distribuer à ses amies. À nous trois, nous exerçons une grande influence, surtout vis-à-vis de ces soi-disant gentlemen.

— Et nous rendrions ainsi service à d'autres ladies, approuva Georgiana, son expression se faisant plus pensive à mesure que sa propre irritation diminuait.

— Je ne vois pas en quoi une telle liste pourrait servir à qui que ce soit excepté nous-mêmes, objecta Evelyn en prenant le crayon que lui tendait Lucinda. Si tant est qu'elle nous soit d'une quelconque utilité.

— Oh, elle le sera – une fois que nous mettrons ces règles en pratique, répliqua Georgiana. Je propose que nous choisissions chacune l'homme auquel nous enseignerons ce qu'il doit savoir pour courtiser une dame comme il convient.

— J'approuve, déclara Lucinda en plaquant sa main sur la table.

Evelyn considéra ses amies tour à tour. Son frère lui aurait sans doute reproché de perdre son temps à des futilités, mais il n'avait aucun besoin de le savoir. Peut-être resterait-il en Inde pour toujours, les laissant ainsi avec un débauché de moins à réformer. Elle sourit à cette idée et attira vers elle sa feuille de papier vierge. Il était assez plaisant d'avoir la sensation d'œuvrer à quelque chose d'utile, si infime que soit l'usage qui serait fait de leurs listes.

Georgiana émit un sombre ricanement tandis qu'elle commençait à écrire.

— Nous pourrions même envisager de faire publier ces règles : « Leçons d'amour, par trois dames de qualité. »

Liste d'Evelyn

1. Ne jamais interrompre une dame qui s'adresse à vous, comme si ce que vous aviez à dire était plus important.

2. Si vous sollicitez un avis, attendez-vous à en recevoir un et ne vous en moquez pas.

3. Se comporter en gentleman ne se limite pas à ouvrir des portes ; pour faire impression, vous devez vous soucier des besoins d'une dame autant que des vôtres.

4. N'allez pas croire, quand une dame souhaite s'atteler à une tâche ou défendre une cause, qu'il s'agit pour elle d'un simple passe-temps.

Evelyn s'adossa à sa chaise et relut ce qu'elle venait d'écrire en soufflant sur sa feuille pour chasser la poudre de crayon. Elle s'en estima plutôt satisfaite. Il ne lui restait plus désormais qu'à trouver une victime – ou, plutôt, un élève. Elle sourit.

— C'est amusant, déclara-t-elle.

1

Enfant d'après la loi, adolescent par son âge,
Esclave en esprit de tous les plaisirs vicieux,
Dénué de tout sentiment de pudeur et de vertu,
Adepte du mensonge, vrai démon d'imposture ;
Adonné à l'hypocrisie dès l'enfance,
Capricieux comme le vent,
extravagant dans ses goûts,
Faisant de la femme une dupe
et de son ami un instrument,
À peine sorti des bancs de l'école
et déjà vieux dans le monde.[1]

Lord Byron, *Damœtas*

Un an plus tard

— J'aimerais vraiment que tu ne fasses pas tant d'histoires à ce sujet, dit Evelyn Ruddick en s'écartant de son frère. Lucinda Barrett et moi sommes amies depuis que nous avons l'âge de sortir dans le monde.

Victor se rapprocha d'elle.

— Vous passerez la soirée ensemble une autre fois, répliqua-t-il d'un ton à la fois sec et las. Son père n'a

1. Toutes les traductions de Byron sont de la traductrice. (*N.d.T.*)

aucune voix à la Chambre, et ce soir, je veux que tu t'entretiennes avec lady Gladstone.

— Je n'aime pas lady Gladstone, murmura Evie.

Elle réprima un juron quand Victor la saisit par le bras pour l'empêcher de s'éloigner.

— Elle boit du whisky, ajouta-t-elle.

— Et son mari est un propriétaire terrien influent du West Sussex. Supporter la conversation éméchée de son épouse est un faible prix à payer pour un siège à la Chambre des communes.

— Tu dis cela parce que ce n'est pas toi qui respireras son haleine. Victor, je suis ici pour danser et bavarder avec mes am…

Son frère fronça ses sourcils sombres.

— Tu es ici parce que j'ai bien voulu t'escorter. Et je l'ai fait pour que tu puisses m'aider dans ma campagne.

Tous deux savaient que le débat était perdu d'avance pour Evelyn ; elle en était venue à suspecter son frère de ne l'autoriser à débattre avec lui qu'afin de la remettre à sa place.

— Balivernes. Je préférais l'époque où tu étais en Inde.

— Mmm. Moi aussi. Dépêche-toi d'aller la rejoindre avant qu'un des supporters de Plimpton ne le fasse avant toi.

Evelyn plaqua un sourire sur ses lèvres et longea les abords de la piste de danse surpeuplée, cherchant lady Gladstone du regard. À dire vrai, ce n'était pas tant son goût pour la boisson qui l'inquiétait. De trente ans plus jeune que son époux, la vicomtesse entretenait des vices bien plus répréhensibles que son penchant pour le whisky. Et Evelyn avait entendu dire que l'un des pires était présent ce soir.

Elle aperçut enfin lady Gladstone, assise dans une petite alcôve près de l'orchestre. La soie vert émeraude qui moulait les courbes très admirées de la vicomtesse semblait avoir été peinte sur sa peau. Elle avait adopté une pose alanguie, la tête inclinée vers son épaule, et offrait un spectacle indécent dans le très respectable salon de lady Dalmere, mais le comportement de l'homme qui se penchait pour lui parler à l'oreille, s'approchant si près d'elle que ses mèches brunes frôlaient les boucles blondes de la vicomtesse, était encore plus déplacé.

L'espace d'un instant, Evelyn envisagea de faire comme si elle ne les avait pas vus et de passer son chemin, mais cela n'aurait fourni qu'un nouveau prétexte à Victor pour la traiter de sotte et d'écervelée. Elle resta donc à observer le couple et finit par toussoter, gagnée par la déplaisante impression de faire acte de voyeurisme.

— Lady Gladstone ?

La vicomtesse la considéra en haussant un fin sourcil.

— Il semblerait que nous ayons de la visite, Saint, dit-elle dans une sorte de gloussement haletant.

L'homme se redressa de toute sa hauteur, et un saisissant regard vert, serti dans l'écrin d'un visage à la délicate perfection masculine, prit le temps de détailler Evelyn de la tête aux pieds. Sa vie en eût-elle dépendu, celle-ci n'aurait pu s'empêcher de rougir.

Toutes les jeunes filles soucieuses de leur réputation veillaient à rester à l'écart de la sulfureuse beauté du marquis de St Aubyn. Si cela n'avait été pour servir ses ambitions politiques, son frère aurait d'ailleurs interdit à Evelyn d'approcher lady Gladstone pour cette simple raison.

— Bonsoir, milord, dit-elle avec un temps de retard quand elle eut suffisamment retrouvé ses esprits pour ébaucher une révérence.

Le marquis l'étudia encore un moment, sa bouche sensuelle adoptant un pli légèrement cynique.

— Il est encore trop tôt pour dire bonsoir.

Sans un mot de plus, il tourna les talons et se dirigea vers les salles de jeu.

Evelyn relâcha son souffle.

— Quel manque de manières, marmonna-t-elle une fois qu'il fut hors de portée de voix.

Lady Gladstone gloussa, les joues empourprées sans que la température de la pièce y soit pour grand-chose.

— Chère mademoiselle, quel que soit votre nom, murmura-t-elle, sachez que St Aubyn n'a pas à *bien* se comporter pour la simple et bonne raison qu'il est le *mal* incarné.

Ce discours n'avait aucun sens. Mais Evelyn n'était pas venue là pour débattre du comportement du marquis de St Aubyn.

— Je m'appelle Evelyn Ruddick, milady, dit-elle en renouvelant sa révérence. Nous avons assisté ensemble à la soirée de Noël de lord Bramhurst, et vous m'aviez conseillé de venir vous voir à Londres.

— Ô mon Dieu, je suis parfois victime de ma propre générosité. Qu'attendez-vous donc de moi, mademoiselle… Ruddick ?

— Je voudrais tout d'abord vous dire que votre robe est la plus somptueuse création que j'aie jamais eu le loisir d'admirer.

Evelyn détestait ces entrées en matière qui l'obligeaient généralement à mentir, alors qu'elle avait le mensonge en horreur.

La posture alanguie de la vicomtesse s'accentua sous l'effet du compliment.

— C'est fort aimable à vous, ma chère, répondit-elle en souriant de ses lèvres pleines. Je serais ravie de vous recommander ma couturière. Nous devons avoir le même âge, mais votre poitrine est moins…

« Ostentatoire », acheva silencieusement Evelyn.

— Ce serait fort aimable à vous, déclara-t-elle.

Elle dut alors se faire violence pour s'approcher et s'asseoir près de la vicomtesse.

— Je me suis laissé dire, enchaîna-t-elle d'un ton plus confidentiel, que vous êtes à l'origine d'une large part des succès politiques de votre mari. Et je ne sais trop comment m'y prendre, quant à moi, pour aider mon frère Victor dans cette arène.

Lady Gladstone se départit de son expression distante pour adopter un air supérieur.

— Ah. Eh bien, avant toute chose, il convient bien sûr de connaître les personnes influentes. C'est...

— Où est-il ?

Visage lunaire et mou, aussi rouge qu'une betterave, lord Gladstone venait soudain de surgir devant son épouse, et ses yeux naturellement globuleux semblaient sur le point de jaillir de leurs orbites.

— Où est ce vaurien ?

La vicomtesse se redressa, feignant l'innocence.

— Qui donc cherchez-vous, mon ami ? Je suis en train de bavarder avec Mlle Ruddick, que voici, mais je serais ravie de vous venir en aide.

« Merveilleux ! » se dit Evelyn tandis que le vicomte tournait vers elle son regard furieux. Elle n'avait pas besoin que lord Gladstone l'associe aux turpitudes de St Aubyn. Même si l'incident relevait de sa responsabilité, Victor en profiterait pour lui interdire toute sortie.

— Vous savez très bien qui je cherche, Fatima. Et vous, jeune fille, avez-vous vu ce vaur...

— Evie ! Enfin, je te retrouve !

Son amie Georgiana, désormais lady Dare, pouvait se féliciter d'arriver à point nommé. Elle saisit les mains d'Evelyn.

— Tu dois absolument venir régler cette querelle. Dare soutient qu'il a raison, alors que nous savons toutes deux qu'il a toujours tort.

Evie adressa un salut de la tête à lord et à lady Gladstone tandis que Georgie l'entraînait vers un coin moins scandaleux de la salle de bal.

— Dieu merci ! s'exclama-t-elle. Je me croyais victime d'une malédiction.

— Que diable faisais-tu avec lady Gladstone ? demanda Georgie en lâchant sa main.

— Tu n'auras qu'à le demander à Victor.

— Ah. Ton frère convoite le siège de Plimpton à la Chambre, n'est-ce pas ?

— Oui. Et c'est irritant au possible. Il vient de passer cinq ans à l'étranger et ne tient aucun compte de mon opinion sur ce qui se passe à Londres. Il se contente de m'envoyer bavarder avec qui bon lui chante.

L'expression de Georgiana se fit pensive.

— Ma foi, nous n'avions pas pensé à nos propres frères à l'origine, mais c'est peut-être à Victor que tu devrais donner une leçon.

— Pas question, répliqua Evie en frissonnant. J'attendrai que Lucinda ait pris son tour. Le fait que tu aies réussi à apprivoiser Dare ne garantit pas que je résiste à l'envie d'assassiner Victor.

— Si tu le dis... D'autant que, d'après mon expérience, il se peut fort bien que ce soit ton élève qui te choisisse.

— Tant que les stupides amis politiques de mon frère ne verront en moi qu'une charmante écervelée, cela ne risque pas de se produire. Ils ont tellement peur que mon frère ne leur fasse les gros yeux qu'ils ne manifestent jamais autre chose que de la politesse à mon égard.

Lady Dare rit et passa son bras sous celui d'Evelyn.

— Assez parlé de lui. Viens donc danser avec Tristan. Je t'autorise même à lui écraser les pieds, si tu le souhaites.

— Mais j'apprécie ton Tristan, répliqua Evelyn en souriant. Il a le sens de la repartie.

Le sourire de Georgiana s'attendrit.

— Tu as remarqué cela, toi aussi ?

2

C'était un libertin, sans loi ni retenue,
Riant de toute chose en son impiété ;
Au monde, rien n'avait trouvé grâce à sa vue
Que des filles de joie et leur société.

Lord Byron,
Le Pèlerinage du chevalier Harold,
chant premier

— Langley, avez-vous vu mon frère ? s'enquit Evelyn dans un murmure en acceptant le châle que lui présentait le majordome.

— Il lit le journal au petit salon, répondit sur le même ton le vieux domestique. Je dirai que vous avez cinq minutes, ajouta-t-il plus bas.

— Bien. Je serai chez tante Houton, annonça-t-elle à voix haute.

— Très bien, mademoiselle Ruddick, répondit le majordome avant de l'escorter jusqu'à la voiture familiale.

Langley referma délicatement la portière derrière elle, mais Evelyn ne relâcha son souffle que lorsque l'attelage eut quitté l'allée de la maison. Supporter les lamentations de Victor, qui lui reprochait d'avoir laissé passer l'occasion de charmer lord et lady Gladstone, avait déjà été pénible, mais s'il lui avait signifié à qui elle aurait ou non le droit d'adresser la parole chez leur tante, elle se serait sans doute enfuie du domicile familial pour s'engager dans un cirque.

La voiture longea Chesterfield Hill, puis obliqua vers le nord-est, s'éloignant du centre de Mayfair. La maison de son oncle et de sa tante faisait depuis si longtemps partie du domaine du marquis de Houton que l'épicentre huppé de la capitale s'était déplacé sans elle. Leur demeure n'en restait pas moins somptueuse, et pour ignorer que le voisinage se composait désormais d'épiciers et de notaires, sa tante se contentait de garder les rideaux tirés.

Quand le cocher emprunta le raccourci habituel de Great Titchfield Road, Evelyn se plaqua contre le dossier de la banquette. Les hauts murs gris de l'orphelinat du Cœur de l'Espoir, une ancienne caserne des troupes du roi George II, se dressaient le long du côté gauche de la rue.

La plupart de ses pairs regardaient de l'autre côté quand leur voiture passait par là, préférant ignorer la sinistre présence du bâtiment. Pour Evie, cependant, l'orphelinat était devenu un sujet de douleur qui n'affligeait pas uniquement sa vue. L'édifice était si lugubre qu'il la faisait frissonner et détourner les yeux comme tout un chacun, mais entre un frisson et un battement de cils, elle avait eu le temps d'apercevoir des enfants aux fenêtres, qui regardaient dehors. Qui la regardaient, elle.

Aussi, la semaine précédente, avait-elle demandé à Phillip d'arrêter la voiture. Elle était descendue, armée d'un sac de friandises et de ses bonnes intentions, et était allée frapper à la lourde porte en chêne de l'orphelinat. Les enfants avaient été absolument ravis de la voir – elle, mais surtout les bonbons qu'elle leur avait distribués –, et cette expérience avait été pour Evie… une révélation.

Elle avait proposé de revenir, mais la concierge qui l'avait raccompagnée jusqu'à la sortie en la couvant d'un œil sceptique l'avait informée que les bénévoles devaient recevoir une approbation préalable du conseil d'administration de l'orphelinat.

Evelyn se pencha à la fenêtre.

— Phillip, arrêtez-vous, je vous prie.

La voiture se rangea le long du trottoir, et Evie attendit que Phillip vienne lui ouvrir la portière pour descendre.

— Attendez-moi ici, lança-t-elle par-dessus son épaule.

Elle traversa prudemment la chaussée animée pour gagner l'imposant édifice situé de l'autre côté de la rue. Elle avait l'impression qu'ici, elle pourrait enfin contribuer à faire quelque chose d'important dans l'existence.

La concierge à la mine sévère parut surprise quand elle lui ouvrit la porte.

— Oui, mademoiselle ?

— Vous m'avez bien dit que le conseil d'administration se réunissait ce matin, n'est-ce pas ?

— Oui, mais...

— J'aimerais m'entretenir avec ces messieurs.

Comme la concierge persistait à la dévisager d'un air incrédule, Evelyn imita une des mimiques les plus hautaines de son frère, le sourcil crânement relevé. La femme hésita encore, puis se retourna pour la guider jusqu'à un escalier.

Evelyn lui emboîta le pas, gagnée par un mélange d'impatience et d'appréhension. Elle détestait prendre la parole en public - elle avait toujours l'impression de bredouiller comme une idiote. Mais à l'idée d'assister à une incessante succession de soirées mondaines, sans rien accomplir de plus utile jusqu'à ce que son frère se marie avec quelqu'un qui la remplacerait dans cette tâche, elle frémissait de dégoût. Ce qu'elle s'apprêtait à faire, au moins le ferait-elle pour elle-même - et pour les enfants abandonnés de cette grande caserne grise.

— Attendez ici, dit la concierge.

La femme adressa à Evelyn un dernier regard, comme pour s'assurer que celle-ci n'avait pas changé d'avis, puis alla frapper à une grande porte en chêne. Un murmure de voix masculines lui répondit, et la femme disparut à l'intérieur de la pièce.

Evelyn jeta un coup d'œil à la pendule située au fond du couloir. Elle était attendue chez sa tante, et si elle ne s'y montrait pas bientôt, Victor serait averti de son absence au thé des épouses des politiciens du West Sussex, un groupe de femmes qui passaient leur temps à broder des mouchoirs et à cancaner sur celles qui étaient absentes.

La porte se rouvrit.

— Par ici, mademoiselle.

Serrant ses mains devant elle pour en maîtriser le tremblement, Evie dépassa la concierge et pénétra dans un grand salon d'aspect cossu qui devait faire partie des anciens quartiers des officiers de la caserne. Dès qu'elle apparut, une demi-douzaine de gentlemen se levèrent en agitant les bras, comme si leurs mouvements avaient le pouvoir de dissiper la fumée de leurs cigares. La nervosité d'Evelyn s'envola presque instantanément. Dieu merci, elle connaissait la plupart d'entre eux.

— Bonjour, mademoiselle Ruddick, dit sir Edward Willsley, avec un haussement de sourcils surpris. Qu'est-ce qui vous amène par cette belle journée ?

Evelyn fit la révérence, bien qu'elle fût d'un rang plus élevé que la moitié des gentlemen présents dans la salle. La politesse et la flatterie garantissaient toujours de meilleurs résultats que le strict respect de l'étiquette.

— C'est l'orphelinat du Cœur de l'Espoir qui m'amène ici ce matin, sir Edward. On m'a informée que si je souhaitais offrir de mon temps et… d'autres contributions plus tangibles à l'établissement, je devais recevoir l'approbation du conseil d'administration, annonça-t-elle en souriant. J'imagine qu'il s'agit de vous, n'est-ce pas ?

— Ma foi, en effet, ma jeune demoiselle.

Lord Talirand lui rendit son sourire et la gratifia du regard que l'on réserve généralement à un invalide qui ne jouit plus de toutes ses facultés mentales. Evie avait conscience d'offrir un aspect angélique et savait que les gentlemen, en particulier ceux qui étaient désireux de se marier, concluaient de son apparente innocence qu'elle était sotte. Elle avait d'abord trouvé cela amusant, mais, ces derniers temps, avait de plus en plus de mal à se retenir de faire la grimace à ceux qui commettaient cette erreur.

— Dans ce cas, je sollicite votre approbation, déclara-t-elle, gratifiant Timothy Rutledge, seul membre célibataire du groupe d'administrateurs, d'un battement de cils appuyé.

Être prise pour une idiote avait aussi ses avantages – les hommes étaient parfois si faciles à manœuvrer.

— Êtes-vous certaine de ne pas préférer passer votre temps dans un lieu plus plaisant, mademoiselle Ruddick ? Certains de ces orphelins ne sont pas tout à fait civilisés, savez-vous ?

— Raison de plus pour que je leur consacre du temps, répondit-elle. D'autant que ma contribution ne se limiterait pas à cela. Je dispose d'un revenu personnel, et avec votre aimable permission, j'aimerais organiser...

— Un petit goûter ? l'interrompit une belle voix grave derrière elle.

Evelyn pivota sur elle-même. Appuyé à l'encadrement de la porte, tenant une flasque dans une main et ses gants dans l'autre, le marquis de St Aubyn l'observait. L'expression de ses yeux verts bloqua dans sa gorge la réplique qu'elle s'apprêtait à prononcer. Evelyn avait déjà vu le cynisme en action ; dans les cercles qu'elle fréquentait, c'était une pratique courante. Mais dans ces yeux clairs, sur ce beau visage aux pommettes saillantes et aux traits réguliers, sur cette bouche qui portait encore la trace d'un sourire amusé, le cynisme était si parfaitement authentique qu'elle en perçut pratiquement la saveur.

Elle décela autre chose aussi, dans ce regard… et déglutit.

— Milord, le salua-t-elle, sentant son esprit partir dans mille directions à la fois.

Que diable faisait-il là ? Evelyn n'aurait jamais imaginé le croiser à la lumière du jour.

— Ou bien pensiez-vous à un récital musical d'orphelins ? reprit-il, ignorant son salut.

Les autres gentlemen ricanèrent. Evelyn se sentit rougir.

— Ce n'est pas…

— Ou encore à un bal masqué ? ajouta St Aubyn en se détachant de l'encadrement de la porte pour s'avancer vers elle. Si vous vous ennuyez, je peux vous indiquer une foule d'activités qui vous tiendraient occupée.

Le ton qu'il avait employé ne laissait aucun doute sur ce qu'il entendait par là. Lord Talirand s'éclaircit la gorge.

— Il n'est pas nécessaire de se montrer insultant, St Aubyn. Nous devrions être reconnaissants à Mlle Ruddick de souhaiter faire don de son temps et de son argent à notre c…

— Son argent, dites-vous ? répéta le marquis sans la quitter des yeux. Je comprends mieux pourquoi vous êtes aussi pantelants, messieurs.

— Vraiment, St Aub…

— Quel est donc votre projet, mademoiselle Ruddick ? demanda-t-il en se mettant à marcher autour d'elle, telle une panthère encerclant sa proie.

— Je… n'ai pas encore tout à fait…

— Décidé ? acheva-t-il à sa place. Avez-vous une idée de ce que vous voulez faire ou bien vous êtes-vous simplement dit, en passant devant l'établissement, que ce serait une aventure extraordinaire d'entrer dans un orphelinat ?

— J'y suis déjà entrée la semaine dernière, répliqua Evelyn, agacée de sentir sa voix trembler.

Le phénomène se produisait chaque fois qu'elle était en colère – même si, face à lui, elle se sentait plus nerveuse que fâchée.

— On m'a dit que l'approbation du conseil d'administration était nécessaire pour devenir bénévole. Aussi, si vous n'y voyez pas d'inconvénient, vais-je reprendre ma conversation avec ces messieurs.

Le sourire du marquis s'élargit une seconde puis disparut tout à fait.

— Je suis le président de ce joyeux petit conseil, déclara-t-il. Et puisque vous ne semblez avoir aucun projet concret quant à la façon dont vous souhaitez contribuer à notre cause, je vous conseille d'aller promener ailleurs votre charmant petit postérieur et de reprendre les inepties qui vous occupent habituellement.

— St Aubyn, vraiment ! s'étouffa M. Rutledge.

Personne n'avait jamais parlé ainsi à Evie ; Victor lui-même enrobait ses diatribes paternalistes de formules polies. Ajouter un mot de plus risquait de compromettre sa réputation de lady, décida-t-elle. Elle tourna donc les talons et quitta la pièce. Arrivée sur le palier, elle s'arrêta cependant.

Tout le monde savait que St Aubyn était un débauché. Certaines rumeurs, qu'elle était disposée à croire, prétendaient qu'il avait livré plusieurs duels et que les maris jaloux ne le provoquaient plus parce qu'il n'en avait jamais perdu aucun. Quant à sa réputation avec les femmes…

Evie se ressaisit. Elle était venue là dans un but précis. Et quoi que St Aubyn ait pu dire, ce but demeurait et lui importait. Il était même essentiel, quand rien de ce qu'elle avait pu faire jusqu'alors ne lui paraissait significatif.

— Mademoiselle ?

Elle sursauta et tourna les yeux vers le couloir. Trois fillettes, qui ne devaient guère avoir plus de douze ans, se tenaient devant la plus proche des hautes fenêtres du corridor. Elles étaient occupées à jouer à la poupée, constata-t-elle en apercevant deux petits paquets de chiffons qui reposaient sur le rebord intérieur de la fenêtre.

— Oui ? répondit-elle avec un sourire chaleureux.

— C'est vous qui avez apporté des bonbons, la semaine dernière ? demanda la plus grande des trois fillettes.

— C'est moi, oui.

— Vous en avez d'autres ?

Evie se sentit prise en faute. Elle avait pensé venir là pour solliciter l'approbation du conseil avant de se rendre chez sa tante et n'avait pas songé un instant à apporter des friandises.

— Je suis navrée, mais non. Pas aujourd'hui.

— Oh. Alors, tant pis.

Les fillettes reprirent leur jeu comme si elle avait purement et simplement cessé d'exister.

Si elle n'avait rien d'autre à offrir que des sucreries, sa place était peut-être effectivement ailleurs. Evelyn s'approcha des enfants, veillant à conserver un sourire amical. Elle ne voulait surtout pas les effrayer.

— Si vous pouviez avoir tout ce que vous avez envie de manger, est-ce que vous choisiriez des bonbons ? demanda-t-elle.

La plus grande se tourna de nouveau vers elle.

— Je voudrais du pudding aux pommes et à la cannelle.

— Du pudding. En effet, c'est délicieux. Et toi ?

La plus jeune des trois fillettes se renfrogna.

— Je n'ai pas envie de penser à ça. Est-ce que vous êtes cuisinière ?

— Dieu du ciel, non. Je m'appelle Evie. Je suis venue vous rendre visite.

Les trois enfants la dévisagèrent sans rien dire, visiblement fort peu impressionnées.

— Comment vous appelez-vous ? demanda Evie pour rompre le silence.

— Molly, répondit la plus grande avant de donner un coup de coude à sa voisine. Elle, c'est Penny, et la petite c'est Rose. Est-ce que vous allez nous apporter du pudding ?

— Je crois que je pourrais arranger cela.

— Quand donc ?

— Je suis libre à l'heure du déjeuner, demain, répondit Evie. Et vous, qu'avez-vous de prévu ?

Rose gloussa.

— Vous allez revenir demain ?

— Si vous le souhaitez.

Molly saisit la main de Rose pour l'entraîner dans le couloir.

— Si vous apportez du pudding, vous pouvrez revenir quand vous voulez, lança la petite en s'éloignant à reculons.

— Je pourrai, tu veux dire.

— Non, vous ne pourrez pas.

Pour un homme de sa stature, le marquis de St Aubyn se déplaçait avec une discrétion remarquable. Evie retint son souffle et se retourna pour lui faire face. Derrière elle, les fillettes s'éloignèrent bruyamment dans le couloir. Un instant plus tard, une porte claqua.

— Existe-t-il une seule personne qui vous apprécie ? demanda-t-elle en soutenant le regard du marquis.

— Pas à ma connaissance. Vous étiez censée partir.

— Je n'étais pas disposée à le faire.

Un éclair de surprise passa dans le regard de St Aubyn. Peu de gens devaient oser lui tenir tête. Et s'il ne s'était pas montré aussi grossier avec elle, Evie n'était pas certaine qu'elle en aurait eu le courage.

Comme lady Gladstone l'avait dit la veille, cet homme était le mal incarné.

— Je suppose que vous y êtes maintenant disposée ? dit-il en désignant l'escalier d'un geste qui signifiait qu'elle devait partir, qu'elle le veuille ou non.

Soucieuse de conserver un tant soit peu de dignité, Evelyn s'appliqua à garder scrupuleusement ses distances quand elle le contourna pour s'engager dans l'escalier.

— Pourquoi vous opposez-vous à ma contribution ? demanda-t-elle par-dessus son épaule lorsqu'elle entendit ses pas retentir derrière elle. Cela ne vous coûterait rien.

— Parce que quand vous vous fatiguerez d'apporter des puddings et des bonbons, l'orphelinat sera tenu de payer l'extraction des dents gâtées des enfants.

— Je leur ai offert des friandises pour les inciter à me parler. J'imagine qu'ils ont peu de raisons de faire confiance aux adultes.

— Votre compassion fait saigner mon cœur.

Elle se retourna vers lui, s'immobilisant si brusquement au beau milieu de l'escalier qu'il faillit la heurter. Il la dominait très nettement, mais elle refusa de baisser les yeux face à l'expression cynique de cet arrogant débauché.

— Je ne pensais pas que vous aviez un cœur, milord.

Il hocha la tête.

— Je n'en ai pas. C'était une façon de parler. Rentrez chez vous, mademoiselle Ruddick.

— Non, je veux aider ces enfants.

— En premier lieu, je doute que vous ayez la moindre idée des besoins de cet établissement.

— Comment pouvez-v…

— Et, en second lieu, continua-t-il d'un ton plus bas, descendant d'une marche de façon que la tête d'Evelyn se retrouva au niveau de son entrejambe, je connais un endroit où vous seriez bien plus utile.

Evie sentit ses joues s'échauffer, mais refusa de se laisser démonter.

— De quel endroit s'agit-il ?

— De mon lit, mademoiselle Ruddick.

L'espace d'un instant, elle ne put rien faire d'autre que le regarder. Elle avait déjà reçu des propositions et des demandes en mariage, mais jamais de la part d'un... tel homme. Il cherchait à la choquer pour la faire fuir. C'était la seule explication possible. Elle se concentra sur sa respiration, puis s'éclaircit la gorge.

— Je doute que vous connaissiez seulement mon prénom, milord.

— Bien sûr que je le connais, même si cela ne signifie rien, Evelyn Marie.

Le son de sa belle voix grave prononçant son prénom sur un ton de douce intimité la fit frissonner. Elle comprenait mieux à présent la réputation dévastatrice dont il jouissait auprès des femmes.

— Ma foi, j'avoue que je suis surprise, répondit-elle en s'efforçant de maîtriser ses nerfs. Mais il me semble que vous avez sollicité une proposition détaillée de mon projet de bénévolat. Je vous fournirai cela... et rien d'autre.

Il eut un sourire qui embellit merveilleusement son visage, mais ses yeux gardèrent la même dérision cynique qu'ils avaient depuis le début de cette conversation.

— Nous verrons cela. N'avez-vous pas un quelconque cercle de travaux d'aiguille à rejoindre ?

Elle fut tentée de lui tirer la langue, mais il y aurait sans doute vu une tentative de séduction. Et que faisait-elle de toute façon dans cet escalier désert en compagnie du sulfureux marquis de St Aubyn ?

— Bonne journée, milord.

— Au revoir, mademoiselle Ruddick.

St Aubyn regarda la jeune fille franchir la porte d'entrée, puis remonta chercher son chapeau et ses gants.

Parmi toutes les femmes susceptibles de venir distribuer des friandises à l'orphelinat, dans le but inavoué de se désennuyer, Mlle Ruddick était celle qu'il s'était le moins attendu à voir. Son frère, qui aspirait à entrer en politique, ignorait sans doute tout de sa visite – aucune femme disposée à favoriser les ambitions politiques d'un homme de son entourage ne se serait aventurée en dehors de Mayfair pour venir s'encanailler ainsi chez les pauvres. Cela dit, les rares fois où il s'était aventuré dans les soirées données par ses pairs, Mlle Ruddick et ses amies lui avaient semblé suffisantes et blasées. Sans doute n'avait-elle pas pu résister à l'envie de se divertir en répandant la joie de sa présence parmi de pauvres petits orphelins.

— Milord, pépia la concierge qui rôdait devant sa loge, y aura-t-il autre chose pour votre service ?

— Comme si vous pouviez être utile à quelque chose, rétorqua-t-il en enfilant son pardessus.

— Je... je vous demande pardon ?

— Les fillettes qui traînaient dans le couloir, à l'instant, n'auraient-elles pas dû être occupées ailleurs ? demanda-t-il en agitant sa flasque avant de la remettre dans sa poche.

Elle était de nouveau vide. Les fabricants auraient dû songer à réaliser de plus grands modèles.

— Je ne peux pas être partout à la fois, milord.

— Vous pourriez au moins surveiller les allées et venues des personnes indésirables, lâcha-t-il avant de franchir la porte.

— C'est bien pour cela que je vous raccompagne, marmonna la femme.

St Aubyn fit mine de ne pas avoir entendu, préférant fuir ces lieux plutôt que de se quereller avec cette déplaisante créature. Il ne pouvait pas vraiment la blâmer de son commentaire, de toute façon. Ses visites devaient être aussi peu appréciées par le personnel de l'orphelinat que par les autres membres du conseil d'administration. Et il les appréciait encore moins lui-même.

Alors qu'il attendait que son attelage ait fait le tour du bâtiment pour venir le chercher devant la porte, il jeta un coup d'œil au bout de la rue et aperçut la calèche de la famille Ruddick qui tournait le coin. Elle avait donc hésité à partir, même après qu'il l'avait chassée. Hum.

Si charmante fût-elle, il n'avait insinué qu'il lui plairait de la mettre dans son lit qu'à seule fin de la faire fuir. Dieu savait qu'elle était bien trop angélique et virginale à son goût. Elle avait de beaux yeux gris, cependant, qui s'étaient arrondis de façon comique quand il lui avait manqué de respect.

Le marquis s'autorisa un léger sourire lorsqu'il grimpa dans sa calèche, qui prit la direction du *Gentleman Jackson's*. À n'en pas douter, ces beaux yeux gris ne regarderaient jamais plus dans sa direction. Et il pouvait en remercier le diable. Il avait déjà bien assez à faire sans qu'une écervelée à la figure d'ange vienne se mettre en travers de son chemin.

3

Conquérant de la terre, te voilà son captif !
Tu la fais trembler encore par ton nom redouté.

Lord Byron,
Le Pèlerinage du chevalier Harold,
chant troisième

Fatima Hynes, lady Gladstone, l'accueillit plus que chaleureusement dans la bibliothèque de leur hôte.

— Écartez votre main de mon pantalon, murmura St Aubyn en jetant un coup d'œil vers la porte entrouverte.

— Vous ne disiez pas cela l'autre soir, ronronna la vicomtesse en poursuivant ses caresses.

— C'était avant que j'apprenne que vous aviez parlé à votre mari de nos amusements. Je vous avais prévenue que je ne voulais pas être mêlé à vos chamailleries domestiques.

La main de lady Gladstone s'écarta de son entrejambe.

— C'est donc pour cela que vous avez demandé à me voir ? demanda-t-elle en plissant les yeux. Pour vous débarrasser de moi ?

— Ne faites pas semblant d'être surprise, Fatima, répondit-il en reculant. Et puisque nous ne savons pleurer ni l'un ni l'autre, je vous souhaite une bonne soirée.

Lady Gladstone soupira.

— Vous ne possédez donc rien qui s'apparente à un cœur ?

— Non, gloussa-t-il.

Après s'être assuré que le couloir était désert, St Aubyn quitta la bibliothèque de lord Hanson et regagna la salle de bal. Il ne lui restait plus qu'à garder ses distances avec lord Gladstone le temps que la vicomtesse trouve un nouvel amant. Ce vieux bouc de Gladstone s'emportait si facilement qu'il risquait d'exiger un duel, et Fatima Hynes ne valait pas un bain de sang.

La plupart des invités étaient déjà arrivés et les dîners de lady Hanson étaient très réputés, mais il n'avait pas l'intention de rester. Il trouverait sans peine des bourses bien garnies et des conversations plus intéressantes au *Jezebel's* ou dans n'importe quel autre club mal famé.

Alors qu'il traversait le hall pour gagner la sortie, une fine silhouette vêtue de soie bleue se plaça en travers de son chemin.

— Lord St Aubyn, dit Mlle Ruddick en le gratifiant d'une révérence parfaite.

Il sentit les muscles de son ventre se contracter.

— Evelyn, répondit-il, usant volontairement de son prénom, surpris toutefois par la réaction de son corps en présence de la demoiselle.

— J'aimerais obtenir une nouvelle entrevue avec le conseil d'administration, milord, déclara-t-elle en soutenant son regard.

Ce dernier point retint son attention. Il connaissait peu de gens, hommes ou femmes, qui avaient le courage de le regarder dans les yeux.

— Non.

Les joues de la jeune femme se parèrent d'une délicate nuance de rose.

— Vous avez dit que vous ne vouliez pas de moi comme bénévole, faute de projet. Je suis en train d'en constituer un et j'aimerais que vous me fassiez la courtoisie de m'autoriser à le présenter.

Le marquis la considéra un long moment. Il aurait été facile d'écarter sa requête d'un revers de main. Mais elle semblait moins terne qu'il ne l'avait d'abord cru, et il s'ennuyait depuis si longtemps qu'un peu de distraction méritait bien un léger effort de sa part.

— Très bien, acquiesça-t-il. Le conseil se réunira vendredi en huit.

La jolie petite bouche rose d'Evie s'ouvrit, puis se referma sans un bruit.

— Merci, souffla-t-elle.

— Faut-il que je vous le note pour que vous vous en souveniez ?

Le rose de ses joues s'accentua.

— Ce ne sera pas nécessaire.

— Tant mieux.

— J'ai… une autre requête, milord.

St Aubyn croisa les bras.

— J'attends.

— J'insiste pour visiter l'orphelinat afin de me faire une idée des besoins les plus urgents des enfants. C'est la seule façon que j'aie de m'assurer que ma présence leur sera réellement bénéfique.

Il ne lui rit pas au nez, mais la lueur cynique de son regard s'intensifia. Evie garda quant à elle une expression sérieuse. Il la trouvait peut-être sotte et risible, mais elle était disposée à passer outre si cela lui permettait d'obtenir ce qu'elle souhaitait.

— En avez-vous parlé aux autres administrateurs ? demanda-t-il.

— Non. Vous avez dit être le président du conseil, aussi ai-je préféré m'adresser à vous.

Le regard de St Aubyn se fit pensif.

— En effet.

Evie oubliait de respirer quand elle se trouvait en sa présence, sans doute parce que son cœur palpitait dans sa gorge dès qu'elle envisageait de lui adresser la parole.

— Acceptez-vous ? s'enhardit-elle à demander.

— Certes, mais j'y mettrai une condition.

Ô mon Dieu. Il allait certainement faire une remarque insultante et déplacée.

— Laquelle ? demanda-t-elle cependant.

— Vous devrez être escortée pendant toute la durée de votre visite.

Elle eut un battement de cils surpris.

— J'accepte.

— Et vous devrez m'accorder une valse, ajouta-t-il avec un lent sourire sensuel.

— Une... une valse, milord ? glapit-elle.

— Une valse, oui.

En atermoyant jusqu'à ce que son projet soit accepté par le conseil d'administration, elle échapperait peut-être à cette épreuve...

— Mon carnet de bal est déjà rempli pour ce soir, bien sûr, mais je valserai avec vous avant la fin de la saison.

Il secoua la tête, et une mèche de ses cheveux bruns retomba devant ses yeux.

— Ce soir même.

— Mais je vous dis que j'ai déjà promis...

— La prochaine valse sera pour moi, sinon votre charmant derrière n'entrera pas à l'orphelinat.

Le marquis de St Aubyn recommençait à tenir des propos scandaleux pour la faire détaler comme un lièvre apeuré. Mais il ne se débarrasserait pas d'elle aussi facilement. Evelyn pensait jour et nuit aux enfants de l'orphelinat et savait que son projet pouvait leur être bénéfique.

— Très bien, dit-elle en se redressant. Puis-je informer lord Mayhew que je me vois obligée de décliner son invitation ?

— Non, vous ne le pouvez pas.

Comme s'il n'avait attendu que cet instant pour le faire, l'orchestre joua alors les premiers accords d'une valse. Le marquis désigna la piste de danse.

— C'est maintenant ou jamais, mademoiselle Ruddick.

— Soit.

Avant cette soirée, la chose la plus scandaleuse qu'Evie avait jamais faite avait été d'enfiler les vêtements de son frère pour un bal masqué à Adamley Hall, dans le West Sussex, quand elle avait quinze ans. Sa mère s'en était trouvée mal. Et si elle avait pu la voir en cet instant, Geneviève Ruddick serait sûrement morte sur le coup.

Le marquis ouvrit la marche parmi la foule des invités pour gagner la piste, sans même daigner prendre sa main. Sans doute espérait-il qu'elle profiterait de ce qu'il lui tournait le dos pour s'enfuir. Evie fut d'ailleurs tentée de le faire.

Parvenu au bord de la piste, il se retourna vers elle. Evie poussa un dernier soupir étranglé et se décida à le rejoindre. Il fit lentement glisser sa main sur sa taille pour l'attirer vers lui, et Evie s'attendit que la foudre s'abatte sur elle.

Lord Mayhew apparut, mais sa protestation mourut sur ses lèvres quand il découvrit l'identité de son cavalier. St Aubyn jeta à peine un coup d'œil au baron, qui s'empressa de tourner les talons et s'éloigna comme s'il venait tout à coup de se souvenir qu'il avait un besoin urgent à satisfaire.

— Mon Dieu, souffla-t-elle.

Georgie et Luce avaient peut-être raison, finalement. L'esprit chevaleresque était mort.

St Aubyn profita de sa réaction pour enfoncer le clou.

— Auriez-vous changé d'avis ? demanda-t-il en saisissant délicatement ses doigts.

De près, il sentait le savon à barbe et le cognac. Les yeux d'Evie se trouvaient au niveau de sa lavallière, et elle n'avait pas envie de les lever vers son visage. Il la... submergeait complètement, et toutes les histoires scandaleuses qu'elle avait entendues sur son compte tourbillonnaient dans sa tête. D'une subtile pression de la main, il donna le signal du départ et ils se mirent à valser. Elle ne se souvenait pas de l'avoir déjà vu danser, mais ne fut pas étonnée de découvrir qu'il se mouvait avec grâce et élégance. Et son étreinte avait beau être légère, son corps avait la fermeté de l'acier. Elle ne pourrait lui échapper que s'il l'y autorisait.

— Regardez-moi, chuchota-t-il à son oreille.

Le souffle d'air qui passa dans ses cheveux rappela à Evie la conversation intime qu'elle avait surprise entre lui et lady Gladstone. Elle déglutit et releva le menton.

— Savez-vous que vous êtes épouvantable ?

Il haussa les sourcils.

— Je vous donne ce que vous avez demandé.

— En échange d'une humiliation.

— Je n'ai fait que demander une valse. J'aurais pu demander quelque chose de bien plus intime, vous savez.

Evie estima qu'elle pouvait s'autoriser à rougir. Il devait penser que son teint était naturellement écarlate, de toute façon.

— Vous l'avez déjà fait, et j'ai refusé.

St Aubyn gloussa, son regard s'anima et son charme apparut soudain pleinement. Elle ne put s'empêcher de se demander pourquoi il s'appliquait à paraître toujours aussi cynique et blasé.

— Partager mon lit était une suggestion, pas une requête. Une excellente suggestion, du reste.

— Non. Je ne vous apprécie même pas. Pourquoi voudrais-je partager... votre lit ?

Il parut sincèrement surpris.

— Qu'est-ce que le fait d'apprécier quelqu'un vient faire là-dedans ? C'est l'acte en lui-même qu'il s'agit d'apprécier.

Ô mon Dieu ! Cette fois, elle allait s'évanouir. Aborder un tel sujet avec le marquis de St Aubyn au beau milieu d'une salle de bal revenait à vouloir se faire bannir de la bonne société. Il s'était cependant exprimé à voix basse, et elle pria pour que personne ne l'ait entendu.

— Je confesse mon ignorance à ce sujet, dit-elle. Mais il me semble qu'une relation entre deux personnes est plus... agréable quand elle repose sur une authentique affection.

— Votre naïveté est vraiment remarquable, répondit-il. Et je serais ravi de vous soulager de votre ignorance, ajouta-t-il plus bas en se penchant vers elle.

Le subtil frôlement de ses lèvres la fit frissonner. « Il joue avec moi, se dit-elle, désespérée. Il s'ennuie et cherche à se divertir. »

— Cessez, ordonna-t-elle d'une voix tremblante.

La valse venait de s'achever, et il la libéra avant qu'elle ne cherche à s'écarter. Elle s'attendait à un nouveau commentaire insultant de sa part, mais il se contenta de s'incliner devant elle.

— Vous avez rempli votre part du marché, déclara-t-il avec un doux sourire. Présentez-vous à l'orphelinat à 10 heures, demain matin. Soyez ponctuelle, car l'occasion ne se représentera pas.

Avant qu'elle ait pu réagir, il traversa la foule des invités, qui s'écarta pour le laisser passer. Evie ressentit le soudain besoin de prendre l'air.

La foule, bruissante et ricanante, s'écarta également devant elle quand elle gagna le balcon. Elle devina sans peine ce qui se murmurait : le nom de Ruddick associé à celui de St Aubyn ne pouvait rien donner de bon.

— Evie !

Une voix féminine venait de prononcer son nom et des mains étreignaient les siennes.

— Lucinda, souffla-t-elle, soulagée. J'ignorais que tu étais l...

— As-tu perdu l'esprit ? poursuivit Lucinda dans un murmure, ses lèvres arborant un sourire destiné à laisser croire à ceux qui les observaient qu'elles échangeaient des propos sans importance. St Aubyn ? Que dira ton frère, s'il l'apprend ?

— Je suis sûre qu'il le sait déjà, répondit-elle alors qu'elles passaient sur le balcon. Et comme il désapprouve tout ce que je fais chaque fois que j'agis de mon propre chef...

Lucinda la dévisagea avec sérieux.

— Cette fois, je suis tentée de lui donner raison. Je comprends ton besoin de rébellion, mais... St Aubyn ?

— Sais-tu qu'il fait partie du conseil d'administration de l'orphelinat du Cœur de l'Espoir ?

— Non, je l'ignorais. Pauvres enfants, soupira-t-elle. Mais pourquoi me parles-tu de cela, Evie ?

— J'aimerais y intervenir en tant que bénévole, répondit-elle en se demandant si elle parviendrait à convaincre son amie du bien-fondé de son projet, alors qu'elle ne comprenait pas elle-même pourquoi celui-ci était devenu tellement important pour elle.

— C'est... admirable.

— Tu ne m'en crois pas capable ? demanda Evie d'un ton plus dur qu'elle ne l'avait voulu.

— Ce n'est pas cela, s'empressa d'assurer Lucinda. Mais si tu veux œuvrer comme bénévole, il existe d'autres lieux, dans de meilleurs quartiers, et qui ne sont pas liés au marquis de St Aubyn.

— Certes. Mais quand j'ai choisi cet endroit, je l'ignorais, et me détourner de ceux qui sont dans le besoin sous prétexte que l'un des administrateurs a mauvaise réputation serait lâche de ma part.

Le marquis était même le président du conseil d'administration et dire qu'il avait mauvaise réputation était un euphémisme, mais l'argument d'Evie n'en demeurait pas moins valable.

— Quand bien même, reprit son amie d'un ton pensif, cela ne justifie pas cette valse que tu viens de lui accorder.

— Oh... Il s'agissait d'un échange : il a accepté de me laisser visiter l'orphelinat contre une danse avec moi.

Evie voyait bien que Lucinda restait convaincue qu'elle avait perdu la raison mais, en véritable amie, elle hocha la tête.

— Souviens-toi cependant que St Aubyn ne fait jamais rien par altruisme.

Le souvenir du frôlement de ses lèvres sur son oreille fit frissonner Evie.

— Je le sais, Luce. Et contrairement à ce que pensent la majorité de ces messieurs, je ne suis pas complètement idiote.

— Tu devrais tout de même parler de St Aubyn avec Dare. Ils se connaissent.

— Si cela peut te rassurer.

— Ce n'est pas pour cela que je te le conseille. Sois prudente, Evie.

— Oui, dit-elle avant de soupirer devant l'expression soucieuse de son amie. Je te le promets.

Elle quitta le balcon et découvrit son frère qui l'attendait près de la porte-fenêtre.

— Victor, le salua-t-elle, avant de faire signe à Lucinda qu'elle pouvait s'éloigner.

— Evie, répondit son frère en saisissant son bras d'un geste faussement affectueux qui lui laisserait sans doute un bleu. Nous partons, gronda-t-il tout bas. De toutes les dindes sans cervelle de ma...

— Un mot de plus, l'interrompit-elle à voix basse, et je fais semblant de m'évanouir. Cela donnerait aux gens une très mauvaise opinion de toi.

Il relâcha son bras avec un regard furieux.

— Nous reprendrons cette conversation à la maison, grogna-t-il.

Merveilleux.

— Je n'en doute pas, répondit-elle.

Elle jeta un coup d'œil derrière elle et eut le bonheur d'apercevoir son sauveur qui approchait vers eux.

— Si tu veux bien m'excuser, ajouta-t-elle, mon partenaire pour le quadrille attend.

Victor tourna la tête.

— Dare.

Tristan Carroway, vicomte Dare, répondit à son salut d'un hochement de tête. L'étincelle de malice qui faisait briller ses yeux bleus démentait l'expression sévère de son visage. Victor jeta un regard noir à sa sœur avant de s'en aller rejoindre ses derniers alliés politiques.

— Un ogre, voilà ce qu'il est, marmonna Evie.

— J'espère que vous avez conscience que je préférerais me rompre le cou plutôt que de danser un quadrille, dit Dare en lui offrant son bras.

— Tout à fait.

— Je suis mandaté pour vous conduire auprès de Georgiana, lui annonça-t-il en la guidant parmi la foule des invités. J'ai l'impression qu'elle veut vous faire la leçon.

Tout le monde semble décidé à me sermonner, ce soir.

— Et vous, milord, qu'en pensez-vous ?

— Je pense que, quel que soit le jeu auquel joue Saint, vous n'avez pas envie d'y participer.

— Je vous croyais amis.

Le vicomte haussa les épaules.

— Nous l'avons été. Et il nous arrive encore de faire une partie de cartes, de temps en temps.

— Vous l'appelez « Saint »... Pourquoi ce surnom ?

— Mis à part l'évidence ? Il a hérité du titre de St Aubyn à l'âge de six ou sept ans, et je suppose que « Saint » semblait alors plus approprié que le trop ampoulé « marquis de St Aubyn ». J'imagine qu'aujourd'hui il trouve cela... amusant car, le diable excepté, il est sans doute la créature la moins sainte qui puisse exister.

— Pourquoi ?

— C'est à lui qu'il faudrait poser la question – ce dont je me garderais bien, si j'étais vous. Et je ne le suis pas, Dieu merci, car j'aurais une allure épouvantable en robe de soirée.

Evie gloussa, même si elle trouvait son commentaire surprenant. Dare avait longtemps joui d'une réputation de débauché notoire, et s'il jugeait bon de la mettre en garde contre St Aubyn, elle devait prendre ses paroles au sérieux.

— Je vous sais gré de cet avertissement, répondit-elle avec un chaleureux sourire, mais lord St Aubyn n'est rien de plus qu'un obstacle à un projet qui me tient à cœur. D'ici à quelques jours, je n'aurai plus aucune raison de poser les yeux sur lui.

— En attendant ce jour, je vous conseille d'éviter de lui tourner le dos.

Entre tout ce qu'elle avait entendu raconter au sujet du marquis et ses récents face-à-face avec lui, la curiosité d'Evie avait été sérieusement attisée. Elle décida cependant qu'elle ferait mieux de ne pas chercher à en apprendre trop long à son sujet.

Le lendemain matin, Victor partit de bonne heure pour l'une de ses réunions et se contenta, avant son départ, de la considérer d'un air perplexe, comme s'il se demandait comment elle faisait pour respirer alors qu'il ne lui en avait pas donné l'autorisation. Plus elle repousserait la confrontation au sujet de la valse avec St Aubyn, plus il y aurait de chances pour qu'il l'oublie – surtout s'il avait besoin d'elle pour assister à un lunch et charmer un de ses compatriotes déplumé et ventripotent.

Mais s'il découvrait ses projets, il lui interdirait d'approcher de l'orphelinat. Evelyn ne savait pas ce qu'elle ferait alors... Mieux valait donc qu'il n'en sache jamais rien.

Comme elle ne pouvait espérer se rendre sans chaperon que chez ses amies Georgie et Luce ou chez sa tante Houton, elle annonça au majordome qu'elle se rendait chez cette dernière. C'était ridicule de devoir mentir pour dissimuler une bonne action, mais elle préférait éviter d'éveiller la colère de son frère.

Quand Phillip arrêta la calèche sur Great Titchfield Road, elle resta assise un long moment et prit le temps de s'assurer qu'elle avait bien son crayon et son carnet de notes afin de ne pas passer pour une idiote devant son guide ou devant les enfants.

— Attendez-moi ici, dit-elle en descendant. Je risque d'en avoir pour un moment.

— La circulation est toujours très encombrée entre Ruddick House et la maison de lady Houton, acquiesça le cocher d'un ton complice, avant de refermer la portière derrière elle et de regagner son perchoir.

Evelyn lui sourit, plus reconnaissante qu'elle n'aurait su l'exprimer. Depuis le retour d'Inde de Victor, tous les domestiques l'aidaient à échapper aux fréquentes remontrances de son frère. Ils savaient pourtant que si leurs manœuvres étaient découvertes, ils seraient congédiés sur-le-champ.

Elle se dépêcha de traverser la rue, mais se rembrunit quand elle frappa à la porte de l'orphelinat. St Aubyn n'avait pas précisé qui serait chargé de l'escorter dans sa visite. Pourvu qu'il ne s'agisse pas de cette affreuse concierge ! Elle doutait que celle-ci puisse lui venir en aide ou comprenne seulement son projet.

La porte s'ouvrit dans un grincement.

— Oui ? fit la concierge, ses larges épaules emplissant l'encadrement de la porte.

— J'ai rendez-vous ce mat...

— Oh... vous êtes Mlle Ruddick, bredouilla la femme en ébauchant une révérence maladroite. Entrez, je vous en prie, ajouta-t-elle en s'inclinant de nouveau devant elle.

Evie la dépassa pour pénétrer dans le hall, ne sachant si elle devait voir dans cette soudaine manifestation de politesse un bon ou un mauvais signe. Elle cessa cependant de se poser la question quand elle aperçut une haute silhouette qui s'accoudait à la rampe de l'escalier.

Même par une splendide matinée d'été, le marquis de St Aubyn conservait l'aura d'une créature de la nuit. Cela tenait sans doute à sa réputation, mais même sans cela, Evie aurait deviné qu'il n'était pas à sa place entre ces murs sobrement chaulés, éclairés de mauvaises chandelles de suif. Son décor habituel se composait à l'évidence de lustres splendides, de riches tentures et d'alcôves remplies d'ombres indécentes...

— Vous me dévisagez, mademoiselle Ruddick, dit-il en se redressant.

Elle sursauta.

— C'est simplement que je suis surprise de vous voir ici, répondit-elle. Je vous suis reconnaissante, bien sûr, d'être venu annoncer personnellement ma visite, mais vous auriez pu vous contenter d'envoyer un messager.

Il acquiesça et se rapprocha d'elle de sa souple démarche de panthère.

— Je reconnais que s'il m'arrive de voir la lumière du jour à cette heure-ci, c'est uniquement parce que je ne suis pas encore couché.

— Ah, répondit Evie, ne sachant quelle réponse elle devait lui faire. Eh bien, si Mme... suggéra-t-elle d'un ton hésitant.

Saint jeta un coup d'œil à la concierge.

— Comment diable vous appelez-vous, au fait ? lui demanda-t-il.

— Mme Natham, répondit la femme d'un ton qui fit penser à Evie que ce n'était pas la première fois qu'elle lui donnait son nom.

— Merci, dit-elle en la gratifiant d'un demi-sourire. Si cela ne vous dérange pas, madame Natham, j'aimerais commencer la visite.

— Ce n'est pas elle qui vous tiendra lieu de guide, intervint le marquis d'un ton narquois. C'est moi qui vais m'en charger.

— Vous ? s'exclama Evie, incapable de dissimuler sa stupéfaction.

— Oui, moi. Allons-y, voulez-vous ? dit-il en se dirigeant vers une porte qu'il maintint ouverte pour elle.

— Mais... n'avez-vous pas des affaires plus importantes qui vous attendent ?

— Pas une seule, affirma-t-il avec un lent sourire sensuel. Vous m'avez demandé une visite, je vous l'offre. Rien ne vous empêche de repartir. Mais vous ne serez plus autorisée à revenir.

Il cherchait une fois de plus à garder le contrôle en l'intimidant. Mais Evie n'était pas d'humeur à se laisser faire ce matin-là ; elle avait décidé de se consacrer à quelque chose d'utile, et l'arrogant marquis ne la ferait pas renoncer à son projet.

Saint eut bien du mal à se retenir de rire. Son invitée ressemblait à une biche encerclée par une meute de loups qui ne sait plus dans quelle direction s'enfuir. Mlle Ruddick avait visiblement imaginé qu'elle passerait la matinée à bavarder avec la concierge, et l'idée de devoir affronter les véritables habitants de l'orphelinat et de visiter cet endroit l'épouvantait.

Elle étudiait, de son regard gris et expressif, la porte qu'il tenait ouverte, comme si elle soupesait ses chances de ressortir vivante d'ici une fois qu'elle l'aurait franchie. Il aurait pu trouver cela amusant si elle n'avait pas été aussi prévisible.

— Fort bien, milord, dit-elle en l'invitant du geste à la précéder.

Saint s'empressa de dissimuler sa surprise et s'engagea dans le couloir. Mlle Ruddick n'était peut-être pas aussi prévisible qu'il l'avait cru, ce qui faisait d'elle une exception parmi les femmes qu'il connaissait. Pour l'instant.

— Commençons par les anciens bureaux. Cet édifice abritait autrefois la caserne...

— ... la caserne d'infanterie de l'armée de George II, acheva-t-elle à sa place. Quelle est la fonction actuelle de ces bureaux ?

— Je vois que vous vous êtes renseignée, lâcha-t-il d'un ton revêche.

— Cela vous surprend-il ? répliqua-t-elle froidement.

Décidément de moins en moins prévisible.

— Nous verrons cela, dit-il en reportant son attention sur le long couloir. L'orphelinat réserve à présent ces pièces au stockage de vieux meubles.

Mlle Ruddick acquiesça et nota quelque chose sur le carnet qu'elle tenait dans sa main gauche.

— Combien de bureaux se trouvent ici ? demanda-t-elle. Et quelles sont leurs dimensions ?

La timide demoiselle Ruddick se révélait très pragmatique. Il étudia son profil.

— Une douzaine, me semble-t-il. Quant à leur taille, je l'ignore. Que diriez-vous d'explorer l'un d'eux ?

Elle déglutit et releva le nez de ses notes.

— Je... ne pense pas que ce soit nécessaire. Je n'ai rien apporté qui me permette de prendre des mesures, de toute façon.

Ah. La vierge effarouchée refaisait surface.

— Souhaitez-vous que nous passions au boudoir ou au salon, dans ce cas ? Ou bien à la salle de bal ? Vous trouveriez cela plus plaisant, j'en suis sûr.

Evelyn s'immobilisa si brusquement qu'il se retourna pour lui faire face. Elle soutint longuement son regard. Les femmes s'avisaient très rarement de le faire. Mais elle allait sans doute se mettre à pleurer d'un instant à l'autre, et il avait horreur de cela.

— Permettez-moi d'éclaircir une chose, dit-elle d'une voix légèrement chevrotante qui lui rappela l'instant où elle avait accepté son invitation à danser. Je ne redoute pas de voir quelque chose de déplaisant ; si cet établissement n'avait besoin d'aucune amélioration, je n'aurais rien à faire ici. Mais je ne veux pas que cette visite nuise à ma réputation. Que vous m'escortiez représente en soi un risque, mais dans le couloir, au moins, nous avons des témoins. Pénétrer dans un ancien bureau rempli de vieux meubles en votre compagnie serait donc stupide et inutile.

— Ce serait peut-être stupide, murmura-t-il en se penchant vers elle, mais ce ne serait pas inutile. Je pourrais vous enseigner bien des choses. N'êtes-vous pas venue ici pour apprendre ?

Ses joues pâlirent. Saint étudia son expression, sa posture, ce que trahissait le langage de son corps menu. En dépit de son expérience des femmes, il n'était pas familier des vierges. Il avait veillé à ne pas l'être : leur tendance à s'attacher compliquait fâcheusement les choses. Celle-ci, cependant, piquait sa curiosité.

Elle tourna les talons.

— Bonne journée, milord.

— Vous abandonnez déjà ? demanda-t-il, résistant difficilement à l'envie de se lancer à sa poursuite.

Il n'en avait pas fini avec elle, mais il n'était pas question de lui céder l'avantage en lui présentant des excuses. Ce n'était pas ainsi qu'il avait coutume de procéder.

— Je n'abandonne pas. Je continuerai la visite avec Mme Natham. Elle, au moins, ne cherchera pas à me séduire dans un placard à balais.

La rumeur qui circulait à propos de lui et de lady Hampstead était donc parvenue jusqu'aux chastes oreilles de Mlle Ruddick.

— Continuez avec moi. Je vous ai promis une visite et je tiendrai parole.

Evelyn se retourna, serrant très fort son carnet contre sa poitrine.

— La visite de l'orphelinat, milord. Pas la visite de vos... parties intimes.

— Accordé – pour aujourd'hui.

Elle hocha la tête, puis se tourna vers la porte la plus proche.

— Une autre réserve ? demanda-t-elle.

— Oui.

Il lui aurait déplu qu'elle change de nouveau d'avis, aussi garda-t-il ses distances quand elle ouvrit la porte et pénétra à l'intérieur. Elle ressortit un moment plus tard et prit de nouvelles notes dans son carnet.

— Sont-elles toutes de la même taille ?

Saint s'étira pour chasser la sensation d'inconfort qui menaçait de s'emparer de son entrejambe. Que diable lui prenait-il de durcir ainsi alors qu'il était en présence d'une jeune fille qui lui posait d'innocentes questions ?

— Plus ou moins.

— Parfait. Continuons, voulez-vous ?

Elle entendait donc poursuivre la visite avec lui. Encore une surprise, qui le troubla davantage que les précédentes. Une part de lui estimait que la poursuite de cette visite était inutile, maintenant qu'il s'était engagé à ne pas la séduire. Mais une autre part était déjà prête à se diriger vers le bout du couloir.

— Que griffonnez-vous donc ? demanda-t-il dans l'espoir de chasser ses pensées.

— Je prends des notes, répondit-elle en se remettant en marche.

— Sur les dimensions de la réserve ?

— Je préfère ne pas en parler avant de présenter mon projet dans son intégralité, lord St Aubyn. Je pense que vous avez assez d'idées préconçues à mon sujet sans que je vous en fournisse de nouvelles.

— Saint, dit-il, ignorant le reste de son commentaire.

Elle leva les yeux vers lui, ses joues trahissant l'émotion dont elle semblait être perpétuellement affectée en sa présence.

— Je vous demande pardon ?

— Je disais que vous pouvez m'appeler Saint. Tout le monde le fait.

Evelyn s'éclaircit la gorge.

— Saint, dans ce cas.

Il l'observa jusqu'à ce qu'elle détourne le regard. Elle n'avait visiblement pas l'intention de l'autoriser à l'appeler par son prénom, mais ce n'était pas cela qui l'empêcherait de le faire.

— Toutes ces pièces sont donc inutilisées ? s'enquit-elle.

— Il me semble vous l'avoir déjà dit, répondit-il en réprimant un sourire. Seriez-vous déjà à court de questions ? Vous auriez peut-être pu m'épargner la corvée de cette visite si vous...

— Je me contentais de faire le point, l'interrompit-elle sèchement. Et je ne vous ai pas demandé de mener cette visite. C'était votre idée, mil... Saint.

Elle se querellait avec lui, à présent. Saint se demanda comment elle aurait réagi s'il l'avait plaquée contre le mur pour l'embrasser. D'autant qu'il ne se serait pas arrêté à un simple baiser. Une fois qu'il aurait posé les mains sur elle et qu'il lui aurait arraché cet absurde petit bonnet bien sage et ces gants de chevreau boutonnés, il aurait poursuivi l'exploration de son corps souple et nu jusqu'à comprendre enfin ce qui l'excitait chez elle, afin de chasser définitivement cette virginale créature de ses pensées.

Son désir était peut-être justement lié à cela – ce bonnet, ces gants et la robe collet monté dont elle s'était affublée pour la visite. L'idée de la peau lisse et tiède qui se trouvait en dessous enflammait son imagination.

— Vous ne répondez pas ? demanda-t-elle en se tournant vers lui.

— Je répondrais bien, mais je vous ai donné ma parole de bien me tenir.

Et il espérait qu'elle lui en saurait gré, parce que cela ne lui arrivait pas souvent. Pratiquement jamais, en fait.

— Je devrais donc vous remercier ?

— Pas particulièrement. En revanche, c'est moi qui vous remercierais si vous me délivriez de ma parole de bien me tenir. Préférez-vous voir les cuisines ou les orphelins ?

— Les cuisines, je crois, répondit-elle, son petit nez se plissant comme sous l'effet d'une pensée déplaisante. Je préfère avoir matière à discuter avant de voir les enfants. Et n'allez pas croire que je souhaite les éviter.

— Je n'ai rien dit.

Elle lui adressa un bref coup d'œil malicieux.

— Vous étiez sur le point de le faire.

L'espace d'un instant, Saint fut trop captivé par son sourire pour répondre. Se lever si tôt l'avait rendu fou. Rien d'autre ne pouvait expliquer sa réaction. Et rien d'autre ne pouvait expliquer qu'il commence à prendre plaisir à cette visite de l'orphelinat du Cœur de l'Espoir en compagnie d'une petite demoiselle aussi convenable qu'Evelyn Marie Ruddick.

4

C'est pitié que de doctes vierges se marient
Avec des personnes sans instruction,
Ou qui, malgré leur bon lignage et leur éducation,
Se fatiguent des conversations scientifiques :
Je ne puis en dire beaucoup sur ce sujet,
Moi, brave homme, et de plus célibataire,
Mais vous, époux de dames de bel esprit,
Informez-vous – ne vous ont-elles pas tous
Menés par le bout du nez ?

Lord Byron, *Don Juan*,
chant premier

Evelyn omettait de prendre des notes et savait fort bien qui était responsable de ces oublis.

Elle avait abordé cette journée avec inquiétude, redoutant de passer pour une incompétente. Mais avoir Saint pour guide décuplait sa nervosité. Non que la compagnie d'un gentleman lui fût étrangère : depuis ses débuts dans le monde elle avait bavardé et flirté avec nombre d'entre eux. Certains l'avaient même courtisée sans jamais réussir à lui soutirer autre chose qu'un gloussement ou un froncement de sourcils. St Aubyn n'était cependant semblable à aucun d'eux. C'était précisément le genre d'homme que sa mère et le bon sens lui conseillaient d'éviter à tout prix.

Il s'était montré poli depuis qu'elle avait établi des règles de bienséance et sa présence auprès d'elle avait beau la déstabiliser, il était de son intérêt de profiter des circonstances. Elle lui jeta un coup d'œil par-dessus son épaule. Debout sur le seuil du dortoir des filles, les bras croisés, il l'observait, ses yeux verts semblant chercher ou voir en elle quelque chose qui ne devait rien avoir de commun avec la décence.

— Mademoiselle Evie, je croyais que vous alliez nous apporter du pudding, dit Molly d'un ton plaintif qui l'extirpa de ses pensées.

— Je l'avais dit et je le ferai, mais aujourd'hui, j'aimerais seulement bavarder avec vous, si vous le voulez bien.

— Est-ce qu'*il* va entrer ? demanda une autre fille à voix basse avant de laisser fuser un gloussement étouffé.

— J'aimerais bien qu'il entre, dit une autre avec un sourire timide. Il paraît que les sols de sa maison sont en or !

Evie fronça les sourcils.

— Quel âge as-tu ?

— Dix-sept ans, mademoiselle Evie. Dans huit mois, je partirai d'ici pour aller vivre avec un monsieur élégant à Covent Garden, j'imagine.

— Bonté divine, j'espère bien que non, marmonna Evie en étudiant plus attentivement le petit troupeau rassemblé autour d'elle.

Était-ce là tout ce que ces enfants attendaient de la vie ?

— Ma foi, je préférerais vivre dans une maison au parquet en or plutôt que dans un taudis au sol en terre battue à Covent Garden.

— Comme s'il pouvait épouser la fille d'une couturière, Maggie. Tu n'es pas digne de laver ses sols, alors n'imagine pas te pavaner dessus !

Maggie pinça sa jupe de coton défraîchie pour en agiter les pans en direction de Molly.

— Je ne voulais pas dire qu'on se marierait, nigaude, chuchota-t-elle.

Molly lui tira la langue.

— Cela ferait de toi une ca...

Evie s'interposa entre les deux filles – pourvu que St Aubyn n'ait pas entendu cela ! Il ne fallait surtout pas qu'une bagarre éclate en sa présence.

— Que ses sols soient ou non en or, je suis certaine que lord St Aubyn ne mérite pas tant de chamailleries. Je ne suis pas ici pour parler de lui, de toute façon ; c'est vous qui m'intéressez, mesdemoiselles.

— Je ne suis pas une demoiselle. Je suis une petite fille, dit Rose en s'avançant, tenant sa poupée de chiffons par un pied. Et nous sommes tous des orphelins.

— Pas tous, intervint une des autres filles qui devait s'appeler Iris. Le papa de William et de Penny a écopé de sept ans de bagne.

— Et celui de Fanny est en prison, déclara Alice Bradley avec un grand sourire. Il a cassé une bouteille sur la fiole d'un aubergiste.

— Cette andouille l'avait bien mérité, répliqua Fanny, nouant ses mains devant la jupe élimée de sa robe marron. Arrête de raconter n'importe quoi, Alice, ou je dis pourquoi ta mère s'est retrouvée en prison.

— Tu n'as pas intérêt !

— Allons, allons, intervint Evie, horrifiée. Que diriez-vous de répondre à une question, mais uniquement si vous en avez envie ? suggéra-t-elle d'un ton poli en se rasseyant et en lissant ses jupes.

Rose vint s'accouder à son genou.

— J'aime bien comment vous parlez, dit la fillette en se grattant la fesse de la main qui ne tenait pas la poupée.

— Merci, Rose. La question que j'ai à vous poser est la suivante : combien d'entre vous savent lire ?

— Lire ? répéta Penny. Oh, je croyais que vous alliez nous demander quels étaient nos bonbons préférés.

— Oui, les bonbons ! C'est bien vous qui en avez apporté la première fois que vous êtes venue, non ?

Evie s'efforça d'ignorer le regard cynique et satisfait qu'elle sentait peser sur elle depuis le pas de la porte. Elle aurait aimé que le marquis s'en aille pour pouvoir se concentrer, mais il n'en avait visiblement pas l'intention.

— Revenons à ma question. Combien d'entre vous sav...

— Des bonbons !

Toutes les fillettes reprirent ce cri en chœur en sautant sur place, et une effroyable cacophonie s'éleva dans le dortoir. Il avait suffi de quelques minutes pour qu'Evie perde tout contrôle de la situation. Personne ne répondrait plus à ses questions, désormais.

— Sortez !

St Aubyn venait de surgir auprès d'elle. Les fillettes s'égaillèrent vers la porte du dortoir avec des glapissements de terreur exagérés et, en un instant, ils se retrouvèrent seuls dans le dortoir.

— Votre intervention n'était pas nécessaire, maugréa-t-elle en refermant son carnet de notes pour éviter de croiser son regard cynique.

— Leurs piaillements me faisaient mal à la tête, gronda-t-il. Ces caquètements de poules miniatures ! Bien, en avez-vous terminé avec cette absurdité ?

— Pas encore, répondit-elle en secouant la tête.

— Mademoiselle Ruddick, déclara le marquis de sa belle voix grave, je dois reconnaître que vous avez tenu plus longtemps que je ne m'y attendais, mais à l'évidence, vous n'accomplirez rien ici.

Evelyn prit une brève inspiration, refoulant les larmes de colère qu'elle sentait monter à ses yeux. Il n'était pas question que St Aubyn la voit pleurer.

— Vous voudriez que je rentre chez moi faire de la broderie, j'imagine ?

Adopter une attitude indignée lui permettrait de résister à son envie de pleurer.

— Ma première offre est toujours valable, dit-il à voix basse, en prenant le crayon qu'elle tenait à la main avant de l'aider à se relever. Partager mon lit vous apporterait bien plus de satisfactions.

Son pouce tiède et doux glissa le long des lèvres d'Evie, qui cessa de respirer. Avec des gestes lents, comme s'ils se trouvaient dans l'intimité d'un boudoir, il la délesta de son carnet de notes et le posa sur un des lits du dortoir.

— Que faites-vous ? murmura-t-elle d'une voix tremblante.

— Je m'apprête à vous embrasser, répondit-il aussi calmement que s'ils avaient parlé de la meilleure façon de polir l'argenterie.

Evie se ressaisit, refusant de céder à la puissance de son regard averti et de son grand corps ferme. Il aurait pu lui apprendre tant de choses... Elle savait cela, mais elle savait aussi que de telles leçons ruineraient à tout jamais sa réputation. D'autres femmes lui avaient déjà cédé, et où cela les avait-il menées ?

— Vous prendriez-vous pour Richard III, milord ? parvint-elle à dire en reculant jusqu'à ce que sa jambe heurte le bord du lit.

— Que voulez-vous dire par là ? s'enquit-il avec un froncement de sourcils.

— Richard III a séduit sa belle-sœur après le décès de son frère.

— Je sais cela, répliqua-t-il sèchement en se rapprochant d'elle. En quoi cela fait-il de moi un prétendant au trône, laid et difforme ?

— Vous n'êtes rien de tout cela, milord. Ce que je...

— Saint, corrigea-t-il en chassant une mèche de cheveux du front d'Evie.

Il donnait l'impression de vouloir la manger toute crue. Un frisson remonta le long de ses jambes.

— Saint, répéta-t-elle.

S'il avait réellement l'intention de l'embrasser – si quelqu'un les voyait s'embrasser –, elle serait bannie de Londres, exilée à tout jamais dans le West Sussex. En admettant que sa mère et son frère ne la désavouent pas totalement.

— Ce que je voulais dire, c'est que vous prétendez que je suis inutile et incompétente et que vous tentez ensuite d'utiliser mon désespoir pour me séduire.

L'expression de son regard changea brièvement, puis retrouva sa noirceur quand il se mit à glousser.

— Vous n'êtes pas inutile. Vous avez simplement franchi les limites qu'une jeune femme convenable se doit de respecter.

D'autres femmes devaient parfois le croire, sinon il ne se serait jamais aventuré à faire une déclaration aussi ridicule. Et elle avait beau le trouver grotesque, il n'en demeurait pas moins attirant – les battements effrénés de son cœur en témoignaient. Mais, si séduisant qu'il fût, elle avait réussi à lui tenir tête jusque-là.

— Et la place des jeunes femmes qui franchissent les limites se trouve dans votre lit, je suppose ?

Il hocha la tête et se rapprocha encore, le regard rivé sur sa bouche.

— Votre lit ne doit pas désemplir, dans ce cas, dit-elle en faisant un pas de côté et en reprenant son carnet. Je ne pense pas qu'il y ait assez de place pour moi.

— Evelyn...

— J'aimerais voir le dortoir des garçons, à présent, déclara-t-elle en se dirigeant vers la porte, se retenant à grand-peine de courir.

Elle n'aurait pas cru possible de pouvoir à la fois éprouver une telle colère et se sentir aussi... vivifiée. Aucun débauché ne lui avait jamais fait la cour, et il fallait que le pire d'entre tous, un libertin aussi beau qu'expérimenté, se mette en tête de l'embrasser ! En dépit de son parfait dédain pour son manque de subtilité, elle trouvait cela légèrement grisant.

Une fois qu'elle eut regagné le couloir, elle ralentit le pas et réfléchit. Essayait-il de la séduire ou bien tentait-il de l'intimider, une fois de plus, pour la faire partir avant qu'elle ait pu réunir assez d'informations pour son projet ? Et laquelle de ces deux hypothèses trouvait-elle la plus déplaisante ?

— Comment vous êtes-vous retrouvé à la tête de cet orphelinat ? demanda-t-elle.

— Par pure malchance, répondit-il en la rejoignant.

— J'aurais pensé qu'un homme tel que vous ne croyait pas à la chance.

— Dans certains cas, l'habileté ne suffit pas à se tirer d'affaire. C'est ce que j'appelle de la malchance.

— Quelle malchance vous a donc conduit ici ?

Il eut un sourire froid.

— Vous pouvez feindre la curiosité autant qu'il vous plaira, mais quand il sera évident que votre prétendu projet se limite à des distributions de bonbons, chacun connaîtra la véritable raison de votre présence ici.

— Et quelle est-elle, milord ? Pensez-vous que je vienne ici pour vous ? Apprenez, pour commencer, qu'aucune femme qui se respecte n'aimerait être vue en votre compagnie, et sachez ensuite que cet établissement que vous dirigez est le plus pitoyable de tous les orphelinats que j'aie jamais vus.

C'était le seul qu'elle eût jamais vu de près, mais il n'avait pas besoin de le savoir. Saint marmonna quelque chose qu'Evelyn préféra ne pas chercher à interpréter. Avant qu'elle ait pu renouveler sa question, il saisit son bras et la guida contre le mur.

Il eut beau ne pas faire usage de la force, elle n'aurait jamais pu se dégager de son étreinte. Elle fut d'ailleurs trop stupéfaite pour essayer.

— Sachez, de votre côté, murmura-t-il en inclinant la tête vers son visage, que si vous me provoquez délibérément, vous devez vous attendre à en payer les conséquences.

Il se pencha davantage, effleura doucement sa bouche de la sienne, puis se redressa.

— Allons-y, voulez-vous ? dit-il avec ce petit sourire cynique qui n'appartenait qu'à lui, en désignant l'extrémité du couloir.

Evelyn se sentit gagnée par le vertige.

— Vous... Milord, vous n'êtes qu'un... un débauché !

St Aubyn, qui s'était remis en marche, s'arrêta net, pivota sur ses talons et revint droit sur elle. Evelyn reprit son souffle pour lancer quelque chose d'encore plus insultant, mais il captura sa bouche d'un baiser ardent et brutal en la poussant contre le mur. Evelyn entendit vaguement son carnet tomber par terre, et ses mains se refermèrent sur les revers de l'habit du marquis.

Expérimenté ou non, blasé ou non, St Aubyn savait embrasser. Il était quelquefois arrivé que les plus audacieux de ses prétendants embrassent Evelyn. Elle avait trouvé ces baisers assez plaisants, mais jamais elle n'avait connu cela.

Son dos devint brûlant et ses orteils se recroquevillèrent dans ses souliers. « Cesse de l'embrasser », se hurla-t-elle silencieusement en s'efforçant d'écarter les mains des revers de son habit.

Ce fut cependant St Aubyn qui mit un terme à leur baiser. Il la scruta de très près et passa sa langue sur ses lèvres comme s'il venait de goûter un mets qu'il appréciait.

— Vous avez la saveur du miel, déclara-t-il d'une voix sensuelle.

Evelyn avait l'impression de se trouver dans un champ de canons – ses oreilles tintaient, elle avait les jambes tremblantes et mourait d'envie de s'enfuir quelque part, n'importe où, pourvu qu'elle soit à l'abri.

— Cessez ! glapit-elle en le repoussant.

— C'est déjà fait, répondit-il sans bouger d'un pouce,

Il baissa les yeux sur sa bouche puis fit glisser ses doigts sur les lèvres d'Evie.

— Curieux, murmura-t-il comme s'il se parlait à lui-même.

— Qu'est-ce qui est curieux ? demanda-t-elle en s'efforçant de reprendre son souffle.

Saint eut un haussement d'épaules et s'écarta d'elle.

— Rien. Puis-je vous escorter jusqu'au dortoir des garçons, à présent ?

— Je crois avoir déjà suggéré le dortoir, répliqua-t-elle en se penchant pour ramasser son carnet.

Il ne chercha évidemment pas à le faire pour elle. Evelyn avait les doigts tremblants quand elle serra son carnet contre sa poitrine.

Il ouvrit la marche, et elle profita de ce moment de relative solitude pour rajuster son bonnet et tenter de rassembler ses esprits. Elle aurait dû gifler St Aubyn et quitter cet endroit – mais elle n'aurait même pas dû se trouver à l'orphelinat du Cœur de l'Espoir.

Elle décida cependant qu'il l'avait précisément embrassée pour la faire fuir. Voyant que ses insultes se révélaient sans effet, il avait opté pour un assaut plus direct. Si elle partait, il utiliserait ce prétexte pour lui refuser l'accès à l'orphelinat, et elle n'aurait plus aucun moyen de se prouver à elle-même qu'elle était capable d'accomplir quelque chose d'utile. Et le stratagème du marquis aurait pu fonctionner si l'audacieux contact de ses lèvres n'avait pas éveillé… quelque chose en elle qui l'incitait presque à souhaiter qu'il recommence.

Lorsqu'il ouvrit la porte du dortoir des garçons, Saint se dit qu'il aurait mieux fait de commencer la visite par là. Il mollissait. Cette rencontre avec les garçons inciterait sûrement Mlle Ruddick à s'enfuir. S'il l'avait d'abord amenée là, il n'aurait pas eu besoin d'embrasser cette demoiselle si convenable. Il ne savait pas comment réagir face à une vierge et en avait encore les entrailles nouées.

— Venez-vous ? demanda-t-il en jetant un coup d'œil derrière lui.

— Oui, bien sûr.

Quand Evelyn passa devant lui, il tendit le cou pour respirer le parfum de ses cheveux. Citron. Du miel sur ses lèvres, du citron dans sa chevelure… et sa peau avait sans doute une saveur de fraise. Evelyn Ruddick était un dessert qu'il mourait d'envie de dévorer.

La retenue n'avait jamais été son fort, mais ce n'était pas en lui sautant dessus qu'il obtiendrait d'elle ce qu'il voulait. Elle s'évanouirait sans doute, et il ne trouverait pas cela amusant.

Deux dizaines de gamins étaient rassemblés en demicercle au fond du dortoir. Le vacarme qu'ils faisaient ne l'empêcha pas de déceler le tintement caractéristique de pièces de monnaie s'entrechoquant.

— Qu'est-ce… commença Evelyn avant de s'interrompre.

— Ils jouent à pile ou face, dit-il en la regardant.

— Ils font des paris ? Dans un orphelinat ?

Saint réprima un soupir. Les demoiselles convenables faisaient décidément beaucoup d'embarras.

— Toutes les pièces que je vois traîner par terre m'appartiennent ! avertit le marquis d'une voix forte.

Les garçons glapirent et plongèrent vers le sol pour ramasser les pence épars, tandis qu'une rangée imparfaite de guetteurs se formait en première ligne.

— Voici Mlle Ruddick, reprit-il en désignant Evelyn. Elle souhaite faire votre connaissance.

— Merci, lord St Aubyn, dit-elle avant de s'avancer vers les enfants avec un petit sourire nerveux. Avant toute chose, je vous demanderai de bien vouloir m'appeler Evie.

— Vous donnez des baisers, Evie ? lança l'un des plus âgés des garçons.

Saint sourit. Evie l'ayant laissé l'embrasser, le garçon avait peut-être aussi ses chances... Il croisa les bras et cala son épaule contre un des piliers du dortoir. Le spectacle promettait d'être intéressant.

— Avant d'espérer recevoir le baiser d'une jeune fille, répliqua-t-elle d'un ton sec en toisant le railleur, il faut commencer par se laver.

Les garçons s'esclaffèrent, et l'un d'eux lança « Mulligan le cracra », quolibet qui fut aussitôt repris en chœur. Saint laissa faire – à l'évidence, Evelyn ne parlait pas de lui. Il s'était lavé ce matin-là. Et rasé.

— Allons, allons, dit Evie en allant tapoter l'épaule de Mulligan. Je ne suis pas ici pour plaisanter, mais pour faire votre connaissance. Restez-vous dans ce dortoir toute la journée ?

— Paille de Fer nous a dit de rester à l'intérieur à cause de l'inspection, répondit un des garçons.

— Paille de Fer ?

— Je veux dire Mme Natham, mademoiselle Evie.

— Je vois.

Saint eut l'impression de voir passer un sourire sur ses lèvres, mais ce fut si bref qu'il n'en fut pas certain. Il fronça les sourcils. Une demoiselle convenable n'était pas censée avoir le sens de l'humour.

— Comment se passent vos journées, d'ordinaire ? Est-ce que vous étudiez ?

— « Est-ce que vous étudiez ? » la singea l'un des gamins. Vous sortez de chez les fous, mademoiselle Evie ?

— Êtes-vous une de ces religieuses venues prier pour le salut de nos âmes païennes ? avança Mulligan.

— Non, bien sûr que n...

— Le révérend Beacham vient ici tous les dimanches pour tenter de nous sauver, dit un autre.

Evelyn adressa à Saint un regard agacé, et il haussa les sourcils.

— Vous pourriez peut-être leur offrir du pudding, suggéra-t-il.

— Je suis un païen ! s'écria un garçon.

— Je suis un Peau-Rouge ! déclara l'un des plus jeunes avant d'entamer une danse guerrière.

— Voilà qui est intéressant, Evelyn, susurra Saint de façon à n'être entendu que d'elle. Déclenchez-vous le chaos partout où vous passez ?

Elle lui coula un regard noir, puis reprit une expression neutre quand elle se tourna vers les garçons.

— As-tu entendu parler des Indiens ? dit-elle en s'accroupissant pour amener son visage au niveau du brave petit guerrier. Qu'aimerais-tu apprendre sur eux ?

— Randall m'a parlé d'eux. Ils scalpent les gens.

— Ils savent aussi traverser une forêt sans faire de bruit et suivre la piste d'un ours parmi des rochers et même au-delà des cours d'eau.

Le gamin écarquilla les yeux.

— Vraiment ?

— Comment t'appelles-tu ?

— Thomas Kinnett.

Evie se releva.

— Savez-vous, monsieur Kinnett, que vous devez vous incliner quand vous vous présentez à une dame ?

Le front de l'enfant se plissa.

— Pourquoi ?

— Afin de regarder sous ses jupes, lâcha Saint d'un ton goguenard.

Vouloir enseigner l'étiquette à des gamins avant même de savoir s'ils mangeaient à leur faim correspondait tellement à l'idée qu'il s'était faite d'elle qu'il fut déçu. Il avait cru, l'espace d'un instant, qu'Evelyn Ruddick possédait peut-être un brin d'intelligence, en plus de son corps désirable.

— Lord St Aubyn ! s'exclama-t-elle en rougissant.

Gloussements et ricanements s'élevèrent autour d'elle.

— Oui, mademoiselle Evie ?

— Je ne pense pas... commença-t-elle avant de s'interrompre pour lancer un regard circulaire et se rapprocher de lui. Je ne pense pas, reprit-elle plus bas, que ces garçons aient besoin qu'on leur montre le mauvais exemple. Vous ne leur rendez pas service.

Il se pencha vers elle, soutenant son regard.

— Vous non plus. Apprendre à des pickpockets de sept ans à s'incliner devant une dame est parfaitement inutile, Evelyn.

Elle pâlit, et Saint crut qu'elle allait le gifler. Elle se contenta cependant de hocher la tête.

— J'essaie de faire quelque chose pour eux. Je doute que vous puissiez en dire autant.

Bonté divine. Elle le *défiait* ! Aucune femme ne s'avisait de le défier, à moins de souhaiter une humiliation publique ou, mieux encore, une place dans son lit.

— Evelyn Marie, chuchota-t-il, incapable de réprimer un sourire, la seule chose que j'ai essayé de faire aujourd'hui, c'est de prendre votre bouche. Afin de mieux m'emparer du reste de votre personne.

Elle battit des cils puis recula, marmonnant des propos indistincts.

— Débauché, laissa-t-elle finalement fuser.

— À votre service, répondit Saint en s'inclinant.

Elle lui décocha un autre regard, à la fois furieux et stupéfait, puis tourna les talons et quitta le dortoir. Saint la regarda sortir au milieu des orphelins hilares. Voilà qui ferait certainement l'affaire. Elle n'aurait pas la folie de chercher à revenir à l'orphelinat après cela. Bizarrement, cette pensée ne parvint cependant pas à le mettre de bonne humeur.

— Bandes d'idiots, se plaignit le garçon devant lequel Evelyn s'était accroupie. Je voulais apprendre d'autres choses sur les Indiens, moi.

Saint réprima un froncement de sourcils tandis qu'il quittait le dortoir. Ce commentaire ne lui était pas destiné, évidemment. Personne, pas même un enfant, n'était autorisé à lui parler sur ce ton. Et ce que voulait ce gamin importait peu. Ce qui importait, c'était ce qui valait le mieux pour lui – et pour Evelyn Ruddick.

5

Saint Pierre était assis près de la porte céleste,
Ses clés étaient rouillées et la serrure récalcitrante.
Il n'avait donc pas eu
beaucoup de tracas récemment ;
Et ce, non par faute de place à l'intérieur.

Lord Byron,
La Vision du jugement

— Tu plaisantes, n'est-ce pas ?

Lucinda se tenait près de la portière de son attelage tandis que sa femme de chambre empilait boîtes et paquets sur les banquettes.

— Ai-je l'air de plaisanter ? répondit Evie en tendant vers elle un paquet à ajouter aux précédents.

Cet unique paquet reflétait bien l'état de ses nerfs : elle n'avait trouvé qu'une chose à acheter au cours de leur excursion dans les magasins.

— Hum. Je n'ai jamais rien entendu de bon au sujet de St Aubyn, mais qu'il mette publiquement en cause ta compétence relève de l'inédit. Tu es tout de même la nièce du marquis de Houton.

— Je suis certaine que mes relations lui importent peu, répondit Evie, regrettant que Luce n'ait rien à lui dire à propos de la réputation de St Aubyn qu'elle ne sache déjà.

— Tu as sans doute raison, admit Lucinda. Oh, il paraît que de nouveaux chapeaux viennent d'arriver chez *Luckings*. Allons-y, veux-tu ?

Evelyn aurait préféré travailler à son projet pour l'orphelinat, mais Victor était à la maison, et s'il la surprenait enfermée dans la bibliothèque par une si belle journée, il aurait des soupçons.

— Volontiers.

Tandis qu'elles descendaient Bond Street pour gagner la boutique de la modiste, Lucinda s'appliqua à bavarder et à sourire aux connaissances qu'elles croisaient, feignant de ne pas avoir remarqué la distraction d'Evelyn. Calme et efficace, Lucinda Barrett savait attendre patiemment qu'une amie soit prête à confesser ses ennuis avant de lui offrir un avis sensé.

Mais si elle lui avait avoué qu'elle avait laissé le marquis de St Aubyn l'embrasser, Evie se serait sentie plus sotte encore. Rien de ce qu'aurait pu dire Lucinda n'aurait modifié son opinion sur ce point. Et ce baiser ne changeait en rien les projets qu'elle avait pour l'orphelinat.

— Evie ?

— Pardon, fit-elle, tirée de ses pensées. Que disais-tu ?

— Je te demandais si ton frère avait choisi son programme politique. Georgiana assiste ce soir à un dîner avec le duc de Wycliffe et elle a proposé de vanter les mérites de Victor, si tu le souhaites.

— Je ne suis pas certaine que Victor ait le moindre mérite. Et Georgie n'a pas besoin de gâcher le peu de temps qu'elle passe en compagnie de son cousin à parler de mon frère.

Lucinda plissa légèrement le front.

— C'est attentionné de ta part, mais politiquement, ce n'est pas très habile, ma chère.

Evie soupira.

— Je n'aspire pas à me montrer politiquement habile, surtout pour le compte de quelqu'un d'autre. Je veux m'investir dans un projet utile.

— Comme l'orphelinat du Cœur de l'Espoir ?

— Oui.

— J'ai une idée, déclara Lucinda, nouant son bras à celui d'Evie pour lui faire faire demi-tour. Tu as raison, ce n'est pas du duc de Wycliffe que tu as besoin, mais de la duchesse.

— La duchesse ? Que...

— Elle était autrefois directrice d'école. Et qui est mieux qualifié qu'une directrice d'école pour venir en aide aux enfants ? D'autant qu'Emma est la discrétion même.

Evie sentit un regain d'espoir chasser l'irritation qui l'habitait depuis la veille. Saint avait réussi à la faire fuir avant qu'elle ait pu achever sa visite, mais rien ne lui interdisait de s'adresser ailleurs pour obtenir des informations.

— Lucinda, t'ai-je déjà dit à quel point je t'apprécie ? demanda-t-elle en serrant le bras de son amie.

— Je suis ravie de pouvoir t'aider, ma chère.

Saint se carra contre le dossier de son fauteuil.

— Ce n'est qu'une suggestion, dit-il en tapotant son cigarillo pour en faire tomber la cendre. La décision vous appartient.

Le visage du volumineux gentleman qui lui faisait face demeura plissé.

— Contrairement à vous, je dois tenir compte de l'opinion publique.

— Ce n'est pas comme si vous agissiez illégalement. Il s'agit d'un nouveau parc public, plus grand, et qui s'inscrit dans le projet du prince régent pour l'embellissement de Londres.

— Certes, Saint, mais cela implique de raser un orphelinat.

La migraine que Saint sentait rôder près de ses tempes s'intensifia.

— Les orphelins ne se trouveront plus à l'intérieur, pour l'amour du Ciel ! Je veillerai à ce qu'ils soient tous relogés, à mes frais.

On frappa un léger coup à la porte, qui s'entrouvrit ensuite.

— Votre Majesté ?

— Pas maintenant, Mithers, gronda le prince. Je suis en train de parler affaires.

L'étroit visage qui s'inscrivait dans l'entrebâillement de la porte pâlit.

— Aff… affaires, Votre Majesté ? Avec… avec…

— Oui, avec moi, Mithers, compléta Saint avec un doux sourire.

— Ô mon Dieu. Ô mon Dieu, mon Dieu, mon D…

— Partez, Mithers, ordonna le prince George, levant à l'intention de son secrétaire son verre à moitié plein d'un coûteux vin de Madère.

La porte se referma.

— Dans moins de cinq minutes, il aura ramené la moitié du ministère ici, poursuivit le Régent.

Calant son cigarillo entre ses dents, Saint remplit le verre du prince. Mithers était bien inspiré d'aller chercher des renforts, mais cela ne lui laissait guère de temps.

— Avant qu'on ne me jette dehors, réfléchissez simplement à la question. Je vous *donne* un terrain de près de trois hectares dont vous pourrez faire ce que bon vous semblera et qui se trouve accolé au futur parc sur lequel vous travaillez en ce moment même. Vos administrés n'auront à payer que les frais de démolition de ce maudit bâtiment et la plantation de quelques arbres.

Le fauteuil du prince grinça sous le poids de son occupant quand celui-ci se pencha en avant.

— Mais dites-moi, mon cher Saint, quel avantage tirez-vous de cette opération ?

Saint étudia le prince régent – Prinny, comme l'avaient surnommé les Londoniens – un bref instant. Le plan qu'il avait concocté ces derniers mois n'avait rien d'illégal, même s'il comportait quelques zones d'ombre.

— C'est simple, répondit-il à travers la fumée de son cigare. Le testament de ma mère m'oblige à conserver la direction de l'orphelinat du Cœur de l'Espoir. Si la Couronne devait en devenir propriétaire et décider de le démolir, cette obligation disparaîtrait.

— Votre maman était donc très attachée à ce lieu ?

— Elle aimait broder des chemins de table et appelait cela « venir en aide aux malheureux ». Il n'est pas question que je perpétue cette absurdité. Et, par chance, vous créez un parc juste à côté de l'orphelinat.

Le prince fit tournoyer son verre entre ses doigts boudinés qui conservaient toutefois une certaine élégance, puis émit un gloussement.

— Je demanderai à mes conseillers d'y regarder de plus près, mais je ne vous promets rien tant qu'une personne digne de confiance n'aura pas confirmé ce que vous me dites.

Saint eut un sourire sans joie.

— Je n'en attendais pas moins de Votre Majesté.

Il pouvait se montrer patient. Cela faisait déjà six ans qu'il avait hérité de la charge de ce maudit endroit. Pendant tout ce temps, il avait espéré qu'une occasion se présenterait. Il pouvait bien attendre encore quelques semaines.

— Maintenant, dites-moi, mon garçon, reprit le prince d'un ton de conspirateur, est-il vrai que Fatima, lady Gladstone, produit certains... sons quand elle est en proie à la passion ?

— Elle miaule comme un chaton, répondit Saint en vidant son verre. Y a-t-il autre chose que vous désiriez savoir, Votre Majesté ?

Le gloussement du prince fit trembler ses bajoues.

— Vous pouvez disposer. Je ne sais pas comment vous faites, Saint, pour posséder si peu de qualités recommandables et rester néanmoins d'aussi plaisante compagnie.

Saint se leva et s'inclina tandis qu'il gagnait la porte à reculons.

— C'est un talent, Votre Majesté.

— Il faudrait qu'un plus grand nombre d'entre nous disposent d'un tel talent.

Saint quitta Carlton House et réclama son cheval tout en se disant que sa conversation avec le prince George s'était conclue plus favorablement qu'il ne l'avait escompté. Il s'engagea dans Cassius Street pour aller déjeuner à son club, et plusieurs minutes s'écoulèrent avant qu'il ne se rende compte qu'il était en train de faire un détour. Avec un léger froncement de sourcils, il fit ralentir sa monture devant la maison blanche qui se trouvait sur sa gauche.

Ruddick House n'avait rien de disproportionné ni de somptueux, mais le jardin semblait bien entretenu et l'écurie était entièrement occupée. Les affaires que menait Victor Ruddick en Inde pour le compte du marquis de Houton garantissaient au frère, à la sœur et à la mère un confortable revenu.

Le bruit courait que Victor Ruddick avait récemment développé des ambitions politiques, sans doute approuvé en cela par son oncle. Ces ambitions expliquaient l'approche d'Evelyn auprès de Fatima la semaine précédente – l'expression de dégoût de la demoiselle l'avait d'ailleurs beaucoup amusé ce soir-là. Aurait-elle cette même expression s'il allait frapper à sa porte maintenant ?

Une porte qui s'ouvrit justement à cet instant précis. Saint se redressa, soudain impatient de la revoir. Mais ce n'était que la mère, visiblement habillée pour aller déjeuner. Il attendit à l'ombre des ormes qui bordaient le côté opposé de la rue, mais Mme Ruddick était accompagnée de sa femme de chambre et non de sa fille.

Saint jouissait d'un puissant appétit, et Evelyn Marie Ruddick avait aiguisé celui-ci. Il s'était certainement montré trop entreprenant avec cette jeune fille délicate, qui devait désormais avoir renoncé à ses projets concernant l'orphelinat et reporté ceux-ci sur un quelconque couvent.

Haussant les épaules, Saint reprit Cassius Street en direction de Pall Mall. Si elle ne se présentait pas à la réunion du surlendemain, il ne prendrait pas la peine de la pourchasser. Il ne put s'empêcher cependant de jeter un dernier coup d'œil à la maison avant de tourner le coin de la rue. Il attendrait jusqu'au vendredi pour savoir à quoi s'en tenir. Cet état d'incertitude lui plaisait – et il veillerait à ce que sa patience soit récompensée.

— Je suis plus familiarisée avec l'éducation de jeunes filles déjà instruites, dont l'âge varie entre douze et dix-huit ans, dit la duchesse de Wycliffe en se penchant pour agiter un biscuit en direction d'un guéridon.

— Toute l'aide que vous voudrez bien m'apporter sera précieuse, Votre Grâce, assura Evelyn, qui considérait d'un œil inquiet le balancement du guéridon en question.

— Appelez-moi Emma, je vous en prie, répondit la duchesse en souriant avant de quitter sa chaise pour s'agenouiller sur le tapis, tenant toujours le biscuit devant elle. Ramper à quatre pattes n'a rien de bien digne, ajouta-t-elle en reportant son attention sur l'invisible destinataire de son appât. Elizabeth, maman ne peut pas aller là-dessous. Sors, s'il te plaît.

Un gloussement lui répondit. Emma soupira.

— C'est à cause de cette histoire que papa t'a racontée au sujet de la fée qui vit dans une grotte, n'est-ce pas ?

De nouveaux rires s'élevèrent du guéridon. Emma se releva et croqua le biscuit.

— Fort bien, le papa de la fée se chargera de lui expliquer pourquoi elle ne peut pas vivre sous le guéridon.

Une domestique frappa discrètement à la porte, et la duchesse retourna s'asseoir afin de reprendre une posture plus convenable.

— Avez-vous trouvé ce que je vous ai demandé, Beth ?

— Oui, Votre Grâce.

La femme de chambre posa une petite pile de livres sur la table, puis sursauta quand un gloussement étouffé jaillit du guéridon.

— Mon Dieu !

— Voyez si vous parvenez à trouver Sa Grâce, je vous prie, Beth. La dernière fois que je l'ai aperçu, il était dans la salle de billard en compagnie de lord Dare.

— Oui, Votre Grâce, répondit la femme de chambre en faisant la révérence.

Evie jeta un coup d'œil à Lucinda, qui semblait savourer pleinement ce moment. Il fallait dire que ce n'était pas à elle d'expliquer qu'elle avait l'intention d'apprendre à lire à des orphelins. Et elle n'avait pas à se soucier non plus de la réaction du duc de Wycliffe et du vicomte Dare, au cas où ceux-ci viendraient à être informés de ses récentes activités. Leur désapprobation ne serait cependant rien comparée à celle de Victor. Evie regrettait que Georgiana ne soit pas là pour intercéder en sa faveur auprès des membres de sa puissante famille, mais son amie déjeunait ce jour-là chez sa tante. Et, de toute façon, personne ne pourrait rien pour elle si Victor découvrait ce qu'elle mijotait. Non, elle devait apprendre à se défendre toute seule.

— Bien, où en étions-nous ? demanda la duchesse en frottant le bout de ses doigts pour en chasser les miettes de biscuit. Ah oui, fit-elle.

Elle posa les livres sur ses genoux pour les feuilleter avant d'en tendre un à Evie.

— Voici un abécédaire qui vous aidera à enseigner l'alphabet aux plus jeunes. Je vous recommande de commencer par les voyelles, avant de passer aux consonnes ; vous éviterez ainsi bien des confusions.

— Oh, merci, répondit chaleureusement Evelyn en ouvrant le livre. Vouloir faire quelque chose et ne pas savoir par où commencer est affreusement frustrant.

— Tu ne manques pas d'idées, déclara Lucinda. Tu t'inquiètes trop, Evie. Personne ne peut te reprocher de vouloir faire le bien.

— Merci, Luce, répondit-elle.

Emma lui décocha un coup d'œil pensif.

— Avez-vous l'intention de les instruire vous-même ? Parce qu'il faut que je vous prévienne : l'enseignement est un travail très gratifiant, mais c'est aussi une occupation qui vous monopolisera nuit et jour.

— J'aimerais le faire au moins partiellement, mais...

Evie hésita. Avouer à voix haute à quel point elle se sentait empêchée d'agir revenait à l'admettre vis-à-vis d'elle-même.

— Vos devoirs envers votre famille accaparent presque tout votre temps, compléta la duchesse à sa place. Je comprends. Croyez-moi.

Evelyn sourit et prit un autre livre.

— J'ai l'intention de superviser le recrutement des enseignants et le suivi des leçons. Ces manuels sont merveilleux, Emma. Merci infiniment.

— Cela me fait plaisir. Prenez tous ceux que vous voulez et gardez-les aussi longtemps qu'ils vous seront nécessaires.

— Vous m'avez fait appeler ? s'enquit une voix masculine depuis le seuil du salon.

Grand, large d'épaules, le cheveu châtain, le duc de Wycliffe pénétra dans la pièce, lord Dare sur ses talons. Evelyn réprima une grimace et pria pour qu'ils n'aient pas rôdé dans le couloir avant d'entrer. Mais les deux hommes n'étaient pas du genre à « rôder »

– contrairement au marquis qui était venu régulièrement troubler ses rêves ces dernières nuits.

— Oui, mon ami. Figurez-vous qu'une fée a élu domicile sous le guéridon et refuse d'en sortir pour aller prendre son bain.

Le duc haussa les sourcils.

— Une fée, dites-vous ? fit-il avec un étonnement feint, avant d'aller frapper de son index replié le plateau d'acajou du guéridon. Y aurait-il une fée là-dessous ?

Un éclat de rire suraigu lui répondit.

Avec un grand sourire qui contamina aussitôt Evelyn, le duc souleva le plateau à thé et le passa à Dare. Evie s'attendit que Wycliffe s'accroupisse par terre comme l'avait fait la duchesse, pour inciter la petite Elizabeth à sortir. Mais il se contenta de soulever la petite table et de la reposer plus loin.

— Quel Samson ! murmura la duchesse avec un sourire enamouré qui fit rougir Evie.

Vêtue d'une robe jaune et blanche, la tête couverte de courtes boucles châtaines, la jeune lady Brakenridge poussa un cri strident et courut jusqu'au secrétaire. Le duc la rattrapa d'une seule enjambée et la souleva dans ses bras.

— Bonjour, Lizzie, chantonna-t-il en la hissant sur son épaule.

Elizabeth bredouilla un mot indistinct, puis referma ses petits poings potelés sur les revers de la veste de son père avec un gloussement ravi.

— As-tu entendu ? demanda le duc avec un large sourire en se tournant vers Dare. Elle vient de dire « papa ».

— J'ai distinctement entendu « babouin », répondit le vicomte en reposant le plateau à thé sur le guéridon.

— Hum. C'est la preuve que tu es sourd.

— J'ai bien entendu cela, pourtant.

Emma rit et chassa les deux hommes vers la porte.

— Allez-vous-en. Nous avons à parler.

Aussitôt, Dare s'immobilisa.

— De quoi donc ?

Son regard se posa sur Evelyn, qui se souvint de la mise en garde qu'il lui avait faite au sujet de Saint. Au lieu de garder ses distances avec le marquis, elle l'avait laissé l'embrasser sur la bouche.

— De la dernière mode française, répondit la duchesse sans marquer la moindre hésitation.

— Mon Dieu, quel ennui. Je préfère apprendre à jouer au billard à Lizzie, déclara le vicomte en faisant la grimace.

Le duc acquiesça et l'invita du geste à passer la porte.

— Ce genre de suggestion me rend heureux de t'avoir incité à épouser ma cousine.

— « Incité » ? Tu as surtout menacé de me tirer dessus si je ne le faisais pas.

Les deux hommes poursuivirent leur querelle dans le couloir tandis qu'Evelyn tendait l'oreille, vivement intéressée. Tous deux avaient longtemps joui d'une réputation de débauchés, friands d'aventures galantes. Mais, à présent, l'un d'eux tenait un enfant dans ses bras comme si c'était la chose la plus naturelle du monde, et l'autre se retrouverait père d'ici à six mois.

— Evelyn ? fit la duchesse, la tirant de ses réflexions.

— Pardon, Emma. Que disiez-vous ?

La duchesse sourit.

— Je demandais si vous aviez besoin d'aide pour élaborer votre projet.

— Merci, mais non. J'aimerais tenter de faire cela seule.

Non qu'elle n'ait pas besoin d'aide, mais Saint semblait la tenir pour une écervelée tout juste bonne à réchauffer son lit, et si elle se faisait aider, il le saurait forcément et ne manquerait pas de le signaler aux membres du conseil.

— Bien sûr. Souvenez-vous néanmoins que je suis à votre disposition si vous avez des questions.

Après un superficiel bavardage à propos de la dernière mode française, Evelyn et Lucinda quittèrent Brakenridge House. Munie des manuels prêtés par Emma, Evie avait le sentiment qu'elle pourrait peut-être élaborer un projet acceptable. Cela ne suffirait pas, malheureusement. Son projet devait être parfait, et il fallait qu'il soit fin prêt d'ici à deux jours.

Et ce n'était pas tout. Elle devrait également veiller à ce que le marquis ne réussisse plus à la faire fuir. Ni à l'embrasser. S'il avait l'intention de s'amuser, ce ne serait pas à ses dépens.

Saint plissa les yeux.

— Je ne suis pas ivre au point de vous allouer des fonds pour faire l'inventaire du contenu des réserves, Rutledge.

Timothy Rutledge lui lança un regard noir, et sa posture perdit un peu de sa superbe.

— Voilà plus de soixante ans qu'on accumule là des meubles, des tableaux, des...

— Si cela vous intéresse tant, l'interrompit Saint, dressez-en vous-même l'inventaire. Mais si j'apprends que vous avez vendu un seul bibelot, je serai fort mécontent.

— Je...

— Laissez tomber, Rutledge, dit sir Edward Willsley de sa voix bourrue en vidant le fond de son verre de porto. À la place de Saint, je n'aurais pas approuvé non plus.

— Veillez à rendre vos larcins plus subtils si vous souhaitez qu'ils passent inaperçus.

Saint se désintéressa de lui, préférant remplir son verre et celui de sir Edward. Tout cela était absurde. Le bavardage de Rutledge avait eu pour seul mérite de l'occuper alors qu'il attendait de voir si Evelyn Marie oserait ou non se présenter.

Il en doutait, mais pas assez pour se dispenser de la réunion du conseil. Attendre n'ayant jamais été son fort, il s'était soudain senti des instincts de propriétaire vis-à-vis de l'institution dont il avait hérité – au grand dépit de Rutledge, visiblement.

— Y a-t-il un autre point dont nous devons discuter ? demanda lord Talirand à travers la fumée de son cigare.

Sir Edward s'éclaircit la gorge.

— Le cadre de la fenêtre du dortoir des garçons est à nouveau disjoint.

Saint eut un petit sourire.

— Comment se faufileraient-ils dehors, autrement ?

— Quoi ? fit le baronnet en se redressant. Vous saviez ?

— Je ne suis pas aveugle, Willsley.

— Ah ! Vous transformeriez cet établissement en repaire de brigands, si cela ne tenait qu'à vous.

Lord Talirand exhala un nouveau nuage de fumée.

— Cela nous permettrait au moins d'en tirer profit.

Saint se contenta de siroter son porto. Présider le conseil d'administration de l'orphelinat du Cœur de l'Espoir lui était insupportable, mais assister aux réunions dudit conseil était pire encore.

Un coup discret retentit, et il se retrouva debout avant de se rendre compte de ce qu'il faisait. Une onde de chaleur se répandit sous sa peau. Il fallait absolument que ce soit elle.

— Vous attendez quelqu'un ? s'enquit Talirand en le regardant.

— J'ai surtout hâte de partir, répondit-il en allant ouvrir la porte. De quoi s'agit-il ?

La concierge recula prestement.

— Mil... Vous aviez demandé... C'est Mlle Ruddick.

— Faites-la entrer, madame la concierge.

— Mme Natham, milord.

Evelyn entrait, si bien qu'il ignora la réplique de la concierge, tout comme il ignora le bruit de pas des membres du conseil quand ils s'avancèrent derrière lui. Elle portait une sobre robe de mousseline vert pâle à l'encolure très sage, et sa chevelure auburn, ramassée au-dessus de sa nuque en un chignon serré, lui donnait l'allure d'une gouvernante. Elle avait clairement l'intention de parler affaires sans jouer la carte de la séduction.

— Lord St Aubyn, le salua-t-elle en faisant la révérence. Messieurs, ajouta-t-elle en s'avançant dans la pièce tout en veillant soigneusement à ne pas croiser son regard.

— Vous êtes bien courageuse, murmura-t-il en l'invitant d'un geste à s'asseoir dans le fauteuil qu'il venait de quitter. Vous nous avez apporté des cadeaux ? ajouta-t-il, tapotant des doigts la pile de papiers qu'elle tenait sous le bras simplement pour se rapprocher d'elle.

— Des documents explicatifs, répondit-elle en les posant sur le fauteuil.

— Qu'est-ce qui vous amène donc ? s'enquit Rutledge en s'avançant pour prendre sa main et la porter à ses lèvres.

Saint alla s'accouder au secrétaire – il voulait l'observer d'un point de vue avantageux sans être vu des autres.

— Je suis venue présenter un projet d'amélioration de l'orphelinat, déclara-t-elle d'une voix qui tremblait à peine. Lord St Aubyn semblait estimer que je ne pourrais faire don de mon temps et de mon argent à l'établissement qu'à condition d'en comprendre le fonctionnement.

Talirand la gratifia d'un sourire patelin tandis que les membres du conseil regagnaient leurs places.

— Comme c'est charmant. Parlez-nous de ce projet, je vous prie, mademoiselle Ruddick.

Elle se lança alors dans une présentation concernant les améliorations à apporter en matière d'éducation, d'habillement, de nourriture et de logement, abordant aussi toute une série de problèmes sociaux. Saint n'en retint pas grand-chose, trop occupé à étudier l'expression franche et enthousiaste de son visage aux traits remarquablement mobiles, sa façon de remuer les mains et de bouger la tête. Quoi qu'elle cherchât à obtenir, elle semblait persuadée d'y parvenir de cette façon.

Saint, quant à lui, ne doutait pas de réussir à l'épuiser physiquement, à l'amener à le supplier pour obtenir une caresse, un baiser, le contact de sa main sur sa peau nue. L'obsession qu'elle semblait éveiller en lui l'intriguait. Fatima aurait éclaté de rire si elle avait su qu'il fantasmait sur cette fleur virginale, et elle n'aurait sans doute pas été la seule.

Des applaudissements discrets le tirèrent de ses pensées. Quoi qu'Evelyn ait pu dire, cela avait plu aux membres du conseil – même si leur soutien lui avait été acquis dès qu'elle avait parlé de faire un don financier.

— Je trouve votre enthousiasme tout à fait admirable, déclara Willsley. Si vous avez besoin d'aide ou de conseils pour mener à bien votre projet, j'espère que vous n'hésiterez pas à faire appel à moi.

Rutledge opina à son tour.

— Quelqu'un d'aussi sensible que vous trouvera certainement la gestion de cette affaire bien trop complexe et ennuyeuse. Je suis à votre entière disposition.

Les charognards, songea Saint. Qu'ils se contentent des restes, lui aurait le plat principal.

Evelyn sourit, et son visage se para de cette douceur qu'il l'avait vue employer pour charmer ses partenaires de danse ; son expression se fit angélique et un rien distante.

— Merci beaucoup, messieurs. Cela signifie-t-il que j'ai votre approbation ?

Talirand lui-même se levait à présent, le parfum de l'argent de cette écervelée disposée à dilapider ses fonds le faisant déjà presque saliver.

— Que diriez-vous de soumettre celle-ci au vote ? Qui approuve la proposition de Mlle Ruddick ?

Le chœur d'approbations qui s'éleva aussitôt donna la nausée à Saint.

— Eh bien, St Aubyn, et vous ? s'étonna Rutledge. Vous n'avez sans doute pas d'objections au projet de Mlle Ruddick...

Saint conserva sa posture nonchalante, pesant le pour et le contre. Il pouvait refuser. Il n'avait pas besoin d'avoir Evelyn dans les pattes alors qu'il s'apprêtait à faire raser l'orphelinat. S'il lui avait parlé de son projet, Evelyn serait rentrée chez elle comme une furie et l'aurait ignoré jusqu'à la fin de ses jours. Ce qui, en soi, ne l'aurait pas dérangé... mais il aurait alors dû renoncer au plaisir de la posséder et de l'entendre gémir son nom.

Il pinça les lèvres tout en scrutant l'objet de sa convoitise.

— J'imagine que cette petite expérience restera sous ma supervision ?

Le sourire confiant d'Evelyn faiblit légèrement. Elle était sans doute habituée à voir tous les hommes s'agenouiller devant elle au moindre sourire de sa part et ne devait même pas imaginer qu'ils puissent se comporter autrement.

— Si vous insistez, répondit-elle.

— J'insiste.

Elle releva le menton, et le rose de ses joues s'accentua.

— Alors, c'est entendu, mon projet sera soumis à votre supervision.

Il lui adressa un lent sourire carnassier.

— Dans ce cas, ma réponse est oui.

6

Quand de mon destin le jour a sombré,
Et son étoile cessé d'étinceler,
Ton cœur tendre ne voulut dénombrer
Les fautes que tant surent déceler.

Lord Byron,
Stances à Augusta

— Evelyn !

Evie se figea sur le seuil de Ruddick House, qu'elle s'apprêtait à franchir, et avant qu'elle ait pu déterminer si elle avait le temps de filer jusqu'à l'attelage qui l'attendait au bas des marches, Victor surgit devant elle, croisa les bras et la foudroya du regard.

— Bonjour, dit-elle en le gratifiant de son plus étincelant sourire.

— Je suis passé chez tante Houton, hier, annonça-t-il d'un ton sec. Elle ne t'a pas vue de la semaine.

— C'est ce qui...

— Mardi, tu as manqué le thé des épouses des politiciens du West Sussex.

— Je n'avais pas l'int...

— Et tu ne m'as toujours pas expliqué pourquoi tu as accepté de danser avec St Aubyn.

— Victor, si tu voulais bien...

— Ce manège doit cesser, tu m'entends ? poursuivit-il sans l'écouter. Avant mon retour d'Inde, tu pouvais faire ce que tu voulais, Evie, et une fois que je serai élu à la Chambre, tu seras libre de reprendre tes emplettes et tes soirées à ta guise. Mais, d'ici là, je te prie de faire preuve de retenue et de bon sens.

Elle réprima un froncement de sourcils. Le moment était visiblement mal choisi pour lui avouer quoi que ce soit. La meilleure tactique consistait à rester évasive.

— Je ne cherche pas à nuire à ta campagne, Victor. Je pense que tu feras un excellent membre du Parlement. Je suis cependant soumise à certaines obligations, et si je les négligeais, cela te nuirait autant qu'à moi.

— Ah, lâcha son frère en tendant le bras derrière elle pour écarter la porte des doigts surpris de Langley et la refermer. De quelles obligations s'agit-il, je te prie ?

Peste ! Si elle lui disait qu'elle s'apprêtait à superviser le fonctionnement de l'orphelinat dont St Aubyn avait la charge, il la bouclerait probablement dans sa chambre.

— Lady Dare et la duchesse de Wycliffe s'intéressent à l'éducation des pauvres. Elles m'ont demandé de les aider.

— Toi ?

Elle s'efforça d'ignorer son ton sceptique, comme s'il ne pouvait pas imaginer que quelqu'un puisse solliciter son aide.

— Oui, moi. Je t'aide bien, toi aussi.

— Cela reste à voir. Et cette valse avec St Aubyn ?

— C'est lui qui l'a sollicitée. J'ai craint, si je la lui refusais, que le scandale ne soit encore plus grand que si j'acceptais.

Son frère finit par acquiescer, visiblement à contrecœur.

— Tu as sans doute raison. Mais ne l'approche plus, Evie. Ne lui donne pas l'occasion de t'inviter de nouveau.

— Je m'en garderai bien.

— Et souviens-toi que tes « obligations » restent secondaires pour le moment, ajouta-t-il en se rapprochant d'elle. Tu ne dois pas négliger tes devoirs vis-à-vis de ta famille, c'est-à-dire vis-à-vis de moi. Maman a accepté de t'accompagner au prochain thé. Nous devons redoubler d'efforts. Plimpton cherche à gagner des voix auprès d'Alvington.

— Maman a accepté de m'accompagner ?

— Elle est très dévouée à ma cause. Tu devrais l'être tout autant.

— Je le suis, Victor.

Merveilleux. Elle allait devoir assister à ce thé, écouter chanter les louanges de Victor et s'entendre répéter qu'elle aurait mieux fait d'écouter le conseil de sa mère et de se marier avant le retour d'Inde de son frère car, désormais, personne ne serait jamais assez bien pour elle. Non qu'elle fût parfaite, mais les exigences de Victor étaient très élevées.

— Où vas-tu, à présent ? demanda son frère en attrapant le livre du haut de la pile qu'elle tenait dans ses bras. Un abécédaire ?

— C'est la duchesse qui m'a conseillé de me familiariser avec ces ouvrages.

Il lui rendit le livre avec un ricanement.

— Amuse-toi bien. Le duc sait-il que tu soutiens la cause de sa femme ?

— Évidemment.

Victor était tellement absorbé par sa campagne qu'il n'était guère difficile de lui mentir.

— Veille à ce qu'il sache que tu as mon approbation, dans ce cas.

— Je n'y manquerai pas.

— Allons, dépêche-toi. On ne doit jamais faire attendre une duchesse.

Et faire attendre un marquis n'était pas davantage conseillé. Dès que Victor eut disparu dans son bureau, elle se hâta de descendre les marches du perron.

— À l'orphelinat, aussi vite que possible, chuchota-t-elle à Phillip.

— Bien, mademoiselle Ruddick.

Ce projet aurait été tellement plus simple sans Victor et St Aubyn ! Le moindre faux pas en leur présence risquait de tout compromettre. Comme Lucinda l'avait relevé, non sans raison, parmi toutes les œuvres de bienfaisance dont St Aubyn n'avait pas la charge, il devait bien en exister une qui aurait été compatible avec Victor et ses ambitions politiques.

Mais c'était l'orphelinat du Cœur de l'Espoir qui avait retenu l'attention d'Evie, et si elle pouvait apporter sa pierre à ce lugubre édifice, elle aurait le sentiment d'avoir véritablement accompli quelque chose. Personne ne pourrait l'en empêcher – elle ne le permettrait pas.

Le marquis de St Aubyn considéra le petit groupe de femmes assemblées devant la porte de l'orphelinat. Il ne savait pas d'où elles venaient ni ce qui les avait incitées à venir ici ce jour-là mais, selon ses critères, elles étaient plus quelconques les unes que les autres, et si elles n'avaient pas marmonné le nom de Mlle Ruddick, il ne les aurait pas laissées entrer. Au moins lui procurèrent-elles un instant d'amusement quand il se mit à arpenter le hall et qu'elles s'écartèrent de lui, aussi terrifiées qu'un troupeau de poules. Sa réputation s'était apparemment répandue jusque dans les classes populaires.

Effrayer de pauvres filles mal coiffées était passablement divertissant, mais ce n'était pas pour elles que le marquis s'était levé à 9 heures du matin. Il tira sa montre de sa poche et actionna le mécanisme du couvercle. Mlle Ruddick était en retard. Si elle n'apparaissait pas d'ici à dix minutes, elle trouverait ces drôlesses sur le trottoir, devant la porte fermée à double tour.

Il n'aurait sans doute pas dû l'attendre : plus il placerait d'obstacles en travers de son chemin, plus vite elle abandonnerait son absurde projet. Mais il était curieux de voir ce qu'elle avait l'intention de faire. D'après son expérience, personne n'offrait son temps et son argent sans une bonne raison. Et il découvrirait quelle était la sienne. Il *la* découvrirait tout entière et soulagerait sur elle sa frustration croissante. Plusieurs fois.

La porte d'entrée s'ouvrit. Il s'attendait à demi à voir arriver une autre de ces bonnes femmes, mais le frisson électrique qui remonta le long de ses bras l'incita à tourner les yeux vers la porte. Mlle Ruddick entra précipitamment dans le hall, son bonnet rabattu révélant sa chevelure auburn, serrant contre elle une pile de livres et de cahiers. *Délicieuse.*

— Bonjour, milord. Mesdames, haleta-t-elle. Je vous prie d'excuser mon retard. J'ai été retenue.

— Par qui ? demanda Saint, quittant l'ombre du hall pour venir se planter devant elle.

Lentement, il tira sur les rubans de son bonnet qui encerclaient sa gorge. Il lut l'expression de surprise de ses yeux gris, puis elle jeta un coup d'œil vers le groupe de femmes.

— Par mon frère. Cessez cela, je vous prie.

Il acheva de défaire le nœud et s'empara de son bonnet.

— Voilà vingt minutes que je suis piégé ici, murmura-t-il en ajustant une de ses épingles à cheveux. Estimez-vous heureuse que je ne fasse pas cesser cette petite farce immédiatement.

— Il ne s'agit nullement d'une farce, déclara-t-elle en reprenant son bonnet de ses mains avant de s'avancer vers les femmes, qui semblaient plus terrorisées que jamais. Je suppose que vous êtes ici à cause de l'annonce que j'ai fait publier ?

— Oui, mademoiselle, répondirent-elles en chœur en s'inclinant.

— Quelle annonce ? demanda Saint en penchant la tête au-dessus d'elle pour humer le parfum citronné de sa chevelure.

— Celle que j'ai fait paraître dans le *London Times*. Afin de recruter des institutrices, pour répondre à votre question suivante.

Il serra les dents. *Merveilleux*. S'il revenait aux oreilles du prince régent que l'orphelinat recrutait des institutrices, il aurait toutes les peines du monde à s'expliquer.

— Consultez-moi avant, la prochaine fois.

Elle acquiesça d'un hochement de tête, sans prendre la peine de se tourner vers lui.

— Bien. Mesdames, je vais vous recevoir par groupes de trois dans la pièce voisine.

— Et que feront les autres, pendant ce temps ? demanda-t-il. Ne comptez pas sur moi pour les divertir.

— Vous n'avez pas besoin de rester là, répliqua-t-elle en se retournant.

— Mais si. Sans moi, vous n'avez pas de projet.

— Le conseil a voté.

— Je *suis* le conseil, mademoiselle Ruddick. Ne l'oubliez pas. Quelles autres petites surprises nous avez-vous concoctées pour aujourd'hui ?

— Des hommes doivent venir à midi pour débarrasser les salles du rez-de-chaussée, répondit-elle en redressant le menton. Et vous ne me découragerez ni ne me dissuaderez.

Sans doute parce qu'il admirait sa façon de soutenir franchement son regard, il s'abstint de répliquer que c'était seulement le premier jour qu'elle était là et qu'il avait quant à lui l'habitude d'obtenir ce qu'il désirait et de faire ce qu'il lui plaisait. Elle ne mettrait pas longtemps à le constater par elle-même.

— Pourquoi débarrassez-vous ces pièces ?

— Pour en faire des salles de classe. Avez-vous seulement écouté l'exposé de mon projet ? ajouta-t-elle en fronçant légèrement les sourcils.

— Non.

— Non ? Mais...

— Evelyn Marie, dit-il à voix basse, regrettant de ne pouvoir goûter de nouveau la saveur de miel de sa bouche à cause de ce troupeau de bonnes femmes, ce n'est pas grâce à votre projet que vous êtes ici.

Le froncement de ses sourcils s'accentua.

— Dans ce cas, pourquoi...

— Vous êtes ici parce que je le veux bien.

— Je vous ai déjà dit que vous n'arriveriez pas à me chasser en essayant de m'intimider, milord.

— Saint, corrigea-t-il. Avez-vous déjà vu un homme nu et brûlant de désir pour vous ?

Les joues de la jeune femme s'empourprèrent violemment.

— N... non.

— Cela se produira, affirma-t-il, cédant à l'envie de caresser sa joue. Les choses que je vous enseignerai, Evelyn, ne s'apprennent pas dans une salle de classe. Et vous me supplierez de vous en enseigner davantage.

Elle ouvrit la bouche, puis la referma.

— Partez, ordonna-t-elle finalement d'une voix qui vibrait d'indignation. Vous n'arriverez pas à me séduire.

— Pas aujourd'hui, acquiesça-t-il en jetant un coup d'œil au groupe de femmes. Où allez-vous entreposer ce qui se trouve dans les réserves ?

— Je...

Il la regarda se débattre pour retrouver le fil de la conversation. Excellent. Il l'avait désarçonnée.

— Dans les anciennes écuries, répondit-elle finalement. Je superviserai l'opération et dresserai l'inventaire de ce qui pourra se révéler utile par la suite.

— Comme vous voudrez, répondit Saint en s'inclinant.

— Avez-vous réellement l'intention de m'aider ?

Il tourna les talons avec un fin sourire.

— Vous aider, oui. Gratuitement, non. Tout a un prix.

Les hommes de peine recrutés par Evelyn n'étaient autres que des commis et valets issus des clubs de gentlemen les moins recommandables. Saint flaira là l'entremise de lord Dare, mais le vicomte était devenu si discipliné depuis son mariage qu'il doutait qu'Evelyn lui ait fourni la véritable raison de son besoin de main-d'œuvre.

Dare avait été un compagnon amusant, doté d'un sens de l'humour agréablement cynique, avant que les critères de décence de son épouse ne s'avisent de gâter ce plaisant caractère. Saint trouvait cela fort dommage. Tout juste échangeaient-ils un salut désormais, quand ils se croisaient au Parlement ou dans les soirées les moins respectables auxquelles Saint daignait assister pendant la saison. Il souhaitait bien du plaisir au vicomte, mais ce n'était certainement pas le genre de vie qu'il espérait pour lui-même.

Une fois qu'il eut expliqué aux domestiques ce qu'ils avaient à faire, il se trouva bien désœuvré. Il sortit sa flasque de sa poche et, prenant appui de l'épaule contre le mur, avala une gorgée de gin.

Evelyn le croyait disposé à aider, tout en doutant de ses véritables intentions. Et lui doutait des siennes. Au moins savait-il ce qu'il faisait, et pourquoi. Une fois que Prinny aurait accepté d'étendre son parc sur le terrain de l'orphelinat, il faudrait bien vider le bâtiment, de toute façon. Gagner les faveurs d'Evelyn et prendre de l'avance sur son programme de démolition allait dans le sens de ses intérêts.

Quelques heures plus tard, il ne restait plus qu'une poignée de bonnes femmes dans le hall, et les salles du rez-de-chaussée étaient débarrassées de leur contenu, à l'exception de la poussière et des toiles d'araignée. Depuis un moment, Saint apercevait régulièrement des paires d'yeux curieux au bout du couloir qui observaient ce qui se passait, mais il ne leur accordait pas la moindre attention. Si ces morveux avaient l'estomac rempli et un toit au-dessus de la tête, c'était grâce à lui. Mlle Ruddick se chargerait de leur expliquer la signification de ce remue-ménage dont elle avait eu l'idée.

Une volute de parfum citronné s'enroula soudain autour de lui.

— Vous devriez aller leur expliquer ce que nous faisons, dit Evelyn en se plaçant près de lui.

— Ce que *vous* faites, rectifia-t-il. Moi, je tâche seulement d'échapper à l'ennui.

— Nous avons bien travaillé, déclara-t-elle, visiblement très satisfaite d'elle-même.

— Mademoiselle Ruddick, déclara-t-il, quoi que vous pensiez faire, n'allez pas croire que je vous suivrai aveuglément. J'ai les yeux grands ouverts, et dites-vous bien que j'agis dans mon intérêt, et non dans le vôtre.

— J'essaie seulement de venir en aide à ces pauvres enfants. J'imagine que c'est également pour cette raison que vous présidez le conseil de cet établissement.

— Vous imaginez mal, répondit-il en s'écartant du mur pour se tourner vers elle. Ma chère maman a jugé bon de stipuler dans son testament qu'un membre de la famille Halboro devrait rester en charge de cet orphelinat tant que celui-ci existerait. Et comme je suis le dernier survivant de la lignée des Halboro…

Il avait veillé à ne pas trop accentuer les mots « tant que celui-ci existerait », mais elle sembla heureusement se concentrer sur le reste de ses propos.

— Halboro, souffla-t-elle comme si elle se parlait à elle-même. J'ignorais.

— Bonté divine, ne me dites pas que nous sommes parents, dit-il en fronçant les sourcils.

Il veillait scrupuleusement à ne jamais s'accoupler avec une quelconque parente, si éloignée fût-elle. Le fruit consanguin d'une telle union, fût-il ou non accidentel, serait un désastre.

— Non, répondit-elle en reportant son attention sur lui. Je viens simplement de prendre conscience que je ne connaissais pas votre nom de famille. Pas plus que votre prénom.

— Ah. Michael.

— Michael, répéta-t-elle.

Saint se surprit à observer sa bouche, ce qui n'avait en soi rien d'inhabituel, sauf qu'il ne le fit pas parce qu'il avait envie de l'embrasser – même s'il en avait effectivement envie. Très peu de femmes l'avaient appelé par son prénom, et il n'avait pas aimé qu'elles le fassent. Cela supposait un degré d'intimité qu'elles n'avaient pas mérité. En couchant avec lui, elles gagnaient à peine le droit de le cajoler. Mais quand la virginale et angélique Evelyn Marie Ruddick avait murmuré son nom, son pouls s'était accéléré. Voilà qui était étrange.

— Oui. Un prénom très commun. À l'instar de l'imagination de ma mère.

— Voilà un commentaire bien peu charitable.

Il haussa les épaules. Le tour que prenait cette conversation lui déplaisait de plus en plus.

— Qui n'en demeure pas moins honnête. Je croyais que vous appréciiez l'honnêteté.

— Cela vous met mal à l'aise, n'est-ce pas ? demanda-t-elle sans cesser de soutenir son regard. De parler de votre famille, je veux dire.

Elle n'aurait su dire pourquoi elle lui posait cette question, alors qu'il n'avait fait que se montrer distant, cynique et arrogant vis-à-vis d'elle.

— Rien ne peut me mettre mal à l'aise, Evelyn, murmura-t-il en se rapprochant d'elle. Je n'ai aucune morale ; c'est du moins ce que l'on prétend.

La lueur prédatrice qu'elle vit étinceler dans son regard incita Evelyn à reculer. Les hommes de peine qu'elle avait engagés pour la journée se trouvaient à portée de voix, et lord Dare s'était seulement porté garant de leur ardeur au travail. Il ne lui avait pas promis qu'ils garderaient le secret, si d'aventure St Aubyn s'avisait de l'embrasser devant eux.

— Vous dites cela pour me provoquer, répondit-elle d'un ton faussement amusé, s'efforçant de paraître blasée.

Il secoua la tête.

— Pour vous prévenir. Comme je vous l'ai dit, je ne fais jamais rien gratuitement. J'entends bien être payé pour ce que je fais aujourd'hui.

— Je n'ai pas sollicité votre aide, répliqua-t-elle.

Elle savait pourtant qu'il ne fallait pas le défier. St Aubyn ne reculait devant rien, et jusque-là, le défier lui avait seulement valu d'être embrassée ou tournée en ridicule, selon l'humeur du marquis.

— Non, vous avez seulement sollicité mon indulgence, ma chère. Et, du diable si je sais pourquoi, j'ai accepté de me montrer indulgent. Mais le diable et moi sommes bons amis, Evelyn Marie, ajouta-t-il avec un sourire sensuel. Vous feriez mieux de ne pas trop nous tenter.

Avec cette aisance nonchalante qui le caractérisait, il leva la main pour caresser sa joue, le regard rivé sur sa bouche. Evelyn déglutit mais, avant qu'elle ait eu le temps de protester et de l'informer qu'il n'était pas question qu'il s'avise de l'embrasser encore une fois, les doigts de Saint frôlèrent le creux de sa gorge, disparurent derrière son cou... puis réapparurent pour faire osciller devant ses yeux son pendentif en perle.

Elle ne l'avait même pas senti actionner le fermoir.

— Vous... Comment...

— Et vous ne m'avez pas encore vu dégrafer une robe, murmura-t-il en examinant attentivement le pendentif. Voilà mon paiement pour la peine que je me suis donnée aujourd'hui. Si vous souhaitez le récupérer, demandez après moi au bal des Dundredge, ce soir. Je suppose que vous y assisterez ?

— Je... Oui.

— Dans ce cas, moi aussi, semble-t-il. Bonne journée, mademoiselle Ruddick. Prévenez la concierge quand vous aurez fini de jouer.

— Je ne joue pas, répliqua-t-elle d'une voix affreusement tremblante tandis qu'il disparaissait au bout du couloir.

S'il l'entendit, il ne s'en soucia guère. Et elle pouvait difficilement feindre l'indignation alors que son esprit refusait de fonctionner depuis qu'il lui avait confié son habileté à dégrafer une robe. Il avait suffi qu'il dise cela pour qu'elle imagine ses mains glissant le long de son dos et les pans de sa robe s'écartant sous ses doigts experts. Sa main serait alors descendue sur...

— Oh, pour l'amour du Ciel ! marmonna-t-elle en chassant cette vision de son esprit.

Comme si elle avait pu succomber à ses manœuvres de séduction ! Il cherchait seulement à la choquer et à s'amuser. Il l'avait dit lui-même.

Elle devinait qu'il savait se montrer diaboliquement séduisant quand l'envie lui en prenait, mais il était aussi très dangereux et, comme l'avait dit lady Gladstone, foncièrement mauvais. Si elle voulait récupérer son collier, elle allait devoir l'approcher, au bal de ce soir. Il lui réclamerait certainement une danse et veillerait à ce qu'elle ne puisse pas refuser.

Evelyn se rembrunit. Victor allait la tuer. Si le marquis de St Aubyn ne la détruisait pas avant.

7

Nous sommes enlacés
– vienne la mort lentement ou vite –,
Notre premier lien est aussi le plus durable.

Lord Byron,
Épître à Augusta

— S'il a volé ton collier, tu dois en informer les autorités et le faire arrêter, murmura Lucinda en promenant un regard indigné parmi la foule présente au bal des Dundredge, cherchant à apercevoir St Aubyn.

Evelyn l'avait cherché, elle aussi, sans plus de succès que son amie.

— Le dénoncer me permettrait de faire d'une pierre deux coups, je suppose, répondit-elle sur le même ton, tout en faisant mine de grignoter une écorce d'orange confite. Je serais débarrassée de St Aubyn et le scandale serait tel que Victor en mourrait. Franchement, Luce…

— Je m'efforce de t'aider, gloussa Lucinda.

— Efforce-toi davantage. Que dois-je faire ? Aller le trouver pour lui demander de me le rendre ? Et s'il est en compagnie de cette affreuse lady Gladstone ?

— Tu diras à Victor que tu cherches à l'amadouer pour sa campagne.

— Cela pourrait fonctionner… déclara Evie après un temps de réflexion. Non, se reprit-elle aussitôt, parce qu'alors lady Gladstone exigerait de savoir comment mon collier s'est retrouvé en la possession de Saint, et elle m'arracherait les yeux avant que j'aie pu lui répondre.

— Qui donc se ferait arracher les yeux ? s'enquit une voix féminine juste derrière elles.

Evie tourna la tête et relâcha son souffle dans un soupir de soulagement.

— Georgie ! dit-elle en étreignant la main de son amie. Tu as bien failli me faire mourir de peur.

L'époux de Georgiana eut un hochement de tête compréhensif.

— Elle s'amuse à me faire cela sans arrêt, dit-il.

Il prit une poignée de billes en chocolat, en donna une à Georgie et versa le reste dans sa bouche.

— Les esclaves que je vous ai envoyés vous ont-ils donné satisfaction ?

— Chut, souffla Evie, bien que Georgie et elle fussent les seules personnes susceptibles de comprendre la question de Dare. C'est un secret.

— Oui, j'avais bien compris, déclara le vicomte. Et pourquoi m'a-t-il donc fallu expédier secrètement des hommes de peine dans un orphelinat ?

Son épouse le gratifia d'un froncement de sourcils.

— Cela ne vous regarde pas, Tristan. Allez donc plutôt ennuyer Greydon et Emma.

— Bien, mon amour, répondit lord Dare en déposant un furtif baiser sur sa joue avant de se fondre parmi la foule des invités.

Dès qu'il fut parti, Georgie baissa spontanément la voix pour s'adresser à ses amies.

— Qui donc se ferait arracher les yeux ?

— Moi, répondit Evie, incapable de réprimer un sourire.

Georgie et Lucinda étaient tout simplement les meilleures amies du monde. Elle pouvait absolument tout leur dire, sans craindre qu'elles n'aillent le répéter. Il était donc incompréhensible qu'elles ne sachent pas encore que St Aubyn l'avait embrassée. Mais surtout, il était encore plus incompréhensible qu'Evie continue à repenser aussi souvent à ce baiser.

— Pourquoi donc ?

— Le marquis de St Aubyn a subtilisé le collier d'Evie, cet après-midi, expliqua Lucinda. Nous nous efforçons d'élaborer une stratégie pour le récupérer en douceur.

— Es-tu certaine qu'il te l'ait pris ? demanda la vicomtesse en retrouvant tout son sérieux.

— Il l'a lui-même ôté de mon cou et m'a dit que si je voulais le récupérer, je devrais le lui demander ce soir.

— Il cherche clairement à te mettre dans l'embarras. Il paraît qu'il se délecte de ce genre de situations ambiguës, dit Georgie, se mettant elle aussi à scruter la foule des invités pour tenter d'apercevoir le marquis. Il est peut-être plus sage de renoncer, Evie, ajouta-t-elle.

Georgiana avait raison. Elle aurait dû s'y résoudre dès qu'elle avait appris que St Aubyn avait un lien avec l'orphelinat. Cependant, elle déclara :

— Je ne me laisserai pas intimider par son comportement lamentable.

— Un comportement lamentable ? répéta Lucie d'un ton pensif. Dis-moi, Evie, ne devais-tu pas trouver un élève à qui donner une bonne leçon...

Georgiana blêmit.

— Non, non, non ! Nous ne pouvons pas charger Evie de réformer St Aubyn. Il ruinerait sa réputation dans la seconde s'il découvrait ses intentions. Nous lui trouverons un élève plus malléable.

— Je... souffla Evie, le cœur battant.

— Oui, tu as raison, intervint Lucinda en adressant un regard de compassion à Evelyn. Nous ne pouvons envisager de réformer que des élèves à qui il reste au moins un semblant d'âme. Ton projet se révèle trop risqué, Evie. Je suis sûre que nous saurons te trouver un autre orphelinat, plus sûr, auquel tu pourras te consacrer.

— Et un élève moins tourmenté, ajouta Georgie.

Evelyn les observa tour à tour, le brouhaha de la salle de bal s'atténuant au point de ne plus former qu'un bourdonnement distant dans ses oreilles. Ses amies, ses meilleures amies, s'attendaient à la voir échouer. Elles avaient probablement jugé d'emblée désastreux son projet pour l'orphelinat, et la réputation sulfureuse de St Aubyn n'était qu'un prétexte commode pour l'inciter à renoncer sans la froisser. Mais avant d'être cataloguée comme incompétente, Evelyn entendait bien au moins essayer.

— Tu as raison, Luce, dit-elle tranquillement en se demandant si ses amies pouvaient entendre les battements de son cœur.

— Ne t'en fais pas, Evie. Nous nous mettrons en quête d'une œuvre de charité qui te conviendra mieux dès demain matin.

— Non, j'entendais par là que tu as raison de dire que St Aubyn ferait un élève parfait. Et que je me trouve dans la position idéale pour lui donner une petite leçon.

Lucinda écarquilla les yeux.

— Non, Evie, j'avais tout à fait tort. Si tu te chargeais de cela, il ne s'agirait plus d'améliorer le sort de ces orphelins, mais de...

— De réformer St Aubyn. Je sais. Je ne pourrais pas rêver plus grand défi, n'est-ce pas ?

— Es-tu bien sûre de toi ? demanda Georgie en prenant sa main. Tu n'as rien à prouver à personne.

— Seulement à moi-même, répondit-elle, bien que ce ne fût pas entièrement vrai. Et oui, je suis sûre de moi. Je sortirai victorieuse sur les deux fronts ou bien j'échouerai lamentablement.

Ses amies s'efforcèrent encore de la convaincre qu'elle prenait un risque inutile, sans succès, et ce qu'elles disaient cessa d'avoir le moindre sens quand St Aubyn apparut soudain parmi la foule des invités.

Elle remarqua pour la première fois la façon que les femmes avaient de le regarder dans le dos de leurs époux, dissimulant à demi leur visage derrière leur éventail d'ivoire. Il ne pouvait pas avoir eu autant d'aventures clandestines ! Une seule vie ne comportait pas autant de nuits, si l'on ajoutait aux femmes présentes les demi-mondaines qu'il fréquentait. Tous ces regards lui rappelèrent cependant ce que lady Gladstone avait dit à son sujet : St Aubyn n'avait pas à bien se comporter parce qu'il était le mal incarné.

Toutes ces femmes semblaient le désirer et prenaient plaisir à l'observer. Sa démarche souple et féline aimantait le regard, même quand il ne chassait pas. Face à une telle abondance de gibier consentant, pourquoi s'intéressait-il à elle ? Se contentait-il de s'amuser, comme il le prétendait ? Peut-être avait-il la poche pleine de colliers attendant d'être réclamés par les demoiselles qu'il avait accostées ce jour-là...

— Evie, murmura Lucinda d'un ton urgent.

— Oui ?

— Il est là !

— Je sais. J'ai vu.

Ses amies échangèrent un coup d'œil qu'elle feignit de ne pas voir.

— Que vas-tu faire ? demanda Georgiana.

Evelyn prit une inspiration pour calmer les battements de son cœur.

— Lui réclamer mon collier.

— Mais...

Avant de perdre courage, Evelyn s'avança vers la table des rafraîchissements. C'était la direction que semblait prendre Saint, et une rencontre fortuite susciterait moins de questions.

Mais quand elle atteignit le point où leurs trajectoires auraient dû se croiser, Saint, qui s'attardait auprès d'un valet pour réclamer un verre, se trouvait encore à plusieurs mètres d'elle. Elle se faufila derrière une sculpture de glace et l'observa, les ailes translucides du cygne déformant et étirant son large torse vêtu d'une veste noire tout en laissant son beau visage inchangé.

Michael Halboro. Elle se demanda quel était son second prénom. Savoir si peu de choses à son sujet rendait chaque parcelle d'information plus... significative qu'elle ne l'était sans doute. La mèche brune qui retombait devant ses yeux lui donnait un petit air vulnérable et canaille. Il releva soudain la tête et croisa immédiatement son regard, comme s'il avait toujours su où elle se trouvait. Le cœur d'Evie cessa de battre.

Il prit congé du valet avec un lent sourire, puis passa devant une demi-douzaine de jeunes femmes auxquelles il n'accorda pas même un coup d'œil.

— Bonsoir, mademoiselle Ruddick, dit-il de sa belle voix de baryton qui se répercuta le long de sa colonne vertébrale. Vous êtes donc venue.

— Croyiez-vous que j'allais rester cachée sous mon lit ? répondit-elle d'une voix qui, à sa grande satisfaction, ne tremblait pas.

— Quand je pense à vous, ce n'est pas *sous* un lit que je vous imagine. Je crois que vous avez une question à me poser...

Juste Ciel. Dans cette salle de bal, un nombre incalculable d'oreilles indiscrètes pouvaient surprendre les propos qu'ils échangeaient. Et elle ne voyait pas comment poser sa question sans que cela paraisse scandaleux ou indécent. C'était évidemment ce qu'il voulait. Quoi qu'elle dise, il pourrait le retourner contre elle. Elle aurait mieux fait de rester cachée sous son lit.

Autant en finir au plus vite.

— Lord Dare a mentionné un collier que vous auriez trouvé à la soirée des Hanson. Je pense qu'il s'agit du mien. Pourrais-je le voir ?

Les lèvres de Saint esquissèrent un sourire.

— Oui, je l'ai trouvé dans le saladier de punch, répondit-il tranquillement en glissant la main dans sa poche. Se pourrait-il que ce soit le vôtre ?

Evie en chancela presque de soulagement.

— Oh, merci infiniment, milord, bredouilla-t-elle sans même lui laisser le temps de soumettre le bijou à son examen. C'est un pendentif auquel je tiens beaucoup, et je craignais de ne jamais le retrouver, ajouta-t-elle en tendant la main.

— Permettez-moi, dit Saint en la contournant pour se placer derrière elle.

Evie n'eut que le temps de déglutir et devint écarlate quand le marquis fit glisser la chaînette autour de sa gorge. Ses doigts effleurèrent les fins cheveux de sa nuque lorsqu'il ajusta le fermoir, et il s'inclina vers son oreille.

— Bien joué, Evelyn Marie, murmura-t-il. À présent, souriez et dites : « Merci, Saint », sinon je vous mords l'oreille.

Si le cœur d'Evelyn s'était mis à battre plus vite, il se serait échappé de sa poitrine. Elle plaqua un sourire sur ses lèvres, le regard rivé devant elle.

— Merci, Saint. C'était très prévenant de votre part.

— Vous m'excitez, murmura-t-il. Et je vous le ferai payer, ajouta-t-il avant de s'écarter d'elle.

La leçon, se souvint-elle quand elle ferma les yeux, rien qu'un instant, pour se ressaisir.

— Lord St Aubyn, avez-vous rencontré ma mère ? demanda-t-elle en se retournant. Je suis certaine qu'elle aimerait, elle aussi, vous remercier de cette bonne action.

Il se figea, le temps d'un battement de cœur.

— Vous voulez me présenter votre mère ? demanda-t-il avec un regard surpris.

C'était la première fois qu'elle le voyait déstabilisé.

— Oui, pourquoi pas ?

— Je pourrais citer un bon millier de raisons, répondit-il avant de hausser les épaules. Mais pourquoi pas, en effet ? La soirée s'est révélée assez ennuyeuse jusqu'ici.

Oui, si l'on exceptait qu'il avait failli ruiner sa réputation et la faire défaillir…

— Par ici, milord.

— Saint, corrigea-t-il d'un ton suave en se plaçant auprès d'elle pour lui offrir son bras.

— Mais…

— Si je dois me montrer civilisé, vous devez l'être aussi.

Sans attendre sa réponse, il prit sa main et la posa sur la manche de son habit. Tandis qu'ils quittaient la salle de bal pour gagner le salon où la plupart des dames d'un certain âge s'étaient rassemblées pour échanger des potins en grignotant des friandises, Evie prit conscience de l'ampleur de l'erreur qu'elle s'apprêtait à commettre.

— Saint, murmura-t-elle en apercevant sa mère. Elle ne sait pas que je m'occupe de l'orphelinat. N'en parlez pas, par pitié.

Elle crut d'abord qu'il ne l'avait pas entendue, trop occupé à remarquer les expressions choquées des matrones qui découvraient celui qui avait l'audace de s'immiscer parmi elles. Mais il tourna alors vers elle son regard vert et amusé.

— En échange d'un baiser, murmura-t-il.

— Je… je vous demande pardon ?

— Vous m'avez entendu. Alors, c'est oui ou non ?

Tandis que les dames s'écartaient pour leur livrer passage, Evie se força à plaquer un sourire mortifié sur ses lèvres.

— Evie ! Que diable fais-tu...

— Maman, j'aimerais vous présenter le marquis de St Aubyn. Figurez-vous qu'il a retrouvé au fond d'un saladier de punch le collier que j'avais perdu au bal des Hanson ! Milord, voici ma mère, Geneviève Ruddick.

— Madame Ruddick, dit-il aimablement en prenant sa main. J'aurais dû me présenter depuis plusieurs jours, je suppose, étant donné que votre fille et moi...

Oh non, songea Evelyn.

— ... avons valsé ensemble au bal des Hanson, acheva-t-il d'un ton suave. C'est une jeune femme courageuse.

Evelyn vit sa mère froncer les sourcils, une expression qui convenait mieux que l'étonnement à son visage au teint pâle.

— Je la crois surtout impulsive.

Evie retint son souffle, s'attendant que le marquis réponde au commentaire de sa mère par quelque sibylline remarque de son cru. Mais il se contenta de la gratifier d'un bref sourire énigmatique.

— En effet.

C'était peut-être sa première tentative, mais il avait réussi à rester poli pendant trois minutes. Evelyn estima cependant préférable de ne pas chercher à pousser sa chance.

— Oh, est-ce déjà le quadrille ? s'exclama-t-elle d'un ton enjoué. J'ai promis cette danse à Francis Henning. Veuillez m'excuser, maman. Auriez-vous l'obligeance de m'escorter, lord St Aubyn ?

Voyant qu'il ne répondait pas, Evie jugea plus prudent de s'éloigner en espérant qu'il la suivrait. Elle s'apprêtait à franchir la porte quand une main s'abattit sur son épaule et la poussa vers l'alcôve la plus proche.

— De quoi s'agissait-il, au juste ? demanda Saint en la toisant d'un air sombre.

— Je cherchais seulement à savoir si vous le feriez. Maintenant, si vous voulez bien m'excuser, j'ai prom...

Saint allongea le bras pour lui bloquer le passage. Cruellement consciente qu'un simple rideau les séparait du couloir et de la salle de bal qui se trouvait au-delà, Evie déglutit. Ses amies l'avaient prévenue du danger qu'il y avait à vouloir donner une leçon à St Aubyn, mais par le biais d'un étrange raisonnement, elle trouvait juste, s'il avait l'intention de nuire à sa réputation, de tenter quant à elle de le réformer.

— Écartez-vous, je vous prie.

— Embrassez-moi.

— Maintenant ? répondit-elle en levant les yeux vers lui.

— Oui, maintenant.

Evie soupira pour couvrir le soudain emballement de son cœur.

— Très bien.

Il se contenta de l'observer sans bouger. Elle se demanda ce qu'il pouvait bien voir qui l'incitait à la torturer ainsi. Une petite femme aux cheveux ni bruns ni roux, aux yeux gris et au teint perpétuellement empourpré. Quoi d'autre ? La jugeait-il aussi naïve et inutile que ses amies le faisaient ?

— Eh bien ? murmura-t-elle au bout d'un moment. Finissez-en donc.

Saint secoua la tête.

— C'est vous qui allez m'embrasser.

Les yeux mi-clos, il fit glisser son doigt sur sa peau, à la limite du décolleté de son corsage.

— Si vous ne m'embrassez pas, Evelyn, je trouverai quelque chose de plus intime à faire avec vous.

Sa peau était devenue brûlante là où il l'avait touchée. Elle comprit soudain ce qui la retenait - elle *avait envie* de l'embrasser. Elle voulait retrouver la sensation qui l'avait saisie quand il l'avait embrassée à l'orphelinat.

Il fit lentement glisser sa robe sur son épaule, et sa caresse se révéla tiède et douce lorsque ses doigts glissèrent sous l'étoffe.

— Embrassez-moi, Evelyn Marie, répéta-t-il plus doucement.

Tremblante, à peine capable de respirer, elle se hissa sur la pointe des pieds et posa ses lèvres sur les siennes. Un flot de chaleur envahit son corps quand la bouche de Saint répondit ardemment à ce contact timide, accentuant si puissamment leur étreinte qu'elle eut l'impression de flotter. Aucun baiser ne lui avait jamais fait cet effet. C'était comme si son corps tout entier vibrait et palpitait.

— Suis-je censé la surveiller à chaque instant ?

La voix irritée de son frère venait de retentir près d'eux. Elle retint son souffle, et Saint se plaqua contre elle en la repoussant contre le mur. Rester cachée derrière ce rideau était son seul espoir : si quelqu'un la découvrait là, seule avec St Aubyn, elle serait anéantie.

— Je ne m'attends pas que tu le fasses, entendit-elle sa mère répliquer sèchement. Mais c'est toi qui l'as escortée ici, Victor. A-t-elle perdu la raison ? Venir me présenter St Aubyn !

— Je me demande si elle ne cherche pas à ruiner ma carrière politique pour que je retourne en Inde. Attendez, j'aperçois lady Dare, là-bas. Allez lui demander si elle sait où est Evie. De mon côté, je pars à la recherche de St Aubyn.

Leurs voix s'éloignèrent, mais Evie ne put se détendre – le corps souple et ferme de Saint restait pressé contre le sien. Elle aurait dû lui être reconnaissante de ne pas l'avoir poussée hors de l'alcôve pour la jeter aux loups, se dit-elle. Mais s'ils s'attardaient plus longtemps, sa chance, déjà déclinante, risquait de l'abandonner tout à fait.

— Saint...

Les mains plaquées contre le mur de part et d'autre de son visage, il approcha de nouveau ses lèvres des siennes. Cette fois, son baiser fut rude, impitoyable et fougueux. Un gémissement irrépressible franchit les lèvres d'Evie, et ses mains s'élevèrent spontanément pour encercler sa taille.

Mais, avant qu'elle ait pu le toucher, il interrompit leur baiser et recula.

— Vous êtes si douce, dit-il à voix basse en passant le revers de sa main sur sa bouche. Vous feriez vraiment mieux de vous tenir loin de moi. Bonsoir, Evelyn Marie.

Elle se laissa aller contre le mur, tâchant de retrouver son souffle et ses esprits et songeant que sa mère avait raison. Elle devait être devenue folle. St Aubyn lui-même venait de lui conseiller de garder ses distances avec lui, et elle ne pouvait penser qu'à une chose, c'était qu'elle allait le revoir le lendemain.

Elle prit une grande inspiration, remonta l'épaule de sa robe, se redressa et regagna le couloir. Devant le miroir placé près de la porte de la salle de bal, elle s'assura qu'elle n'était pas décoiffée et que le marquis n'avait dérangé aucun autre élément de sa toilette ni repris son collier.

Evelyn se figea quand ses yeux se posèrent sur le pendentif qui brillait à sa gorge. Un diamant, niché au centre d'un cœur en argent, étincelait sous ses yeux. Elle leva lentement une main tremblante et le toucha. Elle ne rêvait pas. Le marquis de St Aubyn lui avait dérobé son pendentif en perle cet après-midi et l'avait remplacé ce soir par un diamant. Un somptueux diamant.

— Ô mon Dieu, souffla-t-elle.

Si tout avait un prix, qu'espérait-il en échange de cela ? Après leur dernier baiser, une part d'elle-même souhaitait vivement le savoir.

— St Aubyn.

Saint ne leva pas les yeux de la table de bridge. Il s'était arrangé pour gagner la salle de jeu des Dundredge par l'escalier de service, tout en se demandant ce qui l'incitait à éviter ainsi Victor Ruddick. Il ne se trouvait plus grand monde pour oser le provoquer en duel, désormais. Les survivants avaient prévenu la populace du danger qu'il y avait à mettre en cause son honneur, que la chose fût ou non méritée.

Evelyn Marie, cependant, lui avait expressément demandé de ne pas la compromettre, et, à sa grande surprise, il avait obéi. Car s'il ruinait effectivement sa réputation, elle se retrouverait automatiquement hors de sa portée, et sa raison avait beau lui souffler que les jeunes femmes vierges et convenables ne présentaient aucun intérêt, cela ne suffisait pas à émousser l'obsession qu'elle lui inspirait.

— St Aubyn.

Il releva la tête avec un soupir.

— Plaît-il ?

— Avez-vous...

Victor Ruddick promena son regard sur la salle de jeu en serrant les dents et baissa la voix.

— Avez-vous vu ma sœur ?

— Pour commencer, répondit Saint en demandant d'un signe une nouvelle carte, qui diable êtes-vous ?

Le frère d'Evelyn referma la main sur le dossier de sa chaise et se pencha vers lui.

— Vous savez fort bien qui je suis, marmonna-t-il, et vous savez où est ma sœur. Elle est peut-être affreusement insipide, mais c'est une jeune fille convenable. Gardez vos distances avec elle, St Aubyn.

L'estime que Saint avait pour Victor Ruddick remonta d'un cran. Lui adresser des menaces directes demandait du courage.

— J'abandonne, annonça-t-il aux autres joueurs en laissant retomber ses cartes sur la table.

Il ne savait que très peu de choses au sujet d'Evelyn, mais il avait pu constater qu'elle était loin d'être sotte. Il se leva et glissa sa chaise sous la table, obligeant ainsi

Victor à s'écarter. Dans la salle de jeu, le brouhaha des conversations s'était soudain réduit à un murmure – tout le monde savait déjà qu'il avait valsé avec Evelyn la semaine précédente.

— Sortons, voulez-vous ? suggéra-t-il en désignant la porte.

— Je préfère ne pas être vu avec vous, déclara Victor, le visage fermé. Votre fréquentation n'améliore la réputation de personne. Contentez-vous de laisser ma famille en paix.

— Dans ce cas, cessez d'envoyer votre sœur recruter pour votre compte mes amies… particulières, répliqua Saint. Vous n'avez qu'à vous en charger vous-même, Ruddick.

Il le quitta sur ces mots et retourna dans la salle de bal en maudissant tous les frères, les époux et les pères de la terre. La soirée avait été charmante avant que Ruddick n'intervienne. Il nota cependant avec intérêt qu'aucun membre de la famille d'Evelyn n'était au courant de ses projets pour l'orphelinat du Cœur de l'Espoir. Il veillerait à utiliser cela à son avantage.

Saint eut un sourire sombre. Il avait toutes les cartes en main. Quelles que soient les intentions d'Evelyn, celles-ci tournaient autour de l'orphelinat… et donc autour de lui. Le lendemain, il monterait la barre d'un cran et verrait si elle était toujours disposée à jouer.

8

Apportez-moi du vin alors, tout un banquet ;
L'homme n'a pas été créé pour vivre seul :
Je serai cette lumière, dénuée de sens,
Qui sourit à tous et ne sanglote avec personne.

Lord Byron,
Une lutte encore, puis je serai libre

Saint se réveilla en sursaut, attrapa le premier objet qui se trouvait à portée de sa main – sa botte – et le lança vers la silhouette sombre qui se tenait au pied de son lit.

— Ouille ! C'est moi, milord ! Pemberly !

— Je sais, souffla le marquis en se laissant retomber sur ses oreillers avant de rabattre les couvertures sur sa tête. Va-t'en.

— Vous m'avez demandé de vous réveiller à 7 h 30, milord. Il est précisément 7…

— Pemberly, gronda Saint, dont le réveil avait suffi à déclencher un violent mal de crâne, apporte-moi un verre. Tout de suite.

Le valet quitta la pièce en marmonnant, évitant de justesse la seconde botte que Saint lança dans son dos. Le claquement de la porte arracha un juron à Saint, qui pressa ses tempes entre ses mains.

C'était inadmissible. Si 7 h 30 était l'heure à laquelle se levaient les personnes convenables, il était bien content de ne pas être l'une d'elles. Il s'assit dans son lit, plus lentement cette fois, et alluma la lampe que Pemberly avait laissée sur la table de chevet.

Il était rentré chez lui trois heures plus tôt, avait dormi seul – une fois de plus, et pour la treizième nuit consécutive. Il avait donc tous les droits d'être de mauvaise humeur. Il allait sur ses trente-trois ans et avait adopté un rythme de vie que la plupart des gens jugeaient décadent, mais qu'ils enviaient sans doute secrètement. Il s'en trouvait quant à lui très heureux. La plupart du temps, en tout cas.

Il écarta les couvertures et s'assit au bord du lit. La concierge de l'orphelinat, dont il ne parvenait jamais à se rappeler le nom, lui avait montré le programme qu'Evelyn avait prévu cette semaine. Elle avait décidé de consacrer cette journée à la peinture et de commencer à 9 heures.

Saint n'avait évidemment pas besoin d'aller regarder des peintres étaler de la couleur sur les murs, mais Evelyn serait là.

Il passa la main dans sa chevelure ébouriffée avec un bâillement, puis s'étira mollement. Parmi toutes les femmes avec qui il avait partagé un lit ou un placard à balais, il ne se souvenait pas qu'une seule lui ait donné autant de fil à retordre.

Il était néanmoins hors de question qu'il renonce à cette petite demoiselle convenable. Car s'il ne parvenait pas bientôt à la renverser sur le dos, il allait exploser. Une partie de lui, en tout cas. Saint baissa les yeux.

— Patience, mon pauvre ami, murmura-t-il. Patience.

Alors qu'il enfilait son pantalon, Pemberly entrouvrit la porte et passa la tête dans l'entrebâillement.

— Milord ? J'ai du whisky et le café.

— Eh bien, apporte-les donc ici. Tu m'apporteras aussi le *London Times*. Je dois m'informer des absurdes réjouissances prévues par le Tout-Londres.

Au cours des deux semaines précédentes, il avait déjà assisté à plus de bals et de réceptions convenables que durant tout le reste de l'année. Supporter tous ces hypocrites fielleux était une autre des choses qu'il ferait payer à Evelyn.

Fermant les yeux à demi, Saint évoqua le souvenir du parfum citronné de sa chevelure et de la douceur de sa peau, si parfaitement lisse sous ses doigts. Dire qu'il avait déjà eu tant de maîtresses qu'il n'aurait su toutes les nommer et que, la plupart du temps, celles-ci parvenaient tout juste à le tirer de son ennui ! Désirer Evelyn Ruddick au point d'être excité dès qu'il posait les yeux sur elle, tout en sachant qu'il était idiot de se comporter de la sorte, était particulièrement irritant. Elle ignorait clairement tout des règles du jeu de la séduction, et son initiation demanderait du temps. Il ne se contenterait pas de soulever ses jupes pour la posséder contre un mur. Non, Mlle Ruddick méritait d'être séduite dans les règles de l'art.

Quand il prit place devant sa table de toilette pour se raser, il se rendit compte que s'il voulait atteindre son objectif, il allait devoir dormir davantage. Avec ces yeux rougis et cette tignasse d'épouvantail, il aurait plus de chances de l'effrayer que de la séduire.

— Mon Dieu, soupira-t-il face à son reflet.

Le café apporté par Pemberly avait intérêt à être très fort.

Le valet revint bientôt avec le journal et le courrier de la veille. Saint tria celui-ci et mit de côté quelques invitations qu'il aurait normalement jetées à la poubelle.

— Qu'est-ce donc que cela ? fit-il, surpris.

La missive portait le sceau officiel du prince de Galles. Prinny mettait ordinairement des semaines avant de prendre la moindre décision. Trois jours, c'était exceptionnel.

Il l'ouvrit et lut le premier paragraphe. Prinny l'invitait à revenir à Brighton, car rien n'enflammait apparemment davantage la reine Charlotte que de côtoyer les débauchés dont le prince George s'entourait.

Saint se rembrunit cependant à la lecture du paragraphe suivant.

— Malédiction.

Le prince avait ordonné qu'une commission étudie l'extension du parc qu'il lui avait suggérée, or une étude demandée par le prince serait obligatoirement soumise à l'accord du Parlement.

— Peste, peste, peste.

On avait sans doute encouragé le Régent à s'assurer de l'approbation des parlementaires du fait de ses soucis financiers, mais Prinny lui-même avait envisagé le scandale que risquait de susciter la démolition de l'orphelinat. Il ne plaisantait visiblement pas avec sa cote de popularité.

Saint s'empressa de gagner son bureau pour écrire une réponse. L'heure n'était plus à la subtilité. Il devait interrompre cette étude avant qu'elle ne soit soumise au débat public… et qu'elle ne parvienne aux oreilles des autres membres du conseil d'administration. L'idée qu'Evelyn découvre ses projets avant qu'il en ait fini avec elle ne fit qu'assombrir son humeur. Il griffonna précipitamment une offre promettant de couvrir les frais de relogement des orphelins, la destruction et le déblaiement du bâtiment ainsi que les plantations de la surface de parc supplémentaire.

— Jansen ! appela-t-il tandis qu'il pliait et scellait sa missive.

Le majordome apparut aussitôt.

— Oui, milord ?

— Faites porter ceci à Carlton House immédiatement. Veillez à ce que l'on sache que cela vient de moi.

Saint s'assit en soupirant. Comme s'il avait besoin d'une nouvelle complication ! Le temps dont il disposait pour se débarrasser de l'orphelinat se trouvait soudain réduit à néant, alors qu'une charmante et charitable demoiselle avait décidé de faire peindre les salles de classe du bâtiment.

Il n'y avait plus qu'une solution : la faire renoncer, très vite, et la séduire en même temps. Il regagna sa chambre avec un sourire mauvais et finit de s'habiller. Il allait faire en sorte de devenir le nouveau projet de cette demoiselle et se guérirait par la même occasion de l'étrange désir qu'il avait d'elle, avant qu'elle ait seulement le temps de comprendre ses intentions. Elle seule pourrait le soulager de ses tensions. Faire l'éducation d'Evelyn allait se révéler très plaisant, vraiment.

— Je ne veux pas aller à l'école !

— Ce n'est pas l'école, Charles, ce ne sont que quelques leçons, expliqua Evelyn sans se départir de son sourire déterminé.

Préparer les salles de classe, acheter les manuels et recruter les professeurs était une chose, mais si personne ne participait, son projet allait échouer. Et elle avec.

— Des leçons de quoi ? demanda l'un des plus âgés des garçons.

— De lecture, tout d'abord. D'écriture, aussi. Et d'arithmétique.

— C'est de l'école !

— Quand tu seras amené à travailler, ne seras-tu pas heureux de pouvoir vérifier que ton employeur te paie bien ce qu'il t'a promis ? rétorqua-t-elle. Ne te plairait-il pas de pouvoir lire le journal, afin de trouver un emploi ? N'aimerais-tu pas lire des histoires de pirates, de Peaux-Rouges et de vaillants soldats ?

Le vague grommellement d'approbation de l'enfant lui redonna espoir. Certes, les conseils de la duchesse de Wycliffe l'avaient aidée, mais Emma avait enseigné dans une institution de jeunes filles issues de la bonne société, toutes désireuses d'apprendre afin de faire leur chemin dans le monde. Avec ces pauvres enfants, surtout soucieux d'avoir le ventre plein et des habits sur le dos, d'autres tactiques devenaient nécessaires.

Elle sentit soudain ses cheveux se dresser sur sa nuque et tourna la tête. Le marquis de St Aubyn l'observait depuis le seuil, l'épaule nonchalamment appuyée à l'encadrement de la porte. Un flot de chaleur se répandit le long de sa colonne vertébrale et enflamma des parties de son corps qu'elle n'aurait même pas pu mentionner devant lui. Certes, elle concevait qu'on puisse éprouver une certaine attirance pour ce séduisant débauché, mais le reconnaître aurait été aussi audacieux que de déclarer à voix haute qu'elle voulait qu'il la déshabille et parcoure son corps de ses mains...

Fidèle à lui-même, il était vêtu de couleurs sombres, comme par mépris de la lumière du jour – il était vrai que les ténèbres s'harmonisaient mieux à ses occupations habituelles.

— Bonjour, milord, dit-elle en faisant la révérence.

Saint répondit à son salut en s'inclinant avec une élégante désinvolture. Evie aurait aimé que les garçons de l'orphelinat aient un exemple à suivre, et même si le marquis lui semblait peu apte à remplir ce rôle, elle n'avait que lui sous la main, les autres administrateurs évitant apparemment tout contact direct avec les orphelins. Autour d'elle, les filles se mirent à chuchoter et à glousser ; elle réprima un froncement de sourcils.

— Diable, cela empeste la peinture, ici ! déclara-t-il en plissant le nez. Montez tous dans la salle de bal, vous autres. Et ouvrez les fenêtres.

Les enfants s'empressèrent de grimper à l'étage dans une joyeuse cacophonie avant qu'Evelyn ait seulement pu protester.

— Nous étions en train de parler, dit-elle avec un temps de retard. Il me faudra au moins un quart d'heure pour les calmer, à présent.

Saint haussa les sourcils.

— Êtes-vous attendue quelque part ? Pour un thé ou un récital, peut-être ?

De fait, si elle ne paraissait pas au thé de sa tante Houton cet après-midi-là, sa famille en déduirait certainement qu'elle lui cachait quelque chose.

— Là n'est pas la question. Je m'efforce de gagner leur confiance. Vous n'êtes pas censé faire irruption de la sorte et tout interrompre.

— J'excelle à semer le chaos.

Elle retint son souffle un instant. L'amusement sincère qui faisait pétiller ses yeux verts transformait ses traits élégants et habituellement cyniques de manière stupéfiante.

— J'ai remarqué cela, oui, dit-elle pour meubler le silence.

Il s'écarta de la porte.

— Où est votre pendentif ? demanda-t-il en avançant vers elle.

Evie porta la main à sa gorge.

— Vous l'avez toujours, je suppose, répondit-elle en regrettant qu'il ne soit pas resté à l'autre bout de la pièce. Et je souhaite vous rendre l'autre. Je ne puis l'accepter, ajouta-t-elle en le sortant de sa poche pour le tendre vers lui.

Il s'immobilisa devant elle, ignorant son geste.

— Vous ne pouvez pas ou vous ne voulez pas ?

Le regard dont il la déshabilla lui fit soudain prendre conscience qu'ils étaient parfaitement seuls. Les enfants étaient tous à l'étage supérieur, et les peintres au rez-de-chaussée.

— L'un et l'autre, milord. Vous...

— Saint, l'interrompit-il. Gardez le pendentif.

— Non. Je...

— Dans ce cas, jetez-le ou bien vendez-le pour acheter du pain pour les dockers, cela n'a aucune importance.

Elle releva le menton.

— Si, cela en a.

— Non, répondit-il en prenant le bijou de sa main pour le remettre dans la poche d'Evelyn. Cela n'en a aucune.

Sa main s'attarda dans sa poche, frôlant sa cuisse.

— Dans ce cas… pourquoi me l'avoir donné ?

Il glissa la main droite dans l'autre poche et pinça l'étoffe pour l'attirer vers lui. Instinctivement, Evie posa les mains sur son torse pour éviter de se retrouver plaquée contre lui.

— Parce que j'en avais envie. Posez-moi une autre question.

— Je… commença-t-elle tout en cherchant une question qui ne soit pas trop inepte. N'avez-vous rien d'autre à faire, aujourd'hui ? Séduire des femmes, vous enivrer dans des clubs ?

Il eut un nouveau sourire, moins amusé mais plus chaleureux.

— Que croyez-vous que je sois en train de faire en ce moment même ? murmura-t-il en soulevant les mains.

Il fit remonter ses doigts écartés sur ses cuisses jusqu'à sa taille, et Evie sentit l'ourlet de sa robe suivre le mouvement et frôler ses genoux. Dans le même temps, il se pencha en avant et l'embrassa, agaçant sa bouche de ses lèvres et de sa langue.

Les genoux tremblants, Evelyn déglutit et recula d'un pas chancelant.

— Cessez ! s'exclama-t-elle en rabattant ses jupes.

Une lueur irritée passa dans son regard, comme s'il avait oublié qu'il la taquinait – si telle avait bien été son intention.

— Un jour très proche, Evelyn Marie, susurra-t-il, vous me supplierez de continuer.

— J'en doute.

Elle réprima un froncement de sourcils, partagée entre l'envie de s'enfuir et celle de lui demander ce qu'il ferait ensuite.

Il l'observa encore un moment, puis regagna la porte.

— Restez si vous voulez. Moi, je monte dans la salle de bal.

Il disparut dans le couloir. Avec un soupir irrité, Evie regarda l'espace déserté autour d'elle et les pauvres notes qu'elle avait réussi à prendre – à peine un quart de page. Elle devait l'ignorer ou, mieux encore, lui dire qu'il perdait son temps et que ses tentatives de séduction ne marchaient pas avec elle.

Mais elle aurait menti en disant cela. Elle se frotta les bras pour chasser le frisson qu'il avait fait courir sur sa peau. Elle connaissait le nom d'une bonne demi-douzaine des maîtresses qu'on lui prêtait, et pourtant, quand il la regardait, elle n'arrivait plus à se souvenir de rien d'autre que de l'effet que ses baisers avaient sur elle.

Elle rassembla lentement ses livres et ses notes. Elle était au courant de son altercation avec Victor la veille et savait aussi qu'il avait été exclu de l'*Almack's* et de quelques maisons parmi les plus huppées de Mayfair. Un traitement sans doute mérité et qui ne pouvait pas le laisser complètement indifférent, même s'il prétendait le contraire. Il aimait vivre en marge de la bonne société, mais savoir qu'il ne pouvait plus s'y mêler à sa guise l'agaçait certainement. Personne n'appréciait d'être un paria.

Fasse le Ciel qu'il ne rencontre jamais une femme qui lui plaise au point de souhaiter l'épouser ! Avec sa réputation, aucune femme bien née n'accepterait qu'il lui fasse la cour. Le simple fait de susciter l'intérêt du marquis de St Aubyn pourrait même entraîner sa perte. Evelyn était bien placée pour savoir que ses taquineries et ses agaceries, si superficielles fussent-elles, étaient dangereuses.

Lorsqu'elle finit par quitter le dortoir pour gagner l'escalier, Saint l'attendait, l'air parfaitement calme, comme s'il ne venait pas de soulever ses jupes jusqu'à sa taille tout en plongeant sa langue dans sa bouche. Sans doute commettait-il ce genre de méfait tous les jours et avait-il davantage besoin de leçons de savoir-vivre que les orphelins. Oui, le choisir comme élève était une bonne idée, quoi que Lucinda et Georgiana pussent penser de ses chances de succès.

Et cela n'avait rien à voir avec les frissons que ses caresses et ses baisers éveillaient en elle.

— Après vous, vaillante Evelyn, dit-il en l'invitant d'un geste à le précéder dans l'escalier.

Dare lui avait conseillé de ne pas lui tourner le dos, se souvint Evelyn, mais le face-à-face était à l'évidence tout aussi dangereux. Et si St Aubyn devait apprendre à se comporter convenablement, il fallait bien que quelqu'un lui montre l'exemple.

À chaque marche qu'Evelyn gravissait, le bas de sa robe se soulevait, révélant fugitivement ses souliers et ses chevilles. Saint resta en retrait, fasciné par ces brèves visions successives.

Il avait totalement perdu la raison. C'était la seule explication. Par Dieu, il avait vu plus de femmes nues qu'il ne pouvait en compter ! Certes, les chevilles d'une vierge constituaient pour lui une nouveauté, mais celles-ci n'en demeuraient pas moins reliées à des membres dont il connaissait tous les secrets.

Il leva les yeux dans l'espoir de se ressaisir, mais l'ondulation des hanches et des fesses d'Evelyn n'améliora pas le confort de son entrejambe. Les plus expertes de ses maîtresses ne parvenaient pas à le mettre dans un tel état. Personne ne l'avait excité de cette façon-là depuis bien longtemps.

— On a ouvert les fenêtres ! annonça un des enfants depuis le haut des marches. Ils ne sont pas ici pour nous, n'est-ce pas ?

Evelyn lança à Saint un regard intrigué.

— Qui donc est ici ?

— Vous allez voir, répondit-il avec un sourire énigmatique.

— Je ne suis pas certaine d'en avoir envie, marmonna-t-elle alors qu'elle atteignait le palier.

Il la rejoignit quand elle arriva devant la double porte de l'ancienne salle de bal. Les peintures étaient écaillées, les papiers peints tombaient en lambeaux, deux des fenêtres à présent ouvertes avaient des carreaux cassés, mais le parquet était encore en bon état. Evelyn ne regarda cependant rien de tout cela. Son attention était rivée sur les silhouettes assises au fond de la salle, autour desquelles les enfants s'étaient rassemblés en piaillant.

Elle se tourna vers lui.

— Un orchestre ?

— J'ai pensé que ce serait une surprise agréable, dit-il d'un ton qu'il s'efforça de rendre innocent.

— C'est une surprise, en effet, concéda-t-elle. Mais comment suis-je censée me faire entendre des enfants au-dessus d'un orchestre ? Vous n'auriez pas dû...

— Dites-leur de jouer, lord St Aubyn !

Saint se retint de sourire. Plus Evelyn serait irritée, mieux cela servirait ses intérêts.

— Vous avez entendu ce garçon, dit-il avant de hausser le ton pour se faire entendre de l'orchestre. Jouez-nous une valse.

— Une valse ? Vous ne pouvez p...

Les musiciens entonnèrent un morceau. Les enfants poussèrent aussitôt des cris ravis et se mirent à sauter et à tournoyer à travers la salle. On se serait cru dans une scène de purgatoire.

— La musique adoucit les mœurs les plus sauvages, n'est-ce pas ? dit-il en regardant l'expression d'Evelyn passer de l'irritation à la déception.

— Ils ne sont pas sauvages, répliqua-t-elle. Ce sont des enfants.

— Je parlais de moi, en fait, dit-il en regardant les enfants qui tourbillonnaient à travers la pièce. Mais êtes-vous bien sûre de ce que vous avancez ?

— Oui. Et si vous ne leur demandez pas d'arrêter de jouer, je m'en chargerai moi-même.

— Comme vous voudrez, répondit-il avec un haussement d'épaules. Mais je préfère vous prévenir que cela ne vous rendra pas très populaire.

Il fut surpris de voir des larmes affleurer à ses yeux.

— Très bien, dit-elle avec un petit reniflement élégant. Vous avez raison ; ils méritent de s'amuser. Dieu sait que la valse est plus intéressante que l'arithmétique.

Malédiction ! Pourquoi fallait-il que les femmes en viennent systématiquement aux larmes ? Il avait toujours trouvé cela égoïste et calculateur de leur part. Mais Evelyn Ruddick refoulait les siennes, allant jusqu'à détourner le visage pour que ni lui ni les enfants ne puissent les voir.

— Nous pourrions peut-être leur apprendre à compter jusqu'à trois, dit-il en la prenant par les épaules pour l'inciter à se tourner vers lui. Dansez avec moi.

— Quoi ? Non ! Vous...

— Allons, Evelyn Marie. Montrez-leur que l'arithmétique peut être amusante.

Sans lui laisser le temps de protester, il passa le bras autour de sa taille souple, emprisonna sa main et l'entraîna dans la valse. Pour l'empêcher de se dégager, il se mit à compter les pas à voix haute tandis qu'ils tournoyaient parmi les enfants.

Elle dansait bien, et quand elle ne se souciait pas du scandale qu'il y avait à être vue dans ses bras, elle se détendait et se laissait porter par le rythme avec un enthousiasme qu'il ne put s'empêcher d'apprécier.

— Un, deux, trois, scanda-t-elle avec lui. Un, deux, trois. Allez, les enfants ! Dansez avec nous !

Elle leva vers lui un visage radieux, et St Aubyn sentit son cœur faire un étrange petit bond qui ne lui plut guère.

— Allez inviter l'une des filles, dit-elle en tournoyant hors de ses bras. Nous allons apprendre aux enfants à danser.

Avant qu'il ait pu faire valoir qu'il ne voulait danser qu'avec elle, Evie avait déjà enlacé un des plus jeunes garçons. Saint la regarda faire et vit le gamin lui écraser les orteils. Elle se contenta d'en rire.

Ce n'était pas ainsi que les choses étaient censées se passer. Il avait fait venir cet orchestre pour mettre un terme aux projets d'Evelyn et avoir l'occasion de la serrer dans ses bras. Au lieu de quoi, troublé par ses larmes, il lui avait inspiré l'idée d'enseigner la valse à des orphelins qui n'avaient jamais posé les yeux sur une partition, ni dansé en cadence.

Elle repassa près de lui, tenant à présent un garçon par chaque bras.

— Allons, milord, ne soyez pas timide, le taquina-t-elle. Choisissez une partenaire !

— Mon choix était déjà fait, maugréa-t-il dans sa barbe.

Il se retrouvait pris à son propre piège. Et par une débutante, encore. La situation était embarrassante. Mais, avec un soupir, il se résigna à s'approcher d'une des orphelines pour l'inviter à danser.

— Non, Donald, proposer une quelconque loi est inutile si les votes ne nous sont pas acquis d'avance.

Le dos calé contre le dossier de la banquette de l'habitacle surpeuplé, Victor Ruddick conserva l'expression placidement intéressée qu'il s'entraînait à afficher depuis plusieurs semaines. Il rêvait de rencontrer le prince George depuis son retour d'Inde, mais accompagner le Régent au *Hoby's* avec cinq autres candidats à la Chambre des communes était loin de ressembler à ce qu'il avait imaginé. Heureusement, personne n'avait encore lancé de légumes pourris sur le véhicule.

— La proposer nous permettrait au moins de démontrer notre détermination à la faire passer, Victor, répondit Donald Tremaine, le front luisant de sueur.

Victor résista à l'envie d'éponger le sien. Il faisait une chaleur étouffante, et il se retrouvait enfermé dans un espace réduit en compagnie d'un prince obèse et de rivaux nerveux.

— Tout ce que nous démontrerons, c'est notre faiblesse, une fois qu'elle aura été rejetée.

— Quel esprit, applaudit le Régent. Si ce maudit Pitt pouvait échouer, nous aurions fière allure.

« Si au moins le soutien du prince George pouvait nous assurer un vote, nous aurions une chance de gagner », rectifia Victor en silence. Être vu en compagnie de ce pauvre fou risquait de ruiner sa carrière, mais un candidat ne pouvait espérer servir à la Chambre des communes sans courtiser le prince.

Des cris et de la musique parvinrent alors jusqu'à eux par la minuscule fenêtre ouverte du véhicule.

— Cocher, arrêtez-vous ! ordonna Prinny en frappant le plafond du pommeau de sa canne. Quel est donc ce tapage ?

— Je l'ignore, Votre Majesté, répondit le cocher.

Sur ordre du prince, Tremaine ouvrit la portière et pencha la tête au-dehors pour tâcher de localiser la provenance du bruit.

— Croyez-vous qu'il s'agisse d'une révolte ? demanda le prince George, la mine soudain inquiète.

— J'en doute, Votre Majesté, répondit Victor d'un ton apaisant. Je n'ai entendu parler d'aucun trouble depuis le début de la saison.

Pas à Londres, en tout cas, ajouta-t-il en son for intérieur, jugeant plus prudent de garder cette information pour lui. Indisposer le prince serait revenu à commettre un suicide politique.

— Cela vient de là-bas, dit Tremaine en tendant l'index. De... l'orphelinat du Cœur de l'Espoir. Toutes les fenêtres du deuxième étage sont ouvertes, et il y a un orchestre qui joue. Je vois des enfants qui font des bonds.

Le prince se détendit.

— Ah, aucun souci, en ce cas. Ce sera St Aubyn qui vend le mobilier aux enchères avant de raser l'établissement.

Victor plissa le front. Ce maudit marquis revenait toujours sur le tapis.

— Si vous me permettez la question, Votre Majesté, pourquoi St Aubyn voudrait-il démolir un orphelinat ?

— Il en dirige le conseil d'administration. Il a proposé de m'offrir le terrain si je l'autorisais à démolir le bâtiment qui se trouve dessus. Je ne sais pas encore quel bénéfice il compte en tirer, mais je finirai par le découvrir. St Aubyn n'est pas de taille à me doubler, ajouta-t-il en gloussant. Allons-y ! ordonna-t-il au cocher.

Victor se plaqua de nouveau contre le dossier de la banquette tandis que l'attelage se remettait en route. Cette information n'était pas de nature à le surprendre. Néanmoins, il était néanmoins content de la détenir. Il ignorait si Evelyn cherchait à nuire à sa carrière en lui imposant la présence de St Aubyn, mais il était sûr d'une chose : le petit cœur tendre de sa sœur se briserait quand elle apprendrait cela, et elle ne voudrait plus jamais rien avoir à faire avec le marquis. Ce qui lui convenait très bien. Mieux que très bien, même. Parfaitement.

9

Le secret entourait notre rencontre –
En silence je souffre,
Que ton cœur puisse oublier,
Ton esprit trahir notre souvenir.

Lord Byron,
Le Jour de la séparation

Malgré le bal impromptu que lui avait imposé Saint, Evelyn décida qu'elle avait accompli un véritable progrès. D'une certaine façon, la surprise de St Aubyn servit même sa cause, puisqu'une dizaine de fillettes lui demandèrent ensuite de leur apprendre la valse.

Elle hésita un instant – elle souhaitait leur transmettre un enseignement, mais les chances que ces orphelins soient invités à une véritable soirée étaient bien minces. Presque aussitôt cependant, et malgré le coup d'œil cynique de Saint, elle comprit que les leçons de danse n'étaient qu'un prétexte. Ce dont ces enfants avaient avant tout besoin, c'était de son attention, et elle était heureuse de la leur offrir.

— Nous pourrons organiser des cours de danse, annonça-t-elle. Dès demain, pour tous les garçons et les filles qui le souhaiteront.

— Mais pas aujourd'hui ? demanda la petite Rose, déçue.

Evelyn sentait qu'elle ne s'était déjà que trop attardée. Et autant elle aimait sincèrement sa tante Houton, autant elle redoutait le courroux de son époux – et celui de son frère Victor.

— Demain n'est jamais que dans quelques heures.

— Mlle Ruddick a d'importantes obligations, ajouta le marquis de sa mélodieuse voix grave.

— Et nous ne sommes pas importants, dit Matthew, l'un des garçons les plus âgés, imitant à la perfection l'intonation cynique de Saint.

Elle devrait décidément veiller à ce que Saint change d'attitude s'il devait passer pour un modèle aux yeux des garçons.

— Bien sûr que vous êtes importants, déclara-t-elle. Mais j'ai déjà pris des engagements pour cet après-midi, et je tiens toujours mes promesses. Rose, tu seras ma première cavalière, demain. Et toi, Matthew, tu seras le deuxième.

Des cris de joie et des sifflets accueillirent cette déclaration, et la petite Rose se hissa sur la pointe des pieds pour encercler sa taille de ses bras.

— Merci, mademoiselle Evie.

— C'est bien naturel, répondit-elle en souriant.

La journée s'était révélée fructueuse, même si la mine qu'affichait Saint lui laissait deviner qu'il n'avait pas obtenu ce qu'il escomptait avec son petit divertissement, ce qui était sans doute préférable.

— Nous devrions tous remercier lord St Aubyn d'avoir organisé tout cela.

Il accepta les remerciements d'un hochement de tête que les enfants interprétèrent comme un signal pour redescendre aux dortoirs. Evelyn avait donc aussi réussi à lui donner une première leçon : une dame savait apprécier un geste de bonté... quelles que fussent les motivations de celui-ci.

— C'était très aimable à vous, dit-elle en ramassant ses livres, qu'elle avait posés à l'écart.

— Un des garçons vous a volé votre broche, vous savez, dit-il en la rejoignant sur le seuil.

Elle porta la main à son décolleté.

— Je n'ai rien remarqué ! En êtes-vous certain ?

— Le grand avec le foulard rouge.

— Ne connaissez-vous donc même pas son nom ? Il s'appelle Randall Baker. Pourquoi l'avez-vous laissé faire sans intervenir ?

Il haussa les épaules.

— C'est votre jeu, pas le mien. Je vous la récupérerai.

— S'il l'a volée, c'est qu'il en a plus besoin que moi.

Saint haussa les sourcils.

— Vous êtes une vraie sainte, n'est-ce pas ?

— Non, je ne le suis pas. Je n'ai pas besoin de cette broche, c'est tout.

— Vous vouliez pourtant récupérer votre pendentif.

— *Vous* n'en aviez pas besoin. Et ceci n'est pas un jeu, pour moi. Ne le voyez-vous donc pas, à présent ?

Personne n'aurait pu l'ignorer. Pas même St Aubyn.

— Je suis sûr que vous aimez qu'ils voient en vous leur sauveur en robe de mousseline verte, Evelyn, répondit-il, mais vous n'êtes pas la première.

— Je vous demande pardon ?

Il lui jeta un coup d'œil par-dessus son épaule tandis qu'il gagnait l'escalier.

— Quand vous serez lasse d'être vénérée, vous partirez, vous aussi.

— Je ne suis pas ici pour être vénérée.

Il ignora sa réponse.

— Ma mère venait ici en visite le premier mardi de chaque mois.

— Vraiment ? Vous devriez être fier qu'elle ait fait l'effort de songer à ceux qui sont dans le besoin. Qu'est-ce...

Saint ricana.

— Son cercle de broderie fournissait des napperons pour les dîners de fête.

— Elle contribuait au moins à quelque chose, insista Evie en le suivant dans l'escalier.

Cela ne lui plaisait guère qu'il sous-entende que son propre comportement s'apparentait à celui de sa mère.

— Oh oui. La rumeur veut que son époux se soit débarrassé ici de deux ou trois rejetons qu'il avait engendrés. Je crois que l'intérêt que ma mère portait à l'orphelinat venait de là. Et je suppose que cela signifie que mon père contribuait aussi à sa façon à ce maudit endroit.

Evie sentit ses joues s'échauffer. Un gentleman n'était pas censé parler de ces choses-là avec une jeune fille convenable.

— Y en a-t-il qui soient de vous ? demanda-t-elle cependant, surprise elle-même de son audace.

Il le fut apparemment autant qu'elle, car il se retourna et leva les yeux vers elle.

— Pas que je sache, répondit-il après un moment. Je préfère éviter de contribuer à mon propre malheur.

— Dans ce cas, pourquoi êtes-vous ici ?

— Aujourd'hui ? Parce que je vous désire.

Ô mon Dieu.

— Je veux dire : pourquoi faites-vous partie du conseil d'administration ?

— Ah. Je vous l'ai dit. Le testament de ma mère stipulait que deux mille livres par an reviendraient à l'orphelinat et qu'un membre de la famille Halboro dirigerait le conseil.

— Mais...

— Et j'étais fatigué de voir les autres administrateurs entretenir leurs maîtresses aux frais de ma famille.

— Je ne vous crois pas.

— Nous tirons tous un avantage de cet endroit, poursuivit-il avec un sourire cynique. Mon père se débarrassait à peu de frais de ses bâtards, ma mère passait auprès de ses amies pour une femme charitable, et les administrateurs siphonnent tous les fonds qu'ils peuvent et se voient remerciés pour cela chaque année par le lord-maire de Londres.

— Et vous, quel avantage en tirez-vous ?

— J'expie mes péchés. Je viens en aide à des orphelins, n'est-ce pas ? Cela ne me préserve-t-il pas de l'enfer ? Que tirez-vous vous-même de cette affaire, mademoiselle Ruddick ?

Si elle le lui avait dit, il lui aurait ri au nez.

— N'éprouvez-vous pas une certaine... satisfaction, demanda-t-elle lentement, à l'idée que ces enfants soient vêtus et mangent à leur faim ? Ils vivraient sans doute dehors si vous n'étiez pas là pour veiller au bon usage des fonds de l'orphelinat.

— Ce dont je tire satisfaction, répondit-il en montant les marches qui les séparaient, c'est de voir Timothy Rutledge et les autres vautours s'efforcer, semaine après semaine, de détourner ces fonds sans que je m'en aperçoive et de leur taper sur les doigts. Peut-être me verrez-vous maintenant d'un œil plus clément, Evelyn. Au moins, je ne vole pas ces orphelins.

— Je ne crois pas un mot de ce que vous dites, déclara-t-elle. Vous cherchez seulement à me choquer et à me faire fuir.

— Non. J'essaie seulement de vous convaincre que si vous êtes en quête de satisfaction, il existe d'autres moyens, plus plaisants, d'en obtenir. De toute façon, il se trouvera toujours un aristocrate pour contribuer à l'entretien de la populace. Ce que vous venez faire ici n'a aucune importance. Cela n'en aura jamais.

— Ce n'est pas vrai !

Saint tendit la main pour caresser sa joue, d'un geste à la fois intime et nonchalant.

— Pourquoi ne pas chercher à sauver mon âme, à la place ? murmura-t-il.

S'il avait pu deviner ce qu'elle avait en tête...

— Il me semble, dit-elle, irritée, que la meilleure façon de vous sauver serait de *ne pas* satisfaire vos instincts. Et je vous laisse libre de considérer que j'œuvre bel et bien à votre salut, ajouta-t-elle en passant devant lui. Je vous souhaite une bonne journée, milord.

Son petit gloussement confiant la fit se raidir.

— Je vous ai embrassée, Evelyn Marie. Et vous m'avez embrassé. Vous n'êtes pas aussi convenable que vous le croyez.

Elle s'arrêta au pied de l'escalier.

— En dépit du déplaisir que vous inspire cet endroit, vous nourrissez ces enfants, Michael. Peut-être n'êtes-vous pas aussi mauvais que vous le croyez.

Saint la regarda s'éloigner.

— Vous avez raison, marmonna-t-il. Je suis bien pire.

Evelyn franchit le seuil de Ruddick House alors que la pendule sonnait 13 heures. Avec la complicité silencieuse du majordome, elle troqua son bonnet du matin contre celui de l'après-midi et alla se planter au pied de l'escalier, armée de son ombrelle.

— Bonjour, maman, dit-elle quand sa mère apparut en haut des marches. Êtes-vous prête pour notre thé politique ?

— Tu passes bien trop de temps en compagnie de Lucinda Barrett, se lamenta Geneviève Ruddick, humectant son doigt pour entortiller une de ses mèches blondes et la plaquer contre son front comme l'exigeait la mode.

— Je sais, maman. J'ai perdu la notion du temps. Je vous en demande pardon, répondit Evelyn avec un grand sourire.

— Oui, bon, estime-toi heureuse que Victor ne soit pas là. Je frémis à l'idée de sa réaction si tu manquais un autre thé.

— Ne vous inquiétez pas. Je n'ai pas l'intention de manquer celui d'aujourd'hui. Allons-y, voulez-vous ?

Sa mère s'arrêta sur le seuil pour scruter son visage d'un œil suspicieux.

— Je te trouve le teint bien coloré, Evie, dit-elle. Es-tu certaine de te sentir bien ?

— Je suis juste un peu essoufflée de m'être dépêchée. *Et un peu troublée par ma dernière conversation avec Saint.*

— J'espère que ce n'est rien d'autre. Je détesterais que tu te donnes en spectacle en faisant un malaise.

Evie prit le bras de sa mère pour la guider jusqu'à la voiture qui les attendait.

— Je ne me trouverai pas mal. Je vous le promets.

— Tant mieux. Nous devons faire bonne impression, pour le bien de ton frère. Les thés de ta tante sont très courus, tu sais. Nombre de carrières politiques se sont faites ou défaites autour d'un thé. Et ne t'avise surtout pas de parler de tes théories d'éducation destinée aux pauvres. Ce n'est ni le lieu ni le moment.

— Non, maman, répondit Evie docilement – elle n'avait pas besoin d'en parler, puisqu'elle agissait. Aucune discussion progressiste, à moins que cela ne bénéficie directement à Victor.

— Précisément.

En dépit de sa nouvelle assurance, l'après-midi se révéla difficilement supportable. La plupart des dames invitées par sa tante lui rappelaient la description que Saint avait donnée de sa propre mère – prévenante et attentionnée, tant que cela ne demandait pas trop d'efforts et que cela ne la dérangeait pas trop. Ce qui souleva une nouvelle question : si cette attitude était tellement répandue, pourquoi Saint s'en souciait-il, lui qui prétendait ne se soucier de rien ?

— Vous êtes bien silencieuse, Evelyn.

Lydia Barnesby – lady Houton – était assise près de sa nièce, ses jupes étalées autour d'elle.

— Vous l'êtes toujours, poursuivit-elle, mais je ne vous sens même pas frémir d'indignation, aujourd'hui.

— Ou frémir tout court, répondit Evelyn avec un léger sourire. Je suis toujours inquiète à l'idée que le moindre faux pas de ma part puisse anéantir les ambitions politiques de Victor.

— Vous ne devriez pas songer à cela, ma chère. Je doute que vous puissiez à vous seule provoquer un tel séisme. Et je ne permettrais pas qu'une telle chose se produise dans mon salon.

— C'est rassurant, reconnut Evelyn. Étant donné que le seul intérêt que Victor me trouve consiste à charmer ses amis politiques, je me sens un peu... secondaire ici, de toute façon. Je ne crois pas que quiconque fasse seulement attention à moi, ajouta-t-elle plus bas.

— Ce n'est pas tout à fait vrai, murmura sa tante en se rapprochant d'elle. J'ai par exemple remarqué une trace sur votre jupe. Une trace de main, dirait-on. De petite taille.

Evelyn pâlit.

— Oh ! Luce et moi sommes allées nous promener ce matin et nous avons rencontré trois enfants adorables, escortés de leur gouvernan...

— Vous êtes retournée dans cet orphelinat, l'interrompit sa tante à voix basse. Je vous ai pourtant prévenue du danger. Ces enfants transportent toutes sortes de maladies et, d'après votre frère, la plupart sont des criminels.

— Ce n'est pas... dangereux, pour l'amour du Ciel.

Tant qu'on ne prenait pas St Aubyn en compte, en tout cas.

— Si vous étiez mariée, votre époux pourrait éventuellement vous autoriser à contribuer financièrement à l'entretien de l'institution. Mais pour une jeune fille de votre statut et de votre milieu, ce n'est pas convenable, Evie.

Evelyn s'efforça de paraître chagrine et honteuse plutôt qu'ennuyée.

— Je sais.

— Promettez-moi de ne pas recommencer.

— Je vous le promets, répondit-elle en croisant les doigts sous sa tasse, au cas où quelqu'un l'aurait entendue.

Quand St Aubyn pénétra dans la salle des débats de la Chambre des lords, le murmure qui l'accueillit enfla telle une vague à l'approche du rivage. Certes, sa dernière apparition remontait à près d'un mois, mais tout le monde savait qu'il ne venait jamais que de temps en temps – s'il ne s'était pas montré, on n'aurait pas manqué de le faire passer pour mort afin de confisquer ses biens au bénéfice de la Couronne.

Il hésita un bref instant avant de s'asseoir à sa place habituelle près de Dare et de Wycliffe, les moins agressifs de ses pairs. Tous deux connaissaient Evelyn, et Dare semblait enclin à venir en aide à ce petit parangon de vertu – ce qui pouvait justement poser problème.

— Qu'ai-je manqué ? demanda-t-il à voix basse en s'asseyant à côté de Dare.

— Aujourd'hui ou ce mois-ci ?

— Silence, jeunes bons à rien, siffla le vieux comte Haskell en se retournant pour leur adresser un regard noir.

— Vous postillonnez sur votre menton, Haskell, répliqua Saint. Vous reste-t-il encore seulement des dents ?

Le visage du comte vira au rouge vif.

— Petit impudent, gronda-t-il en faisant mine de se lever.

Les gentlemen qui l'entouraient placèrent chacun une main sur ses épaules pour le forcer à rester assis.

— Nous discutons une fois de plus des dettes de Prinny, l'informa Wycliffe.

Malédiction. Il aurait mieux fait de rester chez lui. Si Prinny ou un de ses conseillers avaient parlé, les choses pouvaient mal tourner.

— Toujours les mêmes sottises ? répondit-il en empruntant un bout de papier à Dare pour griffonner au verso.

— On le dirait bien. Sans les postillons que je reçois de temps à autre, tu m'aurais sans doute trouvé endormi, répondit le vicomte en se penchant vers lui. Mais je suis content que tu sois venu, cela m'épargnera la peine de te chercher.

— Je croyais que tu ne tenais plus à me fréquenter depuis ton mariage, rétorqua Saint en s'empressant d'ajouter une moustache et une toque de castor au visage qu'il venait de dessiner quand il découvrit que celui-ci commençait à devenir familier – Evelyn Ruddick refusait de le laisser en paix, même lorsqu'elle était absente.

Le sourire du vicomte s'élargit.

— La vie domestique a ses avantages, assura-t-il avant de baisser de nouveau la voix. C'est pourquoi je te cherchais, d'ailleurs. On m'a chargé de te demander de cesser d'importuner Evelyn Ruddick.

Ce n'était pas la première fois qu'on lui conseillait de laisser une femme en paix, mais cela se produisait habituellement après que les choses étaient devenues plus compliquées qu'amusantes. Cette fois-ci, sa proie avait seulement aiguisé son appétit, et son manque de succès à le satisfaire l'irritait profondément.

— Cette requête émanerait-elle de la dame dont la main délicate fut découverte l'an passé au fond de ton pantalon ?

Dare plissa les yeux, et toute trace d'humour déserta son expression.

— Es-tu certain de vouloir jouer à cela avec moi ?

— Pourquoi pas ? répondit Saint avec un haussement d'épaules. J'y joue bien avec tous les autres.

— Tu parles de ma femme, St Aubyn.

— Et de ma cousine, renchérit l'imposant duc de Wycliffe, la mine soudain tendue.

— Je vois, lâcha Saint en se levant avec une feinte nonchalance, peu désireux de déclencher une bagarre à la Chambre des lords. Pourquoi ne demandez-vous pas à Mlle Ruddick si elle souhaite vraiment que je la laisse en paix ? En attendant, je vous souhaite une bonne journée, messieurs les époux.

Il aperçut, de l'autre côté de l'allée, lord Gladstone qui le fusillait du regard. De fait, plusieurs gentlemen mariés semblaient assez peu ravis de le voir. Tandis qu'il quittait les lieux, il se dit que lady Gladstone était sans doute chez elle à cette heure-ci et que s'il avait envie de soulager ses tensions, elle ne se ferait pas prier pour le recevoir.

Mais il sut aussitôt qu'il ne s'autoriserait pas une telle fantaisie. Il se concentrait sur une autre proie, plus difficile, et quand on a décidé de capturer un faisan, on se contente difficilement d'un poulet.

D'après les informations qu'il avait pu glaner auprès d'Evelyn, elle devait assister à un thé politique, une de ces assommantes réunions réservées aux femmes, vieilles et ridées pour la plupart. Peu de jeunes femmes susceptibles de se divertir autrement s'imposaient ce genre de corvée.

Et comme il n'était pas une jeune fille intéressée par la politique, le marquis décida de rentrer chez lui.

— Jansen, dit-il à son majordome en ôtant sa veste, y a-t-il quelque chose ici qui soit susceptible de me divertir ?

— Faites-vous allusion à... une compagnie féminine, milord ? Je crains malheureusement que personne ne vous ait rendu visite, aujourd'hui.

— Non, je ne parlais pas de femmes, répondit St Aubyn en fronçant les sourcils. Je voulais parler de ces choses que les hommes font justement quand ils ne sont pas occupés à coucher avec une femme.

— Oh. Ma foi, vous disposez d'une bibliothèque à l'étage et...

— Vraiment ?

— Oui, milord.

— Y trouve-t-on des livres ?

Jansen comprit que le marquis se moquait de lui, mais l'accepta avec sa coutumière équanimité. Il considérait sans doute ce sort plus agréable que de se faire crier dessus ou lancer des objets à la figure.

— Mmm. Je ne me sens pas vraiment d'humeur à lire. N'auriez-vous pas autre chose à me suggérer ?

— Le billard, peut-être ?

— Le billard... Vous y jouez, Jansen ?

— Je... je ne sais pas trop, milord. Suis-je censé y jouer ?

— Vous y jouez, à présent.

— Mais la por...

— Gibbons ou quelqu'un d'autre surveillera la porte.

— Vous n'employez aucun serviteur du nom de Gibbons, milord.

Saint s'immobilisa à mi-chemin dans l'escalier et dissimula son sourire derrière un nouveau froncement de sourcils.

— Tiens donc. Rappelez-moi d'engager quelqu'un du nom de Gibbons, en ce cas.

— Bien, milord.

— Et n'espérez pas couper à cette partie de billard. Suivez-moi.

Il tortura le majordome pendant près d'une heure, mais la chose n'avait rien de bien amusant, et il ne put s'empêcher finalement d'avoir pitié de Jansen. L'influence d'Evelyn, sans doute. Elle semblait avoir le pouvoir de faire fondre le cœur d'une statue de pierre. Mais Saint n'était pas une statue, et un baiser ou deux ne suffiraient pas à le faire ressembler à Dare ou à Wycliffe. Pour l'amour du Ciel, il était 19 heures, et il en était réduit à jouer au billard avec son majordome !

— Faites dire à Wallace de seller mon cheval, ordonna-t-il en laissant tomber sa queue de billard sur la table.

Jansen parut sur le point de s'effondrer de soulagement.

— Tout de suite, milord. Serez-vous de retour pour le dîner ?

— Non. Avec un peu de chance, je ne rentrerai pas de la nuit.

Il alla dîner au *Society Club* et se lança ensuite dans une partie de pharaon en compagnie de lord Westgrove et de deux gentlemen qu'il ne connaissait pas. Cela lui convenait très bien, étant donné que la plupart de ceux qu'il connaissait hésitaient désormais à parier contre lui.

— Mon oncle Fenston m'avait dit que je trouverais le *Society* peuplé de pairs du royaume, déclara le plus jeune des deux gentlemen, mais, ma foi, la compagnie est assez... décevante.

Westgrove laissa échapper un grognement alors qu'il perdait encore une fois dix livres contre la banque.

— Ils sont tous à l'*Almack's*. Un nouveau troupeau d'oiselles débutantes doit y être présenté ce soir. Ces messieurs cherchent à débusquer celles dont les poches sont les plus garnies.

— L'*Almack's*, dit l'autre gentleman, plus âgé et plus mince. J'ai toujours eu envie d'y faire un tour.

Saint ricana.

— Pourquoi donc ? demanda-t-il en plaçant sa mise.

Il avait oublié qu'on était mercredi, jour de réunion de l'*Almack's*. Sa faisane s'y trouvait certainement, occupée à faire la révérence, à sourire et à raconter à tout un chacun comment elle avait obligé le marquis de St Aubyn à la laisser s'occuper de son orphelinat. Sauf qu'elle semblait justement vouloir garder la chose secrète...

— Tout le monde y va, non ?

— Limonade tiède, pas d'alcool, pas de salles de jeu, des matrones qui surveillent le moindre de vos faits et gestes, et à peine une valse de toute la soirée. Voilà ce que c'est que l'*Almack's*. Vous ne ratez rien.

Le gloussement qu'émit Westgrove se mua en quinte de toux.

— Ne l'écoutez pas, mes amis. Il dit cela parce qu'il en a été banni.

— Banni ? Vraiment ? Pourquoi ?

— J'avais trop de succès, marmonna Saint, qui aurait aimé que Westgrove se taise – il n'était pas là pour amuser deux bouffons de province venus chercher fortune à la capitale.

— Il a été surpris en fâcheuse posture avec Isabel Rygel dans le placard à balais, si je me souviens bien.

— Dans le... Vraiment ?

— Non, lâcha Saint en plaçant la mise suivante. C'est elle qui se trouvait en fâcheuse posture. À genoux. Moi, j'étais debout.

— Vous plaisantez ! s'exclama le plus jeune des deux gentlemen. Rappelez-moi votre nom...

— Je ne vous l'ai jamais donné.

— Cet homme-là, mes amis, déclara obligeamment le vicomte, n'est autre que le marquis de St Aubyn.

— Vous êtes le *Saint* ? On dit que vous avez tué un homme en duel. Est-ce vrai ?

— Sans doute, répondit Saint en faisant signe au croupier de fermer son compte. Mais je suis sûr qu'il l'avait mérité. Bonsoir, messieurs.

— Mais...

L'air du soir lui rafraîchit le visage tandis qu'il chevauchait en direction d'un cercle de jeu moins bavard. À cette heure-ci, la soirée battait probablement son plein à l'*Almack's*, et plusieurs dizaines de gentlemen devaient faire la queue pour avoir une chance de charmer Evelyn Ruddick.

Sans l'avoir vraiment décidé, il fit obliquer sa monture vers le nord. Quelques pâtés de maisons plus loin, il s'arrêta devant un bâtiment en brique d'allure quelconque et regarda les fenêtres éclairées. La musique qui s'en échappait ne parvenait pas tout à fait à couvrir le brouhaha des conversations.

Elle était là. Il le savait, et cela l'irritait. Evelyn pouvait aller dans des lieux qui lui étaient interdits. Des endroits convenables et ennuyeux, mais pour une fois, il ne put se convaincre que cela lui convenait parfaitement. Il y avait pourtant cinq ans qu'il avait été banni de l'*Almack's*, et cela ne l'avait encore jamais dérangé. Jusqu'à ce soir.

Evie écarta les rideaux pour tenter de respirer un peu d'air frais. Quel que soit le temps, l'*Almack's* était toujours aussi étouffant. Un cheval et son cavalier se tenaient dans la pénombre de l'autre côté du boulevard et, pendant un instant, le profil de l'homme lui parut familier. Il partit cependant avant qu'elle puisse en avoir le cœur net. Pourtant...

Elle s'obligea à se ressaisir. Saint n'aurait pas même voulu que son cadavre soit retrouvé dans les parages de l'*Almack's*. Et il n'avait aucune raison de rôder par ici ce soir, de toute façon.

— Evie, est-ce que tu m'écoutes ?

Elle battit des cils et laissa le rideau glisser entre ses doigts.

— Pardon, Georgie. Que disais-tu ?

— Je disais que St Aubyn a failli déclencher un esclandre à la Chambre des lords, aujourd'hui. C'est ce que Tristan m'a rapporté, en tout cas.

— Oh, je t'en prie, Georgiana. La vie de St Aubyn n'est qu'une longue succession de scandales. Qu'est-ce que cela peut bien me faire ?

— Il faut que vous sachiez que je me suis mis en péril pour vous, Evie, déclara le vicomte Dare en apparaissant derrière son amie.

Georgiana se raidit.

— Vous n'avez rien fait de tel, mon ami. Partez, maintenant.

— Je n'ai rien fait de tel, acquiesça aimablement le vicomte. Adieu, madame.

— Attendez ! dit Evelyn en lui saisissant le bras. Que voulez-vous dire, « pour moi » ?

— Je... euh... je ne voulais rien dire. Je souffre de déficience mentale.

— Je vous en prie, Dare, dites-moi ce qu'il se passe. J'essaie de travailler avec lui, vous savez, et je ne tiens vraiment pas à ce que vous me compliquiez la tâche.

Le vicomte soupira.

— Je lui ai simplement suggéré de cesser de vous importuner. Vous ne ressemblez en rien aux femmes qui l'attirent habituellement, et cela suffit à me faire craindre qu'il ne soit animé de mauvaises intentions.

— Je ne crois pas qu'il en ait jamais nourri de bonnes envers quiconque, marmonna-t-elle. J'apprécie votre sollicitude mais, comme je vous l'ai dit, si je veux poursuivre ma tâche, j'ai besoin de sa coopération. Je vous saurais gré de ne plus vous exprimer pour mon compte.

Dare hocha la tête.

— Ne venez pas dire que je ne vous ai pas prévenue, Evie. Comparé à lui, je passe pour un ange.

— Oui, si incroyable que cela puisse paraître, ajouta Georgiana en glissant son bras sous celui du vicomte. C'est moi qu'il faut blâmer, Evie. J'ai demandé à Tristan de lui parler. Je m'inquiète pour toi.

— Tu n'as pas de souci à te faire. Je suis assez grande pour veiller sur moi-même.

Visiblement, même ses plus proches amies la tenaient pour une incapable, tout juste bonne à sourire en société. Saint ne valait guère mieux, mais lui au moins n'avait aucune raison de penser autrement.

L'orchestre entonna une des rares valses de la soirée, et elle convainquit sans grande difficulté Georgie et Tristan d'aller rejoindre les danseurs. Lucinda n'était pas venue ce soir, et Evelyn se retrouva soudain exceptionnellement seule.

Son répit fut malheureusement de courte durée.

— Evie, dit son frère en se plantant soudain devant elle, escorté d'un gentleman d'âge avancé, as-tu fait la connaissance du duc de Monmouth ? Votre Grâce, ma sœur, Evelyn.

— Enchanté, déclara le duc quand elle lui fit sa révérence.

— J'étais justement en train de parler à Sa Grâce de ta passion pour les échecs.

Les échecs ? Elle avait horreur des échecs.

— Oui, en effet, mais je crains de n'avoir guère de talent pour ce jeu.

Le duc dodelina du chef, et une mèche de ses cheveux blancs se dressa sur sa tête.

— Comme je le dis souvent, les échecs ne conviennent guère à l'intelligence féminine. Je suis heureux de constater qu'il existe au moins une jeune femme à en avoir conscience.

Evie éprouva quelques difficultés à sourire.

— Comme c'est aimable à vous, Votre Grâce. Je suppose que vous êtes un joueur expérimenté ?

— Je suis le champion du Dorsetshire.

— Mais c'est merveilleux !

Quelle que fût la contribution que Victor espérait obtenir du duc pour sa campagne, il avait intérêt à ce que celle-ci soit considérable. Dieu lui vienne en aide ! Un vieux joueur d'échecs mal coiffé.

— Sa Grâce a spécialement demandé à t'être présenté, Evie, déclara Victor avec un sourire indulgent. Et comme vous ne prisez guère la valse, ni l'un ni l'autre, j'ai suggéré que tu pourrais faire quelques pas à son bras.

Evie réprima un soupir. Un vieux joueur d'échecs mal coiffé et qui ne dansait pas la valse.

— Ce serait pour moi un plaisir, Votre Grâce.

Elle n'eut heureusement pas à se soucier d'alimenter la conversation. En plus d'être un champion d'échecs, le duc savait tout des origines du jeu, des matériaux destinés à la fabrication des pièces et du plus coûteux des jeux jamais réalisé – et dont il était apparemment propriétaire.

Elle hocha la tête et sourit chaque fois qu'il convenait de le faire tout en maudissant silencieusement son frère.

Ce n'était pas la première fois qu'il la piégeait ainsi : il dénichait un soutien potentiel, s'ingéniait à découvrir sa marotte ou son passe-temps favori, et prétendait que c'était justement la grande passion de sa sœur. Evie avait horreur de ces manœuvres et trouvait cela encore plus dégradant maintenant qu'elle avait mieux à faire.

Elle était tellement occupée à hocher la tête et à sourire qu'elle mit un moment à se rendre compte que le duc venait de lui souhaiter une bonne soirée.

— Je vous remercie de cette discussion fort intéressante, Votre Grâce, dit-elle en s'inclinant sur un dernier sourire.

Dès que le toupet de ses cheveux blancs eut disparu parmi la foule, elle alla trouver Victor.

— Bien joué, Evie, dit-il en lui tendant un verre de limonade.

Elle refusa celui-ci d'une grimace.

— Tu aurais au moins pu me prévenir. Je ne connais rien aux échecs.

— J'aurais pu t'apprendre à y jouer si j'avais estimé que tu y accorderais une once de ton attention.

Evie s'éclaircit la gorge. Elle endurait tout cela pour une bonne raison. Peut-être, si elle parvenait à le convaincre...

— Victor, j'ai fait des recherches, commença-t-elle. As-tu idée du nombre d'orphelins qui vivent à Londres ? Que dirais-tu...

— Non, non, non. Je suis en campagne, je ne cherche pas à réformer quoi que ce soit. Et tu es censée m'aider.

— C'est ce que je m'efforce de faire.

— Dans ce cas, cesse de parler à St Aubyn et cesse de faire des recherches. Si les enfants t'intéressent tellement, marie-toi et fais-en.

— Tu es blessant.

— Je ne suis pas ici pour échanger des propos amicaux avec toi. Et, tant que nous y sommes, évite de faire tapisserie. Ta popularité affecte la mienne.

— Ne viens-tu pas de prétendre que je n'aimais pas la valse ? répliqua-t-elle en regrettant de ne pas avoir accepté la limonade – même tiède, le breuvage l'aurait désaltérée dans cette étouffante assemblée.

— Tu n'es pas censée aimer la valse en présence de Monmouth, répondit-il en sirotant son propre verre de limonade. Ni quand St Aubyn se trouve dans les parages.

— St Aubyn, au moins, ne passe pas son temps à mentir à tout le monde pour influencer les gens.

Elle regretta ses paroles dès qu'elle referma la bouche, mais il était trop tard. Victor posa son verre de limonade, l'attrapa par le coude et l'entraîna à l'écart.

— J'ai été aussi patient que possible au sujet de ta relation avec cet individu, murmura-t-il. Tu crois sans doute faire preuve d'intelligence, d'indépendance ou que sais-je encore, mais mon devoir de frère m'oblige à t'informer que tu passes seulement pour une sotte doublée d'une hypocrite.

Elle sentit des larmes de colère affluer à ses yeux, mais les chassa d'un battement de cils. Elle ne lui donnerait pas la satisfaction d'avoir réussi à la faire pleurer.

— Tu m'as toujours prise pour une sotte, répliqua-t-elle. Mais je n'en suis pas une, et je n'ai rien d'une hypocrite.

— Ah. Tu as donc renoncé à ton idée de venir en aide aux déshérités, aux orphelins et aux mendiants de Londres ?

S'il avait su !

— Non, je n'y ai pas renoncé. Et je n'y renoncerai jamais.

Victor eut un sourire sinistre.

— Dans ce cas, je dois t'informer que le débauché avec lequel tu t'es pavanée sous mon nez est actuellement en négociation avec le prince Georges pour démolir l'orphelinat et établir un parc à la place. Tu ne peux pas t'accrocher à ces deux marottes à la fois, Evie, à moins d'être une hypocrite. *Et* une sotte.

Soudain incapable de respirer, Evelyn se contenta de dévisager Victor. Son frère mentait. C'était la seule explication possible.

— Ce n'est pas vrai.

— Bien sûr que si. Je le tiens de Prinny en personne. L'orphelinat du Cœur de l'Espoir, ou quelque chose dans ce goût-là. St Aubyn compte sans doute tirer un bon profit de cette affaire. Il n'est pas vraiment réputé pour son altruisme.

Evelyn se dégagea de l'étreinte de Victor. Les paroles qu'il venait de prononcer avaient ouvert un trou béant dans sa poitrine. Pourquoi Saint ferait-il une chose pareille ? Il semblait presque... humain, par moments. Et ces enfants se trouvaient sous sa protection. S'il avait l'intention de démolir le bâtiment, pourquoi l'avait-il laissée débarrasser les réserves ?

Evelyn se rembrunit soudain. Il l'avait laissée faire parce que cela lui épargnerait la peine de s'en charger plus tard. Et la peinture n'était qu'un inconvénient mineur qui ne lui avait pas coûté un sou. D'autant qu'ainsi, ni elle ni les enfants ne se doutaient de rien.

— Désormais, tu m'écouteras peut-être quand je tenterai de te donner des conseils, reprit Victor. C'est dans ton intérêt que je le fais, ajouta-t-il avant de se rapprocher d'elle. Et maintenant, va danser au lieu de rester bouche bée. Tu as bien travaillé, ce soir. Va donc t'amuser.

Evelyn referma la bouche. Maudit St Aubyn ! Il ne détruirait pas son seul espoir de contribuer à quelque chose d'utile. Elle l'en empêcherait.

10

Dans mon exil, je serai sûrement plus sage,
Et j'échapperai au piège de la tentation ;
Mais je ne puis voir mon paradis
Sans désirer y entrer.

Lord Byron,
L'Adieu à une dame

Evelyn arriva de bonne heure à l'orphelinat et entra dans le réfectoire alors que les enfants finissaient le petit déjeuner. Elle put constater que la nourriture était des plus simples et préparée par une équipe réduite au strict minimum.

Les murs, le toit, le bâtiment en lui-même, tout devenait les pièces du puzzle dont Victor lui avait fourni la clé. Tout était à peine convenable. Comment avait-elle pu être aussi aveugle ? Tout le monde l'avait mise en garde contre St Aubyn, mais elle n'avait pas écouté ces avertissements parce qu'ils visaient la préservation de sa réputation. On lui avait pourtant répété à l'envi que le marquis ne faisait jamais rien sans raison ni gratuitement.

— Mademoiselle Evie ! glapit la petite Rose en s'élançant vers elle, escortée de Penny, pour encercler sa taille de ses bras. Je vous ai fait un dessin.

— Vraiment ? J'ai hâte de le voir.

— C'est nous tous en train de danser. Je porte une robe verte parce que le vert est ma couleur préférée.

Evie prit mentalement note de veiller à ce que Rose reçoive une robe verte. Les enfants avaient tous besoin de nouveaux vêtements, d'ailleurs, d'autres habits que les tenues quelconques et usagées fournies par l'orphelinat. Elle avait malheureusement déjà dépensé toute sa rente mensuelle pour payer la peinture et les professeurs. Si elle parvenait à convaincre Victor qu'elle serait plus à même de l'aider avec une ou deux nouvelles robes, peut-être lui avancerait-il de l'argent...

— Est-ce qu'on va encore danser, aujourd'hui ? demanda Penny.

Même Molly, plus cynique, ne parvenait pas à se départir d'un sourire d'expectative ravie. Evelyn sourit elle aussi, mais dut refouler une soudaine envie de pleurer. Les enfants commençaient à lui faire confiance, et le marquis de St Aubyn voulait détruire tout cela. Ou du moins essayer.

— Nous n'avons pas d'orchestre, mais je vais vous montrer les pas. Ceux qui veulent apprendre à danser peuvent venir avec moi dans la salle de bal.

— Suis-je également convié ? s'enquit Saint depuis le pas de la porte.

Elle se raidit. La veille, elle avait trouvé le marquis énigmatique et séduisant, mais maintenant qu'elle entendait sa voix, elle souhaitait ne l'avoir jamais connu.

— Bonjour, milord, dit-elle sans oser se retourner. Dites bonjour, les enfants.

— Bonjour, lord St Aubyn, dirent en chœur les plus jeunes.

— Bonjour. Montez dans la salle de bal. Mlle Ruddick et moi-même vous rejoindrons dans un instant.

— C'est absurde, répondit-elle avec un rire forcé. Allons-y tous ensemble.

Pour s'assurer que St Aubyn ne s'interposerait pas, elle prit Rose et Penny par la main. Il fallait qu'elle lui parle de sa traîtrise et de sa duplicité, mais pas avant d'avoir réfléchi à ce qu'elle avait à lui dire. Et pas avant de se sentir capable de le faire sans fondre en larmes ou le rouer de coups de poing.

Saint suivit le mouvement quand l'essaim d'orphelins conduit par Mlle Evie grimpa l'escalier en direction du deuxième étage. Apparemment, tout l'orphelinat souhaitait apprendre la valse.

Rester à la traîne lui convenait pour le moment. Après les rêves enfiévrés qui avaient torturé son sommeil durant les quelques heures où il avait réussi à fermer les yeux, l'accueil d'Evelyn lui avait fait l'effet d'un seau d'eau froide en pleine figure.

Elle avait probablement entendu parler de son altercation avec Dare et Wycliffe à la Chambre et cherchait à le punir de s'être aussi mal comporté. Étant donné qu'il ne s'était battu avec personne, il estimait pour sa part ne pas s'être si mal comporté que cela.

Evelyn se planta soudain devant lui, et il cligna des yeux. Elle portait ce matin-là une robe de mousseline rose qui faisait ressortir ses beaux yeux gris. Il ne lui manquait plus qu'une paire d'ailes pour parfaire son apparence angélique. Il en était donc réduit à convoiter un ange. Dieu et le diable avaient sans doute décidé de s'allier pour se moquer de lui.

— Vous plairait-il de prendre Molly pour partenaire ? demanda-t-elle en fixant un point situé derrière son épaule.

— Laquelle est-ce donc ?

Les yeux gris croisèrent brièvement son regard avant d'aller se poser ailleurs.

— Vous ne connaissez le nom d'aucun de ces enfants ?

Vu son humeur, il n'aurait pas été sage de lui révéler qu'il avait passé plus de temps à l'orphelinat au cours des deux dernières semaines que pendant l'année tout entière.

— Je connais le vôtre.

— Je ne réside pas ici sous votre supervision. Molly est la jeune demoiselle aux yeux verts et aux cheveux roux. Les hommes l'intimident, aussi montrez-vous aimable.

Elle s'apprêta à partir, mais Saint saisit son bras.

— Ne me donnez pas d'ordres, Evelyn. Je suis ici parce que je le veux bien.

— Vous, peut-être, mais pas les enfants, répondit-elle en dégageant son bras.

Le sens de l'humour de Saint, déjà sérieusement émoussé par l'abus de gin et le manque de sommeil, s'évanouit tout à fait.

— Et vous croyez que quelques leçons de danse amélioreront leur sort ?

Une larme roula sur la joue d'Evelyn, qui l'essuya d'un geste sec et impatient.

— Et vous croyez que démolir leur foyer le fera ? Je vous interdis de me sermonner alors que vous n'avez pas le moindre sens moral.

Malédiction !

— Qui vous l'a dit ?

— Quelle importance ? répliqua-t-elle, soudain très pâle. Vous êtes un homme méprisable. Poser les yeux sur vous m'écœure.

Saint l'observa, progressivement gagné par la colère et la frustration. À présent, il était clair qu'il ne la posséderait jamais. Et s'il ne pouvait pas avoir ce qu'il voulait, elle ne le pourrait pas non plus.

— Partez, cracha-t-il.

— Vous... Comment ?

— Vous m'avez entendu, Evelyn. Vous n'êtes plus la bienvenue ici. Sortez.

Une autre larme coula sur sa joue.

— Puis-je au moins leur dire au revoir ?

Ses larmes le mettaient mal à l'aise. Ce qui n'allait pas chez lui ces derniers temps était sa faute, décida-t-il, mais ses maudites larmes le troublaient – même s'il était furieux au point d'avoir envie de l'étrangler. Il acquiesça d'un hochement de tête très sec.

— Je vous laisse un quart d'heure. Je vous attendrai en bas.

— Très bien.

— Et souvenez-vous : quoi que vous puissiez leur dire, cela ne changera rien, murmura-t-il en se rapprochant d'elle. Je vous suggère donc de prendre en compte les sentiments de vos petits protégés et de garder le silence.

— Scélérat, marmonna-t-elle quand il eut tourné le dos.

St Aubyn redescendit l'escalier sans se retourner. Quand Evelyn regarda autour d'elle, tous les enfants la dévisageaient. Quoi qu'ils aient compris de ce qui venait de se passer, ils ne pouvaient rien y changer. Et elle était aussi impuissante qu'eux.

— Qu'est-ce qui ne va pas, mademoiselle Evie ?

Elle s'empressa d'essuyer ses yeux.

— Je crains fort de... devoir partir, déclara-t-elle avec peine.

— Ce n'est pas grave, dit Penny en glissant sa menotte dans sa main. Vous pourrez danser avec nous demain.

Ô mon Dieu.

— Non, Penny. Je ne pourrai pas. On m'a... on m'a... demandé de partir.

— St Aubyn ne veut plus de vous ici, c'est ça ? demanda Randall Baker en fronçant les sourcils.

— Non, ce n'est pas...

Evie ne put achever sa phrase. Elle était fatiguée de prendre la défense de tout le monde alors qu'à l'évidence, personne ne le méritait. Elle ne mentirait pas à ces enfants – et certainement pas pour le compte de St Aubyn.

— Non, reprit-elle. Il ne veut plus.

— Pourquoi ? demanda Rose en prenant son autre main, ses grands yeux bruns s'embuant de larmes.

— Parce que vous n'avez pas permis à ce coquin de se glisser sous vos jupes, je parie, dit Matthew Radley en tirant un cigare de sa poche.

Elle rougit.

— Tu ne devrais pas dire de telles choses, Matthew.

— Nous le savons tous, mademoiselle Evie, dit Molly en s'avançant. On ne le voyait pour ainsi dire jamais avant votre venue. Et maintenant, il vous force à partir, ajouta-t-elle, tandis que sa lèvre inférieure se mettait à trembler.

— St Aubyn mériterait qu'on l'enferme dans un cachot et qu'on laisse les rats le manger.

Tous les enfants acclamèrent la suggestion de Matthew. Evie comprenait leur réaction, mais imaginer des plans de vengeance diabolique la privait du peu de temps qu'il lui restait avec eux. Et elle savait que St Aubyn viendrait la chercher si elle tardait à redescendre.

— Malheureusement, Matthew, vous êtes des enfants, je suis une femme, et il est marquis. Et nous n'avons pas de cachot. Penny, va donc chercher un livre, que je vous lise une dernière histoire.

— Nous avons un cachot, insista le jeune Thomas Kinnett. Avec des chaînes et tout. Et nous avons des rats, aussi.

— De quoi parles-tu ?

— Venez voir, dit Penny en tirant sur son bras pour l'entraîner vers l'escalier des communs. Je vais vous montrer.

Evie ignorait à quoi ils faisaient allusion, mais cela semblait important à leurs yeux. Et si St Aubyn ou un autre administrateur avait aménagé une abominable chambre de torture, elle pourrait alerter les autorités et même empêcher la démolition du bâtiment. Si ténébreux que fût St Aubyn, cela ne lui ressemblait guère d'avoir installé une chambre de torture dans cet orphelinat, mais elle était dans un tel état de colère qu'elle voulait bien le croire capable de tout.

Dans un silence qui ne leur était pas coutumier, les enfants la conduisirent au bas des marches d'un escalier décrépit jusqu'à un vaste cellier. La pièce était remplie de vieilles caisses, de sommiers et de provisions destinées aux orphelins – sacs de farine et tonneaux de pommes. L'odeur de moisissure qui emplissait l'atmosphère et la pénombre qui régnait dans ce cellier dépourvu de fenêtres pouvaient lui donner l'allure d'un cachot, mais force lui fut de reconnaître qu'il n'y avait là rien d'horrifiant ni d'illégal.

— Oui, cet endroit est très effrayant, dit-elle pour ne pas les vexer. Mais à moins de bombarder le marquis de pommes, je ne vois rien là qui puisse nous être utile.

— Ce n'est pas ici, mademoiselle Evie, dit Randall avec un petit sourire supérieur. C'est là-bas, derrière.

Aidé de Matthew et d'Adam Henson, il déplaça une pile de vieux matelas. Une fois la poussière retombée, Evie distingua les contours d'une porte. Randall se chargea de l'ouvrir tandis que Molly allumait une chandelle.

Au-delà du battant, un escalier étroit conduisait à une autre porte, légèrement entrouverte et surmontée d'une imposte garnie de barreaux.

— Laisse-moi passer devant, Randall, dit Evie en élevant la chandelle.

— Il y a des araignées, murmura Rose derrière elle.

Des araignées ?

— D'accord, mais sois bien prudent, dit-elle en faisant signe au garçon de la précéder.

Randall sourit et poussa la porte. Dès qu'elle entra, Evie comprit ce que devait être cette petite pièce.

— C'est l'ancien cachot de la caserne, murmura-t-elle.

Deux paires de chaînes munies de fers pour les chevilles et les poignets étaient scellées au mur. Hormis les supports de chandelle fixés de part et d'autre de la porte, il n'y avait pour tout mobilier qu'un petit tabouret et un seau.

— Vous voyez ? dit Thomas, soulevant un des fers et tirant sur la chaîne jusqu'à ce qu'elle soit tendue. On pourrait enfermer St Aubyn ici, et personne ne le saurait.

— C'est une pensée charmante, mes chers petits, et j'en suis très touchée, mais emprisonner un marquis n'est pas une bonne idée.

— Mais si nous le forcions à rester là, vous pourriez venir nous voir tous les jours, dit Penny, des sanglots dans la voix.

Son frère, William, passa un bras maigrichon autour de ses épaules.

— Ne pleure pas, jolie Penny.

— Mais je voulais apprendre à lire !

— Oui, moi aussi, dit Randall d'un ton plus amer. Et je l'ai entendu dire un jour à Mme Natham qu'il aimerait bien démolir l'orphelinat pour ne plus jamais avoir à s'occuper de nous.

— Oh, Randall, ne dis p...

Matthew gloussa, le mégot éteint de son cigare calé entre ses dents.

— Il ne pourrait pas le faire démolir s'il était enfermé ici, pas vrai ?

Evie observa le gamin aux cheveux filasse. Ils avaient inventé cette histoire ; ils ignoraient que le marquis avait bel et bien l'intention de détruire l'orphelinat, le seul foyer que certains d'entre eux eussent jamais connu.

— Alors, mademoiselle Evie, ça vous dit ? demanda Randall d'un ton de conspirateur. Vous promettez de revenir dans quelques jours, et nous, on vous promet que St Aubyn ne pourra pas vous en empêcher.

Le cœur d'Evie se mit à battre plus vite. Saint l'avait prévenue que certains des orphelins étaient déjà de vrais délinquants, mais elle se demanda si le marquis avait conscience de ce qu'ils étaient capables de faire s'ils se sentaient menacés. Quoi qu'elle dise, une fois qu'elle serait partie, ils pourraient très bien essayer d'enfermer le marquis dans ce cachot et quelqu'un risquait d'être blessé, voire pire. Et, en admettant qu'ils y parviennent, ils ne pourraient plus jamais le laisser ressortir. Enlever un noble, même un marquis à la réputation aussi scandaleuse que St Aubyn, était un crime passible de la pendaison.

Par ailleurs, si Saint se retrouvait forcé de faire connaissance avec eux, s'il voyait à quel point ces enfants méritaient qu'on s'occupe d'eux et le besoin désespéré qu'ils avaient de la famille qu'ils formaient à l'orphelinat du Cœur de l'Espoir, il changerait peut-être d'avis.

Elle battit des cils. Et il apprendrait peut-être aussi à se comporter comme un gentleman digne de ce nom.

Oh, c'était pure folie. Mais si elle tentait de prévenir St Aubyn, les enfants se retrouveraient en plus fâcheuse posture qu'avant ses visites à l'orphelinat. Alors que si elle gardait le contrôle de la situation, établissait des règles et guidait l'opération, elle aurait peut-être une chance de sauver tout le monde. Et de démontrer la pertinence de son projet.

— Entendu, dit-elle en s'asseyant sur le tabouret. Nous devons tous nous mettre d'accord. Et qu'il soit bien entendu que c'est moi qui commande. Vous devrez obéir scrupuleusement à mes ordres.

Matthew ôta le cigare de sa bouche pour mimer le salut militaire.

— Compris, capitaine.

— Bien. D'abord, j'ai quelque chose à vous dire. Et ensuite, nous devrons agir vite.

11

Tu n'es jamais plus brillante
que dans les cachots, ô Liberté !
Car là, c'est dans le cœur que tu habites.

Lord Byron,
Sonnet sur Chillon

Saint faisait les cent pas dans le hall. Il n'aurait pas dû lui accorder plus de cinq minutes pour rassembler ses affaires et partir. Mais les larmes d'Evelyn Ruddick étaient apparemment son talon d'Achille, et il ne lui restait plus qu'à tirer sa montre de sa poche toutes les deux minutes en pestant.

— Elle me trouve méprisable, marmonna-t-il en singeant son intonation indignée. Ma présence l'écœure.

Personne ne lui avait jamais parlé de la sorte sans en payer le prix. Personne qui fût susceptible de l'intéresser, en tout cas. Non qu'elle l'intéressât tant que cela, d'ailleurs. Il n'avait tout simplement pas l'habitude de fréquenter des jeunes femmes aussi... pures.

Et Evelyn Marie était apparemment trop pure pour souhaiter être salie par sa présence. Mais il veillerait à la faire changer d'avis. Quand il en aurait fini avec elle, elle le supplierait de rester. L'ange se retrouverait considérablement souillé, et tout le monde le saurait.

Il tira de nouveau sa montre de sa poche. Plus que deux minutes. Si elle ne se dépêchait pas d'apparaître, il monterait la chercher. Il referma le couvercle de sa montre. Pourquoi attendre, d'ailleurs ?

— Saint ?

Il se retourna vivement. Evelyn se tenait au pied de l'escalier, les joues empourprées, essoufflée.

— Allez chercher vos livres, ordonna-t-il sèchement. Le temps est écoulé.

— J'ai réfléchi, déclara-t-elle sans bouger.

Le doute l'assaillit. Elle n'était pas au bord des larmes, comme il s'y était à moitié attendu, et elle ne le suppliait pas de lui permettre de continuer à réformer l'orphelinat, ni de renoncer à son projet de démolition.

— À quoi donc ? demanda-t-il cependant.

— Au... au fait que vous avez dit que vous ne faisiez jamais rien gratuitement.

Evelyn était nerveuse, mais ce n'était pas tout : il pouvait presque sentir l'air se densifier entre eux.

— Et alors ? s'enquit-il pour l'inciter à poursuivre, les sens en alerte.

Elle s'éclaircit la gorge.

— Et je me demandais, dit-elle si bas qu'il eut du mal à l'entendre, quel prix vous demanderiez pour garder l'orphelinat ouvert.

Saint n'était pas né de la dernière pluie. L'ange avait une idée derrière la tête. Et si cela impliquait de se retrouver tous les deux nus, l'idée en question ne le dérangeait pas. Pourtant...

— Je croyais que je vous écœurais.

— J'étais en colère.

— Et vous ne l'êtes plus ? demanda-t-il sans chercher à cacher son scepticisme.

— Je ne comprends pas comment vous pouvez envisager de fermer l'orphelinat, répondit-elle. Votre mère...

— Pour l'amour du Ciel, l'interrompit-il, si nous en sommes à parler de séduction, ne mentionnez pas ma mère.

— Je vous demande pardon, dit-elle avec une grimace nerveuse. Ces choses-là sont nouvelles pour moi.

— Quelles choses ?

— Vous... souhaitez que je le dise ?

Il s'avança jusqu'à elle, soudain moins pressé de la voir partir.

— Oui, je le souhaite, répondit-il avant de l'embrasser.

Elle allait exiger de lui des promesses, et si elle calculait bien son moment, il accepterait tout ce qu'elle lui demanderait. Le simple fait de lui parler éveillait déjà un douloureux élancement au niveau de son entrejambe. Mais il serait très attentif à la manière dont elle formulerait ses requêtes. L'expérience lui avait appris qu'il existait plus d'une façon d'attirer une femme dans son lit - et plus d'une façon aussi de revenir sur sa parole.

Il voulut mettre un terme à son baiser, mais Evelyn se hissa sur la pointe des pieds, ses doigts délicats s'immiscèrent dans sa chevelure pour attirer son visage vers le sien, et elle l'embrassa à son tour. Saint encercla sa taille de ses mains et l'attira contre lui.

— Il vous reste encore à le dire, Evelyn Marie, murmura-t-il, songeant qu'ils pourraient aller dans une de ces maudites salles de classe. J'attends.

— Je... commença-t-elle, les yeux rivés sur ses lèvres. J'aimerais savoir si vous renoncerez à la démolition de l'orphelinat si je... si je...

Par Lucifer. Les anges étaient parfois horripilants.

— Si vous m'autorisez à vous posséder, murmura-t-il.

Il ôta une épingle de ses cheveux, et ses boucles auburn coulèrent entre ses mains en libérant leur parfum citronné.

— Oui.

Saint secoua la tête et retira une deuxième épingle.

— Dites-le.

Elle rougit et, les lèvres déjà enflées par ses baisers, ses seins se pressant contre son torse, poussa un doux gémissement.

— Si je vous autorise à me posséder, murmura-t-elle.

Réfléchir avec logique devenait difficile, mais il nota que sa formulation concernant l'orphelinat lui laissait une bonne marge de manœuvre.

— Marché conclu, Evelyn.

— Mais pas ici, s'empressa-t-elle de dire quand les mains de Saint menacèrent de remonter jusqu'à ses seins. Les enfants…

— Que diriez-vous d'une de vos salles de classe ?

Il captura de nouveau ses lèvres, vaguement conscient de ce que sa réaction avait d'inhabituel. Certes, il venait d'endurer près de trois semaines d'abstinence, mais jamais il n'avait connu ce désir, cette faim proprement dévorante. Et c'était d'elle qu'il avait faim, pas d'une femme sans nom et sans visage pour calmer ses pulsions.

— Non. Oh, Saint. Un endroit plus privé. Je vous en prie…

Elle était si troublée qu'elle n'arrivait plus à émettre une phrase entière.

— La salle du conseil.

— Le cellier, proposa-t-elle. Le petit déjeuner vient de se terminer et…

— Va pour le cellier, concéda-t-il en saisissant sa main pour l'entraîner vers l'escalier.

Un simple carré de terre battue lui aurait amplement suffi. Dieu merci, elle avait cédé. Il ne savait pas combien de temps il aurait réussi à garder ses mains loin d'elle sans devenir fou à lier. Il attrapa une lampe du couloir et hésita comme ils passaient devant la porte d'une des salles de classe.

— Êtes-vous certaine que ce ne serait pas mieux ici ? demanda-t-il en l'attirant vers lui pour l'embrasser de nouveau.

— Les fenêtres, parvint-elle à dire en s'accrochant aux revers de son manteau.

— Je vais vous faire hurler de plaisir, murmura-t-il contre sa bouche.

S'ils étaient restés là plus longtemps, il n'aurait plus été à même de marcher – lui qui se targuait de rester toujours maître de lui. Il saisit sa main et l'entraîna de nouveau vers l'escalier.

Dès qu'ils atteignirent le sous-sol où se trouvait le cellier, il la plaqua contre le mur de pierre et s'empara voracement de la bouche qu'elle tendait vers lui. Ils étaient enfin seuls et avaient au moins une heure devant eux, avant l'arrivée de l'aide de cuisine.

— Evelyn, gémit-il en embrassant sa gorge, glissant la main sous l'encolure de sa robe pour dénuder son épaule et la dévorer de baisers.

— Je suis désolée, Saint, murmura-t-elle, déjà haletante.

Il encercla sa taille de son bras et l'attira contre lui.

— Mais de quoi ? souffla-t-il en l'embrassant de nouveau.

— C'est pour votre bien.

— Qu...

Un bruit de pas retentit derrière lui. Saint se retourna, et un coup violent heurta sa tempe. Un juron inarticulé franchit ses lèvres, et il s'écroula.

Evelyn, incapable de bouger, de parler ou de réfléchir, contempla le marquis de St Aubyn qui gisait à ses pieds. Ils ne pouvaient plus revenir en arrière, mais Saint avait éveillé en elle un tel flot de chaleur sensuelle qu'elle souhaitait presque qu'ils soient toujours seuls dans ce cellier pour qu'il tienne sa promesse de la faire hurler de plaisir.

Randall abaissa le tasseau de chêne qu'il tenait à la main.

— Il y a longtemps que je rêvais de faire cela.

Sa voix tira Evie de sa stupeur choquée. Elle s'agenouilla auprès du marquis.

— Il respire toujours, s'exclama-t-elle, soulagée.

Si agaçant que fût St Aubyn, elle ne souhaitait pas sa mort. Cette perspective la faisait même se sentir étrangement... vide.

— Évidemment qu'il respire, dit Randall d'un ton ennuyé, visiblement déçu qu'elle puisse douter de sa compétence dans l'art de manier l'assommoir. Portons-le dans le cachot avant que Nelly la Fouineuse ne descende chiper des pommes.

— Nelly la Fouineuse ? répéta Evie en écartant les cheveux du front de St Aubyn tandis qu'une demi-douzaine d'enfants se matérialisaient autour d'eux, émergeant des ténèbres du cellier.

Elle vit un filet de sang couler le long de l'oreille de Saint et s'assura une fois de plus que son cœur battait toujours. Il semblait si... innocent, avec ce visage détendu, toute trace de cynisme ayant déserté ses traits. Innocent et beau. Le plus bel homme qu'elle ait jamais vu.

— C'est une des aides de cuisine. Allez, vous autres, soulevons-le. Si on le traîne par terre, ça laissera des traces.

Randall n'était visiblement pas novice en matière d'enlèvement. Evie se redressa et s'écarta cependant que les six garçons les plus âgés saisissaient les jambes, la taille et les bras de St Aubyn pour le soulever du sol.

— Ne lui faites pas de mal, conseilla-t-elle en levant une chandelle allumée au-dessus de sa tête pour les guider jusqu'à la porte du cachot.

— Pensez à ce qu'il nous ferait en ce moment s'il était encore conscient, gronda Matthew.

Evelyn frissonna. Saint allait être furieux. On disait qu'il avait tué plusieurs hommes en duel sous prétexte que son honneur avait été égratigné. Ce qu'ils venaient de lui infliger était bien plus grave qu'une égratignure.

Ils avaient installé un matelas à peu près convenable et des couvertures propres au fond du cachot. Ils avaient aussi chassé les araignées et leurs toiles et chapardé deux chandelles qu'ils avaient placées dans les supports du mur.

Les garçons lâchèrent St Aubyn sur le matelas avec moins de délicatesse qu'Evelyn ne l'aurait voulu. Le marquis gémit.

— Vite ! Mets-lui les fers ! glapit Adam Henson en reculant prestement.

— Attendez ! s'écria Evelyn, s'extirpant de son brouillard. Ne lui faites pas de mal !

— Trop tard, mademoiselle Evie. Si on ne l'attache pas, il nous fera tous condamner aux galères ou déporter en Australie.

— Ou pendre, ajouta Randall en s'accroupissant pour assujettir l'un des fers de cheville.

— Avons-nous au moins la clé de ces fers ? demanda-t-elle, se sentant soudain gagnée par le vertige.

— Oui. Et celle de la porte aussi.

— Donnez-les-moi, je vous prie.

Matthew lui remit docilement deux clés de cuivre. Evelyn les empocha et se laissa lourdement tomber sur le tabouret. Dieu tout-puissant, qu'était-elle en train de faire ? Enlever un marquis la plaçait au-delà de la folie. Mais si elle ne s'en était pas mêlée, ces garçons auraient peut-être choisi une solution plus expéditive au problème que leur posait St Aubyn. Tant qu'elle garderait les clés, elle pourrait au moins assurer sa protection, dans une certaine mesure.

— Il se réveille, annonça Adam.

— Très bien, tout le monde dehors. Je ne veux pas qu'il sache qui l'a frappé. Et fermez les portes, mais laissez une lampe dans l'escalier. Faites bien attention à vous et ne dites rien qui sorte de l'ordinaire.

— On finira par faire de vous une vraie criminelle, mademoiselle Evie, commenta Randall en souriant.

— Sauvez-vous, souffla-t-elle. Vite !

Quelques secondes après qu'ils eurent refermé la porte, Saint revint à lui dans un sursaut. Avec un gémissement sourd, il roula à quatre pattes.

— Comment vous sentez-vous ? demanda Evie d'une voix qui tremblait autant que ses mains.

— Que s'est-il passé ? gronda-t-il en portant la main à sa tempe.

— C'est une longue histoire. Pensez-vous avoir besoin de soins médicaux ? ajouta-t-elle en le voyant considérer sa main ensanglantée.

Ils ne pourraient pas faire venir de médecin, bien sûr – à moins que la blessure de Saint ne fût très grave. En cas d'urgence, Evie pourrait probablement recoudre une plaie, même si cette idée lui donnait vaguement la nausée.

— Non. C'est d'un pistolet que j'ai besoin. Qui m'a frappé ?

Il se redressa lentement sur les genoux et posa les yeux sur elle, perchée sur le tabouret à l'autre bout de la pièce.

— Je ne peux pas vous le dire. Saint…

Son regard se fit plus acéré, et il examina la pièce autour de lui.

— Où sommes-nous ? Êtes-vous blessée ?

— Moi ? Je vais très bien.

Saint posa une main sur le mur pour garder l'équilibre et se redressa, chancelant.

— Ne vous inquiétez pas, Evelyn. Je vais nous sortir de là.

Ô mon Dieu. Il cherchait à se montrer chevaleresque.

— Vous ne comprenez pas, Saint. Je ne suis pas prisonnière. C'est vous qui l'êtes.

Elle le regarda assimiler lentement ce qu'elle venait de dire. Il se redressa alors soudain et s'élança vers elle.

— Maudite...

La chaîne se tendit et il s'effondra, presque à ses pieds. Evelyn poussa un cri et tomba de son tabouret. Saint tendit les bras vers elle, mais elle releva les genoux contre son buste avant qu'il ait pu saisir sa cheville.

— Arrêtez ! Vous allez vous faire mal ! dit-elle en rampant aussi loin de lui qu'elle le pouvait.

Sa robe allait être en piteux état, mais s'il posait la main sur elle, ses vêtements seraient le dernier de ses soucis.

Les clés tombèrent de sa poche. Evie se contorsionna pour les rattraper alors que Saint plongeait vers elles. La chaîne l'arrêta net dans son élan. Il griffa le sol de terre battue et tendit les doigts pour les récupérer, mais elle réussit à s'en emparer et recula de nouveau.

— Donnez-moi ces satanées clés, gronda-t-il.

C'était là le St Aubyn que tout le monde redoutait, comprit-elle. L'homme tel qu'il était une fois disparu son vernis de civilité.

— Calmez-vous, ordonna-t-elle en reculant encore davantage, même s'il n'avait plus aucune chance de l'atteindre.

Il passa en position accroupie, son regard vert étincelant d'une fureur qui figea le sang d'Evelyn.

— Me calmer ? grinça-t-il en essuyant le filet de sang mêlé de terre qui courait le long de sa joue. Je suis enchaîné à un mur Dieu sait où, et...

— Nous sommes dans le sous-sol de l'orphelinat, l'interrompit-elle. Dans ce qui tenait autrefois lieu de cachot, je suppose.

Elle se redressa à demi et remit les clés dans sa poche. Il suivait des yeux le moindre de ses gestes.

— Pourquoi diable suis-je enchaîné dans ce cachot, Evelyn ? demanda-t-il dans un grondement menaçant. Et qui m'a frappé ?

Tenter de lui faire entendre raison n'aurait servi, au mieux, qu'à aggraver sa colère. Evie prit appui des mains contre le mur qui se trouvait derrière elle et se redressa.

— Je crois que vous feriez bien de vous calmer un peu, Saint, dit-elle d'une voix qui continuait à trembler. Je vais vous apporter de l'eau et un linge pour laver votre plaie, ajouta-t-elle en se dirigeant vers la porte.

Il se redressa et effectua le même déplacement qu'elle, au bout de sa chaîne.

— Vous ne pouvez pas m'abandonner ici. C'est ridicule, Evelyn. Donnez-moi ces clés. *Tout de suite.*

— Je ne peux pas faire cela. Et je ne vous abandonne pas. Je serai de retour dans quelques minutes.

— Si vous ne me donnez pas ces clés immédiatement, il vaudra mieux pour vous que je ne sorte jamais d'ici, déclara-t-il fermement en soutenant son regard. Parce que vous serez la première de qui je me vengerai.

Evie déglutit.

— Si vous souhaitez sortir d'ici, vous feriez mieux de ne pas dire de telles choses, répliqua-t-elle avant de se glisser hors du cachot.

12

Les plaisirs ont beau enflammer l'âme exaspérante,
Le cœur, lui, reste solitaire !

Lord Byron,
Une lutte encore, puis je serai libre

Saint se figea quand Evelyn referma la porte. Un verrou claqua et il l'entendit gravir six, sept, huit marches. Une autre porte grinça, puis se referma, le laissant seul dans un profond silence.

Il resta là encore un instant, l'oreille aux aguets, mais plus aucun bruit ne lui parvint. Sa veste, son pantalon et son gilet étaient couverts de poussière. Ses ongles étaient endeuillés, et il avait la bouche pâteuse. Il cracha sur le sol de terre battue, retourna jusqu'au matelas dans un cliquetis de chaînes et s'assit.

Evelyn n'avait pas pu faire cela sans aide. Le fer avait été verrouillé par-dessus sa botte, juste au-dessus de sa cheville. Il l'enserrait étroitement, et le métal couvert de rouille avait déjà endommagé le cuir de sa coûteuse botte d'équitation.

Un maillon après l'autre, il fit remonter ses mains le long de la chaîne jusqu'à l'anneau qui se trouvait scellé dans le mur. Rien ne bougea ; l'ouvrage était parfaitement solide.

Il se rassit, croisa les jambes aussi confortablement qu'il le put avec le pied gauche entravé et se mit en devoir de fouiller ses poches. Un peu d'argent, un mouchoir, sa montre, un bouton qui ne lui appartenait pas... Rien qui puisse l'aider à s'échapper.

Saint porta de nouveau la main à la plaie de sa tempe. Il avait été un parfait imbécile. Comment avait-il pu croire qu'Evelyn serait disposée à écarter les jambes pour lui ? Parce qu'il avait *voulu* le croire. Elle s'était comportée de façon étrange et distante toute la matinée, et quand elle s'était soudain jetée à son cou, il avait cru possible qu'elle ait décidé de lui offrir son corps en guise de monnaie d'échange parce que c'était ce dont il rêvait.

Il l'avait sous-estimée, ce qui lui plut étrangement. Il s'était plus d'une fois retrouvé dans des situations périlleuses, mais aucun mari courroucé, aucun amant jaloux n'était jamais allé jusqu'à l'enfermer dans un cachot.

— Malédiction.

Il tira une fois de plus sur la chaîne, mais ne réussit qu'à se couper le doigt sur l'aspérité d'un maillon.

Quelle que soit la leçon qu'Evelyn s'était mis en tête de lui infliger, il n'était pas disposé à se laisser faire. Aucune femme ne l'avait jamais surpassé dans aucun domaine. Il découvrirait ce qu'elle espérait obtenir, le retournerait contre elle, et il serait libre. La vengeance qu'il exercerait alors sur elle serait très douce et durerait très longtemps...

S'il n'avait pas eu sa montre, il aurait cru qu'il s'était écoulé bien plus de trente-sept minutes avant que la porte du haut des marches ne grince de nouveau. Saint se redressa et porta aussitôt la main à sa tête, gagné par le vertige.

La clé tourna dans la serrure et il s'adossa au mur, les bras croisés devant lui. Peut-être oublierait-elle la longueur de sa chaîne, lui donnant ainsi une chance de s'emparer d'elle...

— Saint ? appela-t-elle à voix basse en passant la tête dans l'entrebâillement de la porte.

Il ne répondit pas, mesurant de l'œil la distance qui séparait la porte du point le plus extrême qu'il pouvait atteindre. Près de deux mètres, estima-t-il. Celui qui avait conçu ce cachot connaissait son métier.

— Je suis contente de voir que vous êtes un peu calmé, déclara-t-elle, visiblement nerveuse. Êtes-vous disposé à m'écouter, à présent ?

— Oui. J'aimerais comprendre en quoi me retenir prisonnier peut être fait – comment avez-vous formulé cela, déjà ? – « pour mon bien ».

Evelyn grimaça.

— Lady Gladstone m'a dit un jour que vous étiez si totalement mauvais que vous n'aviez pas à *bien* vous comporter.

Fatima était plus intelligente qu'il ne l'avait cru.

— Et je suppose que vous êtes en désaccord avec cela ?

— Je le suis, en effet.

Elle recula sur le seuil, puis réapparut avec un plateau.

— De l'eau et un linge, comme promis.

Saint l'observa, curieux de voir comment elle allait s'y prendre pour les lui donner sans l'approcher, et banda ses muscles, prêt à bondir à la moindre erreur de sa part.

Mais elle déposa le plateau par terre, hors de sa portée, puis tendit le bras vers la personne qui se tenait derrière la porte et qui lui remit un manche à balai dont elle se servit pour pousser le plateau vers lui.

— On jurerait que ce n'est pas la première fois que vous séquestrez quelqu'un, dit-il sans bouger.

— C'est pourtant le cas.

— Quand j'ai dit vouloir être pour vous le premier, ce n'est pas ce que j'avais en tête.

Evelyn rougit, s'empressa d'aller chuchoter quelque chose à l'extérieur et referma la porte.

— Je comprends votre colère, dit-elle en remettant le tabouret sur ses pieds avant de s'asseoir dessus. On vous a assommé et privé de votre liberté.

— C'est *vous* qui avez fait cela, rectifia-t-il

— Il fallait bien que quelqu'un se dévoue.

Saint plissa les yeux. En temps ordinaire, il appréciait le piquant de leurs échanges mais, en temps ordinaire, il n'était pas enchaîné à un mur et contraint d'endurer ses piques.

— Délivrez-moi donc votre petit discours, Evelyn.

— Très bien. Je vous ai dépossédé de votre liberté avant que vous ne puissiez me déposséder d'autre chose.

— De votre virginité ? suggéra-t-il avec cynisme. Vous me l'avez offerte.

— Certainement pas ! C'était une ruse.

— Garce.

— Cessez. Vous voulez priver ces enfants de leur foyer et m'empêcher d'agir utilement. Vous ne valez pas mieux que mon frère.

Quoi qu'elle entendît par là, cela semblait insultant.

— C'est faux.

— Non. Victor m'envoie charmer pour son compte de vieux messieurs dégoûtants. Peu lui importe que je doive leur mentir et feindre de m'intéresser à eux. Et il ne se soucie pas davantage de savoir si ces stupides thés politiques auxquels il me force à assister sont intéressants ou non. Et vous... vous êtes encore pire que lui.

— Expliquez-moi cela.

— Vous ne m'avez laissée entrer à l'orphelinat que parce que vous pensiez que cela vous permettrait de me séduire. Je reconnais que vous êtes bien fait de votre personne et même... attirant, mais je ne suis pas une écervelée. Vous jugez sans connaître. En vérité, vous ne me connaissez pas plus que vous ne connaissez ces enfants dont la survie dépend de vous. Vous les voyez uniquement comme une gêne.

Son ange avait un certain talent oratoire. Il ne s'y était absolument pas attendu mais, sur le moment, il trouva cela fort déplaisant.

— C'est tout ? demanda-t-il sèchement.

— Pas tout à fait. À partir de maintenant, plus rien ne pourra vous gêner. Vous allez avoir tout le temps du monde, déclara-t-elle en se levant. Alors, réfléchissez à cela, lord St Aubyn : si vous deviez disparaître, se trouverait-il une seule personne pour vous regretter ?

Un frisson glacé parcourut son épine dorsale.

— Réfléchissez à ce que vous faites, Evelyn, dit-il en commençant à prendre conscience de la profondeur du trou dans lequel il se trouvait. Si vous ne me libérez pas maintenant, pensez-vous être en mesure de le faire par la suite ?

Elle s'immobilisa, une main sur la poignée de la porte.

— Je l'espère. Vous ne manquez pas d'intelligence. Je pense que vous pouvez aussi être un homme bon. Il est temps pour vous d'apprendre quelque chose.

Evie referma la porte, la verrouilla, puis laissa aller son front contre le battant. Elle n'avait encore jamais parlé comme cela à personne, et dire ces choses à voix haute lui avait fait du bien.

Pourtant, la situation la terrifiait. Elle ne permettrait jamais qu'il lui soit fait le moindre mal, mais elle ne tolérerait pas davantage qu'il prenne une décision contraire au bien des enfants.

— Tâchez de comprendre, s'il vous plaît, murmura-t-elle tandis qu'une larme roulait sur sa joue.

Elle n'avait pas su précisément ce qu'elle allait lui dire avant de se mettre à parler. Son regard sombre et calculateur l'avait dérangée, mais mieux valait un regard noir que des cris et des tentatives d'attaque.

Il finirait peut-être par apprécier le risque qu'elle avait pris pour tenter de faire de lui un véritable gentleman. Evie renifla et essuya ses joues. Quand Lucinda, Georgiana et elle avaient décidé de réformer les plus grands débauchés de Londres, l'enlèvement n'avait pas fait partie des méthodes envisagées. Elle se força à sourire pour reprendre courage. Elles avaient craint, l'année précédente, que les manœuvres de Georgie n'entraînent celle-ci trop loin, mais finalement, lord Dare s'en était tiré à bon compte.

Elle remonta dans la salle de bal pour donner une nouvelle leçon de valse aux enfants, puis, lorsqu'on les avertit que le déjeuner était prêt, transmit des instructions de dernière minute aux plus grands.

— Allons-nous devoir le nourrir ? demanda Molly, les sourcils froncés.

— Bien sûr. Et être gentils avec lui, aussi. Cela ne lui plaît pas d'être ici, et nous devons lui apprendre à penser aux autres.

— Et si cela ne fonctionne pas ? s'enquit Randall en fermant un œil.

— Cela fonctionnera, répliqua Evelyn avec une assurance qu'elle était loin d'éprouver. Au début, il sera méchant, mais nous devrons justement lui apprendre à bien se comporter.

— Je lui enseignerai les bonnes manières, roucoula Alice Smythe.

Evie avait redouté cela ; elle était bien placée pour savoir que Saint pouvait se montrer redoutablement charmeur. Elle ne se laisserait plus jamais prendre à ses baisers, mais ces jeunes filles risquaient de tomber dans le piège.

— Souvenez-vous bien de l'importance de cette mission. Cet homme est d'une intelligence diabolique. Personne ne devra jamais aller le voir seul. Et je garderai toujours la clé de ses fers avec moi. S'il sait que vous ne l'avez pas, il n'aura aucune raison de tenter de vous l'enlever.

— Il me semble qu'il y aurait un moyen plus simple de régler ça, dit Randall en sortant un petit couteau de sa poche.

Oh, Dieu du ciel !

— Non. St Aubyn nous sera bien plus utile vivant que mort si nous arrivons à faire de lui un allié. Vous devez me promettre que personne ne lui fera de mal.

— Vous voulez que nous vous promettions quelque chose ?

— Oui. Et je m'attends que vous teniez parole.

Randall planta la pointe de son couteau dans une poutre.

— D'accord. Je vous le promets.

Les autres enfants lui firent écho, et Evie respira plus librement. Ils avaient des leçons à apprendre, tout comme Saint. Et elle semblait avoir été choisie pour les leur donner.

— Bien, je vous retrouverai demain matin à la première heure. Bonne chance.

Quand Evelyn atteignit Barrett House, elle n'avait que vingt minutes de retard, mais elle ne pouvait se défaire de l'idée qu'elle avait perdu plus de temps que cela et que tout le monde saurait en la voyant qu'elle retenait le marquis de St Aubyn captif dans un cachot de l'orphelinat du Cœur de l'Espoir.

— Evie, dit Lucinda en se levant pour étreindre ses mains. Nous commencions à nous faire du souci.

Evelyn se força à émettre un gloussement insouciant et alla déposer un baiser sur la joue de Georgiana.

— Suis-je donc tellement en retard ?

— Non, mais tu ne l'es jamais, habituellement.

— Je jouais avec les enfants.

— Qu'est-il arrivé à ta robe ? demanda Lucinda.

Evie baissa les yeux. Elle avait bien tenté de la nettoyer, mais de vilaines taches brunes avaient souillé sa robe quand elle était tombée par terre.

— Mon Dieu ! dit-elle en s'obligeant à rire. J'imagine que je devrais jouer avec moins d'enthousiasme.

— Et tes cheveux ? enchaîna Georgie en soulevant une des mèches qui s'échappaient de son chignon à moitié défait.

Peste.

— Les fillettes ont absolument tenu à me coiffer. Est-ce vraiment affreux ?

Lucinda gloussa.

— Je vais demander à Helena de remettre un peu d'ordre dans tout cela avant ton départ.

Elles bavardèrent des événements de la semaine, comme elles le faisaient toujours, et Georgiana les régala d'une anecdote particulièrement cocasse au sujet du plus jeune frère de Dare, Edward, qui venait de fêter ses neuf ans. Evie se détendit un peu mais, tandis qu'elle grignotait des pâtisseries et riait avec ses amies, elle ne parvenait pas tout à fait à chasser de ses pensées la vision de Saint, seul et enchaîné au fond de son cachot.

— Comment progresse ton élève ? demanda Lucinda en sirotant son thé.

— Quel élève ?

— Tu sais bien – St Aubyn. À moins que tu n'aies décidé d'écouter nos conseils et de choisir un disciple plus malléable.

— Je ne l'ai pas vu, aujourd'hui, s'empressa-t-elle d'affirmer. Et... je dois avouer, poursuivit-elle, feignant de ne pas remarquer le regard qu'échangeaient ses amies, que son cas se révèle plus épineux que je ne le pensais.

— Tu vas donc l'oublier, n'est-ce pas ? demanda Georgiana en prenant sa main. Ce n'est pas que nous doutions de toi, Evie. Mais il est tellement...

— Affreux, compléta Lucinda. Et dangereux.

— Je croyais qu'il s'agissait justement de réformer quelqu'un d'affreux, répliqua Evelyn. Tu n'arrêtais pas de dire que Dare était le pire de tous les hommes d'Angleterre, Georgiana. Je pensais que c'était ce qui t'avait poussée à le choisir.

— Certes, concéda la vicomtesse avec un petit sourire. Mais comme vous le savez toutes deux, j'avais aussi des raisons personnelles de vouloir lui donner une leçon. Alors que tu n'as aucun lien de ce genre avec St Aubyn.

Elle en avait un, à présent.

— Néanmoins, je suis décidée à lui apprendre à se comporter en gentleman, déclara-t-elle. Songez à toutes les vertus que je pourrais sauver !

Lucinda passa un bras autour de ses épaules.

— Songe surtout à protéger la tienne. Sois bien prudente. Promets-nous au moins cela.

— Je vous le promets, répéta docilement Evie en se demandant si Saint n'avait pas plus d'influence sur elle qu'elle n'en avait sur lui – elle n'aurait pas été capable de mentir avec une telle aisance, autrefois. Je serai prudente.

— Bien. Et si tu veux que nous fassions diversion ce soir, poursuivit Luce en souriant, je suis même disposée à danser avec ton frère.

— Ce soir ? répéta Evie, perplexe.

— Le bal des Sweeney, ma chère. St Aubyn lui-même a été convié, à ce qu'on m'a dit.

Evie sentit son ventre se nouer.

Elle aurait aimé avoir le temps de s'assurer que St Aubyn était bien traité avant d'aller au bal mais, une fois qu'elle se fut changée après être rentrée chez elle, elle trouva Victor qui l'attendait déjà dans le hall.

— Juste Ciel, dit-elle en prenant son étole des mains de Langley pour la placer elle-même sur ses épaules, son frère ne faisant pas mine de lui apporter son concours. Tu ne veux tout de même pas que nous arrivions les premiers !

— Si, c'est justement ce que je veux, répondit-il en prenant le bras de leur mère pour gagner le perron. Voilà plus d'une semaine que je cherche vainement à m'entretenir avec lord Sweeney. Il a passé du temps en Inde, lui aussi. Jc n'aurai pas de meilleure chance de le gagner à ma cause que celle-ci. Il pourra peut-être même m'obtenir une audience avec Wellington.

Evie réprima un soupir.

— Et que devrons-nous faire, maman et moi, pendant que tu seras occupé à le recruter ?

Victor la regarda comme si elle était une poupée de porcelaine subitement douée de parole.

— Tu bavarderas avec lady Sweeney, évidemment.

L'espace d'un instant, elle eut envie de lui révéler qu'elle retenait un marquis grossier et arrogant prisonnier dans un cachot où des fers n'attendaient que de recevoir un second occupant, mais elle se contenta de sourire.

— Je ferai de mon mieux.

Saint ne savait pas l'heure qu'il était car il ne pouvait pas voir sa montre. D'après les grondements de son estomac et le picotement de sa barbe, il était cependant à peu près certain que l'aube venait de se lever.

Il ne savait pas non plus depuis combien de temps il était éveillé, mais il avait l'impression que cela faisait déjà plusieurs heures. Le peu de sommeil qu'il avait réussi à grappiller avait été perturbé par des rêves dans lesquels il se vengeait d'Evelyn Ruddick en la possédant à plusieurs reprises et d'où il avait émergé dans un état d'excitation avancée.

— Imbécile, marmonna-t-il dans l'obscurité, le son de sa voix se répercutant contre les parois du cachot.

Elle l'avait fait prisonnier, et il ne pouvait pas s'empêcher de la désirer.

Il avait réfléchi un moment à ce qu'elle avait dit au sujet des conséquences de sa disparition. Ses domestiques avaient l'habitude de le voir s'absenter sans prévenir plusieurs jours d'affilée. Et comme il venait tout juste de faire une apparition à la Chambre des lords, personne ne s'inquiéterait de son absence avant plusieurs semaines. De plus, et par la faute d'Evelyn, il se retrouvait entre deux maîtresses : aucune femme ne se plaindrait donc qu'il lui manquait.

Quant à ses amis, il ne lui en restait plus guère. Certains s'étaient amendés et mariés, d'autres étaient morts de leurs excès, et Saint avait poursuivi sa plongée dans le cœur obscur de la cité, de plus en plus seul. Pas aussi obscur que son cachot l'était devenu quand la dernière chandelle s'était éteinte, cependant. Evelyn avait donc dit vrai. Il ne manquerait à personne.

Un frisson le parcourut. Il n'avait pas peur de mourir ; il n'en revenait même toujours pas d'avoir réussi à vivre aussi longtemps. C'était l'idée de sombrer dans l'oubli qui le dérangeait. Personne pour se languir de lui, personne pour se demander où il était passé. Il n'avait rien fait qui puisse pousser quelqu'un à déplorer sa disparition.

Le grincement de la porte du haut des marches s'éleva, l'incitant à se redresser. Un instant plus tard, la lueur qui franchit l'imposte de la porte atteignit le haut du mur qui se trouvait derrière lui.

Une clé tourna dans la serrure, et la porte s'ouvrit. La lumière d'une chandelle inonda la pièce, le faisant plisser les yeux. Un moment s'écoula encore avant qu'il réussisse à distinguer la silhouette d'Evelyn derrière la chandelle.

— Oh, je suis désolée que vous soyez dans le noir, s'exclama-t-elle. Je pensais...

— Cet endroit est sordide, l'interrompit-il. J'imagine que vous n'avez pas apporté de café ? Ni le journal ?

De l'autre côté de la porte, il entendit un des orphelins pousser un juron admiratif. Il avait au moins réussi à impressionner quelqu'un. Il haussa les sourcils.

— J'ai du café, dit-elle en plaçant la chandelle sur son support. J'ai aussi du pain beurré et une orange.

— Au moins, vous ne regardez pas à la dépense pour assurer mon confort, railla-t-il sèchement.

Elle alla chercher le plateau, le posa par terre et le poussa vers lui avec le manche à balai. Saint était trop affamé pour faire la fine bouche, et il s'étira pour attirer le plateau jusqu'à lui.

— On ne vous a donc pas donné à manger, hier soir ? demanda Evelyn en s'asseyant sur le tabouret, hors d'atteinte.

— Quelqu'un a entrouvert la porte et m'a lancé une patate crue à la tête, répondit-il en attaquant son petit déjeuner frugal. J'ai décidé de la garder pour plus tard.

— Je suis désolée, dit-elle en le regardant manger.

— Si vous l'êtes vraiment, Evelyn, laissez-moi sortir. Et si vous n'avez pas l'intention de le faire, cessez de vous excuser, pour l'amour du Ciel.

— Je m'efforce de donner le bon exemple.

— Pour mon bénéfice ? demanda Saint entre deux bouchées de pain. Vous avez une façon bien singulière d'enseigner les bonnes manières.

— Au moins, j'ai votre attention, répliqua-t-elle.

— Vous l'aviez déjà sans cela.

— Du fait de mon apparence, oui, répondit-elle. Maintenant, vous êtes obligé de m'écouter.

Elle croisa sagement les mains sur ses genoux, comme s'ils se trouvaient dans un élégant salon de Mayfair.

— De quoi pourrions-nous bavarder ?

— De la peine de prison que vous encourez ? suggéra-t-il.

Elle pâlit si violemment qu'il crut un instant qu'elle allait s'évanouir. Il fut même sur le point de retirer ce qu'il venait de dire. Cependant, il s'en abstint. Elle pensait peut-être avoir le contrôle de la situation, mais il avait encore du pouvoir et il n'était pas mauvais de le lui rappeler.

— Je suis sûre que nous parviendrons à un arrangement, dit-elle finalement. Et j'ai bien assez de temps pour vous en convaincre.

Elle apprenait les règles du jeu plutôt vite.

— Qu'avez-vous donc fait de beau, hier soir ? demanda-t-il.

— Figurez-vous que j'ai assisté au bal des Sweeney, répondit-elle. Oh, et il faut que vous sachiez que mon frère a mis votre absence sur le compte de sa mise en garde.

— J'aurais mieux fait de l'écouter, gronda le marquis.

Elle garda le silence un moment, et quand il releva les yeux, il découvrit qu'elle l'observait. Evelyn rougit et fit mine de lisser ses jupes.

— J'ai un marché à vous proposer.

— De quoi peut-il bien s'agir ?

— Je vous apporterai une chaise pour vous asseoir si vous acceptez de faire la lecture à quelques enfants.

Il aurait pu refuser, évidemment, mais il avait déjà mal au dos à force de rester assis par terre.

— Une chaise confortable, répondit-il. Capitonnée.

Evelyn acquiesça.

— En échange d'une chaise confortable et capitonnée, vous devrez aussi leur apprendre l'alphabet.

— En écrivant à même le sol ?

— Je vous fournirai un tableau ainsi qu'un manuel d'apprentissage.

Saint reposa sa tasse vide et se releva en tenant le plateau. Elle quitta le tabouret et le regarda aller jusqu'au bout de sa chaîne d'un œil méfiant.

— Et une chandelle supplémentaire, dit-il en déposant le plateau à ses pieds.

Elle hésita un instant, puis hocha la tête sans le quitter des yeux.

— Entendu.

— Quel dommage que vous ne m'aimiez pas, ajouta-t-il à voix basse, conscient de la présence des gamins qui attendaient de l'autre côté de la porte. J'aurais apprécié un peu de compagnie.

Un léger sourire effleura ses lèvres.

— Je verrai ce que je peux faire à ce sujet.

Elle se retourna et gagna la porte.

— Je repasserai vous voir avant de partir. Tenez-vous bien avec les enfants.

— À votre place, ce n'est pas pour eux que je m'inquiéterais.

Il soutint tranquillement son regard pour s'assurer qu'elle avait bien compris ce qu'il voulait dire, puis poussa le plateau vers elle de la pointe de sa botte.

Evelyn avait beau dire qu'elle ne l'aimait pas, il n'avait pas besoin d'être devin pour savoir qu'il lui plaisait. Et elle ne l'avait pas laissé dans le noir ; il ne put s'empêcher de lui être reconnaissant de cette attention. Mais il guetterait le moindre faux pas de sa part. Si elle croyait qu'il n'en profiterait pas, elle se trompait lourdement.

13

Celui qui, dans ce monde de misères,
a vieilli par ses actes
Et non par ses années,
qui a pénétré les profondeurs de la vie
En sorte qu'il ne peut être frappé ni par l'étonnement,
Ni par les blessures, profondes, silencieuses,
Qu'inflige le poignard acéré de l'amour,
de la douleur, De la gloire, de l'ambition
et de la discorde ; Celui-là peut dire pourquoi
la pensée cherche un refuge
Dans les antres solitaires,
mais peuplés d'images aériennes,
De ces formes que rien n'altère, et qui habitent,
Toujours jeunes, la retraite enchantée de l'âme.

Lord Byron,
Le Pèlerinage du chevalier Harold,
chant troisième

— Comment t'appelles-tu ?

La fillette leva les yeux au ciel.

— Rose. Et lui, c'est Peter, et voilà Thomas. Et nous devons vous dire que nous n'avons pas la clé.

Saint pinça les lèvres. Evelyn lui avait envoyé les plus jeunes, évidemment guidée dans son choix par l'idée que c'était ceux auxquels il était le moins susceptible de faire du mal.

— Et vous n'avez pas ma chaise, non plus.

— Mlle Evie a dit que vous deviez d'abord prouver votre bonne foi. Est-ce que vous allez nous faire la lecture ?

Le plus âgé des deux garçons, Peter, lui lança un livre de contes. Evelyn leur avait visiblement conseillé de ne pas trop s'approcher de lui, car les trois enfants restaient plantés près de la porte.

Il ramassa le livre et l'ouvrit.

— Mlle Evie vous a-t-elle dit pourquoi je suis censé vous faire la lecture ?

— Pour avoir une chaise, répondit Thomas.

— Et pour apprendre à nous aimer.

— Vous aimer ? répéta Saint.

Elle voulait donc le convaincre de renoncer à détruire l'orphelinat en créant un rapprochement entre les enfants et lui. Elle cherchait à toucher son cœur – organe dont il était malheureusement dépourvu.

S'occuper d'enfants lui paraissait étrange, mais force lui fut de reconnaître que leur faire la lecture tout en leur montrant les illustrations du livre était toujours plus agréable que de rester seul dans son cachot.

— Alors ? Lord St Aubyn sait-il bien raconter les histoires ? s'enquit bientôt la voix d'Evelyn de l'autre côté de la porte.

Rose hocha la tête.

— Les passages qui font peur font encore plus peur, avec lui !

— Je n'en suis pas surprise, dit Evelyn en entrant. Il est temps pour vous de monter déjeuner. Et n'oubliez pas ce que je vous ai dit.

— Promis. Nous ne parlerons de lui à personne.

Les enfants décampèrent sous l'œil attendri d'Evelyn.

— C'est charmant, remarqua Saint. Leur apprendre dès l'enfance à se comporter en criminels. Cela leur facilitera les choses par la suite.

— Je leur demande de garder un secret pour le bien de tous les enfants.

Saint referma le livre et le posa près de lui.

— Vous ne faites que retarder l'inéluctable. Pensez-vous être capable de me tuer, Evelyn Marie ?

Elle déglutit.

— Je n'ai aucunement l'intention de vous faire du mal. Du moins, pas sans raison.

Il fut sincèrement surpris par sa réponse.

— Alors, cet orphelinat deviendra un des parcs du Régent.

— Pas si vous changez d'avis.

— Je ne changerai pas d'avis. Qui seront mes prochains élèves ?

— Il n'y en aura qu'une. Moi. Mais je vous avais promis une chaise.

Elle s'écarta pour laisser passer Randall et Matthew qui entrèrent, chargés d'une lourde chaise capitonnée. Tout en couvant Saint d'un œil méfiant, les deux garçons déposèrent le siège presque à sa portée.

— C'est suffisant. Faites-le basculer, qu'il puisse le traîner au fond.

— À vos ordres, capitaine, répondit Matthew avec un grand sourire, en renversant la chaise d'un coup de pied.

Evelyn aurait préféré qu'ils ne donnent pas l'impression de s'amuser autant, particulièrement en présence de St Aubyn. L'expression du marquis ne varia pas, mais il suivit les deux garçons du regard jusqu'à ce qu'ils aient refermé la porte derrière eux.

— Un des administrateurs m'avait prévenu que je risquais de faire de cet endroit une colonie de voleurs, dit-il, mais il semble que vous m'ayez dépassé sur ce terrain.

— Je ne considère pas le fait de travailler à sa propre survie comme du vol, répliqua-t-elle. En outre, cette chaise appartient à l'orphelinat. Nous n'avons fait que la déplacer.

Il se leva en soupirant.

— J'ai trop mal au dos pour perdre mon temps en arguties.

Il souleva la chaise sans effort apparent et la traîna jusqu'au fond du cachot, près du matelas.

Il était las, dépeigné et aurait eu besoin des soins d'un barbier. Son habit élégant était couvert de terre et sa joue maculée de sang séché. Pourtant, étrangement, Evelyn le trouva plus beau que jamais. Le vernis avait disparu, et l'homme qu'il y avait en dessous était toujours aussi attirant.

— Vous réfléchissez à la prochaine torture que vous allez m'infliger ? demanda-t-il en se laissant choir sur la chaise avec un soupir d'aise qui ne pouvait pas être feint.

— Vous avez besoin de vous raser, dit-elle en se sentant rougir.

— Ma foi, je n'ai pour ce faire que ma montre, et elle n'est pas assez aiguisée.

— Je verrai ce que je peux me procurer, dit Evie en s'asseyant sur le tabouret. Je crois qu'il est temps que je vous explique ma position.

Il se laissa aller contre le dossier de la chaise et ferma les yeux.

— Je crois que vous l'avez déjà fait. Je suis ici parce que je me suis interposé entre vous et votre désir d'améliorer le sort de ces enfants.

— Rose vit ici depuis qu'elle a deux ans. Matthew aussi. Et Molly depuis ses trois ans et demi. Leur foyer est ici.

— Ils pourront s'en créer un autre ailleurs, dans un orphelinat dont je ne serai pas l'administrateur. Vous pourrez même y proposer vos services.

— Là n'est pas la question. Ils sont devenus comme des frères et sœurs, et vous voulez les séparer sous prétexte qu'il vous déplaît de venir ici.

Il rouvrit les yeux et l'observa.

— Cela fait bien plus que me déplaire, Evelyn. Ma mère et ses pauvres enfants perdus ! C'était d'un ridicule. Elle était convaincue qu'ils allaient lui transmettre une affreuse maladie. Afin de prouver sa bravoure et son engagement, elle les faisait aligner devant elle pour une inspection sanitaire une fois par mois.

— Vous m'avez déjà dit cela.

Il acquiesça.

— Et quand elle a attrapé la rougeole, elle a aussitôt rejeté la faute sur les morveux. Pourtant, dans son testament, il était stipulé que je devrais veiller sur l'orphelinat du Cœur de l'Espoir. Elle n'a pas eu le temps de le modifier, ajouta-t-il avec un rire sans joie. Ses petits bichons l'ont bel et bien tuée, et elle m'a piégé avec eux.

Le dégoût de St Aubyn pour l'orphelinat était plus profond qu'elle ne l'avait cru. Evelyn l'observa un long moment.

— Ce ne sont ni des morveux ni des bichons, Saint. Ce ne sont que des enfants qui n'ont personne pour veiller sur eux.

Il croisa les chevilles dans un bruit de chaînes et ferma de nouveau les yeux.

— Vous êtes là pour eux, Evelyn. Mais vous avez trop honte pour le faire savoir à quiconque, n'est-ce pas ?

— Je n'en ai pas honte. Cela va à l'encontre de l'idée que mon frère se fait de mes devoirs, et il me faut donc agir à son insu. C'est tout.

— Vous arrive-t-il seulement de vous demander à quoi cela leur servira de savoir danser ou lire, Evelyn ? poursuivit-il. Une fois qu'ils seront majeurs, ils partiront. Les filles danseront peut-être dans une maison de débauche, dans l'espoir qu'on leur lance un penny pour soulever leurs jupes, mais je ne vois pas d'autre application pratique à votre enseignement.

Evelyn pressa ses mains l'une contre l'autre, bien décidée à ne pas lui montrer à quel point ses paroles la heurtaient.

— La danse et la lecture sont des prétextes, milord, répondit-elle sèchement. Je suis ici pour leur apporter un peu de bonté, pour leur montrer que le monde n'est pas seulement rempli d'égoïstes sans cœur et arrogants tels que vous.

— Voilà des paroles bien courageuses, alors que je suis enchaîné à un mur, ma chère, murmura-t-il, son regard étincelant à travers ses paupières mi-closes. Croyez-vous que vous puissiez m'octroyer un peu de votre bonté en me donnant de quoi déjeuner ?

— Les enfants vous apporteront quelque chose quand ils reviendront pour leur leçon, dit-elle en se levant et en époussetant ses jupes.

Soudain, elle s'immobilisa.

— Avez-vous seulement un cœur ? demanda-t-elle.

— Si j'en ai un, ce n'est pas ici que vous me convaincrez de son existence, répondit-il en se levant à son tour. Si je dois leur apprendre l'alphabet, serai-je au moins autorisé à avoir du papier et un crayon ?

— Oui, bien sûr. Je reviendrai vous voir avant de partir.

Elle sortit tandis qu'il se rasseyait. Elle avait su dès le départ que le convaincre de ne pas détruire l'orphelinat ne serait pas une mince affaire, et le garder prisonnier dans ce cachot compliquait encore sa tâche. Mais elle avait aussi un atout : le temps. Le temps et la patience. Alors, si la chance voulait bien jouer en sa faveur...

Quand elle retourna dans sa cellule en fin de journée, il ne semblait pas plus décidé à coopérer que le matin. Elle ne pouvait l'en blâmer. Si elle avait dû passer la nuit enfermée dans un cachot obscur, elle aurait même été plus près de l'hystérie que de la colère. Elle veilla donc à lui laisser une chandelle et un briquet, mais se sentit néanmoins coupable de l'abandonner pour rentrer chez elle, alors que lui ne le pouvait pas.

L'arrogant marquis ne pouvait s'en prendre qu'à lui-même, ne cessa-t-elle de se répéter sur le trajet du retour et pendant qu'elle se changeait pour le dîner.

— Evie, tu n'as pas écouté un seul mot de ce que j'ai dit, déclara Victor en reposant si sèchement son verre de Madère que le breuvage écarlate déborda.

Un valet se précipita aussitôt pour éponger la tache et remplir de nouveau son verre.

— Je t'ai dit que j'avais un début de migraine, répondit-elle, battant vivement des cils tandis qu'elle reprenait contact avec la réalité.

Elle avait à peine touché au dîner, au risque de manquer de forces lors du prochain round de sa joute verbale contre St Aubyn. Elle s'attaqua résolument au rôti de faisan.

— Quand bien même. Je te serais reconnaissant de faire l'effort de me prêter attention. Lord Gladstone nous a invités à dîner demain soir, et j'ai accepté en ton nom.

Evie s'étrangla à demi avec sa bouchée de faisan.

— Lady Gladstone lui a parlé de moi ; elle t'a trouvée charmante. Ta présence sera donc indispensable. Plimpton leur fait une cour effrénée, et nous tenons là une occasion qui ne se représentera pas.

— Ne préférerais-tu pas que maman t'accompagne ? Elle est bien plus douée que moi pour la conversation. Et...

— Non, je tiens à ce que tu viennes. C'est toi que lady Gladstone connaît. J'ai été bien inspiré de te demander d'aller la voir. Tu auras trouvé moyen de faire impression, finalement. Merci.

— On prétend que lady Gladstone et cet affreux St Aubyn sont amants, dit leur mère depuis le bout de la table.

— Justement, enchaîna Victor. Ne t'avise pas de mentionner ce débauché chez Gladstone, Evie. Il risquerait de faire une crise d'apoplexie, ce qui ne nous avancerait guère.

— Tu ne t'inquiètes cependant pas que je me lie avec lady Gladstone ?

Victor la regarda en fronçant les sourcils.

— C'est grâce à elle que nous avons été invités.

— Mais c'est une femme mariée qui a pris un amant. Je croyais que tu menais campagne pour la morale...

— Cela plaît aux gens, répondit son frère avec un haussement d'épaules. Et St Aubyn te courait aussi après, si je ne m'abuse. À moins que ce ne soit toi qui lui aies couru après pour m'ennuyer ?

— Ni l'un ni l'autre, répondit sèchement Evelyn.

— Je m'étonne qu'il se trouve encore des gens pour apprécier cet homme, déclara Geneviève Ruddick.

— C'est peut-être parce qu'il ne fait pas semblant d'être ce qu'il n'est pas, répliqua Evie.

— Ah, si seulement nous pouvions tous jouir de ce luxe, soupira Victor. Il n'y en a plus que pour quelques semaines, Evie. Accompagne-moi à ce dîner, je t'en prie.

— C'est entendu, acquiesça-t-elle en baissant la tête.

Elle se retira de bonne heure, mais s'attarda dans la bibliothèque jusqu'à ce que son frère ait disparu dans son bureau. Quelques minutes plus tard, Hastings, le valet de chambre de son frère, descendit à l'étage des domestiques pour récupérer les chemises et cravates propres du lendemain.

— Reste calme, Evie, s'ordonna-t-elle avant de filer jusqu'à la chambre de son frère.

Sur la table de toilette de Victor, le nécessaire de rasage avait été disposé pour ses ablutions matinales.

Elle plaça tous les accessoires dans le bol destiné au savon et s'empressa de regagner ses appartements. Une fois qu'elle fut certaine d'être seule, elle étala son butin sur son lit et réfléchit.

Elle allait devoir raser St Aubyn elle-même, car elle ne pouvait évidemment pas l'autoriser à manipuler un rasoir. Pour cela, elle allait devoir le menotter.

Elle se mit à faire les cent pas entre le lit et la cheminée. Pour le convaincre, il lui fallait un moyen de pression. Ce qui signifiait, puisqu'il s'agissait de Saint, utiliser son corps ou... une arme. Un frisson d'excitation la parcourut à l'idée de ce qu'il pourrait exiger d'elle. Mais il se souviendrait de sa précédente ruse et ne se laisserait pas avoir une deuxième fois. St Aubyn avait beau être un libertin décadent, il n'était certainement pas idiot.

Et si elle le menaçait d'une arme, il se douterait qu'elle n'oserait jamais tirer sur lui. Un des garçons pourrait l'aider, mais l'idée de fournir un pistolet à Randall ou à Matthew l'emplissait d'effroi.

Elle prit le blaireau dans sa main, s'allongea sur son lit et se caressa pensivement le menton avec. Si Saint *croyait* que les garçons étaient armés, elle n'aurait pas besoin de leur fournir de munitions.

Evie sourit. Une fois qu'elle aurait subtilisé un des pistolets de Victor, elle serait en mesure de raser Saint. Peut-être pourrait-elle aussi aller quémander du rôti de faisan froid auprès de Mme Thatcher, la cuisinière, pour le petit déjeuner du marquis...

Saint lança un autre caillou dans le seau. Il avait déjà réalisé des croquis d'Evelyn, de lui-même, de la mort armée d'une faux et de ses élèves sur la douzaine de feuilles de papier qu'Evelyn lui avait fournies. Et il avait lu tant de fois le livre qu'elle lui avait laissé qu'il le connaissait par cœur. Il s'agissait d'un manuel d'étiquette intitulé *Le Miroir des grâces,* par « une dame de qualité ». Un ouvrage qu'Evelyn et ses amies auraient fort bien pu écrire. Si elle espérait que la lecture d'un tel opuscule lui ouvrirait les yeux, elle avait échoué, mais la chose lui avait au moins tiré un ou deux gloussements.

Saint avait horreur de s'ennuyer. Il avait d'ailleurs consacré beaucoup d'énergie dans sa vie à éviter de se retrouver en proie à l'ennui.

Comme Evelyn l'avait remarqué, il n'avait pour le moment rien d'autre à sa disposition que du temps. Et le problème était que cela l'amenait à… réfléchir.

Il lança un autre caillou dans le seau. Malgré sa chandelle, le silence et la solitude de la nuit semblaient se prolonger à l'infini. Les désagréments physiques de son séjour forcé étaient nombreux : ses vêtements et sa peau étaient imprégnés d'humidité, sa cheville gauche s'ankylosait puis l'élançait tour à tour, et son visage le démangeait. Mais se concentrer sur son inconfort physique était plus facile que de se demander si ses domestiques avaient fait autre chose que remarquer son absence pour la deuxième nuit consécutive ou si quelqu'un à Londres s'était seulement aperçu de sa disparition.

Cependant, le pire de tout dans sa situation, c'était cette sensation dont il n'avait jamais eu conscience jusqu'alors – celle de la solitude. Oui, lui, le marquis de St Aubyn, se sentait seul.

Il se gratta le menton d'une main absente, attrapa un autre caillou, puis s'immobilisa quand la porte du haut des marches s'ouvrit dans un grincement. Par réflexe, il voulut enfiler sa veste, puis décida que c'était inutile. Au point où il en était, rien n'aurait pu le faire paraître plus civilisé ni moins sale.

Il s'assura que la longueur de chaîne qu'il avait cachée sous son matelas restait invisible. Avec un peu de chance, Evelyn oublierait jusqu'où il pouvait aller, et il réussirait à s'emparer de la clé de ses fers.

Un effluve de parfum citronné lui parvint quand la porte s'ouvrit, et, avant même qu'elle ne paraisse, il sut qu'Evelyn était revenue le voir. Si fou que soit son projet d'enlèvement, elle semblait se soucier sincèrement de le garder en bonne santé, manifestant ainsi plus de prévenance que la plupart des gens de sa connaissance.

— Bonjour, dit-elle en le considérant d'un œil méfiant.

— Bonjour. J'espère que vous m'avez apporté ma ration de pain et d'eau.

— En fait, j'ai réussi à vous apporter un sandwich au faisan et du thé chaud.

Saint en eut l'eau à la bouche.

— Vraiment ? Et que dois-je donc accepter de faire en échange de ces délicatesses ?

— Rien du tout.

Le garçon qui devait s'appeler Matthew apporta le plateau dans la cellule et le poussa vers lui avec le manche à balai. Saint alla ramasser le plateau avec moins de précipitation que ne lui dictait sa faim dévorante et s'installa sur sa chaise pour faire honneur au petit déjeuner. Deux autres enfants se chargèrent de renouveler les chandelles, et Saint se lécha le pouce et l'index pour moucher celle qui se trouvait près de lui.

Evelyn toussota, et il se rendit compte qu'il venait d'engloutir son sandwich de façon fort peu civilisée.

— Mes compliments au chef, marmonna-t-il avant de prendre une gorgée de thé.

Il le préférait plus sucré, mais il n'était pas en position de se plaindre. D'ailleurs, l'ordinaire s'améliorait. La patate qui lui avait été lancée à la tête la veille s'était révélée cuite.

— Merci, répondit-elle en souriant.

Saint observa la courbe de ses lèvres jusqu'à ce que son expression amusée s'atténue. Il haussa les sourcils pour masquer sa déception quand son sourire disparut. À l'évidence, la solitude le rendait fou.

— C'est *vous* qui avez préparé mon petit déjeuner ?

— Il s'agissait de mon déjeuner, en fait. Mais je me suis dit que vous l'apprécieriez plus que moi. Et oui, c'est moi qui l'ai préparé.

— Eh bien, je vous remercie, alors, dit-il en lui souriant à son tour.

Il devait ressembler à un évadé de l'asile à demi mort de faim, et pourtant, elle ne se sauvait pas en hurlant de terreur. Cette jeune femme était bien plus courageuse qu'il ne l'avait cru.

— Il n'y a pas de quoi, dit-elle en se retournant pour gagner la porte.

— Vous partez ? demanda-t-il aussitôt.

— Non, répondit-elle en le regardant par-dessus son épaule. Je vous ai apporté un autre présent. Deux, en fait.

— L'un d'eux serait-il une clé ? hasarda-t-il. À moins que vous n'ayez décidé de vous dévêtir ?

Elle rougit de façon charmante.

— Vous n'êtes pas en position de tenir de tels propos.

— Je suis enchaîné, pas castré. À moins qu'il ne s'agisse justement de cela…

Evelyn tordit la bouche, mais ne disparut qu'un instant derrière la porte et revint avec une petite table, escortée de Randall. Saint garda l'œil sur le garçon ; il n'en était pas certain, mais il avait l'intuition que c'était lui qui l'avait assommé.

— Avant toute chose, dit Evelyn en déposant la table, je vais devoir m'assurer de votre coopération.

Saint déglutit. Cela n'augurait rien de bon.

— Ma coopération ? Pour quoi donc ? demanda-t-il d'un ton méfiant en s'agrippant au rebord du plateau – à défaut d'être une arme efficace, celui-ci pourrait toujours lui tenir lieu de bouclier.

Evelyn semblait nerveuse.

— J'aimerais que vous vous leviez et que vous glissiez votre main dans l'anneau qui se trouve là-bas.

Saint se contenta de la regarder.

— Obéissez, je vous prie.

— J'ai sans doute l'air défait, répliqua-t-il finalement, mais sachez, Evelyn, que je préférerais manger ma main plutôt que de vous autoriser à m'enchaîner à ce mur.

Elle pâlit.

— Vous vous méprenez. Ce ne sera que pour quelques minutes, le temps que... le temps que je vous rase.

Voilà qui était inattendu. Sa colère céda la place à une émotion plus chaleureuse, moins tangible. Il lui restait cependant assez de fierté pour que la situation le rende furieux.

— Je peux le faire moi-même.

— Je ne vous laisserai pas tenir un rasoir, Saint.

— C'est intelligent de votre part. Mais je ne me sens guère d'humeur sociable, et je ne vois pas l'intérêt de vous laisser croire que vous améliorerez mon confort en rasant ma barbe.

— Ce n'est pas ce que je cherche à faire, insista-t-elle. J'essaie de faire ressortir vos meilleures qualités. J'imagine qu'il est plus facile de se comporter en gentleman quand on ressemble à un gentleman.

— Mais je ne suis pas un gentleman, déclara-t-il en croisant les bras.

— Je vous prie cependant de coopérer.

— Ouais, dit Randall en exhibant le pistolet qu'il avait jusqu'alors tenu caché dans son dos. Faites ce que dit Mlle Evie, milord.

— Mmm, fit Saint, tous ses sens en alerte.

Il posa lentement son plateau avant de se lever.

— J'imagine que le diable lui-même pourrait faire semblant d'être un gentleman si on pointait un pistolet sur lui.

Evelyn n'avait pas manifesté la moindre surprise en voyant apparaître cette arme. C'était sans doute elle qui l'avait fournie au garçon. Saint se demanda si elle avait la moindre idée du nombre de lois qu'elle avait désormais enfreintes.

— C'est une simple mesure de précaution, Saint, dit-elle d'un ton apaisant. Faites ce que je vous demande, s'il vous plaît.

Serrant les dents, il leva la main vers l'anneau suspendu au mur. Le bref coup d'œil qu'il lança à Evelyn était éloquent : il avait l'intention de lui faire payer très cher le traitement qu'elle lui infligeait. Il prit une inspiration, plaça le poignet droit au creux du fer et le referma de la main gauche.

Du coin de l'œil, Evelyn avait noté la prise ferme et experte de Randall sur la crosse du pistolet. L'arme n'était pas chargée, Dieu merci. Elle rassembla son courage et s'avança vers Saint.

Son poignet droit entravé était suspendu à peu près au niveau de son épaule, mais sa main gauche était libre, et il semblait si furieux qu'elle n'était pas certaine que la menace d'un pistolet suffise à l'empêcher d'agir.

— Auriez-vous peur de moi, Evelyn ? murmura-t-il comme s'il pouvait lire dans ses pensées.

— Je me contente d'être prudente, répondit-elle en se plaçant près de lui.

Il était en bras de chemise, les manches retroussées, la cravate sale et flétrie, mais il semblait encore plus viril qu'avant. La dernière fois qu'ils s'étaient trouvés aussi proches l'un de l'autre remontait à trois jours… et il en avait profité pour glisser ses mains sous sa robe et sa langue dans sa bouche.

— Vos doigts tremblent, remarqua-t-il en baissant la main gauche.

— Doucement, marquis, l'avertit Randall.

— Vous n'avez pas besoin de rendre cela aussi difficile, dit Evelyn en prenant son poignet entre ses doigts.

— Si, répliqua-t-il avant de baisser la voix pour murmurer à son oreille : Je sais ce que vous voulez, Evelyn.

Il ne résista pas quand elle souleva son bras pour refermer le second fer sur son poignet.

— Et que suis-je donc censée vouloir, selon vous ? demanda-t-elle, plus audacieuse maintenant que ses deux mains étaient entravées.

Saint eut un sourire en coin.

— Je n'ai pas l'habitude de me conduire en gentleman, Evelyn Marie. Dites-lui de partir, ajouta-t-il en jetant un coup d'œil vers Randall. Vous n'avez plus besoin de lui.

Il suffisait d'avoir deux sous de jugeote pour comprendre qu'elle aurait dû refuser. Mais la présence de Randall empêcherait Saint d'aborder avec elle les sujets sérieux et importants. De plus, tout au fond d'elle-même, dans un recoin profond et sombre qui lui soufflait que tout cela n'était qu'un prétexte pour toucher Saint, la présence de Randall l'incommodait, elle aussi.

Elle se tourna à demi.

— Randall, va cacher le pistolet dans le cellier, là où aucun enfant ne risque de le trouver. C'est l'heure de ta leçon de lecture avec Mlle Aubry, je crois ?

Le garçon acquiesça.

— À vos ordres, capitaine. Mais ne le libérez pas avant que je sois revenu.

— Bien sûr que non.

Le garçon sortit et referma la porte derrière lui.

— Soyez prudente avec lui, dit Saint à voix basse.

— Avec Randall ?

— Si votre façon d'aider sa cause ne lui convient pas, rien ne l'empêchera de vous enfermer ici avec moi.

Elle leva les yeux vers lui, gagnée par un léger frisson d'inquiétude.

— Vous soucieriez-vous de mon sort ?

— Je pense que vous vous êtes attiré bien plus d'ennuis que vous ne le croyez. Et la moindre erreur de votre part peut entraîner ma mort.

Il ne pense donc toujours qu'à lui-même.

— Vous avez menacé de le déposséder de son foyer. Comment était-il censé réagir ? Comment chacun de ces enfants était-il censé réagir ?

— Je ne suis toujours pas convaincu. Et, pour le moment, vous m'êtes très précieuse, ajouta-t-il en secouant les chaînes qui entravaient ses poignets. C'est pourquoi je vous recommande la prudence. Je n'ai pas envie qu'on retrouve un jour mon squelette dans ce cachot.

— Cela n'arrivera pas.

Evelyn avait senti son cœur s'emballer en l'entendant dire qu'elle lui était précieuse. Sa réaction était ridicule. Mais Saint se souciait si peu des autres que, lorsqu'il le faisait, même en passant, au milieu d'une déclaration intéressée, l'effet était aussi spectaculaire qu'un coup de tonnerre.

— Evelyn ?

Elle tressaillit et croisa son énigmatique regard vert. S'il avait deviné ses pensées, il n'en dit rien. Pourtant, elle rougit. Personne ne parvenait mieux que lui à la faire rougir – sans doute parce que personne ne lui parlait comme il le faisait, l'incitant sans cesse à réfléchir au-delà de sa petite vie convenable.

— Je méditais votre avertissement, mentit-elle. Je le garderai à l'esprit.

— Tant mieux.

— Et maintenant, je crois que vous avez besoin d'un bon rasage.

— Pour être honnête, répondit-il, son expression s'adoucissant un peu, mon visage me démange affreusement.

Evie aurait préféré qu'il reste en colère. Quand il se montrait charmant et malicieux, le marquis éveillait en elle des sensations bien trop troubles.

Elle recula pour aller chercher la petite table. Elle avait réussi à quitter Ruddick House avant que Victor ne se soit aperçu de la disparition de ses affaires. Mais elle en entendrait parler dès son retour et durant toute la soirée chez lord et lady Gladstone.

— Quelle plaie, marmonna-t-elle en mélangeant l'eau et le savon à barbe.

— J'ai proposé de m'en charger moi-même.

Elle trempa le blaireau dans l'eau savonneuse.

— Ce n'est pas vous, la plaie. C'est le dîner auquel je dois assister ce soir.

— Expliquez-moi cela.

Evelyn, qui approchait le blaireau de son menton, interrompit son geste

— Pourquoi tenez-vous à le savoir ?

— Pourquoi pas ? Je n'ai pas grand-chose d'autre à faire qu'écouter vos passionnantes histoires, vous savez.

— Ce n'est guère passionnant. Mon frère et moi sommes invités à dîner chez lord et lady Gladstone.

— Je puis difficilement vous demander de transmettre mes amitiés à Fatima, n'est-ce pas ? dit-il sans changer d'expression.

— En effet.

Evelyn tapota le blaireau contre son menton, et une mousse plus abondante qu'elle ne l'avait prévu s'écoula le long de son cou, jusqu'à sa cravate.

— Pardon, s'empressa-t-elle de bredouiller.

— Ne vous excusez pas. Dites-moi plutôt pourquoi vous n'appréciez pas cette chère Fatima.

— Dites-moi d'abord pourquoi vous l'appréciez.

— Pour sa belle et douce poitrine, ses longues jambes souples et l'entrain qu'elle met à...

— Taisez-vous ! ordonna-t-elle. Vous parlez d'une femme mariée !

Le haussement d'épaules de Saint fit cliqueter les chaînes contre le mur.

— Je prends ses vœux de mariage avec autant de sérieux qu'elle. Comme tout le monde, d'ailleurs. Allons, Evelyn, vous ne pouvez pas être aussi naïve.

— Mon opinion n'a rien de naïf. Elle est simplement honorable.

Saint laissa échapper un rire sans joie.

— Vous êtes vraiment un cas, Evelyn, je dois vous accorder cela. Maintenant, allez-vous enfin me raser ou bien vous contenterez-vous de me lancer ce bol de savon à la figure ?

— Vous êtes épouvantable.

Evelyn laissa retomber sa main, sans cesser de le dévisager. Comment pouvait-elle être attirée par un tel homme ?

— Je n'ai jamais prétendu que je ne l'étais pas. Si vous me voyez autrement que je suis, ce n'est pas ma faute, ma chère.

Durant un long moment, elle garda un silence pensif.

— Je préfère penser que je vous vois comme vous pourriez être, une fois débarrassé de votre cynisme et de votre barbe, dit-elle finalement en faisant glisser le blaireau savonneux le long de sa joue. Et j'ai bien l'intention de révéler le vrai St Aubyn.

— Je crains qu'il ne soit mort depuis longtemps. Et il ne s'est trouvé personne, pas même moi, pour pleurer son décès.

— Taisez-vous donc. J'essaie de faire cela correctement.

Elle trempa de nouveau le blaireau dans le savon à barbe et s'attaqua à l'autre joue. Cela lui plaisait de le toucher sans qu'il puisse l'en empêcher. De tenir les rênes, pour une fois.

— Avez-vous décidé de la durée de ma sentence ? demanda-t-il quand elle écarta le bol pour prendre le rasoir.

— Je n'appelle pas cela une sentence, mais une éducation forcée.

— Si les rôles étaient inversés, je pourrais faire votre éducation de bien des façons, dit-il, un sourire dans la voix. Je suis à votre merci, Evelyn. N'avez-vous rien trouvé de plus insensé à me faire que de me raser ?

Sa voix grave et sensuelle la fit frissonner. Les doigts tremblants, elle écarta la main, le temps de se ressaisir.

— Tenez-vous correctement, ordonna-t-elle.

Le regard de Saint passa du visage d'Evelyn au rasoir.

— Offrez-moi au moins un baiser d'adieu avant de me trancher la gorge.

— Chut.

Elle pressa les doigts de sa main libre sur son menton pour immobiliser son visage et, lentement, prudemment, fit glisser la lame acérée du rasoir le long de sa joue.

— Ce serait plus facile si vous n'étiez pas aussi grand, soupira-t-elle.

— Prenez le tabouret, suggéra-t-il en le désignant dans un nouveau cliquetis de chaînes.

Il semblait soudain bien soucieux de l'aider... Une fois qu'elle fut allée chercher le tabouret et qu'elle eut grimpé dessus, Evie comprit pourquoi. Ses yeux se retrouvaient à présent au même niveau que ceux de St Aubyn, et son visage près du sien.

— Je...

Saint tira sur ses chaînes et captura sa bouche d'un baiser ardent et... savonneux.

Evie en ressentit l'effet jusqu'au bout de ses orteils. Il lui aurait suffi de s'écarter de quelques centimètres pour se placer hors d'atteinte. Le fait de savoir cela lui donnait un sentiment de puissance, même si la bouche de Saint, dure et exigeante contre la sienne, lui coupait le souffle et éveillait des désirs qu'elle n'aurait jamais osé exprimer à voix haute.

Elle répondit à ce baiser, enfouissant sa main libre dans sa chevelure sombre et faisant audacieusement glisser sa langue sur les dents de Saint, qui gémit. Un étrange picotement parcourut son épine dorsale, et une sensation brûlante rayonna au creux de ses cuisses.

Il avait raison. Elle aurait pu lui faire tant de choses au lieu de se contenter de le raser... Elle l'embrassa de nouveau, follement, éperdument. Un cliquetis de chaînes rompit le silence quand il chercha spontanément à la prendre dans ses bras. Il lui appartenait, et elle pouvait faire ce qu'elle voulait de lui. *Tout ce qu'elle voulait.*

— Cessez, siffla-t-elle, davantage pour elle-même que pour lui.

— Pourquoi, Evelyn ? murmura-t-il d'un ton diaboliquement séduisant. Touchez-moi. Posez vos mains sur moi.

Elle en avait si violemment envie que descendre du tabouret lui fut physiquement douloureux.

— Non.

Il fonça les sourcils, un seul côté de son visage toujours recouvert de savon à barbe.

— Vous en avez autant envie que moi. Venez là.

Evelyn secoua la tête comme si elle cherchait à dégager son esprit du brouillard enivrant que créait sa présence.

— L'important n'est pas ce que nous désirons, vous ou moi, mais l'intérêt des enfants.

— Oh, vraiment ? répliqua-t-il, tirant une dernière fois sur ses chaînes avant de se laisser retomber contre le mur. Si vous avez voulu me raser, c'est pour pouvoir me toucher. Le désir fait trembler vos mains.

— C'est faux, dit-elle en cachant ses mains derrière son dos.

— Libérez-moi, Evelyn. Oubliez cette folie et je vous emmènerai dans un lit de satin et de pétales de roses, dit-il de cette voix sensuelle et caressante qui faisait battre son cœur. Je sais que vous en mourez d'envie.

— Vous vous leurrez, répliqua-t-elle. Certes, je reconnais que vous êtes bel homme, et vous êtes sans nul doute expert dans l'art de la séduction. Mais vous feriez bien de vous souvenir que si vous êtes enchaîné à ce mur, ce n'est pas parce que vos qualités l'ont emporté sur vos défauts.

Il haussa les sourcils.

— Et ?

— Et au lieu de chercher à me séduire, vous feriez mieux d'écouter ce que je dis.

Elle saisit le tabouret, le recula légèrement et grimpa dessus.

— Maintenant, ne bougez plus.

— Tant que vous tiendrez cette lame près de ma gorge, ma chère, je vous obéirai. Mais je ne suis pas là parce que j'ai l'intention de me laisser convaincre de quoi que ce soit. Je suis là parce que vous m'avez menti et que vous m'avez enfermé. C'est vous qui avez une tâche à accomplir. Et vous feriez bien de vous dépêcher, parce que je n'ai pas l'intention de m'éterniser ici.

Il l'irritait tant qu'elle ne songeait plus du tout à l'embrasser. Elle devait cependant admettre qu'il ne manquait pas de courage, pour la défier de la sorte alors qu'elle tenait un rasoir à la main.

— Je pense, étant donné votre instinct de survie très développé, que vous allez tenter de vous échapper, dit-elle en faisant glisser la lame sur sa joue tout en s'efforçant d'ignorer son regard. Et, pour cette même raison, je pense que vous allez écouter l'argument que je vais vous présenter.

Un sourire malicieux se dessina sur les lèvres de Saint.

— Avant de me présenter votre argument, je vous conseille d'essuyer le savon que vous avez sur le menton, Evelyn Marie.

14

Son amour était l'essence de la passion –
Comme l'arbre embrasé par la foudre,
Qui après avoir brûlé d'une flamme céleste,
Reste flétri et consumé ; tel fut son amour.

Lord Byron,
Le Pèlerinage du chevalier Harold,
chant troisième

Songeait-on seulement à s'occuper de son cheval ? Evelyn lui avait dit que Cassius avait été installé dans les anciennes écuries de la caserne, ce qui était sensé : que ses pairs se soucient ou non de son absence, la présence d'un pur-sang arabe attaché devant l'orphelinat du Cœur de l'Espoir pendant toute une semaine n'aurait pas manqué d'attirer l'attention. Penser à nourrir l'étalon était une autre affaire mais, étant donné l'énergie avec laquelle Evelyn portait secours aux orphelins, Saint se disait qu'elle mettrait autant de diligence à veiller sur sa monture.

Maudite semaine. Evelyn lui avait apporté un exemplaire du *London Times* la veille, afin de lui prouver que personne n'avait signalé la disparition d'un quelconque marquis. Depuis plus d'une heure, il arpentait sa cellule autant que sa chaîne l'y autorisait pour se dégourdir les jambes.

Il jouait le jeu qu'elle lui avait imposé ; il avait retenu le nom des enfants et il leur apprenait à lire et à compter. À tout prendre, cela faisait passer le temps. Il savait ce qu'Evelyn attendait de lui : un signe qui montrerait qu'il avait compris et qu'il était tombé amoureux des petits morveux. La part fière et entêtée de son être refusait d'envisager ce scénario, même pour la duper. Tout au plus était-il prêt à reconnaître que certains des orphelins étaient plus vifs qu'il ne s'y était attendu. Quelques-uns semblaient même avoir de l'esprit. Et oui, passer du temps en leur compagnie était toujours plus agréable qu'arpenter seul son cachot.

Les plus vieux des garçons l'inquiétaient, cependant. Pas tant à cause des regards durs qu'ils avaient pour lui, mais à cause de leur façon de ne pas prendre au sérieux les ordres d'Evelyn. Il savait que certains d'entre eux appartenaient à une bande de voleurs et, sans son intervention, ils auraient fait entrer des compagnons plus âgés dans l'orphelinat. Si Evelyn croisait l'un d'eux, son sens aigu de la justice et de l'honneur ne lui serait d'aucun secours.

Les administrateurs avaient dû se réunir la veille et avaient sans doute profité de son absence pour imaginer un nouveau moyen de détourner les fonds destinés à l'orphelinat, loin de se douter que Saint avait l'intention de leur couper définitivement l'herbe sous le pied.

Lorsque la porte du haut des marches s'ouvrit, il s'immobilisa, surpris. Ses élèves étaient en avance, et il ne l'avait pas entendue grincer. Evelyn trouvait le moyen de le distraire, même quand elle n'était pas là.

— Qu'est-ce que c'est que cela ? s'exclama une voix de femme avant que ne surgisse la tête de la concierge. Par tous les Saints du Ciel ! hoqueta-t-elle quand elle l'aperçut.

Dieu merci !

— Vous, dit-il d'un ton de commandement en avançant jusqu'au bout de sa chaîne, apportez-moi une hache ou une scie à métaux, immédiatement !

— Que faites-vous là, milord ? demanda-t-elle en promenant son regard sur le matelas et les livres entassés contre le mur.

— On me retient prisonnier, répondit-il sèchement. Je n'ai pas la clé des fers, c'est pourquoi il me faut une hache. Dépêchez-vous, je vous prie.

Merveilleux. J'ai été découvert par une idiote.

— Je me demandais pourquoi les enfants n'arrêtaient pas de descendre par là. Je croyais qu'ils avaient recueilli un chien errant ou quelque chose comme cela. Mais c'est qu'ils ont capturé un marquis, les petits chenapans !

— Pour l'amour du Ciel, madame... la concierge, allez me...

— Natham, milord, l'interrompit-elle. Natham. C'est Mme Natham depuis quatre ans. J'ai entendu les petits murmurer que vous comptiez vendre l'orphelinat. Ce qui ferait que je n'aurais plus de travail, moi.

— Nous discuterons de cela plus tard. Si vous me libérez, vous aurez droit à une récompense. Allez me chercher...

— Mmm. Je crois que je ferais mieux d'en parler avec Mlle Ruddick. Je l'ai vue descendre, elle aussi. Elle a fait des choses très bien, là-haut, ces derniers jours. Et elle a augmenté mon salaire. C'est une bonne personne, Mlle Ruddick.

— Oui, elle est merveilleuse. Maintenant, allez...

— Bien le bonjour, milord, lâcha-t-elle avant de reculer sa tête et de claquer la porte.

La clé tourna dans la serrure, et il fut à peu près certain d'entendre ricaner la concierge tandis qu'elle gravissait les marches du petit escalier.

Saint se laissa tomber sur sa chaise en grommelant des jurons dans plusieurs langues. Evelyn avait probablement envoyé cette mégère dans son cachot pour qu'il puisse constater à quel point ses alliés étaient rares.

Il le savait déjà. Il le savait depuis qu'il avait sept ans. On avait envoyé un notaire au domaine de St Aubyn pour lui annoncer que son père était décédé à Londres et qu'il était désormais le nouveau marquis. Il avait à peine connu l'ancien, qui avait parié et forniqué jusqu'à ses cinquante ans, avant de se marier pour produire un héritier. Une fois ce devoir accompli, il s'en était retourné parier et forniquer jusqu'à ce que ses vices le tuent. Saint avait alors décidé de calquer sa vie sur le modèle paternel. C'était plus sensé que les réactions hypocrites qu'il avait eu à subir après l'annonce du décès de son père.

Sa mère avait été si occupée par d'immenses dîners de deuil – et par le réconfort masculin qu'elle avait reçu de la part de ses nouveaux admirateurs – qu'il s'était écoulé six mois avant qu'elle rentre au domaine. Les domestiques en résidence à St Aubyn Park, craignant d'être congédiés si la famille partait vivre ailleurs à la suite du possible remariage de la marquise, avaient été aux petits soins pour lui en son absence. Et quand sa mère et son « nouveau papa » du jour avaient suggéré de le mettre en internat, Saint avait été soulagé d'échapper à leurs courbettes.

Ses enseignants et ses camarades avaient cependant perpétué cette nouvelle tradition de se plier à tous ses caprices. Le règlement de l'internat ne s'appliquait pas à un riche marquis de douze ans, et il avait très vite compris qu'il pouvait tout se permettre, excepté le meurtre. Il avait atteint sa majorité avant la mort de sa mère, et une fois qu'il avait eu l'entier contrôle de ses revenus, celle-ci était devenue aussi obséquieuse que les autres.

Il y avait des années qu'il ne faisait plus confiance à personne, devenant ainsi quelqu'un à qui personne ne faisait confiance. Avec la réputation qu'il s'était taillée, ceux qui l'approchaient n'étaient attirés que par le parfum de l'argent et du pouvoir et ne recherchaient aucunement son amitié. Il savait comment traiter tous ces imbéciles.

Déchiffrer les motivations d'Evelyn se révélait cependant plus compliqué. Elle lui avait dit ce qu'elle voulait : sauver l'orphelinat, les enfants et lui-même. La partic la plus épineuse de l'énigme était qu'elle semblait dire la vérité. Il ne lui avait découvert aucune arrière-pensée, et rien de ce qu'il avait pu dire, faire ou proposer n'avait entamé sa détermination. Un fait d'autant plus remarquable que l'obstacle aux trois objectifs d'Evelyn était justement Saint lui-même.

Cette jeune femme était tout bonnement… incroyable. Personne ne pouvait être pur à ce point, personne ne pouvait avoir des motifs aussi nobles. Et personne n'avait jamais essayé de le réformer. Les autres se transformaient pour mieux correspondre à ce qu'il attendait d'eux et obtenir ainsi ce qu'ils désiraient. Point. Quand il refusait le jeu qu'on lui proposait, les fâcheux n'insistaient pas et allaient ennuyer quelqu'un d'autre. Ils ne l'enfermaient pas pour le faire changer d'avis.

Saint chassa de la pointe de sa botte un des rares cailloux qui restaient encore dans sa portion de cachot. Il avait donc disparu depuis une semaine, et personne ne s'en souciait. Tant que ses avoués paieraient les gages du personnel qu'il employait à Londres et sur ses domaines, personne ne s'inquiéterait de son absence. Pardieu, ils devaient tous en profiter et se régaler de ses coûteux vins français et de ses cigares américains.

Il lâcha un nouveau juron à l'adresse de Mme… *Natham*, cette maudite sorcière, se releva et se débarrassa de sa chemise, qu'il lança sur le tas que formaient déjà son manteau, son gilet et sa cravate. Molly et Jane lui avaient apporté ce matin-là un linge et une cuvette d'eau propre. Il aurait préféré prendre un bain, mais cela semblait hautement improbable pour le moment.

Il plongea le linge dans la cuvette, puis l'essora au-dessus de sa tête, laissant l'eau ruisseler sur ses cheveux et ses épaules. La porte de l'escalier grinça, mais il n'y prêta pas attention. La leçon qu'il devait donner aux enfants attendrait qu'il ait fini de se laver et de broyer du noir.

La clé tourna dans la serrure, et la porte s'ouvrit.

— Lord Saint, fit la voix plaintive de la petite Rose, une fille ne doit jamais s'incliner, n'est-ce pas ?

— Parfois, si, grommela-t-il en passant le linge sur son torse. Quand un homme se trouve derrière elle et qu'elle se tient...

— Assez ! tonna Evelyn.

La tête de Saint pivota vers la porte. Evelyn avait tout d'une furie, avec ses poings serrés et ses yeux d'un gris de pierre qui lançaient des éclairs. Il sentit les muscles de son abdomen se contracter.

— Bonjour, mademoiselle Ruddick.

Le regard d'Evelyn glissa le long de son torse nu, puis remonta précipitamment sur son visage.

— Les enfants, dit-elle d'un ton pincé, je crains que la leçon avec lord St Aubyn ne soit annulée. Vous pouvez aller jouer.

Les grognements boudeurs cédèrent rapidement la place à des sourires, et le petit groupe ressortit de la cellule à la queue leu leu. Saint soutint le regard d'Evelyn.

— Qui pensez-vous punir, eux ou moi ?

— Mettez votre chemise.

— Je suis mouillé.

Elle tourna les talons.

— Très bien. Je vais demander que quelqu'un vous apporte de quoi dîner, ce soir, déclara-t-elle avant de claquer la porte derrière elle.

Une tension hésitante remonta depuis le creux de son ventre et se logea dans sa gorge. Il devrait attendre encore au moins six heures avant le dîner.

— Evelyn !

Ses pas continuèrent à gravir les marches. Saint regarda les chandelles ; il ne lui restait pas plus de deux heures de lumière.

— Evelyn, je m'excuse !

La porte de l'escalier grinça.

— Evelyn, pour l'amour du Ciel, ne me laissez pas encore tout seul ici ! Je vous en prie ! Je suis désolé !

Silence.

Il lâcha un juron, saisit la cuvette et la lança contre la porte. Elle se brisa, projetant des éclats de porcelaine et de l'eau partout.

— Si c'était là votre leçon du jour, me montrer que vous agissez comme bon vous semble pendant que je reste là dans le noir jusqu'à ce que vous en décidiez autrement, sachez que j'étais déjà au courant ! Par tous les démons, enseignez-moi quelque chose que j'ignore, Evelyn Marie !

— Saint ? s'enquit la voix d'Evelyn de l'autre côté de la porte. Si vous vous calmez, je veux bien revenir.

Haletant, il comprit soudain ce qui lui arrivait. Il avait cédé à la panique. Lui, l'impitoyable marquis de St Aubyn, le sans-cœur, le sans-âme, avait peur de rester seul dans le noir.

— Je suis calme, répliqua-t-il.

Aucun être doué de raison n'aurait pu le croire, mais Evelyn avait visiblement plus de compassion que de raison, car elle ouvrit la porte.

Saint s'apprêtait à dire quelque chose pour la convaincre de rester au moins quelques minutes, mais il resta muet quand il découvrit son visage. Son esprit contourna alors ses propres terreurs pour se demander ce qu'il avait bien pu faire pour lui tirer des larmes.

— Pourquoi pleurez-vous ? demanda-t-il d'un ton qu'il espérait plus raisonnable.

Elle essuya ses joues pâles en reniflant.

— Parce que je ne sais pas quoi faire.

Il haussa les sourcils.

— Vous ? Vous savez toujours quoi faire.

Evie l'observa. Des filets d'eau mouillaient encore ses épaules, son torse nu et les muscles de son abdomen. Une mèche de cheveux humides retombait devant son œil gauche, et elle sentit ses doigts la démanger d'écarter cette mèche de son visage. Il semblait si... innocent. Mais surtout, elle avait follement envie de l'embrasser.

Prenant un air digne, elle déplaça le tabouret et s'assit. « Il sait de quoi il a l'air, se dit-elle farouchement. Il sait quoi dire. » C'était encore un de ses petits jeux, lui donner envie de rester et de lui tenir compagnie. Voire l'inciter à éprouver assez de compassion pour lui pour le laisser sortir. Quand elle se sentit un peu plus maîtresse de ses émotions, elle releva les yeux vers lui. Il était toujours à la même place et l'observait. Elle déglutit.

— Je ne suis pas désolée pour vous, dit-elle.

— Bien sûr que vous l'êtes, répondit-il d'un ton plus posé, plus grave aussi. Vous êtes désolée pour tout le monde.

Pour sa sécurité et pour la sauvegarde de sa santé mentale, Evelyn savait qu'elle devait toujours veiller à garder un coup d'avance.

— Je suis en colère contre vous, mais je ne suis pas désolée.

— Vous, vous êtes en colère contre moi ? répéta-t-il. Pourtant, c'est vous qui avez les clés, ma chère. Imaginez ce que je peux ressentir.

— Vous avez peut-être raison, dit-elle en reniflant. Ce n'est pas à vous que j'en veux, mais à moi.

— Ce qui nous fait un point commun, déclara-t-il avant de secouer la tête pour ramener ses cheveux en arrière.

Des gouttelettes s'échappèrent de sa chevelure, et quelques-unes vinrent atterrir sur les bras d'Evelyn. Un frisson passa sur sa peau à l'idée qu'elle se trouvait seule en compagnie de ce très bel homme à moitié nu.

— Depuis une semaine, je tente de vous montrer le bien que vous pouvez accomplir, la bonté que l'on reçoit en retour d'actes généreux. J'ai eu toute votre attention. Et pourtant, il n'en est rien sorti.

Saint l'observa un moment, et elle fut incapable de déchiffrer l'émotion qui passa sur son visage.

— Je suis un cas désespéré, lâcha-t-il finalement.

— Vous ne pouvez pas l'être.

— Pourquoi donc ? demanda-t-il en s'accroupissant.

Il tendit le bras et effleura la pointe de ses souliers du bout des doigts.

Ô mon Dieu. Elle avait à présent un très bel homme désespéré et à moitié nu à ses pieds.

— Vous... Personne ne peut être aussi affreux que vous le dites.

— Et pourtant, je suis là.

— Ce n'est pas ce que je voulais dire. C'est...

Il pencha la tête sur le côté, son regard scrutant, absorbant chacune de ses expressions.

— Vous pouvez parler sans crainte. La franchise vous va si bien.

— S'agit-il d'un compliment ?

— Ne changez pas de sujet. C'est de moi que nous parlons.

— C'est vrai, acquiesça-t-elle. Je voulais dire que personne ne peut être aussi débauché que vous l'êtes, tout en restant aussi charmant, intéressant et aimable.

— J'avoue ne pas comprendre.

— Vous jouez la comédie, Michael.

Il baissa les yeux un instant.

— C'est très gentil de votre part, j'imagine, mais croyez-moi, je suis un affreux hédoniste qui ne songe qu'à son plaisir.

— Peut-être, mais vous n'êtes pas que cela.

Elle fut surprise de voir sa bouche former ce sourire sensuel qu'elle ne connaissait que trop bien. D'innocent qu'il semblait jusqu'alors, son visage devint soudain si séduisant que sa bouche s'assécha. Elle déglutit de nouveau.

— Vous êtes une femme très intéressante, murmura-t-il. Mais est-ce pour mon bien ou pour le vôtre que vous prétendez voir certaines qualités en moi ?

— Les deux, probablement.

— Toujours cette belle franchise.

Il effleura de nouveau le bout de son soulier, d'un geste absent, tel un chat jouant avec une pelote de laine. C'était la première fois qu'il la touchait sans rien demander de plus, sans chercher à l'embrasser ni à soulever ses jupes. Un frisson la parcourut.

Elle retint son souffle, s'efforçant de rester lucide.

— Pourquoi vous comportez-vous comme vous le faites ?

— Parce que je le peux ? Je ne sais pas. Et comment pourrez-vous jamais savoir si vous m'avez vraiment sauvé ou si je me contente de jouer un rôle ?

Il s'étira, et elle eut soudain conscience de se trouver trop près de lui.

Avant qu'elle ait pu reculer, il saisit sa cheville et l'attira vers lui. Le tabouret bascula ; elle tomba à la renverse et son postérieur entra douloureusement en contact avec le sol de terre battue.

Alors même qu'elle ouvrait la bouche pour crier, elle se rendit compte que personne n'était assez près pour l'entendre. Et avant qu'un seul son se soit échappé de sa gorge, Saint avait plaqué sa main sur sa bouche.

— Chut, murmura-t-il en glissant sa main libre dans sa poche pour prendre la clé de ses fers. Je crois que nous n'allons pas tarder à savoir si vous avez réussi à me réformer, dit-il. Seriez-vous prête à parier là-dessus ?

Elle voulut récupérer la clé, mais il écarta sa main et s'assit sur ses jupes pour l'empêcher de se lever tandis qu'il introduisait la clé dans la serrure du fer qui entravait sa cheville. Un déclic annonça l'ouverture du bracelet... et il fut libre.

Il se redressa et lança la chaîne contre le mur tandis qu'Evelyn s'empressait de ramper jusqu'à la porte. La clé était restée sur la serrure. Si elle parvenait à refermer le battant, Saint serait toujours prisonnier.

Mais il fut plus rapide qu'elle.

— Ce ne sera pas aussi facile, ma belle, dit-il.

Pendant un instant, elle crut qu'il allait s'échapper en l'enfermant derrière lui, et elle sentit une terreur glacée l'envahir.

— Saint...

Le marquis tendit la main à l'extérieur, sortit la clé de la serrure et referma la porte.

— Je vous avais dit que cela ne pourrait pas durer bien longtemps, déclara-t-il avec un sourire de chat. Et je vous avais dit aussi que vous seriez la première à payer.

Il s'en prendrait ensuite aux enfants et à l'orphelinat. Elle ne pouvait pas le laisser faire. Elle se redressa et tendit les bras pour attraper la clé, mais il la leva au-dessus de sa tête, hors de sa portée. Emportée par son élan, Evelyn poussa son torse, et ils se retrouvèrent tous deux plaqués contre le mur.

— Intéressante stratégie, murmura-t-il en plaçant la main qui ne tenait pas la clé dans le dos d'Evelyn pour l'empêcher de s'écarter de lui.

Il soutint son regard un bref instant, puis se pencha pour l'embrasser.

Ce fut un baiser brûlant, intense, sans retenue. Un baiser qui n'avait pas de témoins, dans cette cellule où ils ne risquaient pas d'être dérangés avant plusieurs heures. Il fallait qu'elle sorte de ce cachot et qu'elle l'y enferme pour le bien de l'orphelinat. Mais s'il l'embrassait ainsi, raisonna une part d'elle-même, c'était qu'il ne songeait pas à s'échapper.

Evelyn répondit à son baiser, et son corps tout entier s'enflamma. Ses mains, déjà levées pour attraper la clé, plongèrent dans ses cheveux sombres et humides, tandis qu'elle se demandait si d'autres femmes avaient été submergées par une ivresse semblable sous ses baisers. Il lui souleva le menton pour tracer un lent chemin de baisers le long de son cou, et le souffle d'Evelyn se fit haletant. Elle ne parvenait pas à prendre assez d'air, elle n'était pas assez près de lui.

— Vous cherchez à me distraire, l'accusa-t-elle en se pressant contre son torse nu.

Saint secoua la tête et détourna les yeux, juste le temps de lancer la clé à travers la pièce.

— C'est vous qui me distrayez, gronda-t-il en glissant les doigts sous l'étoffe de sa robe pour dénuder ses épaules.

Il fit glisser les manches de son corsage le long de ses bras avec une lenteur qui la mit au supplice. Puis sa bouche, sa langue et ses dents suivirent le chemin de ses mains, et il la fit pivoter de façon à la plaquer dos au mur. Lorsque ses paumes recouvrirent ses seins, la chaleur de ses mains, à travers la fine étoffe de sa robe, lui arracha un hoquet de saisissement.

— Saint, je vous en prie, gémit-elle, cherchant de nouveau sa bouche.

— De quoi me priez-vous donc ? demanda-t-il.

Aussi souples et agiles que ceux d'un harpiste, ses doigts parcoururent son dos pour dégrafer sa robe. Il en fit glisser les manches jusqu'à ses poignets, qui se retrouvèrent emprisonnés par le voile de mousseline. Sans lui laisser le temps de protester, il replia les mains sur l'encolure de sa camisole, ultime barrière qui le séparait de sa poitrine, et la déchira d'un coup sec.

— Oh, Saint, je vous en prie…

— Michael, souffla-t-il en levant brièvement les yeux vers elle avant de les reposer sur ses seins nus. Appelez-moi Michael.

— Michael, parvint-elle à dire, à bout de souffle.

Il effleura ses seins, encerclant ses mamelons du bout des doigts, impitoyablement, puis les effleurant de ses pouces. Ils durcirent à ce contact, s'érigèrent quand il leur infligea le délicat va-et-vient de ses ongles.

— Votre peau est si douce, murmura-t-il en inclinant la tête. Si douce...

Tout en continuant d'agacer d'une main son sein gauche, il fit courir ses lèvres et la pointe de sa langue sur son sein droit. Quand il prit son mamelon dans sa bouche, elle crut défaillir. Elle renversa la tête en arrière et ferma les yeux, submergée par un flot de sensations tandis qu'il suçait tour à tour chacune de ses pointes de seins. Elle ne pouvait plus bouger, ne voulait plus bouger, tétanisée par le flot de chaleur qui se répandait dans son corps pour se concentrer au creux de ses cuisses. Ses bras entravés lui permettaient seulement d'atteindre la taille de Saint et elle s'agrippa à lui, cherchant à l'attirer plus près, comme pour se fondre en lui.

Mais sa bouche et ses mains abandonnèrent ses seins, et elle ouvrit les yeux.

— Ne vous arrêtez pas, l'implora-t-elle d'un ton suppliant qui lui fit honte.

— Je ne compte pas m'arrêter, répondit-il d'une voix à peine audible, tirant sur les manches de sa robe pour libérer ses mains avant de faire glisser le vêtement à ses pieds.

Il s'agenouilla pour achever de déchirer sa camisole par à-coups, jusqu'à la taille. Chaque fois qu'il révélait une nouvelle portion de peau nue, il la couvrait aussitôt d'un baiser. Il descendit plus bas encore, sous son nombril, embrassa le triangle de toison sombre qui couronnait le haut de ses cuisses et répandit d'autres baisers sur celles-ci, jusqu'à ses genoux.

— Levez le pied, ordonna-t-il avant de lui ôter son soulier délicat et d'écarter sa robe.

Une fois qu'il eut répété l'opération avec l'autre pied, il fit remonter sa bouche et ses mains à l'intérieur de ses cuisses. Et inséra un doigt en elle.

— Ô mon Dieu, gémit-elle, les jambes tremblantes.

— Vous êtes moite de désir, murmura-t-il. Pour moi.

— Michael...

— Chut, reprit-il de sa voix caressante en faisant courir ses mains sur tout son corps, jusqu'à ses épaules, pour la débarrasser de sa camisole déchirée qu'il envoya rejoindre le reste de ses vêtements. J'ai envie de vous, Evelyn Marie. Je veux venir en vous.

Il la souleva dans ses bras, la porta jusqu'à son matelas et s'agenouilla pour l'y déposer. Il s'assit alors, pivota sur le côté pour ôter ses bottes et grimaça quand il libéra son pied gauche.

— Vous êtes blessé, dit-elle d'une voix incertaine en s'efforçant de reprendre contact avec la réalité.

— Ma cheville est enflée, répondit-il en se retournant vers elle. Vous allez me payer cela dans une minute.

— Je...

— Il n'y a pas que ma cheville que vous pouvez vous vanter de faire enfler.

Il défit sa ceinture, dégrafa habilement son pantalon et le laissa glisser le long de ses jambes, révélant le fascinant mystère de son anatomie.

— Ô mon Dieu !

— Vous savez à présent à quoi ressemble un homme nu et brûlant de désir pour vous, poursuivit-il avant de s'étendre auprès d'elle pour reprendre son sein dans sa bouche.

Il se débarrassa de son pantalon avec les pieds et s'arrangea pour lui écarter les jambes tout en se rapprochant d'elle jusqu'à ce qu'elle sente toute la longueur de son membre se presser contre sa cuisse.

— Michael, je vous en prie, parvint-elle à dire.

Elle noua les bras autour de ses épaules pour le serrer contre elle, le cœur battant si fort qu'elle se crut sur le point de mourir.

— De quoi donc, Evelyn Marie ? Dites-le. Dites que vous voulez que je vienne en vous.

— Je veux que vous veniez en moi.

Elle n'avait pas la moindre idée de ce qu'il fallait faire pour que la chose se produise, mais son corps le devinait.

— Je vous en prie, répéta-t-elle. Je le veux, tout de suite.

Il se hissa sur les mains et captura ses lèvres, agaçant sa bouche entrouverte de sa langue. Elle le sentit se placer lentement entre ses jambes.

— Cela va vous faire mal, murmura-t-il contre sa bouche d'une voix qui tremblait un peu.

— Est-ce qu...

Il imprima une poussée à ses hanches. Elle sentit qu'il atteignait une limite en elle, éprouva une vive douleur, très brève, puis une soudaine sensation de délivrance quand il la combla.

Poussant un cri, elle ferma les yeux et se cambra contre lui en repliant les genoux plus haut. Il épousa le mouvement de son corps et la pénétra plus profondément. La douleur s'atténua, décrut lentement, et quand elle rouvrit les yeux, le regard de Saint était rivé sur elle. Son visage n'était qu'à quelques centimètres du sien, ses traits crispés par la tension.

— Un mal pour un mal, murmura-t-il en soulevant les hanches.

— Non, ne partez pas, protesta-t-elle.

— Je ne pars pas, répondit-il en revenant doucement en elle. Et maintenant, un bien pour un bien.

Il se retira de nouveau et revint très lentement en elle. Evelyn n'arrivait plus à réfléchir, ne pouvait plus penser à rien d'autre qu'au plaisir de le sentir aller et venir en elle. Son corps l'accueillait, se contractait spontanément autour de lui, comme s'il devinait avant elle ce qu'il fallait faire. Elle se mit à gémir, souleva les hanches pour accompagner les va-et-vient de Saint et lui griffa le dos.

— Michael, oh, Michael, haleta-t-elle avant de soudain voler en éclats, lâchant son nom dans un cri.

Ses poussées s'intensifièrent, leur rythme devint plus urgent. Il l'embrassa passionnément, puis frissonna soudain et la serra étroitement contre lui.

— Evelyn, chuchota-t-il en nichant sa tête au creux de son épaule.

Il se laissa aller contre elle, le souffle court, évitant de lui infliger le poids de son corps. Elle s'agrippait encore à sa taille, mais il sentit ses jambes se détendre. Bonté divine. Si coucher avec une vierge produisait toujours cet effet-là, il était vraiment passé à côté de quelque chose.

Il avait eu l'intention de faire durer la punition qu'il rêvait de lui infliger, mais quand le plaisir avait gagné Evelyn et qu'il l'avait sentie se contracter si étroitement, si délicieusement, autour de lui, il avait lâché prise. Cela ne lui arrivait jamais – pas à lui, pas après tout ce temps. Aucune femme n'avait ce pouvoir sur lui. Et il était déterminé à renouveler l'expérience.

Il releva la tête en l'entendant murmurer son nom.

Elle avait les joues empourprées et les lèvres enflées par ses baisers. Il l'embrassa de nouveau, lentement, presque... tendrement.

— Oui ? répondit-il.

— Est-ce toujours aussi... plaisant ?

Il aurait pu véritablement la punir en cet instant, lui raconter ce qu'il voulait. Mais il eut l'honnêteté de secouer la tête.

— Non. Vous êtes exceptionnelle, Evelyn.

Il abandonna à regret la chaleur de son corps et se plaça sur le flanc, laissant un bras posé au creux de sa taille souple, la gardant prisonnière entre le mur et le rempart de son propre corps. Son esprit rechignait à fonctionner, mais il savait qu'il n'avait pas envie de la laisser s'éloigner. Pas avant d'avoir compris un certain nombre de choses. Il ignorait ce qu'il allait faire à partir de maintenant, excepté coucher de nouveau avec elle. Souvent.

Il cala sa tête au creux de son coude et baissa les yeux vers elle. Elle sourit et approcha ses doigts délicats de son visage pour effleurer sa joue.

— Je savais que vous aviez bon cœur, murmura-t-elle.

— Qu'est-ce que le cœur vient faire ici ? demanda-t-il en s'efforçant d'ignorer le trouble que sa caresse avait éveillé dans sa poitrine.

— Rappelez-vous : vous avez dit que si je vous laissais me posséder, vous ne détruiriez pas l'orphelinat. C'est pour cela que nous…

Elle s'interrompit en voyant son expression suspicieuse.

— N'est-ce pas ? ajouta-t-elle d'un ton timide.

Saint se redressa et s'assit.

— Êtes-vous en train de dire que vous vous êtes prostituée pour ces morveux ?

Il ne pouvait accepter cela. C'était de *lui* qu'elle avait eu envie, pas d'une faveur qu'il pouvait lui faire. Sinon, elle aurait été comme tous les autres – et elle ne l'était pas.

— Non ! Je voulais… faire cela avec vous. Mais nous avons passé un marché. C'est pour cela que vous l'avez fait, n'est-ce pas ? Pour honorer votre parole ?

— Je l'ai fait parce que j'en avais envie, Evelyn, grogna-t-il, sentant croître le trouble qui s'était emparé de sa poitrine.

Son cœur commençait peut-être à fatiguer. Il avait entendu dire que c'était ce qui était arrivé à son père, à la fin.

— Cela ne signifie rien de plus, conclut-il.

Elle s'assit près de lui, charmante et douce, toujours aussi naïve malgré ce qu'il venait de lui enseigner au sujet de son corps.

— Mais vous m'avez donné votre parole.

— Et vous m'avez séquestré. Faut-il vraiment que je vous le rappelle, ma chère ?

Il désigna sa cheville enflée, et elle plaqua la main sur sa bouche d'un air horrifié.

— Je n'avais pas l'intention de vous faire du mal.

— Je le sais bien, grommela-t-il en attrapant son pantalon.

— S'il vous plaît... commença-t-elle avant de se reprendre. Si vous devez me faire arrêter, dites-leur que je suis seule à blâmer. N'incriminez pas les enfants.

S'efforçant d'ignorer ses prières qui créaient de douloureux remous dans sa poitrine, il serra les dents, remit ses bottes et enfila sa chemise sale. Il fallait qu'il s'éloigne d'elle, de ses lèvres au goût de miel, pour réfléchir.

— Michael, reprit-elle en posant une main sur son bras. Saint. Ne blâmez pas les enfants. Je vous en supplie. Ils n'ont personne pour les défendre.

Il la regarda, écarta sa main et se leva.

— Vous serez là pour eux, murmura-t-il avant de franchir la porte du cachot.

Elle crut qu'il allait l'enfermer, mais il laissa la porte ouverte et grimpa l'escalier jusqu'au cellier, la laissant seule face au silence, dans la pénombre seulement trouée par la lueur d'une chandelle.

— Oh non, sanglota-t-elle tous bas.

Ils allaient tous être arrêtés, la carrière politique de Victor serait brisée, et les enfants seraient jetés en prison. Tout ce qu'elle avait à faire, c'était le convaincre qu'il avait un cœur et qu'il devait l'écouter, trouver un moyen de l'empêcher de démolir l'orphelinat, mais elle avait lamentablement échoué. Et maintenant, à cause de son désir absurde et de son espoir plus absurde encore de réformer un monstre sans cœur, elle était perdue. Tout était perdu.

15

Parcourant des péchés le labyrinthe infâme
Et connaissant ses torts, il ne s'amendait pas ;
Soupirant pour plusieurs il n'aimait qu'une femme,
Qui ne pouvait jamais s'unir à lui, hélas !

Lord Byron,
Le Pèlerinage du chevalier Harold,
chant premier

Jansen ouvrit la porte alors que Saint atteignait la dernière marche du perron d'Halboro House.

— Milord, dit le majordome en s'inclinant, nous commencions à nous demander où…

— Je veux une bouteille de whisky, un demi-poulet et un bain chaud dans mes appartements. Immédiatement.

— Bien, milord.

Il avait une allure effroyable – il n'était pas rasé, pas lavé, sa chemise pendait par-dessus son pantalon et il ne portait ni gilet, ni manteau, ni cravate. Mais son apparence était le cadet de ses soucis. Il venait de passer sept jours enchaîné dans un cachot, et personne ne s'en était rendu compte. Excepté Evelyn Marie Ruddick. Elle avait commis l'erreur de croire qu'elle pourrait le changer – faire de lui quelqu'un de meilleur ! Il lui avait donné une bonne leçon.

À l'étage, sa chambre présentait son aspect habituel : meubles d'acajou foncé, tapisseries sombres et lourdes tentures tirées. Il fronça les sourcils et gagna la plus proche fenêtre en boitillant. Là, il écarta le rideau, dégagea le loquet et ouvrit la fenêtre. Il répéta l'opération sur les cinq autres baies vitrées tandis qu'une file de valets portant de lourds baquets d'eau chaude traversait sa chambre. Après une semaine passée dans les ténèbres, il avait acquis un nouveau goût pour la lumière du jour.

Son valet de chambre arriva précipitamment et se figea sur le seuil.

— Milord, votre... dit Pemberly en désignant la tenue de Saint.

— Oui, je sais, grogna Saint. Allez-vous-en.

— Mais...

— Partez !

— Bien, milord.

S'il y avait une chose dont il n'avait vraiment pas besoin, c'était que son valet de chambre aille raconter qu'il était rentré dans un état lamentable, la cheville enflée et le dos couvert de griffures... Une fois qu'on lui eut apporté son déjeuner, il claqua la porte et se laissa tomber sur le fauteuil de sa table de toilette. Il n'eut aucun mal à enlever sa chemise mais, pour retirer ses bottes, ce fut une autre affaire. Avec un grognement, il tira sur la botte droite, la laissa tomber par terre, puis passa à l'autre.

Le cuir lisse et brillant était irrémédiablement endommagé, et le fait d'avoir ôté ses bottes pour les remettre ensuite avait davantage endolori sa cheville. Après plusieurs tentatives et quelques jurons, il gagna son secrétaire à cloche-pied, attrapa le couteau dont il se servait pour tailler ses plumes et fendit sa botte sur la longueur.

Sa cheville était très enflée, noire et bleue, et la peau était à vif. Une heure plus tôt, elle ne le faisait pas autant souffrir... mais il avait d'autres préoccupations à ce moment-là. Une fois débarrassé de son pantalon, il entra dans la baignoire et aspira l'air entre ses dents serrées tandis qu'il s'immergeait lentement dans l'eau chaude.

Evelyn Marie Ruddick... Le style de vie de Saint l'amenait souvent à se retrouver en possession d'informations susceptibles de briser des mariages, des fortunes ou des gens. La plupart du temps, il gardait ces secrets pour lui, parce qu'il trouvait cela amusant. Pour la première fois, cependant, il détenait une information qui pouvait envoyer une femme en prison, voire la faire déporter en Australie. Et les enfants, particulièrement les plus âgés, encouraient un sort bien pire – mais Evelyn endosserait toute la responsabilité de leurs actes.

Pourtant, il restait là, à mariner tranquillement dans son bain. Il n'envoyait pas chercher son avocat pour qu'il instruise l'affaire, il ne faisait aucune déclaration sous serment – et il n'irait pas trouver le prince George pour finaliser le projet de destruction de l'orphelinat, pas plus qu'il n'irait crier sur les toits que la chaste Evelyn Marie Ruddick l'avait laissé soulever ses jupes.

Il s'était libéré. Il avait assouvi le désir qu'il avait d'elle, il s'était dégagé de ses fers et il pouvait désormais faire ce qu'il voulait, avec qui bon lui semblait. Or, ce qu'il voulait, c'était la serrer de nouveau dans ses bras. Saint plongea dans l'eau jusqu'au menton, en songeant qu'il détenait désormais bien plus d'informations à son sujet qu'il n'en avait besoin, quelle que soit la nature de ses projets...

— Jansen ! rugit-il en se redressant. Apportez-moi mon courrier !

Il avait raté toute une semaine d'événements mondains en sa compagnie, et il n'était pas question qu'il en rate un seul de plus.

— Evie ! Nous allons être en retard !

Evelyn sursauta et fit tomber sa boucle d'oreille pour la troisième fois.

— Un instant, maman.

Elle avait tenté de dire qu'elle ne se sentait pas assez bien pour assister au bal des Alvington. Son teint pâle et ses mains tremblantes lui avaient donné bon espoir de convaincre Victor et sa mère. Mais son frère tenait apparemment à la voir danser avec Clarence, le fils idiot de lord Alvington, et attendait d'elle qu'elle se reprenne pour le bien de la famille.

Toute la journée, elle avait imaginé que des agents de Bow Street allaient frapper à sa porte pour procéder à son arrestation, ou qu'une des connaissances de sa mère ou de Victor viendrait annoncer que St Aubyn avait refait surface et racontait partout qu'Evelyn Ruddick avait écarté les jambes en le suppliant de la prendre.

Tandis qu'elle se penchait pour ramasser sa boucle d'oreille, une soudaine pensée lui vint. Étant donné la position de sa famille – son oncle était le marquis de Houton, tout de même –, les autorités hésiteraient peut-être à procéder publiquement à son arrestation. Il lui suffirait peut-être alors d'assister au bal des Alvington et à tous les autres événements mondains de la saison, en se cachant entre les diverses réceptions, pour échapper à la prison.

Elle soupira. Quelle idiote ! Tout le monde l'avait prévenue. Même *lui*.

— Evelyn ! Pour l'amour du Ciel !

Elle attrapa son réticule et quitta précipitamment sa chambre, priant pour qu'il lui reste encore un peu de dignité à la fin de cette soirée.

— Me voilà !

Alors qu'ils prenaient tous trois place dans la voiture, sa mère tendit le bras vers elle pour arranger son châle.

— Tu pourrais au moins essayer de faire semblant de t'amuser.

— Elle le fera, affirma Victor en l'inspectant du regard. Pince-toi les joues, Evie. Tu es trop pâle.

La perspective de la prison lui sembla soudain moins épouvantable, comparée à cela. Son frère et sa mère ne soupçonnaient même pas que quelque chose puisse la tracasser.

— Je ferai de mon mieux, dit-elle en se tassant sur la banquette.

— Et n'oublie pas de garder la première valse pour Clarence Alvington.

— Pour l'amour du Ciel, Victor, tu ferais peut-être aussi bien d'épingler tes instructions à ma robe, afin qu'on puisse me les lire au cas où je les oublierais.

— Plains-toi tant que tu veux en privé, répondit son frère avec un froncement de sourcils, du moment que tu es charmante en public.

Sa campagne devait se dérouler selon ses vœux, s'il ne prenait même pas la peine de lui crier dessus. Le dîner chez les Gladstone avait constitué une forme de torture intéressante, mais elle ne pouvait pas se défaire de l'impression que Fatima Hynes avait deviné son attirance pour Saint. Quoi qu'il en soit, lord Gladstone avait annoncé qu'il soutenait Plimpton. Victor n'était cependant jamais à court de nouvelles idées d'alliance.

Evie réprima un frisson. Une fois que St Aubyn aurait alerté les autorités, son frère ne se contenterait pas de lui crier dessus, car aucune alliance ne l'aiderait à résister à un scandale de cette ampleur. S'il parvenait à convaincre le monde qu'il ignorait tout des actes de sa sœur et s'il se dépêchait de la renier, peut-être survivrait-il à sa chute... mais elle en doutait. Elle aurait dû lui raconter ce qui s'était passé pour qu'il puisse préparer la meilleure stratégie de défense, mais il était sans doute déjà trop tard. Et elle n'avait pas la moindre envie d'attirer l'attention sur elle.

Ses motifs avaient été purs quand elle avait décidé d'enlever St Aubyn – du moins l'estimait-elle. Et se laisser séduire n'avait pas fait partie de ses intentions. Ce qui avait fini par se passer entre eux n'avait rien eu à voir avec son souci des autres. Elle avait voulu qu'il pose les mains sur elle, souhaité connaître son étreinte et savoir ce que cela faisait d'être avec lui.

Le plus terrible, c'était que si elle avait effectivement satisfait sa curiosité au sujet de la mécanique du sexe, cela ne suffisait pas à l'empêcher d'avoir envie de recommencer. Et si, de son côté, St Aubyn semblait heureux de collectionner les maîtresses, elle-même ne voulait qu'un homme – lui. Lui qui, la prochaine fois qu'elle le verrait, lui rirait probablement au nez et la ferait arrêter sur-le-champ.

Evie entra dans la salle de bal derrière sa famille, cherchant du regard des soldats en uniforme – et, si improbable que puisse être sa présence ici ce soir, Saint lui-même. Elle n'aperçut heureusement personne.

Lorsqu'une main saisit son bras, elle pivota vivement sur elle-même, réprimant tout juste un hurlement de terreur.

— Evie, dit Lucinda en déposant un baiser sur sa joue. Il paraît que Clarence Alvington est impatient de te voir.

Evelyn se força à respirer de nouveau.

— Oui, je suis censée danser avec lui.

Lucinda fronça les sourcils.

— Quelle chance tu as ! J'ai entendu dire, ajouta-t-elle en passant son bras sous celui d'Evie pour la guider vers la table des rafraîchissements, que le marquis de St Aubyn avait mystérieusement disparu de Londres. Se pourrait-il que tes leçons se soient révélées trop douloureuses ?

— Qui sait ? répondit-elle avec un rire forcé.

— Et comment vont tes orphelins ?

— Chut. Je t'en prie, Luce...

— Je suis très discrète, protesta son amie. Mais je trouve détestable qu'à cause de ton frère tu te sentes coupable d'aider ces enfants. Au diable les convenances !

Oh, Evie se sentait coupable de bien autre chose que de ses bonnes œuvres. Et il était temps qu'elle reconnaisse qu'elle risquait de nuire à ses amies par sa seule présence. Elle détacha son bras de celui de Lucinda.

— Au moins, j'aurai apporté un peu de mon aide, dit-elle. Mais je ferais mieux de repérer Clarence avant que mon frère ne me trouve.

— Tout va bien, Evie ? s'enquit Lucinda en fronçant de nouveau les sourcils. Que veux-tu dire par « j'aurai apporté mon aide » ? Comptes-tu abandonner ?

— Non. Bien sûr que non. Simplement, j'aimerais faire davantage.

— Tu as déjà fait bien plus que nombre d'entre nous. Ne prends pas une mine aussi grave.

— J'ai une légère migraine. J'imagine que survivre à Clarence me changera les idées, ajouta-t-elle en s'obligeant à sourire. Veux-tu me rendre un service en allant bavarder avec Victor le temps que je mette la main sur M. Alvington ?

— J'irai même jusqu'à danser avec lui, s'il le faut, déclara Lucinda avec un grand sourire.

Alors que son amie disparaissait parmi les invités, Clarence Alvington apparut soudain auprès d'elle. Quelqu'un avait dû le tremper dans un encrier ou bien lui coudre son habit noir à même la peau, car il ne semblait pas humainement possible d'enfiler de façon normale un vêtement aussi serré. Quand il s'inclina devant elle, Evie fut certaine d'entendre gémir les coutures de son habit.

— Charmante, charmante Evelyn Ruddick, roucoula-t-il en prenant sa main pour faire glisser ses doigts le long de ses lèvres. Je suis si heureux de vous voir ce soir.

Ses cheveux blonds et très frisés avaient été mouillés et lissés, mais les extrémités commençaient à sécher, donnant l'impression que son corps était surmonté d'une grande fleur aux yeux bleus. Une marguerite la tête en bas, se dit-elle tandis qu'il se redressait.

— Me ferez-vous l'honneur de m'accorder une valse, ce soir ? continua-t-il, sortant de sa poche une tabatière dont il fit glisser le couvercle de ses doigts délicats.

— Avec plaisir, monsieur Alvington.

— Comme vous êtes polie ! J'insiste pour que vous m'appeliez Clarence.

Evie le gratifia d'un sourire aussi charmant qu'étudié.

— Volontiers, Clarence. À tout à l'heure, alors.

— Ah. Oui. À tout à l'heure, ma chère, répondit-il.

Il s'inclina de nouveau avant de s'éloigner.

— Dieu merci, soupira-t-elle en songeant que la torture des préliminaires avait été de courte durée.

Elle se retourna, cherchant du regard un endroit tranquille pour ruminer ses pensées jusqu'à la première valse. Et se figea tout net.

Le marquis de St Aubyn se tenait à moins de quatre mètres d'elle, occupé à serrer la main d'un des rares pairs du royaume qui n'osait pas encore lui battre froid en public. À peine venait-elle de le repérer qu'il tourna les yeux vers elle, et elle l'entendit vaguement prendre congé de lord Trevorston.

Elle ne pouvait plus respirer. Elle était clouée au sol, son cœur avait cessé de battre, et elle allait expirer dans la salle de bal de lord Alvington. Il s'approcha en boitillant légèrement, et une pensée des plus absurdes traversa l'esprit d'Evelyn : « Au moins, je ne serai pas obligée de danser avec Clarence. »

— Bonsoir, mademoiselle Ruddick, dit-il en s'inclinant.

Il était lui aussi entièrement vêtu de noir mais, contrairement à Clarence Alvington, son habit n'était pas ajusté de façon à faire outrageusement valoir ses formes. Sa silhouette était naturellement souple et déliée, ferme, et tout simplement… désirable.

— Auriez-vous avalé votre langue, Evelyn ? ajouta-t-il plus bas en se rapprochant d'elle. Souhaitez-moi bonsoir.

— Je vais défaillir, murmura-t-elle.

— Faites, je vous en prie.

Elle ferma les yeux et se concentra sur sa respiration. Il ne lui viendrait pas en aide ; il ne la retiendrait sans doute même pas si elle tombait à la renverse. Son cœur battait toujours aussi follement mais, au bout d'un moment, la sensation de vertige s'atténua. Elle rouvrit les yeux et le découvrit qui l'observait toujours, l'expression de son visage inchangée.

— Vous sentez-vous mieux ?

— Je ne sais pas encore.

— Souhaitez-moi bonsoir.

— B… bonsoir, lord St Aubyn.

— À votre place, je ne prendrais pas la peine de séquestrer Clarence Alvington. Ce n'est peut-être qu'une rumeur, mais on prétend que les coffres de la famille Alvington sont vides.

— Ne dites pas des choses pareilles, je vous prie.

— Et puis, vous avez déjà quelqu'un avec qui partager votre lit. Vous ne pouvez pas avoir envie de lui.

L'espace d'un instant, elle se demanda si elle ne venait pas de percevoir une pointe de jalousie dans sa voix. Mais Saint ne pouvait pas être jaloux, puisqu'il prétendait ne pas avoir de cœur.

— Mon frère veut que je sois aimable avec lui. Que faites-vous ici ? Je croyais que vous préfériez des lieux plus obscurs.

Il pinça les lèvres.

— Je suis ici à cause de vous, ma chère. Vous avez estimé que la police hésiterait à procéder à votre arrestation au bal des Alvington, n'est-ce pas ?

Oh non.

— Si… si vous avez l'intention de me faire arrêter, chuchota-t-elle, sentant que le sang se retirait de son visage, allez-y. Mais, je vous en supplie, ne mêlez ni les enfants ni ma famille à cela.

— Vous m'avez déjà fait cette demande. Seriez-vous prête à payer le prix que je demanderais pour garder le silence ?

Son cœur s'emballa.

— Mais je… Nous…

— Je veux recommencer, Evelyn, déclara-t-il en scrutant son visage. Et vous ?

Elle en avait tellement envie qu'elle avait toutes les peines du monde à ne pas lui sauter au cou malgré tous les témoins qui les entouraient. Une larme franchit le rebord de son œil, mais elle s'empressa de la chasser avant qu'on puisse la voir. Elle était tellement sotte, toujours à pleurer pour un rien !

— Je voulais seulement leur porter secours.

— Je sais. Et je n'ai pas l'intention de vous faire arrêter.

— Vous… souffla-t-elle, sidérée. Vous ne le ferez pas ?

Il secoua la tête.

— Non, ce serait trop facile. Je préfère vous faire chanter.

— Me faire chanter ?

— Vous m'appartenez, à présent, dit-il tout bas, d'un ton très intime.

— Je ne serai pas…

Il chassa une deuxième larme de son pouce.

— Je crains cependant qu'il ne vous faille patienter jusqu'à demain pour découvrir ce que j'attends de vous. Souriez donc, allez danser avec votre dandy et rêvez de moi cette nuit.

— Saint, je vous en supplie… Promettez-moi seulement que vous ne blâmerez personne d'autre que moi pour ce qui s'est passé.

Le marquis lui décocha un sourire chaleureux, énigmatique et séduisant.

— Ne vous inquiétez pas. Je ne blâme que vous.

— De quoi blâmez-vous ma sœur, St Aubyn ? s'enquit Victor, surgissant auprès d'eux.

Si Evie n'avait pas déjà résisté au choc de découvrir St Aubyn ici, l'arrivée de son frère lui aurait probablement donné une attaque. Mais elle en était à envisager de plaider la folie. Si on l'enfermait à l'asile, personne ne pourrait lui demander raison de ses actes.

— Je blâme Evelyn de ne pas m'avoir convaincu de parler à Prinny pour qu'il vous nomme à son cabinet, mentit Saint avec aisance. Il semblerait que plusieurs ministères doivent se libérer avant la fin de la saison. Deux postes d'ambassadeur aussi, je crois bien.

Victor parut sceptique.

— Et pourquoi souhaiterais-je votre soutien, St Aubyn ?

— Attendez-moi ici un instant.

Le marquis s'éloigna en direction du salon. Dès qu'il fut hors de portée de voix, Victor prit sa sœur par le coude.

— Je croyais t'avoir dit de ne plus l'approcher, Evie, gronda-t-il. Te concentrer sur les devoirs que tu as envers moi est-il si difficile que cela ? Jusqu'ici, j'ai mis ta légèreté sur le compte de ton âge, mais je commence à penser que tu es tout simplement stupide et...

— Monsieur Ruddick, l'interrompit Saint en apparaissant derrière eux, j'ai le plaisir de vous présenter le duc de Wellington. Votre Grâce, Victor Ruddick.

Evelyn n'aurait su dire qui, d'elle ou de Victor, fut le plus stupéfait. Son frère se ressaisit cependant le premier et s'avança pour serrer la main du duc.

— C'est un honneur de faire votre connaissance, Votre Grâce.

— Saint me dit que vous avez passé du temps en Inde, déclara Wellington en faisant signe à Victor de le suivre. Avez-vous eu l'occasion de faire la connaissance de Mohmar Singh ?

Les deux hommes s'éloignèrent parmi la foule des invités, laissant Evelyn seule avec St Aubyn.

— Comment diable avez-vous accompli ce prodige ?

— Je peux être très persuasif, répondit-il, et cela m'a semblé être la meilleure façon d'éloigner votre entêté de frère. Mais n'allez pas croire que je vous fasse une faveur, Evelyn. S'il arrive parfois à Wellington de... s'acoquiner avec des femmes de petite vertu, il demeure un farouche conservateur. S'il découvre que la sœur de son nouvel ami Victor Ruddick est une folle qui a séquestré un aristocrate...

— Il n'hésitera pas à briser sa carrière, acheva-t-elle à sa place.

— C'est vous qui avez initié ce jeu, Evelyn ; je me contente de changer les règles. Et nous mènerons la partie à son terme. Je vous reverrai demain matin, très chère.

Ses actes lui avaient donc gagné la pleine et entière attention du blasé marquis de St Aubyn. Evelyn en aurait été ravie s'il ne l'avait pas attirée à ce point. Mais s'il voulait mener la partie à son terme, comme il le disait, elle avait encore une chance de sauver l'orphelinat. Et lui. Et elle-même.

Ce n'était pas ainsi que Saint avait eu l'intention de conclure la conversation, mais plusieurs choses l'avaient désarçonné. Pour commencer, il s'était senti... absurdement heureux de la revoir. Ensuite, la fin de la tirade de son frère, qu'il avait surprise, l'avait rendu furieux. Et il avait eu envie d'écraser Clarence Alvington comme un vulgaire insecte quand il avait vu ce godelureau poser la main sur elle. Il avait été le premier à posséder Evelyn et, désormais, elle lui appartenait. Aucun autre joueur n'était admis dans cette partie.

Son écart de conduite avait à l'évidence entraîné Evelyn en territoire inconnu, mais il avait aussi permis au marquis de constater qu'elle était loin d'être la petite sotte imbue de sa personne pour laquelle il l'avait d'abord prise. Si elle pensait davantage avec son cœur qu'avec sa tête, ses motifs, pour autant qu'il ait pu en juger, étaient aussi purs que ceux d'un ange.

Toutefois, elle lui avait causé bien des tracas qu'il comptait lui faire payer, au même titre que les affres existentielles traversées au cours des longues heures de solitude qu'elle lui avait imposées. Evelyn Marie voulait faire de lui un gentleman. Eh bien, il voulait faire d'elle sa maîtresse. Et il était mille fois plus sournois qu'elle ne pouvait l'imaginer.

Quant à savoir si elle ne méritait pas un meilleur compagnon que lui... cela ne faisait aucun doute. Saint se rembrunit. Peu importait, puisqu'il refusait de céder à quiconque l'emprise qu'il avait sur elle. C'était elle qui avait commencé ce jeu, mais ce serait lui qui mettrait un terme à cette histoire, et de la façon qu'il choisirait.

— Saint, murmura Fatima en se coulant souplement auprès de lui. Je savais que vous ne quitteriez jamais la capitale pendant la saison, quoi qu'en dise la rumeur.

— Depuis quand une rumeur est-elle digne d'intérêt ?

Lady Gladstone eut une moue dubitative.

— On prétend que vous avez trouvé une nouvelle maîtresse. C'est Evelyn Ruddick, n'est-ce pas ? demanda-t-elle dans une sorte de ronronnement, faisant courir ses doigts sur le revers de son habit. Voilà des semaines que vous lui tournez autour.

— Un peu trop sage pour moi, ne croyez-vous pas ? répondit Saint en écartant sa main – il n'avait pas le temps de se battre en duel avec les maris jaloux d'anciennes maîtresses déjà oubliées.

— Savez-vous que j'ai demandé à Gladstone de l'inviter à dîner avec son adorable frère, l'autre soir ? poursuivit-elle. Vous l'avez déjà goûtée. Une femme sent ces choses-là.

— Une femme peut-elle aussi sentir qu'un homme est sur le point de lui plonger la tête dans le saladier de punch ? répliqua-t-il. Comme je vous l'ai déjà dit, j'ai apprécié votre compagnie tant qu'elle m'a amusé. Je vous trouve ennuyeuse, à présent. Partez.

Elle plissa les yeux.

— Vous paierez pour toutes les horreurs que vous avez faites, Saint. J'ai déjà assuré Plimpton du soutien de Gladstone, aussi le frère de Mlle Ruddick n'a-t-il rien à gagner avec vous.

— C'est très élégant de votre part, Fatima. Le moment venu, je serai juste derrière vous dans la file d'attente devant l'entrée des Enfers. Bonne soirée.

La comtesse se retint visiblement de le gifler. Elle attendrait un moment plus propice pour se venger – elle ne voulait pas nuire à sa réputation –, à moins qu'elle ne trouve quelqu'un de plus disposé à satisfaire ses caprices. Saint avait déjà vécu cela cent fois.

Les premières mesures d'une valse s'élevèrent, et il regagna machinalement la salle de bal. Evelyn était déjà sur la piste de danse, dans les bras de Clarence Alvington, qui essayait de l'attirer plus près de lui qu'il n'était convenable. Elle le remit à sa place d'un simple mot, accompagné d'un sourire.

Saint se demanda comment Clarence aurait réagi s'il s'était retrouvé enchaîné dans un cachot pendant une semaine. La première réaction de ce dandy aurait sans doute été de mouiller son pantalon, et s'il avait réussi à s'échapper, il n'aurait pas hésité à faire arrêter Evelyn Marie et à raser l'orphelinat alors que les enfants se trouvaient encore à l'intérieur.

En agissant ainsi, il aurait perdu tout moyen de faire pression sur elle. Saint sourit. D'aucuns prétendaient que la vengeance était un plat qui se mangeait froid, mais en ce qui concernait Evelyn, il préférait celle-ci bien chaude. Une femme convenable ne séquestrait pas un homme. Et personne ne s'était encore jamais avisé de s'occuper de son cas. Il avait tous les atouts en main, et elle ne pouvait plus lui échapper. Pas tant qu'il ne l'y autoriserait pas.

16

Nulle fille de la beauté
Ne peut prétendre à ta magie ;
Et ta voix est aussi pure à mes oreilles
Que le murmure de l'eau.

Lord Byron,
Stances à mettre en musique

Pemberly laissa tomber par terre la troisième lavallière froissée de la matinée.

— Si vous m'expliquiez le style recherché, milord, peut-être pourrais-je vous être plus utile.

Saint considéra d'un œil chagrin le reflet que lui renvoyait le miroir.

— Si je le savais, je le ferais moi-même. Je veux quelque chose de plus... terne.

— Terne ? Cherchez-vous à être mal vêtu, milord ?

— Non ! Ordinaire. Sobre. Inoffensif. Un style qui s'apparente à l'idée qu'on se fait d'un gentleman convenable.

— Ah, lâcha le valet avant de marmonner dans sa barbe.

— Que dites-vous ?

— Je... Rien, milord.

Comme Saint continuait à le fixer du regard, le valet toussota.

— Je disais simplement que si vous souhaitez paraître inoffensif, vous pourriez peut-être envoyer quelqu'un d'autre à votre place.

Son valet n'avait pas tort.

— Faites de votre mieux, Pemberly. Je ne m'attends pas à un miracle.

— Bien, milord.

Si Saint ne s'était pas mieux connu, il aurait pu croire qu'il était nerveux. Ce qui n'aurait eu aucun sens, puisqu'il n'était jamais nerveux. Il avait particulièrement hâte de mettre son projet à exécution, voilà tout.

En descendant l'escalier, il constata que sa cheville ne le faisait presque plus souffrir. D'autres douleurs persistaient, cependant, telle cette déplaisante sensation nichée quelque part sous ses côtes et qui ne semblait s'atténuer qu'en présence d'Evelyn.

— Le phaéton est prêt ? demanda-t-il à Jansen quand celui-ci lui remit son chapeau et ses gants de conduite.

— Oui, milord. Et... le reste, comme vous l'aviez demandé.

— Bien, dit-il avant de franchir le seuil de sa demeure. Je compte rentrer ce soir, ajouta-t-il en se retournant vers le majordome. Si vous ne me voyez pas, cela voudra dire que j'ai disparu et que je suis en danger.

Jansen gloussa.

— Très bien, milord. Tous mes vœux de réussite accompagnent votre entreprise, dans ce cas.

Saint soupira. Inutile d'espérer que quiconque se soucie de son sort.

— Merci.

Il descendit les marches du perron, grimpa sur le siège haut perché du phaéton, et son laquais en livrée sauta sur l'étroite plateforme située à l'arrière quand Saint lança l'attelage dans la rue.

Une multitude de calèches, de voitures à bras, de chevaux et de piétons envahissaient les rues de Mayfair.

11 heures du matin lui avait semblé être une heure décente pour une visite, mais lorsqu'il se retrouva englué dans le flot de la circulation, il se demanda s'il n'aurait pas mieux fait de partir plus tôt. D'autant qu'Evelyn risquait d'être sortie. Mais il l'avait prévenue de sa visite. Et la matinée ne s'achevait officiellement qu'à midi. Il vaudrait mieux pour elle qu'il la trouve à son domicile.

Il arriva à Ruddick House à 11 h 23. Son laquais retint les chevaux pendant qu'il récupérait le bouquet posé sur la banquette et se dirigeait vers la porte.

D'après l'expression neutre du majordome, celui-ci n'avait pas la moindre idée de son identité.

— Je viens voir Mlle Ruddick.

— Qui dois-je annoncer ?

— St Aubyn.

Le majordome perdit contenance.

— St Aubyn ? Oui, milord. J... je vous en prie... euh... attendez ici, je vais voir si Mlle Ruddick... est à la maison.

La porte se referma devant son nez. Porter une lavallière sobrement nouée ne lui donnait visiblement pas l'air assez inoffensif pour qu'on le laisse entrer. En toute autre circonstance, il n'aurait pas hésité à ouvrir la porte pour suivre le majordome. Ce jour-là, cependant, il attendit sagement.

Après avoir patienté cinq minutes, il se sentit disposé à changer d'avis et tendait la main vers la poignée quand la porte s'ouvrit de nouveau.

— Si vous voulez bien vous donner la peine d'entrer, milord.

Saint suivit le domestique, qui le conduisit au salon. La nouvelle de son arrivée s'était répandue, à en juger par le nombre de domestiques qui s'affairaient dans le hall.

— Lord St Aubyn, annonça le majordome en ouvrant la porte avant de s'éclipser.

Saint s'avança d'un pas... puis s'immobilisa. Evelyn se tenait sur un des profonds canapés vert sombre qui meublaient la pièce, mais elle n'était pas seule.

— Mademoiselle Ruddick, lady Dare, mademoiselle Barrett, salua-t-il en inclinant la tête.

Il ne la quitta pas des yeux, cependant, car il cherchait à s'expliquer la nature du flot de chaleur qui avait inondé ses veines dès que leurs regards s'étaient croisés.

Elle avait déjoué sa manœuvre en le recevant en présence de témoins. La stratégie n'était pas mauvaise, car si quelqu'un d'autre entendait parler de son enlèvement et de ce qui s'était ensuivi, Saint n'aurait plus les moyens de la faire chanter. Et dire que son frère la croyait sotte...

— Lord St Aubyn, dit Evelyn sans bouger. Comme c'est aimable à vous de me rendre visite.

Il sourit.

— Je me sens quelque peu embarrassé, dit-il. J'espérais vous emmener pique-niquer. Je vous ai apporté des roses, ajouta-t-il en tendant son bouquet vers elle.

— Elles sont splendides, n'est-ce pas, Evie ? déclara Mlle Barrett avec un peu trop d'enthousiasme.

— En effet. Merci.

Evelyn savait qu'il voulait la voir seule. Elle savait aussi qu'il n'allait pas se contenter de lui tendre son bouquet et de repartir comme il était venu.

— Il paraît que vous avez dû quitter la ville quelques jours, intervint Georgiana en jetant à Evie un regard qui signifiait clairement : « Que diable fait-il ici ? » J'espère qu'aucun événement fâcheux ne s'est produit ?

Il acquiesça, s'avança et, sans y avoir été invité, prit place à côté d'Evelyn sur le canapé.

— Quelques affaires à régler, répondit-il sur un ton de conversation de salon qui surprit Evie – Saint n'était *jamais* aussi aimable, pas sans raison.

Ses amies avaient vu juste : elle aurait dû choisir un autre élève à réformer, un débauché qui ne l'aurait pas troublée comme Saint le faisait. Mais il était trop tard, et il ne lui restait plus qu'à essayer de réparer ses erreurs.

Elle se rendit compte soudain que tout le monde la regardait. « Dis quelque chose », s'ordonna-t-elle.

— Vous plairait-il de vous joindre à nous pour le thé ?

— Je vous remercie, mais non. Mon laquais et mon phaéton nous attendent.

Il lui tendit son bouquet et s'arrangea pour frôler ses doigts quand elle le prit. Ce contact déclencha chez elle un long frisson nerveux. Elle déglutit. Son propre manque de discipline et de rigueur l'agaçait, mais elle n'était pas certaine de pouvoir en rejeter le blâme sur lui.

Lucinda s'éclaircit la gorge.

— J'ignorais que vous appréciiez les pique-niques, milord.

— Mlle Ruddick m'a conseillé de profiter davantage de la lumière du jour, répondit-il. Ce sera ma première tentative. Allons-y, voulez-vous, Evelyn ?

Oh, il était malin. Il n'était pas au courant du pacte qu'elle avait passé avec ses amies, mais il devinait qu'elle leur avait fait part de sa consternation quant à son mode de vie.

— Je ne puis abandonner mes amies, dit-elle d'une voix un peu trop haut perchée. Une autre fois, peut-être, milord.

Son regard vert croisa le sien, et elle sentit ses joues s'échauffer.

— Aujourd'hui, murmura-t-il en s'inclinant près de son épaule, sinon je file tout droit finaliser ma transaction avec Prinny.

— Vous ne feriez pas cela.

— J'ai demandé à ma cuisinière de préparer des sandwichs au faisan, enchaîna-t-il à voix haute. Je crois savoir que vous les appréciez.

Lucinda et Georgiana gardaient le silence, suivant l'échange avec intérêt, bien qu'elles ne puissent pas tout entendre. Elles ne prendraient pas congé tant qu'Evie ne leur signalerait pas qu'elles devaient le faire, mais les événements de la matinée les déroutaient visiblement. Evie était aussi déroutée qu'elles, et plus troublée encore.

— Evie ? dit Victor en entrouvrant la porte. Langley me dit que St Aubyn… Ah, St Aubyn. Bonjour.

Bien qu'elle connût les ambitions de son frère, Evie fut très surprise quand son frère entra dans la pièce en tendant la main vers le marquis. Et elle fut encore plus stupéfaite de voir Saint se lever pour accepter cette poignée de main.

— Bonjour. Je cherche à enlever votre sœur pour un pique-nique, mais je crois qu'elle appréhende une désapprobation de votre part.

Evelyn s'efforça de masquer derrière une quinte de toux la suffocation qui l'avait saisie en entendant le marquis parler de l'enlever. Il était clairement certain d'être le maître du jeu et ne se gênait pas pour le lui faire savoir.

À voir l'expression de Victor, il n'approuvait ni la présence de Saint ni sa suggestion. Mais son frère avait cherché par tous les moyens à rencontrer Wellington depuis son retour d'Inde, et il ne pouvait qu'être reconnaissant au marquis de le lui avoir présenté la veille.

— Je pense pouvoir laisser quartier libre à Evie cet après-midi, déclara son frère. À condition qu'elle soit escortée d'un chaperon, bien sûr.

— Mon laquais sera là, répondit Saint.

Victor secoua la tête.

— Je vous suis reconnaissant pour hier soir, St Aubyn, mais je ne suis pas fou. Ma sœur ne sera autorisée à sortir qu'accompagnée de sa femme de chambre.

— Fort bien.

Lucinda et Georgie, comprenant que le marquis venait de gagner la partie, se levèrent toutes deux.

— J'allais justement partir, dit Lucinda, soucieuse de sauver les apparences. Georgie, as-tu toujours envie d'aller voir les nouvelles dentelles chez *Thacker's* ?

— Tout à fait, assura la vicomtesse en allant déposer un baiser sur la joue d'Evie. Tout va bien ? lui murmura-t-elle à l'oreille.

— Je ne m'attendais pas à le réformer aussi vite, répondit-elle sur le même mode.

Lucinda pressa la main de son amie.

— Nous te verrons demain après-midi au récital de Lydia Burwell, n'est-ce pas ?

— Malheureusement, intervint Victor en les raccompagnant jusqu'à la porte du salon, Evie doit assister demain à un thé politique chez notre tante Houton.

— Dans ce cas, nous te reverrons demain soir.

— Oh oui. Je ne veux surtout pas manquer cela.

— Que ne manqueriez-vous surtout pas ? demanda Saint tandis que Victor quittait la pièce en compagnie de ses amies.

— *Comme il vous plaira*, au Drury Lane, répondit-elle.

— Un titre intéressant.

Elle attendit qu'il ajoute autre chose, mais il se contenta de hausser les sourcils.

— Allez donc chercher votre femme de chambre, Evelyn, reprit-il finalement. Ne perdons pas plus de temps.

Un frisson la parcourut. Il semblait disposé à garder son secret pour le moment, mais elle savait que son attitude polie n'était qu'un masque et qu'il continuait à jouer avec elle.

— Les autres sont peut-être dupes, lui dit-elle à voix basse, mais pas moi.

— Je n'ai pas besoin de vous duper, répondit-il sur le même mode. Je vous rappelle que vous m'appartenez.

Alors qu'elle montait chercher Sally, Evelyn se sentit gagnée par l'envie de se sauver de la maison. Habituellement, c'était Victor et ses tirades méprisantes qui lui inspiraient ce désir. Mais, cette fois, elle l'aurait fait pour protéger son frère. Sa disparition n'empêcherait cependant pas St Aubyn de détruire l'orphelinat... et ce qui restait de sa réputation.

Le marquis bluffait peut-être, mais elle préférait éviter de courir ce risque quand elle avait encore une chance de le convaincre d'aider les enfants.

Lorsqu'elle redescendit avec Sally, elle trouva Saint et son frère dans le hall. Tous deux semblaient avoir désespérément envie de se trouver ailleurs, et si elle n'avait pas été aussi nerveuse, elle aurait sans doute trouvé la scène cocasse.

— Eh bien, qu'attendons-nous pour y aller, milord ? dit-elle, décidant de faire comme si elle avait déjà anticipé chacun de ses mouvements.

Saint se tourna vers Victor et le salua.

— St Aubyn, répondit celui-ci. Je compte sur son retour pour 16 heures.

Une telle largesse prouvait à quel point Victor lui était reconnaissant de lui avoir présenté Wellington. Evelyn passa entre eux pour aller chercher son bonnet et son ombrelle, puis Saint prit sa main gantée et la posa sur son bras pour descendre avec elle les marches du perron.

— Si je lui obtenais un siège au Parlement, m'autoriserait-il à vous rendre visite dans votre chambre, à la nuit tombée ? murmura-t-il.

Probablement. Elle avait failli le dire à voix haute, mais le bon sens lui dicta de tenir sa langue.

— Sally et moi ne saurions tenir dans votre phaéton, dit-elle.

— Bien sûr que si.

— Assurément non, répliqua-t-elle. Et non, il n'est pas question que Sally remplace votre laquais dans ses fonctions afin que nous puissions nous passer de lui. Les chevaux la terrifient.

C'était faux, mais la femme de chambre, comprenant le rôle qu'Evelyn voulait lui faire jouer, s'écarta ostensiblement de la paire de chevaux noirs qui composaient l'attelage.

Saint marmonna un mot qui ne devait guère être aimable et jeta un regard sombre en direction de Sally.

— Très bien. Nous irons à pied.

— À pied ?

— À pied. Felton, ramenez la voiture à la maison.

— Bien, milord.

Saint gagna l'arrière du phaéton et se saisit d'un grand panier de pique-nique. Il passa l'anse à son bras et revint auprès d'elle.

— Y a-t-il un autre obstacle que vous aimeriez me voir franchir ?

— Non, je crois que cela suffira pour le moment.

— Splendide. En route, donc.

Il lui offrit de nouveau son bras, qu'elle accepta après une légère hésitation. En présence de son chaperon, ce contact était acceptable, et puis... il ne lui déplaisait pas vraiment de le toucher. Pas du tout, même.

— Est-ce réellement votre tout premier pique-nique ? demanda-t-elle.

— Avec un chaperon, dans un lieu public et avec des sandwichs dans un panier, oui.

— Mais alors, quel genre de... Ne dites rien, s'empressa-t-elle d'ajouter sans achever sa question. Je ne veux pas savoir.

— Vous voulez le savoir, répondit-il en jetant un coup d'œil vers elle. Mais vous vous estimez trop convenable pour poser la question.

— Et vous vous estimez assez inconvenant pour choquer le monde par chacune de vos phrases. Cela ne vous fatigue-t-il pas, à force ?

— Cherchez-vous de nouveau à me réformer ou s'agit-il d'une simple remontrance parce que je me tiens mal ?

Evelyn soupira.

— N'avez-vous donc rien appris ? murmura-t-elle assez bas pour ne pas être entendue de Sally, qui marchait à quelques pas d'eux.

— J'ai appris beaucoup de choses. J'ai appris qu'il vous plaît d'enchaîner un homme pour l'embrasser sans qu'il puisse vous en empêcher. J'ai appris…

— C'est faux ! protesta-t-elle en rougissant.

— Vraiment ? Vous avez aimé faire l'amour avec moi, Evelyn. Je le sais. Un autre vous avait-il déjà touché ainsi ?

— Non.

— Je m'en doutais.

— Vous, en revanche, avez déjà visiblement… touché plusieurs femmes auparavant, milord. J'ai donc du mal à comprendre ce qui vous incite à me tourmenter à propos de mon… écart de conduite.

Il gloussa, attirant sur lui le regard intéressé de plusieurs femmes qui passaient alentour.

— Ma chère, vous avez dit vouloir faire de moi un gentleman. N'ai-je pas le droit de mon côté de vouloir faire de vous une dévergondée ?

— Ce serait ma perte, Saint, dit-elle en s'efforçant de se souvenir qu'elle avait décidé de ne pas se laisser choquer par ce qu'il dirait. Et je ne souhaite pas être perdue de réputation.

— Vous ne seriez perdue que si quelqu'un l'apprenait. Il nous suffirait d'être discrets. Je pourrais garder le secret au sujet de notre petite incartade… à condition de renouveler celle-ci, qu'en dites-vous ?

— Vous le pourriez, en effet. Mais le rappel de votre méfait ne me prédispose guère à me laisser séduire de nouveau.

Il rit franchement. C'était la première fois qu'elle l'entendait s'esclaffer, et le son joyeux et chaleureux de son rire résonna le long de sa colonne vertébrale. *Mon Dieu !* S'il n'avait pas été aussi odieux, elle aurait déjà été à moitié éprise de lui.

— Qu'y a-t-il de si amusant ? demanda-t-elle en se rappelant que, si charmant qu'il puisse paraître, il n'en exerçait pas moins sur elle un chantage.

Il se pencha pour lui susurrer :

— Je vous ai déjà séduite, ma belle. Et je pense que si vous m'appréciez, c'est justement parce que je suis un débauché.

Son geste rappela à Evie le soir où tout ce chaos avait commencé, quand elle l'avait surpris en train de murmurer des propos licencieux à l'oreille de lady Gladstone. Désormais, c'était elle qui recueillait de tels propos.

— C'est possible, reconnut-elle en apercevant du coin de l'œil lady Trent qui évitait de justesse un réverbère, tant elle était occupée à regarder Evelyn Ruddick marchant bras dessus, bras dessous avec le marquis de St Aubyn. Mais il est également possible que je vous apprécierais davantage si vous n'en étiez pas un.

Saint posa le panier par terre alors qu'ils atteignaient l'entrée du parc.

— Je vous ai invitée à vous joindre à moi pour un pique-nique, répondit-il. Je crois qu'on peut y voir un progrès, non ?

Elle rit en se laissant légèrement aller contre son bras.

— Oui, si l'on veut bien oublier que vous avez menacé de détruire l'orphelinat pour me convaincre de vous accompagner.

— Seriez-vous venue, autrement ?

De sa part, la question semblait puérile et naïve, et elle fut surprise de constater qu'il souhaitait vraiment connaître sa réponse. Elle lui devait donc la vérité.

— Je l'ignore, dit-elle. Je... je sais que vous avez dit que vous ne me feriez pas arrêter, mais je...

— Vous voulez ma parole que je ne toucherai pas à l'orphelinat, acheva-t-il à sa place, quelque peu distrait par la chaleur de sa main sur son bras.

— Me la donnez-vous ?

Evelyn n'accepterait jamais de coucher de nouveau avec lui s'il ne lui donnait pas sa parole. Et s'il la lui donnait, elle s'attendrait qu'il tienne sa promesse. Saint retint son souffle un instant. Il avait déjà attendu six ans pour se défaire de ce maudit orphelinat. Il pouvait bien attendre encore un peu, le temps de se purger du désir qu'il avait pour elle.

Il hocha la tête.

— Je vous la donne. Vous avez... quatre semaines pour me persuader de ne pas raser l'orphelinat du Cœur de l'Espoir. Mais je vous préviens : je ne serai pas facile à convaincre.

Il devina à son expression qu'elle ne savait plus quoi faire maintenant qu'il lui avait donné sa parole. Cela lui convenait tout à fait : il venait de s'octroyer un délai de quatre semaines pour découvrir d'où lui venait son obsession, satisfaire son désir pour elle et rompre avec elle. S'il ne le faisait pas, ce serait elle qui le ferait, car dans quatre semaines, l'orphelinat du Cœur de l'Espoir deviendrait officiellement la propriété du prince de Galles.

— C'est joli, ici, dit Evelyn en ralentissant le pas sous un bosquet de chênes anglais.

Saint avisa l'allée cavalière à cinquante pas de là et la promenade, tout aussi encombrée, dans la direction opposée.

— Trop de témoins, dit-il en l'incitant à aller plus loin.

Elle dégagea son bras.

— Il s'agit d'un déjeuner, n'est-ce pas ? Les gens peuvent bien nous voir.

Pas s'il avait l'intention de faire d'elle son dessert...

— Cet endroit vous plaît ? dit-il d'un ton dubitatif. Au beau milieu du parc ?

— Je le trouve plaisant et charmant.

— Mais je ne peux pas vous embrasser ici sans que vous soyez perdue de réputation. Et vous insistez pour ne pas l'être, si je me souviens bien.

Evie laissa échapper un rire trop sonore et reprit son bras.

— Taisez-vous donc, murmura-t-elle. Parler de cela est aussi criminel que l'acte lui-même.

— Mais nettement moins agréable, répondit Saint, qui commençait à se demander s'il ne s'était pas égaré dans le cauchemar idyllique de quelqu'un d'autre. Vos exigences sont remarquablement élevées, savez-vous ?

Elle lui sourit.

— C'est une question d'habitude. Avez-vous apporté une couverture ?

Il déposa le lourd panier sur l'herbe.

— Je ne sais pas. J'ai juste demandé qu'on prépare un pique-nique.

— Voyons voir cela.

Evelyn semblait beaucoup s'amuser à ses dépens. Mais comme sa bonne humeur faisait briller ses yeux et creusait les fossettes de ses joues, il choisit de passer outre.

Le panier contenait bien une couverture, bleue et impeccablement pliée. Saint la prit des mains d'Evelyn et la déploya sur l'herbe.

— Qu'est-on censé faire, ensuite ?

— Placer le panier au centre de la couverture et nous asseoir autour.

Saint désigna du pouce la femme de chambre.

— Et la gardienne du cachot, où se met-elle ?

Le choix de ses mots fit rougir Evelyn, comme il s'y était attendu. Il adorait la voir rougir. Cela la faisait paraître si… pure.

— Sally prendra place au coin de la couverture, dit-elle en s'agenouillant tandis qu'il déposait le panier à l'endroit qu'elle lui avait indiqué, sa robe de mousseline verte se déployant en corolle autour d'elle.

Saint l'observa un moment, notant la parfaite torsade de ses cheveux auburn et la courbe gracieuse de son cou quand elle jeta un œil au contenu du panier avant d'en sortir une bouteille de vin, ses cils voilant son regard. Il déglutit, la bouche soudain sèche. Il avait de nouveau envie d'elle, envie de dénuder ses épaules et de couvrir sa peau de baisers.

Elle leva les yeux vers lui.

— Vous ne vous asseyez pas ?

Il s'assit, croisant les jambes devant lui. Que faisait-il en compagnie de cette déesse de la grâce ? Et que faisait-elle avec lui ?

— Vous êtes bien silencieux, dit-elle en lui tendant la bouteille. Et c'est un excellent vin.

— Il se marie bien avec le faisan, répondit-il en portant la main à sa poche. J'ai du gin dans ma flasque, si vous préférez.

— Le vin sera parfait, affirma-t-elle en sortant deux verres du panier. Je vous laisse le soin de servir.

Saint tenta de se ressaisir, de chasser le sortilège dont il était victime. Diable, il se comportait comme un véritable idiot de village. Le marquis de St Aubyn n'avait pas pour habitude de rêvasser sur une femme ou sa jolie poitrine *après* qu'elle lui avait accordé ses faveurs. Il déboucha la bouteille d'une habile torsion du poignet.

— Le cabernet déploie tout son arôme sur la peau d'une femme nue, déclara-t-il d'une voix suave. Mais puisqu'il n'est pas question de cela, des verres suffiront.

— Vous avez choisi une belle journée pour notre sortie, dit-elle d'un ton léger.

— Allons-nous parler du temps qu'il fait, à présent ?

Saint cala la bouteille dans l'herbe et prit un des verres des mains d'Evelyn en s'arrangeant pour frôler ses doigts. Il lui semblait impératif de la toucher régulièrement.

— C'est un sujet de conversation sans risque.

Il prit une gorgée de vin sans cesser de l'observer par-dessus le rebord de son verre.

— Un sujet de conversation sans risque… C'est fascinant.

Elle plissa les yeux.

— Non. C'est idiot.

Il avait dit ce qu'il ne fallait pas. Se comporter convenablement se révélait bien plus compliqué qu'il ne l'avait cru.

— Non, je vous assure. J'avance ici en terrain inconnu. D'ordinaire, quand je me trouve rendu à ce stade d'un pique-nique, je suis déjà dévêtu. Existe-t-il d'autres sujets de conversation sans risque ?

Elle leva vers lui un regard clairement suspicieux.

— Le temps qu'il fait est le plus sûr de tous, étant donné que chacun a quelque chose à en dire. La mode peut susciter des controverses si quelqu'un se lamente sur la décadence du style.

— La décadence. J'aime la décadence.

Evelyn sourit.

— Je sais. Et critiquer la valse est toujours bien vu par l'ancienne génération. De la même façon, personne n'aime Bonaparte, et chacun s'accorde à trouver les Américains très libéraux.

— Il est donc préférable de ne rien dire.

Elle hésita un instant, puis prit une trop longue gorgée de vin.

— Et de ne jamais rien approuver et de ne jamais rien faire.

— Mon Dieu, Evelyn, je ne vous savais pas cynique, railla-t-il avant d'étudier soigneusement l'expression de son visage. Cela ne vous suffit pas, n'est-ce pas ?

Ce sont les sujets de conversation que vous réservez aux amis que vous impose votre frère. Or je sais que vous êtes bien plus intéressante que cela, ma chère.

Il ne s'attendait pas à voir ses yeux s'emplir de larmes, mais l'excuse qu'il s'apprêtait à formuler pour avoir dit ce qu'il ne fallait pas mourut sur ses lèvres à la vue de son sourire chaleureux. D'étranges phénomènes se produisirent au niveau de son entrejambe.

— Ce que vous venez de dire, lord St Aubyn, est remarquablement gentil.

Il plongea la main dans le panier pour masquer son soudain embarras.

— C'est fort inhabituel chez moi, marmonna-t-il. Un sandwich au faisan ?

17

Toute affection n'était pas non plus
éteinte dans son cœur,
Bien que ses passions brûlantes
se fussent d'elles-mêmes consumées.

Lord Byron,
Le Pèlerinage du chevalier Harold,
chant troisième

Le soleil amorçait son déclin quand Evelyn demanda à Saint de consulter sa montre.

— 15 h 40, dit-il en remettant celle-ci dans son gousset d'un air dépité.

Evelyn n'était pas non plus précisément heureuse de la nouvelle. Elle venait de passer un après-midi charmant, mais elle n'avait même pas mentionné les enfants ni l'orphelinat. Saint lui avait accordé quatre semaines pour le convaincre, et elle venait de gâcher quatre heures. Mais si elle rentrait en retard, Victor veillerait à lui compliquer les choses chaque fois qu'elle voudrait revoir Saint.

— Il nous faut rentrer.

Saint se releva et lui offrit sa main.

— Je suppose qu'il n'est pas question que je vous enlève. Même si vous avez déjà essayé quelque chose de ce genre, ajouta-t-il à son oreille une fois qu'elle fut debout.

— Cessez, murmura-t-elle, protestant davantage à cause du délicieux frisson que son ton intime avait éveillé en elle qu'à cause de ses paroles.

Elle avait compris qu'il ne parlerait de leur secret à personne car sinon, il perdrait l'avantage qu'il avait sur elle.

Il mit les restes de leur déjeuner dans le panier, roula la couverture en boule et la tassa par-dessus, puis passa l'anse à son bras.

— Je suppose que vous ne me laisserez pas non plus vous entraîner dans un buisson pour une…

— Saint !

Il jeta un coup d'œil en direction de Sally.

— … pour une poignée de main, avant que nous ne partions ?

La femme de chambre avait très bien compris ce que le marquis voulait dire, mais elle connaissait aussi sa réputation et devait se douter qu'il faisait ce genre de proposition scandaleuse à toutes les femmes.

— Pas de poignée de main, non.

Elle prit le bras qu'il lui offrait pour quitter Hyde Park. Même quand il se comportait aussi convenablement qu'il l'avait fait cet après-midi-là, Evelyn avait l'impression d'être un chaton en compagnie d'une panthère noire. Qu'il rentre ou non les griffes, la force qui émanait de lui était indéniable.

— Vous venez d'accomplir le tour de toute l'étendue de mon self-control, Evelyn Marie.

L'ardente expression de son regard provoqua un incendie entre ses cuisses. Le ciel lui était témoin qu'elle avait résisté plus de dix fois au cours de ce pique-nique à la tentation de se laisser aller dans ses bras pour l'embrasser. Elle mourait d'envie de retrouver la sensation qu'il lui avait fait découvrir, mais s'il avait su cela, elle aurait perdu le peu de pouvoir qu'elle avait sur lui. Le moindre laisser-aller de sa part risquait de la faire basculer dans le désastre absolu.

— Qui d'autre votre frère souhaite-t-il rencontrer ? demanda Saint, une fois qu'il eut admis qu'elle n'envisageait vraiment pas de s'isoler en sa compagnie.

— Wellington était sa cible principale pour un poste au gouvernement, mais comme il semble que nous ayons perdu le soutien de Gladstone, Alvington reste celui qui pourra lui être le plus utile pour décrocher le siège du West Sussex à la Chambre. Comment avez-vous réussi à manipuler Wellington comme vous l'avez fait ?

Il haussa les épaules.

— J'avais entendu dire que votre frère cherchait à le rencontrer et je voulais vous revoir. Je possède plusieurs caisses du meilleur cognac qui soit, or il se trouve que Wellington en est un grand amateur.

— Mon frère ferait un excellent député, savez-vous ?

Saint baissa les yeux vers elle.

— C'est possible, et alors ? demanda-t-il.

— Et alors vous avez bien agi.

— En effet. Cela m'aura permis de vous emmener pique-niquer.

— Ce n'est pas ce que je voulais dire, et vous le savez, répliqua Evelyn. Pourquoi refusez-vous d'admettre que vous avez fait quelque chose de bien ?

— Qu'est-ce qui vous fait penser que c'était bien ? Je voulais quelque chose et je me suis arrangé pour l'obtenir.

Elle secoua la tête.

— Non. Je refuse de croire que vous ayez présenté Victor à Wellington à seule fin de pique-niquer avec moi.

— Dites-moi de qui d'autre votre frère a besoin pour sa carrière, et j'organiserai un rendez-vous, dit-il en souriant.

Elle s'immobilisa, et il l'imita aussitôt. Derrière eux Sally fit halte également, restant à portée de voix.

— Et qu'attendriez-vous en retour ?

— Plus de temps avec vous.

Elle eut envie de lui hurler qu'elle était fatiguée d'être utilisée de la sorte, mais elle comprit que Saint avait seulement vu ce que Victor faisait depuis des semaines et décidé de l'utiliser à son avantage.

— Vous auriez pu dire vouloir l'aider sans la moindre arrière-pensée.

— J'aurais alors menti. Il m'avait semblé que vous appréciiez l'honnêteté.

Evelyn se remit en marche et garda le silence un long moment. Saint était honnête. Il n'avait jamais caché ce qu'il voulait obtenir d'elle. Mais il agissait ainsi par intérêt. Elle allait devoir trouver le moyen de le convaincre des mérites intrinsèques de l'honnêteté.

— Mademoiselle, chuchota Sally derrière eux. M. Ruddick est là.

Elle leva les yeux. Victor se tenait effectivement sur le perron, regardant sa montre d'une mine sévère.

— Nous ne sommes pas en retard, dit Saint, qui avait suivi son regard. Il se comporte comme un procureur. Dois-je lui rappeler que vous ne lui appartenez pas ?

Il avait dit cela d'un ton suave, mais Evie perçut une note dure dans sa voix. Saint était fâché contre Victor et prenait parti pour elle. Elle frissonna.

— N'en faites rien. Cela ne servirait qu'à le mettre de mauvaise humeur et me serait immanquablement préjudiciable.

— Pas nécessairement, et cela *me* mettrait de bonne humeur. Je n'aime pas qu'on me dicte le temps que je suis autorisé à passer avec vous.

— Saint... dit-elle d'un ton conciliant tandis qu'ils s'engageaient dans l'allée.

— Je ne lui dirai rien aujourd'hui, mais n'oubliez pas ce que je vous ai dit : vous mettez mon self-control à rude épreuve.

Il la taquinait. Evelyn eut envie de l'embrasser sur la joue – ou, mieux encore, sur la bouche –, mais Victor se serait évanoui.

— Je ne suis pas près de l'oublier.

— Vous avez passé un bon après-midi, j'espère, dit Victor en rempochant sa montre tandis qu'il descendait les marches du perron.

— Oui, ce fut charmant, répondit-elle.

Comme il la prenait par le bras, elle craignit soudain que Saint ne refuse de la lâcher et que les deux hommes ne la coupent en deux. Elle sentit les muscles du marquis durcir sous ses doigts.

— Votre sœur est exquise, déclara-t-il.

— Oui, elle est adorable.

— Mon Dieu, que de compliments ! Soyez-en tous deux remerciés. Et merci à vous, milord, pour ce charmant pique-nique.

Saint hocha la tête et détendit le bras, autorisant Evie à dégager sa main.

— C'est moi qui vous remercie, mademoiselle Ruddick. Et vous aviez raison.

— À quel sujet ? demanda-t-elle en se retournant pour le regarder regagner le portail.

— À propos de la lumière du jour. Elle est exceptionnelle, dit-il avant de les saluer.

Une fois que le marquis eut regagné la rue pour héler un cab, Victor affermit l'étreinte de sa main sur le bras d'Evelyn. Elle se força à détacher les yeux de Saint pour regarder son frère.

— J'attends des explications, dit Victor en la guidant en haut des marches.

Le majordome referma la porte avant qu'elle ait pu voir si Saint avait tourné la tête pour la regarder une dernière fois. Ce n'était pas important, mais elle aurait aimé savoir s'il pensait encore à elle, maintenant qu'elle était hors de vue.

— À quel sujet ?

— Au sujet de son commentaire sur la lumière du jour.

— Oh. Je lui ai dit qu'il devrait essayer d'émerger avant la tombée de la nuit, de temps en temps.

— Ah, dit Victor avant de lâcher son bras et de se diriger vers l'escalier pour regagner son bureau, où il avait sans doute passé toute la journée à dresser des plans de bataille.

— Tu ferais bien d'essayer, toi aussi.

Il se tourna vers elle depuis le haut des marches.

— Quoi donc ?

— La lumière du jour.

— Ce n'est pas parce que St Aubyn m'a présenté Wellington que je vais devenir ami avec ce débauché. Il m'a rendu service, en échange de quoi je lui ai permis de se montrer avec toi au parc. Mais n'en fais pas une habitude. Je ne lui dois plus rien, désormais.

Evie soupira.

— Au cas où cela t'intéresserait, sache qu'il s'est comporté en parfait gentleman.

— J'espère surtout que tu t'es comportée comme une vraie lady. Je devrais sans doute te féliciter pour la détermination que tu mets à me contrarier. Evie Ruddick, célèbre pour plaider la cause des miséreux, s'affiche avec un homme qui a décidé de détruire un orphelinat, ajouta-t-il d'un ton railleur.

Pas si elle avait son mot à dire.

— Je te remercie de me le rappeler, Victor, lança-t-elle en gagnant le salon.

Saint prit place à la grande table de pharaon du *Society Club*.

— Qu'est-ce donc qu'un thé politique ?

Tristan Carroway, vicomte Dare, acheva de placer sa mise et attrapa son verre de porto.

— Ai-je l'air d'un dictionnaire ?

— Tu es domestiqué, répondit Saint en lui faisant signe de remplir aussi son verre. De quoi s'agit-il, au juste ?

— Je ne suis pas domestiqué, je suis amoureux. Tu devrais essayer. Cela change radicalement ton point de vue sur la vie.

— Je me contenterai de te croire sur parole, merci. Mais si tu es amoureux, que fais-tu ici ? Et où est ta femme ?

Dare vida son verre et le remplit de nouveau.

— Un thé politique... C'est une arène où les femmes discutent entre elles des moyens à mettre en œuvre pour soutenir et faire avancer la carrière politique de leurs proches. Quant à tes autres questions, ajouta-t-il, l'endroit où se trouve ma femme ne te regarde pas et je te conseille de te tenir loin d'elle.

D'un seul coup d'œil, Saint prit note de l'expression tendue du vicomte, de la bouteille à demi pleine qu'il serrait dans sa main et de l'argent qui changeait de main aux tables voisines.

— Figure-toi que j'ai quelqu'un d'autre en vue, Dare. Si tu as envie de te battre, je serai ravi de t'obliger, mais je préférerais partager un verre avec toi.

Le vicomte secoua la tête.

— Aucune de ces options ne me tente, Saint. Evie Ruddick est une de mes amies, et tes intentions envers elle ne me disent rien qui vaille. Toutefois, si tu acceptes de cesser de l'importuner, je trinquerai avec toi.

Quelques semaines plus tôt, Saint ne se serait pas privé de faire savoir précisément à Dare à quel point Evelyn Marie Ruddick avait apprécié ses attentions. Ce soir-là, cependant, sans trop chercher à savoir ce qui le poussait à agir ainsi, il garda le silence et se leva.

— Alors, ce ne sera ni l'une ni l'autre. Pour ce soir, en tout cas.

Il quitta le club, laissant dans son sillage un véritable rugissement de spéculations. Qu'ils s'interrogent donc sur ses intentions au sujet de l'innocente Evie Ruddick – qui n'était plus vraiment innocente, mais cela ne regardait personne. Personne n'avait besoin de savoir non plus qu'il se languissait de son corps, de sa voix et même de son doux sourire. Il ne pouvait pas espérer assister à un thé politique, exclusivement réservé aux dames, mais il y avait toujours Shakespeare au Drury Lane. Il reverrait Evelyn le lendemain, quoi qu'en pensent les esprits chagrins.

Tandis qu'il regagnait sa demeure à cheval, il repensa à sa journée. Si on lui avait dit un mois plus tôt qu'il emmènerait une demoiselle convenable en pique-nique, il aurait éclaté de rire. Or, non seulement il l'avait fait, mais cela lui avait plu – plus qu'il n'était prêt à le reconnaître.

Selon ses critères habituels, la soirée ne faisait que commencer, mais il ne savait trop comment l'occuper. Ses lieux de prédilection – cercles de jeu, maisons closes, le *Hellfire Club* et ses soirées tapageuses – commençaient tout juste à s'animer. Autrefois, il se serait contenté de n'importe quelle jolie femme à peu près intéressante, mais il n'avait pas envie de soulager sa frustration avec la première venue.

Le flot de chaleur qui rugissait dans ses veines n'était destiné qu'à une femme. La sensation était vivifiante, à vrai dire, et il y avait des années qu'il ne s'était senti aussi vigoureux. Quand il pouvait voir Evelyn et lui parler mais qu'il lui était interdit de la toucher, la torture était exquise et seulement supportable parce qu'il s'était promis de la posséder de nouveau.

Cassius ralentit et s'arrêta. Saint se rendit compte qu'il avait une fois de plus fait un détour pour passer devant Ruddick House. Une seule fenêtre brillait à l'étage, et il se demanda si Evelyn veillait, elle aussi. Il l'espérait et souhaita qu'elle soit en train de penser à lui.

Il claqua de la langue pour faire avancer sa monture. Elle serait sa maîtresse, coûte que coûte. Il n'en voulait aucune autre et n'accepterait aucun refus de sa part. Il savait ce qui plaisait à Evelyn, désormais. Il trouverait le moyen de la convaincre.

Evelyn parvint à échapper à son frère et à quitter Ruddick House pour le thé politique assez tôt pour pouvoir faire halte à l'orphelinat du Cœur de l'Espoir.

Cela ne faisait que deux jours qu'elle n'avait pas mis les pieds dans le vieil édifice lugubre, mais les enfants l'accueillirent avec un tel enthousiasme qu'un observateur extérieur aurait pu croire qu'elle s'était absentée pendant toute une année.

— Mademoiselle Evie, mademoiselle Evie ! s'écria Rose en nouant ses bras autour de sa taille. Nous pensions que vous aviez été pendue !

— Ou décapitée ! renchérit Thomas Kinnett, les yeux écarquillés.

— Je vais bien, je suis entière et très heureuse de vous retrouver, répondit-elle en attirant Penny près d'elle.

— Est-ce qu'il s'est échappé, ou bien vous l'avez libéré ? demanda Randall depuis le banc de fenêtre où il était assis et qu'il s'occupait à taillader avec son couteau de poche.

Elle se souvint de la mise en garde de Saint au sujet des plus âgés des garçons, mais Saint était cynique et blasé. Ces garçons avaient risqué bien plus gros que les autres enfants en lui venant en aide.

— Il s'est échappé. Mais il m'a accordé quatre semaines pour le convaincre de ne pas détruire l'orphelinat.

— Quatre semaines, ce n'est pas beaucoup, mademoiselle Evie. Et si vous n'avez pas réussi à le convaincre quand il était enchaîné, qu'est-ce qui vous fait croire qu'il va changer d'avis maintenant ?

— Il m'a accordé quatre semaines sans discuter. Je pense que c'est un très bon signe.

— Devrons-nous lui rendre ses dessins ? demanda Rose en se décidant enfin à écarter son visage des jupes d'Evelyn.

— Quels dessins ?

— Ceux qu'il a faits, dit Molly. Nous les avons cachés pour que personne ne les voie.

Elle alla jusqu'à son lit et tira une liasse de feuilles de sous son matelas avant de les tendre à Evie. Celle-ci avait vu Saint griffonner quelquefois, mais elle avait cru qu'il faisait cela pour passer le temps ou qu'il rédigeait des brouillons de lettres à ses avocats.

— Vous êtes très jolie, dit Rose en s'installant près d'elle quand Evelyn s'assit au bord d'un des lits.

Saint avait dessiné des portraits des enfants, des caricatures de lui-même réduit à l'état de squelette dans son cachot, mais surtout des portraits d'elle.

— Mon Dieu, soupira-t-elle en rougissant.

Il avait capturé son regard, son sourire, son froncement de sourcils, ses mains et ses larmes avec un talent remarquable sur le grain rugueux du papier. En regardant ces croquis, Evelyn eut l'impression qu'il avait su voir au fond d'elle-même et lui soutirer ses secrets.

— Êtes-vous bien certaine à présent de ne pas l'avoir laissé s'enfuir, mademoiselle Evie ? demanda Randall en écartant son couteau du banc. Parce qu'on dirait que vous êtes restée assise à le laisser faire des portraits de vous.

— Absolument pas, dit-elle, percevant la note accusatrice de sa question. Il a dû faire ces dessins de mémoire. Et regarde : il a aussi fait des portraits de vous tous. Ce qui prouve qu'il vous prêtait attention et qu'il pensait à vous.

— Alors vous croyez qu'il nous laissera rester ici ? demanda Penny en s'asseyant elle aussi près d'Evie. Parce que je ne veux pas vivre dans la rue et manger des rats.

— Oh, Penny ! s'exclama Evelyn en la serrant contre elle. Cela n'arrivera jamais. Je te le promets.

— J'espère que vous avez raison, mademoiselle Evie, dit Randall, parce qu'il y a toujours moyen d'empêcher que cela n'arrive...

— Randall, promets-moi de ne pas agir inconsidérément, dit Evie en frissonnant d'effroi. Et de me consulter avant de faire quoi que ce soit.

— Ne vous inquiétez pas, mademoiselle Evie, répondit-il. Je ne suis pas près d'oublier que nous sommes tous embarqués dans la même galère. Aucun de nous ne l'oubliera.

Après l'atmosphère effervescente de l'orphelinat, le thé politique de la marquise de Houton parut bien terne à Evie. Elle aida à concevoir d'absurdes slogans politiques rimant avec les noms des candidats, mais ses pensées étaient occupées par les dessins qu'elle avait soigneusement roulés et coincés dans sa jarretière. Le frottement du papier sur sa cuisse lui rappelait à quel point elle avait envie de s'isoler pour les regarder tranquillement, loin des bavardages et du regard des enfants.

— Ton frère m'a fait parvenir un message, dit sa tante en s'asseyant près d'elle. Il est aux anges, car Wellington a accepté d'assister à un dîner en petit comité avec nous, vendredi soir.

Evie fit mine de s'extasier, bien que la nouvelle ne la surprît pas le moins du monde.

— Mais c'est merveilleux ! Rien que nous et Wellington ?

— Pas tout à fait. Il y aura les Alvington et... St Aubyn se joindra aussi à nous.

— J'ignorais que St Aubyn s'intéressait à la politique.

— Je l'ignorais aussi. Victor voit dans ce soudain intérêt une sorte de complot visant à briser sa carrière, mais...

— C'est absurde !

— ... mais il est prêt à courir le risque en échange d'une nouvelle entrevue avec Wellington. As-tu une idée de la raison qui pourrait inciter St Aubyn à s'intéresser à la carrière de ton frère ?

Evelyn irait en enfer pour cette raison-là, et ce serait la faute de Saint.

— Je l'ignore. Il m'a invitée à un pique-nique, mais je puis vous assurer que nous n'avons pas parlé de politique. Je ne sais pas ce qu'il a en tête ; toutefois, je peux vous assurer qu'il n'y a aucun « complot » de la part de Saint.

— Saint ? répéta sa tante en haussant les sourcils.

— St Aubyn. Il m'a demandé de l'appeler ainsi. Tout le monde le fait, paraît-il.

Il lui avait aussi demandé de l'appeler Michael, mais apparemment personne d'autre ne le faisait, et il n'était pas question qu'elle révèle à sa tante les circonstances dans lesquelles il lui avait fait cette demande...

— Quelles que soient ses intentions en ce qui te concerne, garde-toi bien de l'encourager. Le marquis de St Aubyn est un homme dangereux, et tu n'as pas besoin de lui dans ta vie. Surtout en ce moment.

Cette dernière remarque retint l'attention d'Evelyn, mais avant qu'elle ait pu demander à sa tante de préciser sa pensée, lady Harrington et lady Doveston commencèrent à se chamailler au sujet de la rime la plus acceptable pour « Ruddick ».

Evelyn remua sur sa chaise, et le rouleau de dessins mordit de nouveau sa chair. Elle perdait son temps à cette réunion alors qu'il lui fallait projeter la prochaine étape de l'éducation de Michael Halboro. Ses croquis lui laissaient penser que ses leçons avaient plus porté qu'elle ne l'avait cru. Et la façon dont il avait représenté ses traits l'incitait à espérer qu'il lui rendrait prochainement visite.

18

Je veux un héros.

Lord Byron, *Don Juan*,
chant premier

— Tu as loué toute une loge rien que pour nous trois ? demanda Evelyn tandis que son frère l'invitait à s'asseoir au premier rang et que sa mère s'installait au second.

Les fauteuils d'orchestre étaient déjà presque tous occupés, et il ne resterait sans doute pas un seul fauteuil vide ce soir-là. Que son frère ait réservé cette grande loge avait donc tout lieu de la surprendre, d'autant que Victor était tout sauf frivole.

— Pas exactement. J'ai invité quelques amis à se joindre à nous, répondit son frère en prenant place au deuxième rang.

Un soupçon envahit Evelyn tandis qu'elle considérait la chaise vacante auprès d'elle.

— Quels amis ?

— Ah, bonsoir, Ruddick, fit la voix tonitruante de lord Alvington, qui écartait le rideau du fond de la loge. C'est fort aimable à vous de nous accueillir ce soir. Il semble qu'il y ait un monde fou, et j'avais déjà cédé ma loge à la famille de ma nièce.

— C'est très généreux de votre part, déclara Victor en serrant la main du vicomte.

— Lady Alvington, s'exclama sa mère d'un ton dégoulinant d'hypocrisie, en se levant pour embrasser la vicomtesse sur chacune de ses joues replètes. Savez-vous que Wellington sera des nôtres au dîner de vendredi ?

— Oui, on m'a dit cela. Quel parfait gentleman.

Evie s'était également levée, mais personne ne lui prêta attention avant que Clarence Alvington n'entre à son tour dans la loge. Voilà qui expliquait la chaise vide. Une fois de plus, son frère l'utilisait comme appât. Dissimulant son dégoût derrière un sourire, elle exécuta la génuflexion que chacun attendait d'elle quand Clarence s'inclina au-dessus de sa main gantée.

— Vous offrez une vision enchanteresse, ce soir, mademoiselle Ruddick, déclara-t-il.

— Tout à fait, approuva lady Alvington. Où avez-vous trouvé ce collier, ma chère ? Il est exquis.

Evelyn porta machinalement la main au pendentif de diamant et fut tentée d'en révéler la provenance exacte. Elle ne put toutefois s'y résoudre.

— C'est un bijou de famille, mentit-elle en voyant du coin de l'œil sa mère qui fronçait les sourcils. Il vient de ma grand-mère, je crois, ajouta-t-elle.

Elle se tourna vers Geneviève, qui confirma sans la regarder :

— Oui. Oui, je crois bien. Mais dites-moi, monsieur Alvington, comment occupez-vous vos journées ?

— C'est fort aimable à vous de vous en enquérir, madame Ruddick. J'ai récemment conçu un style entièrement nouveau de cravate.

Clarence releva son menton pointu, révélant une cravate au nœud si tarabiscoté que son valet de chambre avait dû commencer à travailler dessus dès le matin.

— Vous voyez ? reprit-il en s'efforçant de regarder son public tout en gardant le menton relevé. Je l'ai baptisé le nœud Mercure.

Tandis que chacun s'extasiait sur son nœud de cravate, Evelyn reporta son attention sur le spectacle plus intéressant des occupants des autres loges. Lord et lady Dare occupaient la deuxième loge en partant de la scène. Les deux tantes du vicomte étaient là, ainsi que tous ses frères, à l'exception de Robert, celui qui avait été blessé à Waterloo et qui ne paraissait que très rarement en public. De l'autre côté de la scène, Lucinda était assise auprès de son père, le général Barrett, et de plusieurs amis de celui-ci.

Les lumières s'éteignirent une à une et, après avoir adressé un signe de la main à Luce, Evie prit place sur sa chaise. Alors que le rideau se levait, l'éclat d'une paire de jumelles de théâtre attira son attention vers l'une des coûteuses loges qui surplombaient directement la scène. Les jumelles braquées sur elle se baissèrent, révélant l'expression amusée de St Aubyn.

Evelyn en eut le souffle coupé. La famille du marquis avait une loge au Drury Lane depuis une éternité mais, pour autant qu'elle sache, Saint n'assistait jamais à des spectacles aussi sages que celui de ce soir. Il était là, pourtant... et il n'était pas seul. Une poignée de ses amis peu recommandables l'entouraient, parmi lesquels Evelyn remarqua une femme blonde outrageusement maquillée, dont l'opulente poitrine se pressait avec insistance contre le bras de Saint.

Une vive douleur s'insinua dans sa poitrine. Ainsi, malgré les récentes attentions qu'il avait eues pour elle, il ne la considérait pas autrement que ses précédentes conquêtes féminines. Une femme avec laquelle on couche, que l'on raille ensuite et qu'on se dépêche d'oublier. Très bien. Elle allait très bien. Elle avait seulement voulu savoir ce que cela faisait d'être avec lui, de toute façon.

— De quelle pièce s'agit-il ? murmura Clarence un instant plus tard en se penchant vers elle, projetant dans sa direction une forte bouffée d'eau de Cologne.

— *Comme il vous plaira*, répondit-elle d'un ton plus acide qu'elle n'en avait eu l'intention – le titre de la pièce figurait sur le programme qu'il tenait à la main, pour l'amour du Ciel !

— Ah. Une des œuvres de Shakespeare.

— C'est bien possible.

Elle sentit un coup contre le dossier de sa chaise. Victor, sans doute, qui la rappelait à l'ordre. Elle reporta son attention sur Saint. S'il pouvait se satisfaire de la fréquentation de ses compagnons de loge et flirter avec cette femme dont la poitrine débordait presque sous son nez, c'était bien le signe qu'il n'avait rien appris. Evie fronça les sourcils. Ou alors c'était elle qui n'avait rien appris, malgré tout ce que les uns et les autres, y compris Saint lui-même, avaient pu lui dire à son sujet.

La joue de Victor vint frôler son oreille.

— Cesse de faire cette tête, murmura-t-il de façon à n'être entendu que d'elle.

Oh, elle avait besoin de s'isoler un moment, loin de tous ces gens qui surveillaient son expression et qui risquaient de bientôt voir ses larmes.

— Je me sens barbouillée, chuchota-t-elle. J'ai besoin de boire un peu d'eau.

— Va, dans ce cas. Mais ne traîne pas.

Elle quitta sa place avec un murmure d'excuse et franchit l'épaisse tenture du fond de la loge. Elle aurait voulu s'affaisser le long du mur pour pleurer, mais le couloir grouillait de valets qui passaient d'une loge à l'autre pour apporter boissons, étoles et jumelles de théâtre à leurs occupants. Un valet lui indiqua, à sa discrète requête, la plus proche garde-robe, fermée d'un rideau, et elle s'y faufila à l'instant précis où une première larme roulait sur sa joue.

Saint remua sur sa chaise pour mettre plus de distance entre lui et l'opulente poitrine de Deliah. Il n'aurait dû inviter personne ce soir, mais il aurait eu l'air idiot, tout seul dans une loge à six places.

Il reporta son regard vers Evelyn, comme il ne cessait de le faire toutes les deux minutes, et découvrit que sa chaise était vide. Il se leva aussitôt.

— Saint, apportez-moi un cognac, roucoula Deliah.

Sans lui prêter attention, il quitta sa loge et gagna le large corridor qui desservait celle de la famille Ruddick. Pas la moindre trace d'Evelyn. Avait-elle déjà regagné sa place ? Marmonnant un juron, il s'apprêta à faire demi-tour… et s'immobilisa quand il entendit un reniflement s'élever derrière le rideau d'une garde-robe voisine.

— Evelyn ? murmura-t-il en priant le Ciel pour qu'il ne s'agisse pas d'une autre femme de sa connaissance.

— Allez-vous-en.

— Que faites-vous ?

— Rien.

Il écarta le rideau et la découvrit face au mur, les mains plaquées devant son visage.

— Si vous essayez de vous cacher, cela ne marche pas. Je vous vois.

— Je vous ai vu aussi. Vous vous amusez bien ?

— Pas vraiment. Je me suis surpris à souhaiter que Deliah bascule par-dessus le rebord de la loge à force de se pencher, mais la chose ne s'est pas encore produite.

Elle écarta ses mains et se tourna vers lui.

— Que faites-vous ici ?

Saint jeta un coup d'œil autour de lui avant de se faufiler dans l'alcôve et de tirer le rideau derrière lui.

— À votre avis ? répondit-il en recouvrant sa bouche de la sienne.

Il la plaqua dans le fond de l'alcôve en l'embrassant, heureux de savourer de nouveau sa bouche. Le souffle court, Evelyn répondit à son baiser et ses doigts gantés glissèrent sur ses épaules pour l'attirer contre elle.

— Quelqu'un va nous découvrir, haleta-t-elle avant de pousser un gémissement quand Saint recouvrit sa poitrine de ses mains.

— Chut, souffla-t-il.

Saint l'avait désirée dès qu'il l'avait découverte derrière ce rideau, et il n'était pas question qu'il la laisse s'échapper. L'embrasser encore et encore ne faisait que renforcer son douloureux désir. Aucune femme ne l'avait jamais mis dans un tel état d'excitation. Mais ils n'avaient que très peu de temps... Il ôta ses mains de sa poitrine et guida celles d'Evelyn jusqu'à son entrejambe.

— Ici ? suffoqua-t-elle contre ses lèvres.

— J'ai envie de vous, répondit-il en faisant remonter sa robe au-dessus de ses genoux. Sentez-vous combien je vous désire, Evelyn Marie ? Avez-vous envie de moi ?

Si elle avait dit non, il aurait probablement expiré sur-le-champ, mais elle entreprit heureusement de dégrafer son pantalon de ses doigts impatients et tremblants.

— Vite, Saint, l'implora-t-elle.

Il la souleva, fit passer ses jambes autour de ses hanches et la pénétra dans un gémissement. Tandis qu'il allait et venait dans son intimité étroite et accueillante, il la maintint plaquée contre le mur. Ses petits halètements saccadés l'amenaient au bord de la folie. Être en elle, s'unir à elle, ne plus faire qu'un avec elle... c'était la perfection,

Il la sentit jouir et captura son gémissement sous ses lèvres, autorisant son plaisir à le faire basculer dans sa propre extase. Il la rejoignit avec un grondement presque animal et la plaqua si fort contre le mur qu'il craignit de lui avoir coupé le souffle.

Hors d'haleine, il la serra contre lui, les bras d'Evelyn encerclant son cou, ses chevilles et ses pieds chaussés de délicates sandales noués autour de ses hanches. Il était toujours en elle, nimbé du parfum de sa chevelure, son petit corps souple niché entre ses bras, et il avait encore envie d'elle.

— Saint ? murmura-t-elle d'une voix à peine audible.

— Mmm ?

— Quel est votre second prénom ?

Il écarta son visage de son épaule et plongea son regard au fond de ses yeux gris.

— Edward.

— Michael Edward Halboro, dit-elle en souriant, ses doigts légers pianotant le long de sa joue avec une surprenante douceur. Est-ce toujours ainsi ? Aussi... bon ?

— Non, répondit-il avant de l'embrasser, heureux de retrouver le contact de ses lèvres.

— Evie ? s'enquit la voix étouffée de sa mère depuis le corridor. Où diable es-tu passée ?

Evelyn se raidit dans ses bras, et une expression de terreur pure se peignit sur son visage.

— Oh non, non, non, souffla-t-elle. Lâchez-moi.

Ce n'était visiblement pas le moment de discuter. Saint s'éloigna pour qu'elle puisse reposer les pieds par terre et rabattre ses jupes.

— Je suis là, maman, dit-elle. J'arrive. J'ai l'estomac dérangé.

— Dépêche-toi donc ! Ton frère est furieux. Il pense que tu cherches à éviter M. Alvington.

Saint reboutonna son pantalon pendant qu'Evelyn s'efforçait de rajuster sa tenue. Elle redressa la tête, prit une inspiration et s'approcha du rideau.

Avant qu'elle ne s'échappe, Saint saisit son coude et la fit pivoter vers lui. Secouant la tête pour lui faire savoir qu'il ne l'autorisait pas encore à s'enfuir, il caressa sa peau au-dessus de l'encolure de sa robe, puis inclina la tête pour l'embrasser une dernière fois.

— Evie !

— J'arrive, dit-elle en écartant Saint d'une poussée contre son torse.

Elle entrouvrit le rideau et se glissa dans le corridor faiblement éclairé.

Saint resta dans l'alcôve, attendant que la mère et la fille aient regagné leur loge. Il avait gardé son secret. Personne ne savait qu'ils étaient devenus amants, personne d'autre qu'eux. Malgré toutes les maîtresses qu'il avait eues au fil des ans, savoir qu'il était le premier et le seul à lui avoir fait l'amour avait quelque chose d'enivrant.

Mais qu'avait dit sa mère, à l'instant ? Que son frère la soupçonnait de chercher à éviter Clarence Alvington. C'était donc cela que Victor Ruddick avait en tête. Lord Alvington avait peu d'argent, mais il possédait plusieurs propriétés et avait de ce fait une grande influence sur le vote du West Sussex. Le calcul était fort simple : en échange d'un siège pour Victor au Parlement, la famille Alvington obtiendrait Evelyn et ses revenus.

Saint s'assura que la voie était libre et se glissa hors de l'alcôve. Evelyn savait-elle qu'elle avait été vendue ? Car si elle trouvait compliqué aujourd'hui de consacrer son temps et son argent aux orphelins, une fois que ses revenus appartiendraient à Clarence Alvington elle ne pourrait plus rien du tout pour eux. Son argent passerait en lavallières, en courses de chevaux et en paris aux tables de jeu.

Mais Saint en aurait fini avec elle à ce moment-là et n'en aurait que faire. Cela ne le dérangerait pas que ce gandin au cou trop long, affublé d'une trop grosse tête et que tout le monde surnommait Nœud de Cravate ait, nuit après nuit, accès au lit d'Evelyn et à son corps adorable. Pas du tout.

— Saint, où est mon cognac ? demanda Deliah quand il reprit place auprès d'elle.

— Allez donc le chercher vous-même.

Il garda les yeux rivés sur la scène pendant l'heure qui suivit, mais les acteurs auraient pu chanter des berceuses pour enfants qu'il n'aurait pas vu la différence. Maintenant qu'il avait réussi à coincer Wellington pour ce dîner, Victor Ruddick lui devait encore au moins une sortie avec Evelyn. Elle tenterait sans doute aussi de faire quelques visites à l'orphelinat, et il pourrait l'intercepter là-bas. Et comme il n'avait accordé que quatre semaines de survie au bâtiment, ses chances de la revoir en privé n'iraient pas au-delà.

Saint jeta un coup d'œil à la loge des Ruddick. Le dandy murmurait à Evelyn quelque chose qu'elle cherchait clairement à ignorer. Tandis que Saint l'observait, elle baissa les yeux vers lui et détourna aussitôt le regard.

C'était intolérable. Il la désirait tellement qu'il n'en dormait plus, et il était à peine autorisé à poser les yeux sur elle alors que, pendant ce temps-là, quelqu'un complotait pour la lui enlever complètement ! Connaissant Evelyn, et quoi qu'il puisse souhaiter, elle refuserait d'être sa maîtresse une fois qu'elle serait mariée, même si elle était malheureuse.

Il lui fallait donc se débarrasser de Clarence Alvington, ce qui voulait dire qu'il allait devoir s'arranger pour obtenir un siège au Parlement ou une place dans un ministère à Victor Ruddick. Et il allait devoir aussi s'entretenir avec Prinny pour reporter la destruction de l'orphelinat car, une fois celui-ci rasé, Evelyn ne voudrait plus jamais le regarder.

— Saint ?

Il sursauta.

— Quoi donc, Deliah ?

— C'est l'entracte.

Les lumières s'étaient rallumées, et il contemplait le rideau de scène pendant que les loges alentour se vidaient et que les membres de la bonne société sortaient parader et échanger des saluts. Il se leva.

— Tant mieux. Je m'en vais.

Deliah se leva à son tour et tira sur son corsage pour mieux faire valoir ses appas.

— J'ai pensé que vous voudriez peut-être goûter quelque chose, dit-elle en faisant glisser sa langue sur ses lèvres.

— J'ai déjà mangé. Bonsoir.

Oh non. Elle était devenue l'une de ces traînées dont tout le monde parlait tout bas, une de ces femmes qui couchaient avec St Aubyn dans un placard à balais, sur une terrasse ou sur un fauteuil pendant que leur époux somnolait juste à côté.

Evelyn plaça la main au-dessus de ses yeux quand le barouche des Barrett émergea en plein soleil, parmi les boutiques de Regent Street. Mais ce qui était pire encore, c'était qu'elle avait aimé être sa traînée, sa maîtresse, son amante. Il était si... direct. Tout le monde savait qu'il ne se gênait pas pour prendre ce qui lui faisait envie. Et être l'objet de ses attentions était si excitant qu'elle pouvait à peine supporter d'être séparée de lui. Peut-être pourrait-elle passer à l'orphelinat, cet après-midi, le retrouver là-bas...

— Je n'aurais jamais cru que cela arriverait, entendit-elle Lucinda dire quand elle reporta son attention sur elle.

— Je te demande pardon, de quoi parlions-nous ?

— De ton apparent succès avec St Aubyn. Tout un pique-nique au cours duquel il s'est comporté, selon tes dires, en parfait gentleman ! Et maintenant, cette représentation de *Comme il vous plaira* à laquelle il a assisté jusqu'à l'entracte ! Ce comportement ne peut qu'être le fruit de tes leçons.

Oui, elle et Saint étaient si sages et si convenables qu'ils s'étaient absentés pendant la représentation pour aller forniquer derrière un rideau.

— Je suis plus encline à croire qu'il s'agit d'une coïncidence.

— Persiste-t-il à tenir des propos choquants devant toi ? s'enquit Lucinda avec un grand sourire.

— Chaque fois qu'il en a l'occasion, répondit Evelyn, soulagée de pouvoir enfin dire la vérité.

— Mais il ne t'a plus rien pris ?

Seulement ma virginité.

— Non. Pas que je sache, en tout cas.

Lucinda laissa échapper un soupir.

— Evie, qu'est-ce qui te tracasse ? Tu peux tout me dire, tu sais.

— Je sais. Il m'a accordé quatre semaines pour le convaincre de ne pas détruire l'orphelinat. Mais j'ai déjà tout essayé et je ne vois pas ce que je pourrais dire pour le faire changer d'avis, à présent.

Lucinda plissa le front.

— Mais, Evie...

Evelyn eut l'impression qu'une main glacée étreignait soudain son cœur.

— Quoi donc ?

— Garde bien à l'esprit que je ne suis pas tout à fait certaine de ce que je vais te dire, répondit Lucinda en étreignant les mains de son amie, mais il paraît que le Parlement a approuvé hier le projet d'extension du parc du prince George.

Le rugissement qui s'éleva entre les oreilles d'Evie enfla au point de couvrir les paroles de Lucinda.

— Non, murmura-t-elle.

Il avait promis. Quatre semaines. Elle s'était unie à lui la veille et il n'avait rien dit.

Elle laissa échapper un rire sans joie. Évidemment qu'il n'avait rien dit. S'il l'avait fait, elle n'aurait jamais – *jamais* – accepté qu'il pose la main sur elle.

Dire qu'elle avait commencé à croire qu'il avait changé, peut-être, un peu... Qu'il se souciait même d'elle. Il disait de si gentilles choses, parfois... Mais elle savait à présent que ce n'était que des mensonges.

Des mensonges auxquels elle avait cru. Parce qu'elle lui avait fait confiance.

— Lucinda, dit-elle en s'apercevant qu'elle s'était mise à pleurer, est-ce que tu veux bien me rendre un immense service ?

— Bien sûr. De quoi s'agit-il ?

— Je voudrais que tu m'accompagnes chez St Aubyn. Maintenant.

— St Aub... En es-tu bien sûre ?

— Oh oui. Tout à fait sûre.

Sans poser plus de questions, Lucinda hocha la tête et se pencha en avant.

— Griffin, changement de programme. Conduisez-nous chez lord St Aubyn, je vous prie.

Le cocher pivota sur son siège pour la regarder.

— Mademoiselle Barrett ? Avez-vous dit chez lord...

— Vous m'avez entendue. Pressons, je vous prie.

— Bien, mademoiselle.

Saint se pencha par-dessus la rambarde de l'escalier.

— Jansen, avons-nous reçu des nouvelles de Carlton House ?

Le majordome apparut dans le hall.

— Pas encore, milord. Soyez assuré que je vous avertirai dès que nous en aurons.

— Je compte sur vous, dit Saint avant de regagner son bureau pour y faire les cent pas en attendant la permission d'être reçu par le Régent.

Il allait veiller à sauver l'orphelinat tout en réfléchissant au meilleur moyen d'évincer Alvington et de procurer un poste à Ruddick. Dieu merci, le prince George ne pouvait rien faire sans l'accord du Parlement, l'argent d'autrui et un millier de conseillers. Sans compter quelques bouteilles de bordeaux. Il gagna de nouveau le palier.

— Jansen, il me faudra une caisse de mon meilleur bordeaux.

— Je m'en occupe, milord.

Conserver l'orphelinat signifiait qu'il resterait enchaîné à cet endroit de malheur. Mais cela ne durerait pas éternellement. Seulement jusqu'à ce qu'il sache ce qu'il comptait faire d'Evelyn. Une autre occasion se présenterait sans doute. Ou bien cette histoire de parc traînerait suffisamment en longueur pour qu'il...

Jansen frappa discrètement à la porte entrouverte.

— Milord ?

— Vous avez trouvé le bordeaux ?

— Euh... non, milord. Mais vous avez de la visite.

— Je ne suis pas là.

— De la visite féminine.

— Dans ce cas, je ne suis doublement pas là. Occupez-vous de ce maudit bordeaux. Je partirai pour Carlton House dès que je recevrai l'autorisation de m'y rendre.

— Bien, milord.

Évincer Alvington ne serait pas simple. Sa propre influence dans le West Sussex était négligeable. Il n'y possédait aucune propriété et n'avait pas le souvenir de détenir des informations sensibles sur quelqu'un qui en aurait eu...

— Milord ?

— Carlton House ? aboya-t-il.

— Non, milord.

— Qu'est-ce donc, alors, pour l'amour du Ciel ?

— Ces dames refusent de partir. L'une d'elles dit qu'elle doit vous voir de toute urgence.

Saint soupira. Encore des histoires de femmes. Il n'avait vraiment pas besoin de cela.

— Qui sont-elles ?

— Elles n'ont pas donné leur nom. Je... ne me souviens pas de les avoir jamais vues, milord, si cela peut vous aider...

Saint lança un regard noir à son majordome.

— D'accord. Je leur accorde deux minutes. Et vous...

— Je vous préviendrai dès que le message de Carlton House arrivera.

Saint attrapa la veste de son habit sur le dossier de son fauteuil et l'enfila en descendant l'escalier. Dans le hall, il n'aperçut qu'un bonnet et le bout des souliers d'une de ces dames. Si par malheur il s'agissait de ces bonnes âmes qui s'avisaient de venir l'importuner de temps à autre pour leurs œuvres de charité, il allait les jeter dehors par la peau du cou...

— Mesdames, déclara-t-il en atteignant le bas des marches, je crains d'être très occupé ce matin...

Il s'interrompit comme elles se retournaient.

— Evelyn ?

Elle s'élança vers lui.

Le cœur battant, un million de pensées tourbillonnant dans sa tête, Saint écarta les bras pour l'accueillir.

Evelyn projeta son poing au creux de son estomac.

— Traître ! gronda-t-elle. Je vous hais, espèce de menteur !

Plus surpris que blessé, il saisit ses poignets pour l'empêcher de recommencer.

— De quoi diable parlez-vous donc ?

Elle tenta de dégager ses mains, mais il n'était pas disposé à la libérer.

— Vous m'avez menti. Lâchez-moi !

— Cessez donc de me frapper, répliqua-t-il en jetant un coup d'œil à la femme qui l'accompagnait. Mademoiselle Barrett ? Que se passe-t...

Un pied menu chaussé d'une délicate sandale vint heurter son genou.

— Aïe !

— Vous aviez dit que je disposais de quatre semaines ! Vous n'avez pas même attendu quatre jours !

Saint lui secoua les bras, puis lui imprima une secousse pour la faire reculer.

— Si vous m'attaquez encore, je vous plaque au sol, gronda-t-il en se penchant pour frotter son genou endolori. Bien, j'imagine que nous parlons de...

Il jeta un nouveau regard en direction de Mlle Barrett.

— Elle est au courant pour l'orphelinat. Ne me mentez pas, Saint. Je vous interdis de me mentir.

— Je ne sais même pas ce qui vous met dans cet état, répondit-il en s'asseyant sur la première marche de l'escalier. Si vous tenez à le savoir, j'attends un message de Carlton House pour aller m'entretenir avec Prinny. Je compte retirer l'offre que je lui ai faite à propos de l'orphelinat.

Une larme coula sur la joue pâle d'Evie.

— Comment le pourriez-vous, dit-elle d'une voix tremblante, alors que le Parlement a déjà adopté le projet d'extension du parc ?

Saint cligna des yeux. Soit elle se trompait, soit les choses avaient affreusement mal tourné.

— Quoi ?

— Inutile de feindre la surprise, répliqua-t-elle. J'ai cherché à faire une chose – une seule chose – importante dans ma vie, et vous l'avez tournée en dérision !

— Evelyn, je... C'est... Êtes-vous certaine de ce que vous avancez ?

Sa question parut la faire hésiter.

— Lucinda a entendu son père en parler hier. Il a dit que le marquis de St Aubyn s'était arrangé pour transformer un orphelinat en mine d'or.

— J'ignorais tout. Vraiment, insista-t-il, sachant fort bien qu'elle n'avait aucune raison de le croire – l'honnêteté n'avait jamais été son point fort.

— Je tenais à vous faire savoir que je suis au courant, dit-elle d'une voix qui avait retrouvé toute sa fermeté. Et que j'aimerais ne jamais vous avoir connu. Vous êtes la personne la plus épouvantable que j'aie jamais rencontrée.

Bien des femmes lui avaient adressé ces mots avant elle. Mais comme ils sortaient de la bouche d'Evelyn, ils l'atteignirent aussi violemment que si elle l'avait frappé de nouveau. Il se releva.

— Je n'étais au courant de rien, dit-il d'un ton plus sec, mais j'ai l'intention de découvrir ce qui s'est passé.

Quelqu'un avait dû manœuvrer dans son dos. Prinny n'aurait pas accéléré le projet sans lui en parler d'abord.

— Je ne vous ai jamais menti, Evelyn, ajouta-t-il en avançant vers elle - elle recula. J'ai été… absent de la capitale plusieurs jours, mais s'il s'est produit quelque chose pendant ce temps, je découvrirai ce que c'est. Et je réglerai cela.

Elle se dirigea vers la porte en secouant la tête.

— Ne faites rien pour moi, répliqua-t-elle en essuyant ses larmes. Cela ne changera rien.

Saint plissa les yeux. Il ne laisserait pas Evelyn lui échapper sous prétexte que quelqu'un l'avait doublé pendant qu'il était absorbé dans la contemplation de son doux visage.

— Evelyn.

— Je dois partir, maintenant, trouver un nouvel abri pour ces pauvres enfants. Adieu, St Aubyn. J'espère ne jamais vous revoir.

Il la laissa partir. Elle n'était clairement pas disposée à écouter ce qu'il aurait pu lui dire. Pestant contre lui-même, il gagna l'écurie et ordonna qu'on selle Cassius. Leur histoire n'était pas terminée. Il n'était pas prêt à rompre. Il devait voir le prince George de toute urgence, qu'il soit le bienvenu à Carlton House ou non.

19

Ainsi mon cœur, gâté dès le plus jeune âge,
Empoisonna le printemps de ma vie. Il est trop tard !
Je ne suis pourtant ni tout à fait le même,
ni tout à fait un autre,
Prêt à endurer ce que le temps ne saurait diminuer.

Lord Byron,
Le Pèlerinage du chevalier Harold,
chant troisième

— Je ne goûte guère cette interruption, dit le prince George en entrant dans le salon privé où Saint avait été introduit. Je reçois l'ambassadeur d'Espagne et je dois donner un immense dîner à Brighton ce week-end.

— Vous avez présenté le projet d'extension du parc devant le Parlement, déclara Saint aussi posément qu'il le put.

Il s'efforçait de rester courtois, car Prinny se serait sans doute évanoui s'il avait crié, mais il ne se rappelait pas avoir jamais été aussi furieux.

— Je suis dans une situation délicate, répondit le Régent. Vous savez cela. Ces maudits politiciens tiennent les cordons de ma bourse si serrés qu'un rai de lumière ne saurait s'en échapper. C'est intolérable, vraiment, mais...

— Je me suis absenté de la capitale, dit Saint d'un ton sombre. Pourquoi avoir fait avancer le débat alors que je n'étais pas là pour expliquer mon désir de payer pour ce projet ?

— J'avais l'appui du conseil d'administration de votre stupide orphelinat. Tout le monde était d'avis que les fonds gouvernementaux économisés grâce à la destruction de ce vieux bâtiment pourraient avoir une meilleure utilité. Vous avez obtenu ce que vous vouliez, cessez donc de me fusiller du regard.

Le prince sortit une tabatière d'argent de sa poche, en souleva le couvercle et prit une pincée de tabac. Saint dut faire appel à tout son sang-froid pour ne pas se précipiter sur Prinny et le rouer de coups.

— J'ai changé d'avis, dit-il. Ma mère était très attachée à l'orphelinat du Cœur de l'Espoir, et je ne souhaite plus le démolir.

Prinny rit.

— Comment s'appelle-t-elle ?

— Qui donc ?

— Celle qui vous mène par le bout du nez. « Ma mère était très attachée... », le singea-t-il. Ah ah. Excellent. Y avez-vous abandonné un morveux, et sa mère menace-t-elle à présent de tout révéler ? Vous êtes le marquis de St Aubyn, que diable. On n'en attend pas moins de vous.

Saint regarda le Régent un long moment et comprit que personne ne croirait jamais qu'il puisse faire quelque chose sans en retirer de profit. Evelyn elle-même, qui avait tenté de le convaincre qu'il avait en lui le pouvoir d'accomplir des actes de bonté désintéressée, ne l'avait jamais vraiment cru. Et ils avaient tous raison.

— Ces enfants, déclara-t-il lentement en s'asseyant, considèrent cette vieille bâtisse comme leur foyer. Avec l'aide de... personnes compétentes, nous avons récemment entamé différents programmes d'éducation.

Je crois que ce que nous faisons peut vraiment influencer favorablement leur destin, Votre Majesté. Je vous demande de garder l'orphelinat.

— Le projet a été voté, Saint. Et, plus important encore, les journaux ont fait part de son adoption. Vous passeriez pour un imbécile.

— Je ne me soucie pas de cela.

— *Je* passerais pour un imbécile, si je me pliais aux caprices d'un débauché tel que vous. Et *je* m'en soucie. Trop de personnes sont déjà impliquées. S'il s'en ajoutait d'autres pour prendre des décisions et tenter d'influencer mon opinion, ce serait la démocratie ! Je suis navré, mais l'orphelinat sera détruit.

— Et les enfants ?

— Vous vous êtes vous-même assigné la tâche de les reloger. Je vous suggère de le faire. Sans délai. Et venez à Brighton, samedi, ajouta Prinny en regagnant la porte. Le consul de Turquie amènera des danseuses du ventre.

Saint se leva tandis qu'un valet refermait la porte et s'approcha de la fenêtre. Les jardins de Carlton House s'étendaient sous ses yeux, déserts à l'exception de quelques jardiniers.

Les administrateurs de l'orphelinat avaient évidemment eu vent de son projet dès que Prinny avait abordé la question avec ses conseillers trop bavards. Ils avaient bondi sur l'occasion d'entrer dans les bonnes grâces du Régent en soutenant son projet de parc, se frottant les mains à l'idée des fonds gouvernementaux qui allaient sans doute se retrouver dans leur poche.

Saint laissa le rideau couler lentement entre ses doigts. Il s'était fait doubler, sans doute pour la première fois de sa vie. Et le prix qu'il allait devoir payer allait au-delà de sa fierté et de l'argent. Il prit une longue inspiration, et l'étau qui comprimait sa poitrine depuis qu'Evelyn lui avait dit adieu se rappela douloureusement à son souvenir.

Elle avait dit qu'elle allait chercher un nouvel abri pour les enfants. Saint gagna la porte, récupéra son chapeau et s'en alla trouver son notaire. Il pourrait peut-être l'aider dans cette démarche.

— Evie, nous ne devrions pas faire cela seules, murmura Lucinda. Certains de ces endroits sont…

— Affreux, compléta Evie. Je sais. Mais je dois tous les voir avant que St Aubyn ne tente de jeter ces enfants dans le premier trou qui sera assez grand pour les contenir.

La porte du bureau s'ouvrit en grinçant, et un homme replet, aux petits yeux noirs et aux bajoues flasques, alla s'asseoir derrière le bureau.

— Ma secrétaire m'a appris que vous cherchiez à placer un enfant, dit-il d'une voix onctueuse qui fit frissonner Evie. Nous savons être très discrets ici, en échange d'un traitement adéquat pour les frais de nourriture et d'habillement. Puis-je demander laquelle de vous deux envisage de… faire un versement ?

— Ô mon Dieu, glapit Lucinda en se levant d'un bond. Je n'avais encore jamais rien entendu d'aussi insultant !

Evie étreignit la main de son amie.

— Il y a un malentendu, déclara-t-elle.

— Bien sûr. C'est toujours le cas.

— Nous ne parlons pas d'*un* enfant, reprit-elle sèchement, en se demandant pourquoi elle se donnait cette peine alors qu'elle savait qu'elle ne laisserait aucun des enfants dans un établissement dirigé par cet homme. Nous parlons de cinquante-trois enfants qui sont sur le point d'être délogés. Je souhaite leur trouver un nouveau toit.

— Ah, je comprends. L'orphelinat du Cœur de l'Espoir, n'est-ce pas ? J'ai entendu dire que les bienfaiteurs allaient le fermer. Cela ne se produira jamais ici. Notre établissement est entièrement financé par le gouvernement.

— Et par de discrets versements, dit Lucinda d'un ton caustique.

— Vous devez comprendre, mademoiselle, qu'il arrive qu'on nous confie des enfants qui nécessitent... un traitement particulier, du fait de leurs liens de parenté.

Comme les demi-frères et sœurs de Saint, songea Evie en se demandant ce qu'il était advenu d'eux.

— Je pense que nous avons toutes les informations dont nous avons besoin, dit-elle en se levant. Je vous remercie de votre temps.

L'homme se leva avec empressement.

— Je peux héberger une demi-douzaine d'enfants de moins de sept ans. Je serais même prêt à faire un don de cinq livres pour chacun d'eux.

— Pourquoi faut-il qu'ils aient moins de sept ans ? s'enquit-elle, vaguement nauséeuse - mais plus elle en apprendrait, mieux elle saurait protéger les enfants.

— Ils sont plus légers. Nous les plaçons dans les briqueteries, où ils retournent les briques pendant le séchage. S'ils sont plus âgés, ils sont trop lourds et ne peuvent pas marcher sur les briques humides sans les casser, voyez-vous.

— Bien sûr. J'y réfléchirai, dit-elle en suivant Lucinda vers la porte. Encore merci.

— Tout le plaisir fut pour moi, mesdemoiselles.

Elles n'ouvrirent la bouche ni l'une ni l'autre avant d'avoir regagné le barouche de Lucinda.

— Bonté divine ! explosa finalement celle-ci quand la voiture eut démarré. C'est abominable !

— Je commence à penser que Saint n'est pas si affreux que cela, se força à dire Evie. Au moins, il ne fait pas travailler les enfants, et il les habille et les nourrit sans demander d'argent aux familles.

— Il a eu l'air sincèrement surpris par ce que tu lui as dit, avança Lucinda.

— C'est sans importance. Que ce soit aujourd'hui ou dans quatre semaines, c'est dans des endroits comme ceux que nous venons de voir qu'il avait l'intention de placer les enfants.

Il l'avait trahie. Michael Edward Halboro avait trahi sa confiance, son cœur, et avait anéanti le peu d'estime qu'elle commençait à avoir pour elle-même. Qu'il ait menti ou non importait peu. Elle ne pourrait plus jamais lui faire confiance ; il ne pourrait pas se racheter à ses yeux. Tout le monde avait eu raison à son sujet, et découvrir à quel point elle s'était trompée la faisait atrocement souffrir.

— J'aimerais rencontrer ces enfants, déclara Lucinda en lui souriant. On dirait qu'ils ont entièrement capturé ton cœur.

Evie avait reporté sa visite à l'orphelinat toute la matinée dans l'espoir d'avoir de bonnes nouvelles à annoncer. Les établissements qu'elle venait de visiter avec Lucinda s'étaient hélas révélés plus effroyables les uns que les autres. Mais les enfants avaient besoin de savoir ce qui se tramait pour se préparer à ce qui les attendait.

— Je vais te conduire à eux, dit-elle avant de donner l'adresse de l'orphelinat au cocher.

Les différents employés de l'orphelinat étaient désormais habitués à ses allées et venues, aussi Evelyn fut-elle surprise de voir Mme Natham descendre précipitamment l'escalier pour venir à sa rencontre.

— Mademoiselle Ruddick, dit la concierge, visiblement inquiète. Est-ce vrai ? Cet affreux St Aubyn va faire détruire l'orphelinat ?

— Oui, je le crains, madame Natham. Les enfants sont-ils au courant ?

— Certains d'entre eux, je crois, oui. Oh, je savais que j'aurais dû faire disparaître cette clé dès que je l'ai vu là-dedans !

Evie jeta un coup d'œil à Lucinda, qui considérait la concierge d'un œil perplexe. Si les personnes en qui elle avait le plus confiance apprenaient qu'elle avait séquestré St Aubyn, la sympathie qu'elles éprouvaient pour sa cause diminuerait sans doute considérablement.

— Oui, je sais que le bien-être des enfants vous tient à cœur, madame Natham, dit-elle, et je vous en remercie. Les enfants sont-ils en classe ?

— Oui, mademoiselle Ruddick. Mais qu'allons-nous faire ?

— Je ne le sais pas encore. Je suis ouverte aux suggestions.

La concierge s'éloigna en secouant la tête, et Evelyn prit son amie par la main pour la guider vers les salles de classe.

— Comment vas-tu le leur annoncer ?

— Je vais me contenter de leur dire les choses comme elles sont. Ils méritent de savoir la vérité. Je donnerais n'importe quoi pour ne pas avoir à le faire, mais ce serait injuste et lâche de ma part.

— Et je note que le marquis n'est pas là pour t'assister, commenta Lucinda.

— Il n'y a pas été invité.

Evelyn passa la tête dans chaque salle et demanda que les enfants viennent la retrouver dans la salle de bal une fois la classe terminée. Lucinda resta près d'elle, et le soutien silencieux de son amie lui mit du baume au cœur.

— Mademoiselle Evie ! s'exclama Penny en s'élançant dans le grand escalier, la petite Rose sur ses talons.

Elle fut heureuse de serrer les enfants dans ses bras, même si elle avait l'impression de ne pas mériter leur tendresse. Elle avait échoué, une fois de plus. Et, à présent, elle n'avait plus aucune solution.

Saint était fourbu. Il avait à peine dormi ces trois dernières nuits, et son sommeil avait été agité.

— M. Wiggins a apporté les papiers que vous aviez demandés, milord.

Saint écarta d'un geste las l'ouvrage de droit qu'il lisait, puis quitta le fauteuil confortable de la bibliothèque pour gagner la table, couverte de piles de livres et de papiers.

— Voyons un peu cela.

Jansen et un valet lui apportèrent deux dossiers.

— M. Wiggins m'a également chargé de vous faire savoir que le propriétaire dont vous avez parlé avec lui ce matin sera à Londres demain.

— C'est une bonne nouvelle. Merci.

Le valet ressortit, mais le majordome s'attarda sur le seuil.

— Milord ?

— Oui ?

— J'ai... pris la liberté de demander à Mme Dooley de préparer de la soupe. Serez-vous ici pour le dîner ?

Saint sentit un étrange picotement s'emparer de sa nuque.

— Quel jour sommes-nous, déjà ?

Il lui sembla voir passer un sourire sur les lèvres de Jansen, mais le majordome retrouva aussitôt son expression stoïque.

— Nous sommes vendredi, milord.

— Vendredi, répéta Saint en tirant sa montre de sa poche. Malédiction. Je suis en retard. Envoyez Pemberly à l'étage, ajouta-t-il en gagnant la porte.

Quand il arriva chez lord et lady Houton, il était presque 21 heures. Il lui tardait de retrouver Evelyn, qu'il n'avait pas revue depuis trois jours, mais il savait aussi qu'elle ne serait guère heureuse de ces retrouvailles. Et cela l'ennuyait, car il la croyait capable de s'allier avec Clarence Alvington à seule fin de le contrarier.

— Lord St Aubyn, dit le marquis de Houton en se levant pour l'accueillir. J'espère que vous ne nous en voudrez pas d'avoir commencé à dîner sans vous.

Saint s'appliqua à ne pas tourner les yeux vers Evelyn. Il avait besoin de se concentrer quelques instants et savait qu'il en serait incapable s'il croisait son regard.

— Bonsoir, Houton. Veuillez excuser mon retard. L'entretien que j'avais avec mon notaire s'est prolongé.

— Oui, il paraît que vous avez fait aboutir une transaction avec le prince George pour son nouveau parc, intervint Victor Ruddick d'un ton suave en se levant pour le saluer à son tour.

Réprimant une grimace, Saint hocha la tête.

— Les édifices ne manquent pas à Londres, alors que les parcs se raréfient.

— Absolument, approuva Wellington en lui tendant la main. Je vous renouvelle mes remerciements pour cette merveilleuse bouteille de cognac, Saint. Je n'en ai jamais goûté de meilleur.

— Tout le plaisir est pour moi, Votre Grâce.

Il prit place entre lady Alvington et Mme Ruddick, se retrouvant ainsi juste en face d'Evelyn. Il allait avoir du mal à ne pas la regarder, surtout quand il avait envie, de toutes les fibres de son être, de la traîner hors de la pièce pour tout lui expliquer.

Contrition. Encore une émotion qu'il découvrait. Il en expérimentait sans cesse de nouvelles, ces derniers temps.

— Alors dites-moi, Votre Grâce, vous êtes-vous découvert des relations communes en Inde avec M. Ruddick ?

Il relançait ainsi la conversation que son arrivée avait interrompue et rappelait du même coup à Ruddick que c'était grâce à lui qu'il pouvait dîner avec Wellington. Content de lui, il prit une inspiration, déplia sa serviette sur ses genoux et releva les yeux.

Evelyn bavardait avec Clarence Alvington, apparemment fascinée par l'épingle à cravate ornée d'une perle qu'arborait le dandy. Elle s'appliquait à le charmer, sans doute sur ordre de son frère, et Saint se demanda si elle avait deviné les raisons qu'avait Ruddick de la pousser vers Alvington.

Lui les avait devinées, et cela ne lui plaisait pas du tout.

— Clarence, on ne vous voit plus beaucoup au *Gentleman Jackson's*, ces derniers temps, déclara-t-il.

— Non, je crains d'avoir été pris par l'écriture d'un poème, répondit Nœud de Cravate en adressant un regard dégoulinant de tendresse à Evelyn.

Saint eut envie d'étrangler l'abruti.

— Un poème ?

— Un sonnet, en fait.

Clarence et lui avaient fort peu en commun et évoluaient dans des cercles très éloignés. L'extravagant maniérisme des nœuds de cravate du dandy et ses costumes exagérément moulants donnaient cependant à Saint une idée assez précise de la qualité de ses poésies. En joueur aguerri, il décida de soumettre le sonnet de ce benêt à l'admiration d'Evelyn.

— Pourquoi ne pas nous en régaler ?

— Oh, ce n'est pas tout à fait au point.

— Nous sommes entre amis, insista Saint avec son plus charmant sourire. Et la composition de vers me fascine.

— Vous n'avez pas besoin de le réciter si vous n'en avez pas envie, monsieur Alvington, dit Evelyn à voix basse, adressant à Saint un coup d'œil réprobateur.

— Oh, mais Clarence a tellement de talent, intervint sa mère en gloussant. Quand il était étudiant, il nous adressait une composition de son cru chaque semaine.

— Parfaitement admirable, approuva Saint.

Si c'était là la façon dont les personnes convenables occupaient leurs soirées, il était fort heureux de passer pour un débauché.

— Très bien, déclara Clarence avec un sourire ravi, avant de se lever et de s'éclaircir la gorge. Comme je l'ai dit, il s'agit d'une œuvre en cours, mais je serais enchanté de connaître votre opinion.

— Bonté divine, marmonna lord Alvington dans sa barbe – Saint fit mine de ne pas l'avoir entendu.

— Par un clair matin d'été dans les belles rues de Londres, commença Clarence, j'entrevis une apparition propice aux rêves et aux soupirs./ Le délice et la joie m'interdisant de me morfondre,/ cet ange d'allure terrestre, de mon siège me fit bondir.

Evelyn commença à rougir. Elle adressa un nouveau coup d'œil à Saint, qui le lui retourna dans l'espoir de lui faire comprendre les raisons que Clarence Alvington pouvait avoir d'adresser sa poésie à un « ange d'allure terrestre ».

— Je parlai à la jouvencelle et lui demandai son nom,/ mais elle ne fit que rougir – ô ! si délicatement –,/ pure comme la rosée au soleil, qui veut l'apprivoiser de ses rayons,/ muette, imposant le silence à ma luette, si habilement.

— « Muette » et « luette », s'extasia sa mère. C'est délicieux, mon cher. Poursuivez.

— Oh, Evelyn, Evelyn, délice de mon âme – et voyez, j'ai utilisé « délice » par deux fois, ce qui m'oblige ici à trouver une rime différente, précisa-t-il avant de poursuivre. Je vous vois dans les étoiles chaque soir,/ et quand du jour renaît la flamme,/ le soleil éveille en moi un nouvel espoir.

Tandis que chacun applaudissait, Saint observa Evelyn. Le regard de la jeune femme passa de Clarence à son frère, puis revint sur Clarence, le gris de ses yeux devenant plus sombre à chaque seconde.

— C'est charmant, monsieur Alvington, commenta-t-elle finalement avant de prendre une longue gorgée de vin.

— Je croyais qu'un sonnet se composait de quatorze vers, dit Saint, voyant qu'Evelyn n'ajoutait rien. Mais je n'en ai compté que douze.

— Oui, j'ai quelque peu modifié la forme, mais je pense qu'avoir trois strophes de quatre vers crée un sentiment de sereine complétude.

— Absolument, acquiesça-t-il en levant son verre à l'intention d'Alvington. Une composition saisissante.

— Merci, St Aubyn. J'avoue que je ne m'attendais pas à découvrir en vous un admirateur des beaux-arts.

— Je crois que lord St Aubyn admire tout ce qui peut servir un dessein de flagornerie ou de duperie, glissa Evelyn d'une voix très douce en tapotant délicatement le coin de ses lèvres avec sa serviette.

Au moins parlait-elle de lui, même si elle ne lui parlait pas directement.

— Je suis certain que le compliment de M. Alvington ne s'apparentait pas à de la flagornerie, mademoiselle Ruddick, rétorqua-t-il.

— Bien sûr que non, protesta lady Alvington.

— Ce... ce n'est pas ce que j'ai voulu dire, dit Evelyn en rougissant. Je voulais dire que la poésie peut être utilisée à de telles fins, car c'est ainsi que j'imagine que lord St Aubyn s'en servirait.

Saint haussa les sourcils.

— Vous arrive-t-il souvent d'imaginer des choses à mon sujet, mademoiselle Ruddick ?

— Evie, intervint sèchement sa mère, je te prie d'éviter d'insulter les hôtes de ton oncle.

— Ce n'est pas un hôte, répliqua-t-elle en jetant sa serviette sur la table tandis qu'elle se levait. Il s'est invité lui-même.

— Evie !

Elle lança un coup d'œil à son frère tandis qu'elle quittait la pièce.

— J'ai la migraine, cracha-t-elle avant de claquer la porte derrière elle.

Saint considéra la porte un moment. Il avait réussi à la séparer de Clarence, mais il n'y avait visiblement gagné aucun crédit. Le lendemain, elle le détesterait toujours alors que ce ridicule pseudo-sonnet serait oublié.

— Dites-moi, Votre Grâce, reprit-il dans le silence qui avait suivi le départ précipité d'Evelyn, avez-vous décidé de soutenir quelqu'un à la Chambre, cette saison ? En dépit de ma divergence d'opinion avec Mlle Ruddick, je trouve que son frère dispose de grandes qualités pour cela. Il est tout l'opposé de moi dans la plupart des domaines, en fait.

— Je refuse d'être vendue à Clarence Alvington en échange de ton siège au Parlement ! tonna Evelyn en marchant de long en large devant la cheminée du salon.

Victor leva les yeux de son journal, puis reprit sa lecture.

— Il est plutôt bel homme et il vient d'une bonne famille. En outre, lord Alvington me garantit assez de voix pour battre Plimpton.

— C'est un imbécile ! cria-t-elle. Il s'habille comme un babouin ! Ne te soucies-tu donc même pas du fait que je serai malheureuse ?

— Il semble très épris de toi, ma chérie, ajouta sa mère depuis le fond du salon, interrompant la rédaction de sa correspondance – des faire-part de mariage, sans doute. Et puis, reconnais-le, tu n'aurais toi-même jamais choisi personne.

— Je ne l'aurais jamais choisi, lui, c'est certain. Victor, tu n'as même pas pris la peine de m'en parler. Il a fallu que je le découvre par moi-même, devant tout le monde, quand il a récité ce sonnet ridicule, qui n'en était même pas un.

Son frère releva brièvement les yeux de son journal.

— St Aubyn a paru beaucoup l'apprécier.

— St Aubyn s'en est moqué, répliqua-t-elle. J'en aurais ri moi-même si je n'avais pas été sur le point de vomir.

Victor rabattit brusquement son journal.

— Assez, Evie ! Rien n'est encore décidé. Clarence Alvington s'est contenté d'exprimer un certain intérêt pour toi. Et il est parfaitement inoffensif. Une alliance avec sa famille m'aiderait, et te marier avec lui ne bouleverserait pas tes habitudes outre mesure.

— Je...

— Et comme maman vient très justement de le dire, tu as eu cinq ans pour trouver quelqu'un. Épouser Clarence te permettrait de t'élever dans la société et rendrait service à l'un de nous – ce qui n'est pas forcément le cas de tes autres relations masculines. Je dois le revoir aujourd'hui, si toutefois il n'a pas changé d'avis après ton... coup d'éclat d'hier soir.

Evie pointa l'index vers le visage de son frère.

— Je n'épouserai pas Clarence Alvington. Je préfère ne jamais me marier, déclara-t-elle avant de tourner les talons.

Elle ouvrit la porte et tomba nez à nez avec Langley, qui levait la main pour frapper au battant.

— Je vous demande pardon, mademoiselle Ruddick, dit-il, évitant de justesse de toquer sur sa poitrine.

— Je sors.

— Parfait, moi aussi, dit une voix grave.

Alors seulement, elle remarqua l'homme qui se tenait dans l'ombre, derrière le majordome, attendant d'être annoncé. Saint. Il l'avait blessée, déçue, mise en colère au point de lui donner envie de hurler, mais son corps réagit malgré tout comme il le faisait toujours en sa présence. Les battements de son cœur s'accélérèrent, et ses nerfs frémirent jusqu'au bout de ses orteils.

— Je ne sors pas avec vous.

— Mais j'ai quelque chose à vous montrer, murmura-t-il en contournant le majordome pour se planter devant elle, s'adressant à elle comme si Langley avait purement et simplement cessé d'exister.

Il ne pouvait tout de même pas chercher à la séduire maintenant. Pas après ce qu'il avait fait.

— Non.

Saint plaça une main sur son épaule avec une douceur qui l'étonna.

— Venez avec moi, chuchota-t-il en se penchant vers elle pour effleurer sa chevelure de ses lèvres. Souvenez-vous que je connais tous vos secrets.

— Je vous hais, répondit-elle sur le même ton, avant de se retourner vers le salon. Victor ? Lord St Aubyn, qui t'a présenté Wellington et qui estime que tu lui dois une faveur, souhaite m'emmener au zoo. Sally et moi serons de retour pour le déjeuner.

Victor grommela quelque chose qui pouvait passer pour un assentiment. Evelyn envoya Langley chercher Sally et gagna le hall, le marquis sur ses talons. Chacun semblait prendre un malin plaisir à décider du cours de sa vie sans même se donner la peine de la consulter. Elle avait beau crier et protester, cela ne faisait aucune différence.

— Laissez-moi deviner, dit Saint d'un ton suave, j'interromps la programmation d'une sortie avec Clarence Alvington, n'est-ce pas ?

Il avait donc compris l'odieuse manœuvre de Victor, lui aussi. Puisque rien n'échappait à son œil averti, elle n'aurait pas dû trouver cela surprenant.

— Vous pouvez me forcer à vous accompagner, mais rien ne m'oblige à discuter avec vous.

— Comme vous voudrez, ma douce.

Sally dévala l'escalier pour les rejoindre, et Evelyn ouvrit la marche vers le perron. Quels que soient les projets que Saint avait en tête, la présence de sa femme de chambre empêcherait toute tentative de séduction de sa part.

— J'espère que vous êtes impressionnée, dit-il. Je suis venu en calèche pour que tout votre entourage soit en mesure de nous escorter. Êtes-vous certaine de ne pas vouloir inviter le majordome ou le jardinier à se joindre à nous ?

Comme elle avait décidé de ne pas lui adresser la parole, elle se contenta de renifler et présenta sa main au valet pour qu'il l'aide à prendre place à bord du véhicule. Sans se formaliser de son silence, Saint la rejoignit et fit claquer sa langue à l'intention de la paire de chevaux gris.

Evelyn se rendit compte alors qu'elle aurait dû lui demander où il comptait aller avant de décider de ne plus lui parler. Elle coula un regard vers lui. Même si elle avait annoncé qu'elle serait de retour pour le déjeuner, elle était bien placée pour savoir que Saint était capable d'accomplir des actes hautement répréhensibles dans un très court laps de temps.

Elle ne tarda guère à comprendre qu'ils ne se rendaient ni au zoo ni à Hyde Park.

— Où allons-nous ? se décida-t-elle finalement à demander.

— Je croyais que nous ne discutions pas.

— Il ne s'agit pas d'une conversation, répliqua-t-elle, mais d'une simple question concernant notre destination à laquelle je vous prie de répondre.

— Non, répondit-il en lui jetant un coup d'œil. C'est une surprise.

Il voulait faire le difficile ? Parfait. Elle savait faire cela très bien, elle aussi.

— Vous vous souvenez que je vous ai dit que je vous détestais, n'est-ce pas ?

Saint acquiesça, et son regard se durcit.

— Je me souviens d'un certain nombre de commentaires peu flatteurs que vous m'avez adressés. J'attends que vous vous excusiez pour chacun d'eux, le moment venu.

— Jamais.

— C'est long, jamais, Evelyn Marie.

— Précisément.

Ils s'engagèrent dans une vieille rue bordée d'arbres où s'élevaient de part et d'autre les vastes demeures d'une noblesse depuis longtemps déchue. Un chien noir et efflanqué trotta en travers de la pelouse qui s'étendait devant l'une d'elles. Ses aboiements firent sursauter les chevaux, mais le marquis les maîtrisa aussitôt. Peu après, il les fit ralentir et arrêta la calèche du côté droit de la rue. Une grosse berline noire aux rideaux tirés attendait de l'autre côté. Un déplaisant frisson parcourut le dos d'Evelyn. Ne l'avait-elle pas enlevé et séquestré ? Qu'est-ce qui empêcherait Saint de vouloir lui rendre la pareille ? Cette rue déserte serait l'endroit idéal pour cela.

Saint sauta à terre. Après avoir contourné la calèche pour se placer du côté d'Evelyn, il lui offrit sa main. Elle ne voulait pas le toucher, car lorsqu'elle le faisait, elle semblait oublier qu'il n'était qu'un débauché. Mais elle n'avait pas davantage envie d'essayer de sauter à terre avec sa robe et ses sandales. Elle prit une inspiration et se leva. Au même moment, Saint se rapprocha, fit glisser ses deux mains jusqu'à sa taille, la souleva et la déposa sur le sol.

— Lâchez-moi, murmura-t-elle, le regard rivé sur son sobre nœud de cravate pour ne pas être tentée de le regarder dans les yeux.

Des baisers, des caresses et toutes sortes de folies pouvaient suivre un simple regard, et elle était trop fâchée contre lui pour souhaiter que cela se produise.

— Pour le moment, répondit-il en la relâchant. Allons-y, voulez-vous ?

Sans attendre sa réponse, il longea la rue puis remonta la courte allée incurvée d'une grande demeure aux allures de manoir. Sa curiosité l'emportant sur la prudence, Evie le suivit.

Sur le seuil, ils furent accueillis par un gentleman d'âge avancé, qui se tenait légèrement voûté et boitillait.

— Lord St Aubyn, je présume ? demanda-t-il en tendant la main à Saint.

— Sir Peter Ludlow, répondit celui-ci en échangeant une poignée de main avec lui. Je vous remercie d'avoir accepté de me rencontrer.

— C'est bien naturel, répondit sir Peter en faisant passer son regard sur Evie. Votre dame et vous souhaitez sans doute faire le tour de la maison ?

— Certainement, acquiesça aussitôt Saint, sans laisser le temps à Evie de protester. Permettez-moi de vous renouveler mes remerciements.

Evelyn ne l'avait encore jamais vu aussi poli. Sally sur leurs talons, ils pénétrèrent dans la vieille demeure. L'écho de leurs pas se répercuta dans le grand hall vide, et Evelyn prit le bras de Saint. Quel que soit son plan, il n'était pas question qu'elle le perde de vue avant qu'ils soient rentrés sains et saufs à Ruddick House.

— Comme vous avez pu le constater hier, disait sir Peter en avançant de son pas claudicant, la plupart des meubles et des tentures sont depuis longtemps partis, mais les planchers et les murs sont sains, et la toiture a été entièrement refaite après les pluies de l'hiver dernier.

— Combien de pièces y a-t-il, m'avez-vous dit ? demanda Saint.

— Vingt-sept, si l'on compte les deux salons de l'étage, la bibliothèque et la salle à manger du rez-de-chaussée. La salle de bal et la salle d'étude se trouvent tous deux au deuxième étage, ainsi que le salon de musique, et la salle à manger est juste au bout de ce couloir. Les quartiers des domestiques, composés d'une douzaine de chambres, sont situés au sous-sol, ainsi que la cuisine et le cellier.

— Saint... dit Evie, qui commençait à se demander s'il n'avait pas réellement l'intention de la garder prisonnière dans cette vieille demeure.

— Chut, murmura-t-il, allons donc voir la salle à manger, voulez-vous ?

Au bout du couloir, sir Peter ouvrit une double porte. La longue pièce rectangulaire évoquait une salle de banquet médiévale et pouvait contenir au bas mot une petite centaine de convives.

Saint sortit un bout de papier de sa poche et, après avoir griffonné quelque chose dessus avec un méchant bout de crayon, le tendit à sir Peter. Evelyn vit les yeux du vieux gentleman s'écarquiller un instant, puis il hocha la tête.

— Vous direz à votre notaire de se mettre en relation avec le mien, déclara-t-il en sortant une clé de sa poche. Vous pouvez prendre possession de la maison dès à présent.

Le marquis accepta la clé et serra la main du vieil homme.

— Merci, sir Peter.

— C'est moi qui vous remercie, jeune homme. J'apprécie qu'on ne ressente pas le besoin de marchander. Au plaisir, milady, ajouta-t-il en soulevant son chapeau à l'intention d'Evie.

Dès que la porte d'entrée se referma, Evelyn relâcha le bras de Saint.

— Vous teniez visiblement à ce que j'assiste à cette transaction. De quoi s'agit-il ? demanda-t-elle.

Saint pinça les lèvres.

— Demandez à votre femme de chambre de sortir.

— Non.

— Alors, je ne dirai rien.

Evie le connaissait assez pour savoir qu'il tiendrait parole. Elle fronça les sourcils et se tourna vers sa femme de chambre.

— Sally, veuillez m'attendre dehors, je vous prie, lui dit-elle, mais revenez dans cinq minutes au plus tard.

— Bien, mademoiselle Ruddick, répondit Sally avec une révérence.

Evelyn se tourna vers Saint une fois qu'elle fut partie.

— Bien, nous sommes seuls, déclara-t-elle, et quoi que vous ayez en tête, gardez aussi à l'esprit que vous avez mérité ce que je vous ai dit.

— Et vous méritez ceci, je crois, répondit Saint d'un ton tranquille en lui tendant la clé. Félicitations.

Elle fronça les sourcils, mais prit la clé parce qu'elle voulait être sûre qu'il ne l'enfermerait pas et parce qu'elle avait envie de le toucher.

— Vous me donnez une vieille maison ? demanda-t-elle d'un ton sceptique.

Saint secoua la tête.

— Je vous donne un nouvel orphelinat.

Evelyn cessa de respirer.

— Quoi ?

— Entièrement meublé, à terme, dans le style qui vous plaira. Je vous laisse également le soin d'engager le personnel nécessaire, quoique je me sente contraint de m'opposer au renouvellement du contrat de Mme Natham.

Serrant la clé dans sa main, Evie l'observa. C'était absurde. Il venait enfin d'être soulagé de ses obligations envers un établissement qu'il détestait, et il en acquérait un autre ?

— Pourquoi ? demanda-t-elle.

— Prinny ne veut pas perdre la face en changeant d'avis du jour au lendemain. J'ai découvert qu'il était difficile de convaincre un chef d'État, ne fût-il que régent, de faire ce que vous voulez après que sa décision a été imprimée dans le journal.

— Mais vous détestez l'orphelinat. Pourquoi vous imposer cela ?

Un léger sourire passa sur sa bouche sensuelle.

— Je vous avais promis de régler le problème.

Elle parvenait de nouveau à respirer, mais son cœur battait si fort qu'elle craignait qu'il ne l'entende.

— Vous avez donc fait cela, dit-elle en désignant la vaste demeure qui les entourait, pour... moi ?

— Oui.

Ô mon Dieu.

— Je ne sais pas quoi dire, Saint. C'est... extraordinaire.

— Mais ? fit-il en inclinant la tête vers son épaule, une lueur cynique passant dans ses yeux verts. Quelque chose vous chiffonne, je le vois sur votre visage.

Evelyn comprit soudain ce qu'il y avait de changé en lui : son cynisme s'était envolé. Ce fait la troubla plus que tout le reste.

— C'est juste que j'espérais que vous aviez fait cela pour les enfants et non pour m...

— Nom de Zeus, Evelyn ! s'exclama-t-il. Chaque acte doit-il nécessairement être accompli pour une « bonne » raison ? Ou bien le fait que je n'aie aucune raison suffit-il à être une bonne raison ? Je suis très las et je crains d'être un peu dans le brouillard sur ce point, aussi expliquez-moi, je vous prie, pourquoi je ne devrais pas faire cela pour vous.

— Je...

— Expliquez-moi pourquoi vous pensez que vous ne le méritez pas, l'interrompit-il en se rapprochant d'elle. N'est-ce pas ce que vous alliez dire ?

— Saint, c'est...

— Expliquez-moi pourquoi cela ne devrait pas être pour vous, poursuivit-il en prenant son visage entre ses mains. Et expliquez-moi pourquoi vous ne devriez pas être reconnaissante et pourquoi je ne devrais pas vous embrasser tout de suite.

Il effleura ses lèvres d'un baiser aussi léger qu'une plume.

— Je vous suis reconnaissante, parvint-elle à dire en faisant appel à tout son self-control pour résister à l'envie de jeter ses bras autour de son cou. Tellement reconnaissante. Mais…

— Par Lucifer, vous me mettez à la torture, murmura-t-il contre ses lèvres.

Evie ne put répondre davantage à ses questions, trop occupée à répondre à son baiser.

20

Il est pourtant des choses dont la puissante réalité
Surpasse nos fantasmagories ;
dont les formes et les nuances
Sont plus belles que notre ciel fantastique.

Lord Byron,
Le Pèlerinage du chevalier Harold,
chant quatrième

Sur le chemin du retour, Evelyn se révéla bien plus bavarde qu'à l'aller. Saint faillit lui rappeler qu'elle avait juré de ne pas discuter avec lui, mais son enthousiasme était trop jubilatoire pour qu'il envisage sérieusement de le freiner. S'il lui rappelait son vœu de silence, elle risquait en outre de se souvenir qu'elle avait accepté de l'accompagner parce que son frère voulait lui faire épouser cet abruti de Clarence Alvington.

— Pensez-vous que nous devrions diviser la salle de bal en salles de classe ? demanda-t-elle en faisant pratiquement des bonds sur son siège.

Saint admira sa poitrine un instant.

— Je finance, répondit-il, mais c'est vous qui décidez. Si vous souhaitez faire des aménagements, vous n'aurez qu'à me le dire et je m'en occuperai.

— Vous avez bien conscience que tout cela va se révéler fort coûteux, n'est-ce pas ?

Il sourit, le corps traversé d'un flot de chaleur plutôt plaisant.

— Et vous ?

— Oh, je sais que cela va représenter beaucoup de travail. Mais si j'engage les personnes qu'il faut, j'y arriverai.

Elle avait donc l'intention de cacher son engagement auprès des orphelins à sa famille. Saint reporta son attention sur les chevaux tandis qu'il évaluait la situation. La douce et riche Evelyn représentait une aubaine pour la famille Alvington ; son comportement et sa moralité irréprochables étaient un atout certain pour son frère et une excellente monnaie d'échange. À moins que quelqu'un ne s'avise d'intervenir, bien sûr.

— Je suis certain que vous y arriverez, acquiesça-t-il, mais ce n'est pas ce que je voulais dire.

— Et que vouliez-vous dire ?

— Tout a un prix, Evelyn, dit-il en la regardant. Pensez-vous que j'aie dépensé vingt mille livres sans raison ?

— Mais… mais vous avez dit que vous aviez fait cela pour moi, répondit-elle d'une voix chancelante.

La douleur qu'il entendit dans sa voix comprima quelque chose dans la poitrine de Saint.

— En effet, se força-t-il à dire. Mais rien n'est gratuit.

— Quel est votre prix, Saint ? s'enquit-elle en redressant le menton.

— Je veux que vous en parliez à votre famille.

Elle pâlit si soudainement qu'il craignit qu'elle ne s'évanouisse et se prépara à la rattraper pour prévenir sa chute. Sa demande portait préjudice à Evelyn, se dit-il mais elle servait ses plans. Si sa réputation était entachée, elle ne pourrait plus épouser Alvington et elle serait à lui.

— Quoi ?

— Vous m'avez entendu, dit-il en jetant un coup d'œil à la femme de chambre assise derrière eux. Avouez à votre famille que vous avez consacré votre temps et votre argent à un orphelinat et que, grâce à votre travail et à votre dévouement, les enfants vont être relogés dans un nouveau lieu où ils recevront de meilleurs soins. Et dites-leur que vous avez l'intention de poursuivre ce projet.

— Saint, je ne peux pas faire cela, souffla-t-elle, horrifiée. Vous ne comprenez pas. Victor me...

— Vous n'avez pas besoin de leur parler de moi, mais dites-leur ce que vous avez fait.

— Non !

— Alors, je retire mon offre.

— Vous ne pouvez pas faire cela !

Il eut un sourire amusé.

— Ma chère, je peux faire ce qui me chante. N'avez-vous pas encore compris cela ?

— Ma vie serait détruite, répondit-elle d'une voix tremblante en serrant les poings. Ne comprenez-vous pas cela ? Ou bien ne vous en souciez-vous même pas ?

Il garda le silence un instant. Elle avait raison ; il connaissait assez son frère pour avoir une idée très claire de ce qu'elle aurait à affronter après un tel aveu. Il n'aurait pas dû s'en préoccuper. Il passait son temps à faire des choses pour s'amuser aux dépens de ceux qui lui étaient redevables. La situation n'était pas différente... sauf qu'apparemment, elle l'était.

— Alors, faites-moi une contre-proposition, s'entendit-il dire en se maudissant intérieurement. Que pourriez-vous m'offrir, à la place de votre confession ?

Elle ouvrit la bouche, puis la referma.

— Je ne sais pas, dit-elle finalement.

— Je crains de ne pas trouver cela très tentant.

— Suis-je au moins autorisée à y réfléchir ?

— Vous avez vingt-quatre heures, ma chère, dit-il avant de se tourner vers la femme de chambre.

Quant à vous, si vous rapportez cette conversation à qui que ce soit, je le saurai. Vous n'avez pas envie que cela arrive, n'est-ce pas ?

La fille écarquilla des yeux horrifiés.

— Non, milord.

— C'est bien ce que je pensais.

Evelyn le foudroyait du regard mais, malgré son expression courroucée, il devinait qu'elle était soulagée.

— Je vous prierais de ne pas menacer ma femme de chambre, lord St Aubyn.

Les chevaux s'engagèrent dans l'allée de Ruddick House, et Saint profita du mouvement de la voiture pour se rapprocher d'elle et lui murmurer à l'oreille :

— Si vous me laissiez faire, je vous prendrais sur-le-champ, Evelyn. Offrez-moi votre corps.

— J'ai vingt-quatre heures pour vous donner ma réponse, répondit-elle en retrouvant des couleurs.

— Vous n'arrivez pas à me chasser de vos pensées, n'est-ce pas ? poursuivit-il à voix basse pendant que la femme de chambre descendait et que deux valets apparaissaient. Avouez que vous mourez d'envie que je vous possède de nouveau.

— Oui, souffla-t-elle avant de descendre de voiture avec l'aide des valets. Merci pour cette charmante visite au zoo, lord St Aubyn, ajouta-t-elle à voix haute. Je ne manquerai pas de transmettre vos amitiés à mon frère.

Il n'eut pas le temps de bondir à terre pour l'intercepter qu'elle avait déjà disparu à l'intérieur de la maison. C'était sans doute aussi bien car, après la réponse qu'elle venait de lui faire, il ne savait pas s'il aurait réussi à se comporter décemment.

Alors qu'il quittait l'allée en demi-cercle, un phaéton vint occuper devant la maison la place qu'il venait de quitter. Clarence Alvington. *Enfer et damnation.*

C'était politiquement logique, supposa-t-il, bien qu'ennuyé par le fait que le dandy parût autorisé à passer plus de temps que lui en compagnie d'Evelyn, surtout si l'on considérait qu'il avait pratiquement livré Wellington à Victor Ruddick. Mais Nœud de Cravate Alvington était terne au possible, ce qui était un gage de sa bonne réputation, surtout si on la comparait à celle de Saint.

Jansen ouvrit la porte alors qu'il gravissait les marches du perron. Le bal des Hillary, ainsi que divers autres événements mondains, avait lieu ce soir, et s'il voulait y survivre, il allait devoir se reposer une heure ou deux. Il serait bien resté chez lui toute la soirée, mais il aurait alors raté une occasion de voir Evelyn.

Il se débarrassa de son pardessus.

— Je serai dans ma ch...

— Vous avez de la visite, milord, l'interrompit le majordome en coulant un regard vers le petit salon.

Malédiction.

— De qui donc ?

— Saint ! Dieu merci !

Fatima Hynes, lady Gladstone, se jeta éperdument dans ses bras et blottit contre lui ses courbes voluptueuses. Par réflexe, Saint referma les bras autour de sa taille.

— Que faites-vous ici ?

— Il faut que je vous parle, mon chéri, souffla-t-elle en prenant ses mains pour l'attirer au petit salon. Je n'ai aucun autre endroit où aller.

Le « mon chéri » lui fit serrer les dents, mais il ne pouvait espérer découvrir ce qu'elle mijotait au beau milieu du hall. Il se laissa donc entraîner jusqu'au salon et referma la porte derrière eux.

— Très théâtral, commenta-t-il. Que voulez-vous ?

— D'où venez-vous ? demanda-t-elle.

— Ce ne sont pas vos affaires. Que voulez-vous, Fatima ? Répondez.

— Vous étiez avec elle, n'est-ce pas ? Evelyn Ruddick.

Son premier instinct fut de protéger Evelyn, et il en fut surpris. Habituellement, c'était toujours à lui-même qu'il pensait d'abord.

— Oui, j'étais engagé dans une étreinte passionnée avec Evie Ruddick, car de toutes les femmes de Londres, elle est la seule qui parvienne à retenir mon attention.

— Saint, dit Fatima Hynes avec une grimace peinée.

— Si vous n'êtes ici que pour m'interroger sur mes déplacements et ce que j'ai mangé au petit déjeuner, partez. Tout de suite.

— Inutile de m'insulter, répondit-elle en lissant le devant de sa robe d'un rose soutenu. D'autant que je suis venue spécialement afin de vous donner une nouvelle chance.

— Une nouvelle chance. Avec vous, je suppose ?

— Gladstone est convaincu que nous sommes toujours amants, vous et moi. Ce serait dommage de ne pas profiter de ses soupçons.

— Ah. J'en conclus que lord Brumley a déçu vos attentes.

— Vous savez toujours tout, n'est-ce pas ?

— C'est ce qui me permet de toujours garder une longueur d'avance, répliqua-t-il sèchement. Sur les balles de mousquet qu'on pourrait s'aviser de tirer sur moi, par exemple.

— Alors, qu'en dites-vous, Saint ? ronronna-t-elle en faisant glisser son doigt le long de sa joue. Nous allons si bien ensemble...

Il fut surpris de découvrir qu'il n'était pas même tenté.

— C'était vrai autrefois. Aujourd'hui, je crains de devoir décliner.

Fatima se raidit.

— Et une prochaine fois ?

— Je doute qu'il y ait une prochaine fois, milady, répliqua-t-il avec un sourire. Mais je vous remercie de votre offre.

Elle eut un haussement de sourcils étonné.

— Je vous en prie. Quelle politesse ! Où diable avez-vous donc été ? À l'église ?

— Quelque chose dans ce goût-là.

— Mmm. Cela vous passera.

— Sans doute.

Saint la raccompagna jusqu'à la porte, puis se dirigea vers l'escalier. Qu'il ait réussi ou non à leurrer Fatima au sujet de la nature de sa relation avec Evelyn, il ne pouvait nier le lien qui existait entre eux. Il pensait sans cesse à elle et la poursuivait de ses assiduités, tel un affamé qui cherche à se nourrir.

Cela ne durerait pas. Une fois que Ruddick lui aurait fait épouser Clarence Alvington, cela devrait cesser. Que ferait-il alors ? Se tiendrait-il dans l'ombre, sous sa fenêtre, à se languir d'elle ? Ruiner la réputation d'Evelyn aux yeux de la famille Alvington constituait sans doute sa meilleure chance de la garder, mais comme elle l'avait dit, son frère ferait alors de sa vie un enfer.

— Malédiction, marmonna-t-il en se laissant tomber à la renverse sur son lit.

Evelyn, Evelyn, Evelyn. Quoi qu'il fasse, de jour comme de nuit, il ne pouvait penser qu'à elle. Il ne parvenait à se sentir à peu près lui-même que lorsqu'il était auprès d'elle, et même alors, il peinait à se reconnaître dans l'homme relativement plaisant et heureux de vivre qu'il était miraculeusement devenu. Il devait être fou. S'il avait eu tout son bon sens, il n'aurait jamais dépensé vingt mille livres pour fonder un orphelinat dont il serait le seul bienfaiteur.

Mais le nouvel orphelinat semblait être la seule garantie qu'il ait de la revoir régulièrement. C'était cela ou bien… l'épouser lui-même.

Saint se redressa soudain en position assise.

C'était la pensée la plus ridicule qu'il eût jamais eue. Certes, elle l'obsédait, il voulait bien le reconnaître.

Mais envisager *le mariage* ? S'il y avait une chose dont il était certain depuis qu'il avait compris à quel point les femmes l'intéressaient, c'était qu'il entendait suivre l'exemple de son père : il ferait la noce jusqu'à ce qu'il soit trop vieux pour en profiter, choisirait sur le tard une femme qu'il épouserait pour enfanter un héritier légitime, et mourrait.

Il ne voulait pas qu'Evelyn se marie avec Clarence Alvington, mais l'épouser pour empêcher cette union semblait une mesure pour le moins extrême. Elle n'accepterait jamais une telle farce, de toute façon. Elle lui avait clairement exprimé tout le mépris qu'il lui inspirait.

Coucher avec elle était une chose – personne n'en savait rien, et il avait trouvé le moyen de la séduire malgré ses principes. Mais elle était si pétrie de convenances qu'elle ne voudrait jamais lier son nom au sien. Elle préférerait sans doute entrer au couvent, ce qui serait encore pire que de la laisser épouser Alvington.

Suprêmement agacé, Saint se leva pour faire les cent pas sur le coûteux tapis persan de sa chambre. Comment pouvait-il seulement entretenir de telles idées ? Sans doute parce que Evelyn était la seule femme à laquelle il ait parlé ou qu'il ait approchée ces dernières semaines. Il n'avait pas l'habitude des relations monogames, et ce changement lui avait certainement brouillé l'esprit.

Il regretta soudain d'avoir repoussé les avances de Fatima. Il lui fallait une autre femme pour se purger d'Evelyn Ruddick. S'il en était à songer à se marier avec elle, il ne pouvait pas courir le risque de laisser son obsession se développer. S'il n'agissait pas, d'ici au lendemain, il envisagerait d'avoir des enfants avec elle.

— Mon Dieu, marmonna-t-il en se frottant les tempes avant de se laisser tomber sur le confortable fauteuil placé devant la cheminée.

Il savait qu'il n'irait pas voir une autre femme, même si cela semblait la meilleure solution. La vérité, c'était qu'il voulait Evelyn Ruddick et que gaspiller son énergie ailleurs n'y changerait rien. Non, il allait rester chez lui à faire la sieste comme un vieil homme fatigué, puis il se précipiterait à la réception la plus convenable et guindée qui se donnerait ce soir-là, dans l'espoir de la revoir.

Evelyn referma la main sur le pendentif en forme de cœur pendant que Sally ajustait le fermoir de la chaîne sur sa nuque. Le bijou était un peu trop élégant pour une soirée littéraire, mais elle se sentait d'humeur suffisamment charitable vis-à-vis de Saint pour le porter ce soir-là.

« Charitable » n'était pas précisément le terme qui convenait, mais elle n'était pas certaine qu'il existât un mot pour décrire ce qu'elle ressentait. Non content de sauver les enfants, Saint avait accompli quelque chose d'encore plus important : il avait agi à l'encontre de ses intérêts. Et il avait apparemment fait cela pour elle.

Sa mère frappa à la porte, poussa le battant et passa la tête dans l'entrebâillement.

— As-tu mis ta robe de soie verte ? Ah oui, très bien. Elle met tes yeux en valeur.

— Et pourquoi est-il si important de mettre mes yeux en valeur, ce soir ? demanda Evie en faisant signe à Sally de cesser de la coiffer.

— Parce que tu dois toujours être à ton avantage, voilà tout. Il serait temps que tu te rendes compte que tu as vingt-trois ans et que la plupart des femmes de ton âge sont déjà mariées et ont des enfants.

Evelyn garda le silence un moment. Sa mère n'avait pas mentionné Clarence Alvington, et tout la portait donc à espérer qu'il n'assisterait pas au dîner littéraire de lady Bethson.

— Ce n'est pas ce soir que je trouverai un mari, répliqua-t-elle. La couleur de ma toilette n'a donc pas grande importance.

Sa mère se rembrunit.

— Je me demande pourquoi Victor t'autorise encore à assister à ces absurdes réunions de bas-bleus. Il te passe trop de caprices, malgré ton manque de jugement. Que peut-il sortir de bon d'un groupe de femmes imbues d'elles-mêmes et de vieux messieurs prétentieux qui passent leur temps à échanger des citations d'auteurs morts ?

— Tu n'es donc pas au courant ? répondit Evelyn. Le cousin de lady Bethson est le chancelier de l'Échiquier du prince George. C'est pour cette raison que je cultive son amitié, pour aider Victor. Et je suis ravie de le faire car c'est une personne délicieuse.

— Tu n'avais pas l'habitude d'avoir des opinions aussi arrêtées jusqu'à présent, Evie.

— Je n'en avais pas besoin.

Sa mère l'observa.

— Et tu ne devrais pas en avoir besoin. Tu sais que cela ne donne jamais rien de bon. Et souviens-toi que tu dois rejoindre Victor au petit déjeuner à 9 h 30, demain matin.

Cela n'augurait rien de bon. Une convocation à paraître au petit déjeuner signifiait sans doute que Victor avait un ultimatum à lui poser. Elle n'allait plus pouvoir supporter cela longtemps. Et sa mère se trompait du tout au tout. Evie ne s'était jamais sentie aussi bien que depuis qu'elle avait commencé à exprimer ses opinions et à agir en conséquence. Elle se demanda ce que son frère et sa mère auraient dit si elle leur avait révélé qu'elle préférait la compagnie de St Aubyn à la leur et que même lorsqu'elle était fâchée contre lui, elle trouvait Saint bien plus plaisant que n'importe laquelle des relations politiques de son frère. Victor pensait peut-être agir pour son bien, mais il n'avait qu'une piètre idée de la personne qu'elle était vraiment.

Évidemment, comme chaque fois qu'elle pensait à Saint, son cœur se mit à battre la chamade. Il lui restait un peu moins de dix-huit heures pour penser à ce qu'elle pourrait lui offrir en échange de ce qu'il avait fait pour elle. Oh, elle savait bien de quelle façon elle avait envie de le payer... Mon Dieu, il éveillait en elle des pensées si lubriques qu'elle avait du mal à le croire elle-même.

Cette solution, cependant, était trop simple, si satisfaisante qu'elle puisse paraître. Il aurait fallu qu'elle trouve un moyen de le payer qui lui permette de poursuivre les leçons de savoir-vivre qu'elle s'était évertuée à lui dispenser...

Quand Lucinda arriva, elle ne savait toujours pas comment s'y prendre pour retourner le dernier défi de Saint à son avantage.

— Ne te tracasse donc pas tant, lui dit son amie avec un sourire d'encouragement. Nous ne laisserons pas ces enfants atterrir dans un de ces affreux endroits.

Evelyn battit des cils. Il s'était passé tant de choses ce jour-là qu'elle avait oublié que Lucinda n'était pas au courant.

— Justement, j'ai de bonnes nouvelles. St Aubyn a acheté une nouvelle maison pour tous les orphelins.

— S... St Aubyn ? répéta Lucinda, son expression indiquant clairement qu'elle pensait que quelqu'un était devenu fou.

— Oui. Une maison charmante. Ainsi, les enfants pourront rester tous ensemble. Quant à moi, j'organiserai les salles de classe et choisirai le mobilier et la décoration. Ce sera un endroit chaleureux et plein d'espoir !

— Attends un peu, Evie, dit Lucinda en s'adossant à la banquette de la calèche, les sourcils froncés.

Le marquis de St Aubyn se débarrasse d'un orphelinat pour aller ensuite en acquérir un autre ?

— Ma foi, oui. Il a tenté de faire changer d'avis au Régent au sujet du Cœur de l'Espoir, mais les journaux avaient déjà imprimé la nouvelle et rien n'était possible. Alors il a trouvé ce nouveau bâtiment, il m'a emmenée le visiter et a offert à sir Peter Ludlow une somme si élevée que le baron s'est contenté de lui serrer la main avant de lui remettre la clé. Et St Aubyn m'a donné cette clé.

Lucinda observa longuement son amie.

— Evie, dit-elle finalement, si quelqu'un entendait dire que St Aubyn t'a acheté une maison, tu serais irrémédiablement perdue.

C'était ce qui rendait la chose si excitante, mais elle ne pouvait évidemment pas dire cela à Lucinda. Personne ne devait savoir ce que Saint et elle avaient fait. Elle secoua la tête.

— Il ne l'a pas fait pour moi, il l'a fait pour les enfants.

— Ce n'est pas l'impression que j'ai, insista son amie. Et personne ne voudra croire à cette version des faits. Souviens-toi de ce qu'a dit lord Dare : Saint ne fait jamais rien gratuitement. Or tu étais là quand il a acheté cette maison. Si cela se sait, chacun pensera que tu es devenue... sa maîtresse.

Elle était effectivement devenue sa maîtresse, songea soudain Evelyn. Lorsque Lucinda le disait ainsi, cela semblait si... sordide. Saint avait-il projeté de la perdre de réputation depuis le début ? Quand elle l'avait séquestré, il avait dit qu'elle serait la première personne dont il se vengerait. Il pouvait se montrer sournois, elle l'avait appris à ses dépens. Mais un tel projet allait au-delà de la simple sournoiserie. C'était... cruel.

— Je ne suis pas si naïve, parvint-elle à dire avec un sourire faussement insouciant. Mais après tout ce que j'ai cherché à accomplir, peu m'importe de mettre ma réputation en danger si cela peut garantir un foyer aux enfants.

Que pouvait-elle dire d'autre ? Elle savait que s'associer à Saint comportait des risques. Il lui avait laissé le choix du moyen de le rembourser, et celui qu'il avait suggéré aurait seulement nui à ses relations avec sa famille. Le reste de la bonne société n'en aurait jamais rien su.

— Je ne te comprends plus, dit Lucinda.

— C'est peut-être parce que je n'ai plus peur de commettre des erreurs, à présent. Et, au moins, j'essaie de faire quelque chose, au lieu de me plaindre de ce que personne ne me croit capable d'accomplir quoi que ce soit.

Lucinda semblait disposée à poursuivre la conversation, mais l'attelage, qui avait ralenti, s'arrêta sur ces entrefaites, et un valet vint ouvrir la portière avant qu'elle ait pu répondre à Evie. Celle-ci détestait devoir mentir à ses amies, mais elles avaient la même opinion de St Aubyn que tout le monde à Londres. Elles ne comprendraient pas à quel point il était important qu'elle ne manifeste ni embarras ni honte à travailler avec Saint. Il l'aurait su si elle l'avait fait, et tous ses efforts n'auraient alors servi à rien.

Evie se dépêcha de descendre de voiture, pour échapper à de nouvelles questions de Lucinda.

— Bonsoir, mesdemoiselles, dit lady Bethson en les accueillant quand elles rejoignirent les invités au salon.

— Lady Bethson, dit Evie, reprenant suffisamment pied avec la réalité pour adresser un sourire et déposer un baiser sur la joue de leur hôtesse.

Contrairement aux thés politiques de sa tante Houton, elle prenait grand plaisir à participer aux soirées littéraires de lady Bethson, qui avaient lieu deux fois par mois. Aucune des prétentieuses amies de sa tante n'y assistait, car ces soirées étaient dédiées aux discussions littéraires et les conversations exigeaient des participants qu'ils fassent usage de leur esprit.

— Bien, je crois que nous sommes au complet, mesdames, et monsieur, dit lady Bethson en inclinant la tête à l'intention du vicomte Quenton, unique participant masculin régulier. Je propose donc que nous commencions notre lecture du *Songe d'une nuit d'été* de William Shakespeare.

Chacun sortit son ouvrage ou se rapprocha d'un invité qui en avait un, et la lecture commença.

Alors que lord Quenton interprétait le rôle de Bottom le Tisserand avec une drôlerie qui plongea l'assemblée dans l'hilarité, le majordome de lady Bethson vint murmurer quelque chose à l'oreille de la comtesse.

— Comme c'est intéressant, répondit-elle avant de hocher la tête. Faites-le entrer.

Tandis que les invités regardaient le domestique quitter la pièce, lady Bethson prit une gorgée de vin de Madère.

— Il semble que nous ayons un nouveau participant, annonça-t-elle.

Alors qu'elle parlait, le marquis de St Aubyn entra dans la pièce sur les talons du majordome.

— Bonsoir, lady Bethson, dit-il de sa voix de velours en se penchant au-dessus de la main de la comtesse.

— Lord St Aubyn. Quelle surprise.

— J'ai entendu dire que vos soirées littéraires étaient amusantes, répondit-il en adressant un coup d'œil à Evie, qui sentit un frisson passer sur sa peau, aussi ai-je pensé que je pourrais m'imposer et me joindre à vous.

— Plus on est de fous, plus on rit, déclara lady Bethson en gloussant. Et puis vous apportez avec vous un amusant vernis de notoriété...

— Je m'efforce de divertir mes semblables, acquiesça-t-il.

Evie détourna les yeux de Saint et découvrit Luce qui la dévisageait avec intérêt, les sourcils haussés.

— Quoi ? chuchota-t-elle.

— Je n'ai rien dit, répondit son amie sur le même mode.

— Pourquoi...

— Mademoiselle Ruddick, puis-je partager votre livret ? demanda Saint qui était venu se planter devant elle, un léger sourire animant ses yeux verts. Je n'ai pas songé à m'en munir.

Quelles que soient ses intentions, il se comportait en parfait gentleman. Ils s'étaient vus le matin même, mais elle avait l'impression que cela faisait bien plus longtemps que cela, et quand son regard se posa sur ses lèvres, elle n'eut plus qu'une envie : qu'il l'embrasse.

— Bien sûr, milord, répondit-elle en s'efforçant de se ressaisir. Nous discutons du *Songe d'une nuit d'été*.

— Ah, fit-il en s'asseyant près d'elle sur le canapé, s'arrangeant pour que ses doigts effleurent le dos de sa main. « Il a chevauché son prologue tel un fougueux étalon ;/ Il ne connaît point d'arrêt./ Voilà une bonne leçon, mon prince : il ne/ Suffit point de parler, encore faut-il parler vrai[1]. »

Lady Bethson gloussa de nouveau.

— Un débauché littéraire ! Vous êtes plein de surprises, St Aubyn.

La comtesse l'était tout autant. Evelyn avait toujours admiré ses manières directes et son assurance, mais peu de gens avaient l'audace de mentionner devant Saint sa noire réputation.

— Je suscite des attentes si peu élevées que je ne peux que surprendre, répondit-il.

Lord Quenton s'éclaircit la gorge.

— Malgré la présence d'un gentleman plus jeune que moi, je refuse d'abandonner le personnage de Bottom.

— Cela tombe bien, je préfère Puck, pour ma part.

1. Toutes les traductions de Shakespeare sont de la traductrice. (*N.d.T.*)

Cette fois, la comtesse éclata de rire.

— Mon Dieu ! C'est entendu, vous serez Puck, St Aubyn. Reprenons, voulez-vous ?

Le Songe d'une nuit d'été était une des comédies de Shakespeare qu'Evie préférait, mais elle eut beaucoup de mal à se concentrer. Saint était assis si près d'elle que leurs cuisses se frôlaient, et il tenait le livret de telle façon que celui-ci se trouvait pour moitié au-dessus du genou d'Evie et pour l'autre au-dessus du sien. Quand il pencha la tête pour lire une tirade de Puck de sa belle voix cultivée, Evie dut réprimer une envie désespérée de lui embrasser l'oreille.

Elle interprétait pour sa part les rôles de Lysandre et de Titania qui, fort heureusement, ne partageaient aucun dialogue avec Puck. Sa voix l'aurait trahie si elle avait dû regarder Saint. Mais il s'arrangea pour rendre les choses plus compliquées qu'elles ne l'étaient déjà.

— Comment allez-vous me payer ? demanda-t-il à voix basse pendant que les autres invités débattaient de l'union de Lysandre avec Hermia ou Helena.

— Cela ne fait pas encore vingt-quatre heures. Taisez-vous donc.

— Dites-le-moi maintenant, sinon j'en conclurai que vous avez l'intention de m'offrir vos petits seins adorables et votre…

— Très bien, très bien. Je vous donnerai…

Elle s'interrompit, cherchant désespérément une idée alors qu'elle avait seulement songé à faire l'amour avec lui.

— Je vous obtiendrai une invitation au pique-nique annuel du général Barrett.

— Je vous demande pardon ?

C'était parfait. Seules les personnalités les plus intéressantes étaient invitées à ce pique-nique, et une joute verbale entre beaux esprits attirerait immanquablement le marquis. Ce serait également une excellente occasion pour lui de mettre en pratique les leçons qu'elle s'efforçait toujours de lui inculquer.

— C'est un événement très couru et les participants sont triés sur le volet.

— Je sais cela. Mais en quoi le fait d'être invité à un pique-nique où chacun s'appliquera à murmurer dans mon dos et à m'ignorer me récompensera-t-il de ce que j'ai fait pour vous ?

— Personne ne vous ignor...

— Promettez de passer la journée avec moi, près de moi.

Elle fut sur le point de refuser, mais se souvint que Victor n'assisterait jamais à un pique-nique où tant de libéraux seraient présents.

— C'est entendu.

La lecture reprit, avec Bottom et ses compagnons discutant de la scène qu'ils répétaient pour le mariage royal. Saint glissa la main sous le livret d'Evie, et quand ses doigts s'immiscèrent sous sa cuisse pour la caresser délicatement, elle faillit bondir de son siège.

— Cessez, dit-elle en baissant la tête.

Elle tenta de s'écarter, mais il agrippa sa jupe pour l'obliger à laisser sa cuisse collée à la sienne.

— Léchez vos lèvres, souffla-t-il.

— Non.

Ses doigts remontèrent sous sa cuisse.

— Êtes-vous moite de désir pour moi ?

Elle fit rapidement passer sa langue sur ses lèvres.

— Cessez, vous dis-je. Lucinda va finir par nous voir.

Ses doigts s'immobilisèrent, mais il ne retira pas sa main.

— Irait-elle le répéter ?

— Non, murmura Evie en jetant un coup d'œil à son profil. Mais elle me poserait des questions, et je ne pourrais rien lui dire.

Les invités rirent de quelque chose, et elle se joignit à eux avec un léger temps de retard. Près d'elle, Saint ne bougeait plus, mais elle sentait que toute son attention était concentrée sur elle. Son souffle se bloqua dans sa gorge.

— Qu'est-ce que vous ne pourriez pas lui expliquer à mon sujet ? murmura-t-il, ses lèvres frôlant pratiquement son oreille.

Seigneur, elle mourait d'envie de le toucher.

— Les raisons qui font que vous me plaisez, chuchota-t-elle. Ne me faites pas regretter mes paroles, Michael. Écartez votre main, je vous prie.

Sa main repassa sous le livre, et Evie respira plus librement. Elle avait toujours aussi follement envie d'encercler ses épaules de ses bras et de dévorer sa bouche de baisers, mais elle savait au moins qu'elle serait capable de se retenir ce soir.

— Je vous plais, répéta-t-il. Comme c'est intéressant.

Il releva alors la tête et lut à voix haute la réplique de Puck, comme s'il avait suivi la lecture de bout en bout.

— « Quels sont ces rustiques personnages qui font ici les fanfarons, si près du lit de la Reine des Fées ? »

Evelyn se demanda comment il avait réussi à suivre ; elle-même avait presque oublié qu'il y avait d'autres personnes dans la pièce. Ce qui n'augurait rien de bon pour la survie de sa réputation.

21

Il me convient de me mêler à présent
De choses qui me déplaisaient auparavant.

Lord Byron,
Une lutte encore, puis je serai libre

Répugnant à reconnaître que la soirée touchait à sa fin, Saint accepta une deuxième tranche de cake. Si toutes les soirées mondaines s'étaient révélées aussi plaisantes que celles de lady Bethson, il aurait mis moins d'empressement à les éviter.

Sa conversation murmurée avec Evelyn Marie s'était cependant révélée plus plaisante encore. Il lui jeta un coup d'œil tandis qu'elle bavardait avec Lucinda Barrett et la comtesse. La discussion littéraire et le dîner étant terminés, il n'aurait pas été convenable qu'il reste assis près d'elle. Mais elle avait dit qu'elle l'appréciait – pas parce qu'ils étaient devenus amants, ni parce qu'il avait offert un nouveau toit aux orphelins, mais pour une raison qu'elle ne pouvait pas définir.

Généralement, les compliments qu'il recevait concernaient ses talents au lit, le charme dont il usait parfois ou sa redoutable habileté au tir. Des qualités qu'il pouvait contrôler et définir. L'idée que quelqu'un puisse l'apprécier pour ce qu'il était lui semblait infiniment plus incertaine et précieuse. Et parfaitement inattendue.

Evelyn et Mlle Barrett se levèrent sur un dernier rire. Saint s'empressa de reposer sa tranche de cake pour les rejoindre.

— Je me vois dans l'obligation de partir, dit-il en prenant la main de lady Bethson, sans quoi une foule de propriétaires de club enverront des valets me rechercher dans toutes les soirées qu'on donne ce soir en ville.

La comtesse sourit, des fossettes venant creuser ses joues.

— Notre prochaine soirée littéraire aura lieu le 12 du mois prochain pour une discussion sur *Le Pèlerinage du chevalier Harold* de Byron. Vous y serez convié, lord St Aubyn.

— Et il se peut tout à fait que j'y assiste, répondit-il avant de rattraper Evelyn et Lucinda pour leur offrir son bras. Puis-je vous escorter, mesdemoiselles ?

La main de Lucinda sur son bras se révéla bien plus hésitante que celle d'Evelyn, et ce contraste lui apparut comme un bon signe. Elle n'hésitait pas à le toucher en public, quand les circonstances s'y prêtaient. Il allait devoir faire en sorte de créer davantage d'occasions comme celle-là.

— Evie me disait que vous venez de faire un heureux achat, dit son amie à la sombre chevelure, le regard tourné vers la voiture qui les attendait au bout de l'allée.

— Oui, répondit-il en lui offrant sa main pour l'aider à monter dans la calèche. Cela m'a semblé être… la chose qu'il convenait de faire.

Quand il dut libérer la main d'Evelyn, cependant, il se rendit compte qu'il n'avait pas envie de la laisser partir. Elle posa son pied sur le marchepied et se tourna vers lui.

— Bonne nuit, Saint, murmura-t-elle en écartant ses doigts des siens.

— Dormez bien, Evelyn Marie.

L'attelage se mit en route et il enfourcha Cassius. La soirée ne faisait que commencer pour des oiseaux de nuit tels que lui, mais il lui serait plus facile de se perdre dans ses pensées en sirotant une bouteille de cognac chez lui qu'en disputant une partie de cartes au *Jezebel's*.

Jansen l'accueillit avec un battement de cils surpris.

— Je ne m'attendais pas à vous revoir aussi tôt, milord.

— Changement de programme, marmonna-t-il en lui tendant son manteau, avant d'attraper la carafe de cognac qui se trouvait sur la table du hall.

— Souhaitez-vous que je vous envoie Pemberly ?

— Non. Je n'aurai pas besoin de lui. Bonne nuit, Jansen.

— Bonne nuit, milord.

Saint monta l'escalier et gagna ses appartements. Le lendemain, le chaos recommencerait, mais ce soir, il allait boire quelques verres et dormir tout son soûl.

Malgré le feu qui crépitait dans la cheminée, il faisait froid dans sa chambre lorsqu'il ouvrit la porte. Quelqu'un avait laissé une fenêtre ouverte.

— Bonsoir, milord.

Saint reconnut immédiatement cette voix et tourna la tête, sans surprise, vers le tout jeune homme allongé sur le lit, ses bottes boueuses tachant la courtepointe.

— Randall, le salua-t-il en retour en se débarrassant de sa veste, qu'il abandonna sur le dossier de la chaise la plus proche. Tu n'aurais pas dû laisser la fenêtre ouverte.

— Je me suis dit que j'aurais peut-être besoin de filer en vitesse.

Le garçon gardait la main droite cachée sous les oreillers. Mentalement, Saint calcula la distance qui le séparait de la porte, du dressing et du garçon. Randall était le plus proche.

— Et pourquoi cela ?

Randall s'étira, et un long canon d'acier émergea des oreillers, suivi de la crosse du pistolet qu'il tenait dans sa main.

— Vos domestiques risquent de monter voir ce qui se passe quand je vous aurai logé une balle dans le crâne.

Saint acquiesça, les muscles tendus, et prit place sur un des fauteuils situés entre la cheminée et le lit.

— As-tu un goût particulier pour le meurtre ou y a-t-il quelque chose qui te dérange ?

— J'ai dit à Mlle Evie que nous aurions dû vous laisser croupir dans ce cachot. Elle ne comprend pas que les riches ne se soucient que d'eux-mêmes.

— Les riches sont également protégés. Ceux qui les prennent pour cible finissent généralement pendus.

Le garçon haussa les épaules, fit passer ses jambes par-dessus le bord du lit et se leva. Le canon du pistolet était resté dirigé sur Saint, et ce dernier doutait que le garçon hésite ne fût-ce qu'une seconde à presser la détente.

— Si quelqu'un vous chassait de votre maison, est-ce que vous ne lui tireriez pas dessus ? Si, depuis une semaine, vous entendiez des petits pleurer parce qu'on va leur prendre leur lit et qu'ils seront bientôt obligés de manger les rats du caniveau, est-ce que vous n'auriez pas envie de descendre celui qui a fait cela, qu'il ait ou non le sang bleu ?

Randall semblait particulièrement remonté, et Saint ne pouvait pas vraiment l'en blâmer.

— Si, je chercherais à le descendre, acquiesça-t-il. Mais il se pourrait qu'il ait déjà trouvé le moyen d'arranger les choses.

— Vous pouvez bien raconter ce que vous voulez, ça ne changera pas ce que vous nous avez fait. Vous avez peut-être réussi à embobiner Mlle Evie, mais avec moi, ça ne prend pas.

— Qu'est-ce qui ne prend pas ?

Alors que Randall ouvrait la bouche pour répondre, Saint passa à l'action. Il bondit de son siège et s'élança vers le garçon. Coinçant le pistolet entre son bras et ses côtes, il saisit le poignet de Randall, le tordit, avant de soulever le garçon et de le projeter au sol. Il récupéra ensuite l'arme que l'autre avait lâchée, gardant le canon braqué vers le sol.

— Viens avec moi, dit-il.

Le garçon s'assit et se frotta le poignet.

— Hé ! Les nobles ne sont pas censés savoir se battre. Où est-ce que vous avez appris à faire ça ?

— Tu n'es pas le premier à braquer une arme sur moi, répliqua sèchement Saint. Lève-toi.

— Je veux pas aller en prison.

— Il est un peu tard pour y penser.

— J'irai pas.

Saint soupira.

— Ni prison, ni cachot, ni fers. Je ne serais pas opposé à l'idée de t'assommer, cependant, pour te retourner la faveur que tu m'as faite.

Randall lui lança un regard noir et se releva.

— Mlle Evie a bien cru que je vous avais tué, ce jour-là, mais vous avez le crâne solide.

Saint fit passer le garçon devant lui pour le faire descendre dans son bureau. Les domestiques étaient déjà partis se coucher, et il s'en félicita. Il n'aurait pas aimé qu'un témoin le voie tenir un enfant en joue.

— Assieds-toi, dit-il en désignant les fauteuils placés face au bureau.

Randall obéit, l'œil mauvais.

Saint s'assit à son bureau, posa l'arme près de son coude et poussa vers le garçon un petit tas de papiers.

— Mlle Evie a-t-elle accompli un miracle avec toi, ou faut-il que je te lise ce qui est écrit là-dessus ?

Le garçon fronça les sourcils.

— Je sais un peu lire.

Dissimulant sa surprise, Saint hocha la tête. Apparemment, Evelyn avait effectivement réussi à accomplir un ou deux petits miracles.

— Alors, lis, dit-il en allumant la lampe.

Randall lut, articulant silencieusement les mots qu'il déchiffrait. Au bout d'un long moment, il releva les yeux.

— C'est quoi, ce mot-là ? demanda-t-il.

Saint se pencha en avant.

— Annualisé. Cela signifie que les impôts fonciers doivent être payés une fois l'an.

Il regarda encore un moment le garçon déchiffrer péniblement ce qui s'apparentait pour lui à une langue étrangère.

— Veux-tu que je te résume ce que cela raconte ? finit-il par proposer.

— J'ai compris que ça parle d'une maison.

— Une grande maison de vingt-sept pièces, sur Earl Court Garden. Tu tiens entre les mains le titre de propriété d'un établissement pour mineurs dépourvus de parents.

La compréhension illumina le visage de Randall.

— Vous avez acheté un nouvel orphelinat !

— Tout à fait.

— Pourquoi ?

Saint soupira.

— Ta chère Mlle Evie sait se montrer très persuasive.

— Vous allez l'épouser ?

Saint s'efforça d'ignorer l'étrange palpitation que la question du garçon avait fait naître dans sa poitrine et haussa les épaules.

— Probablement, dit-il en remettant la petite pile de papiers en ordre. Rentre à l'orphelinat, maintenant. Et je te conseille de ne raconter à personne que tu es entré chez moi par effraction et que tu m'as menacé avec ce pistolet. Cela ne ferait pas plaisir à Mlle Evie.

— Ouais, dit le garçon. Vous n'êtes pas aussi méchant que je pensais. Je suis content de ne pas vous avoir buté, finalement.

— Moi aussi, figure-toi.

Saint garda l'arme à la main pour raccompagner Randall à la porte. Une fois le gamin parti, il verrouilla la lourde porte en chêne et s'y adossa. Il avait déjà senti rôder la mort de plus près que ce soir-là, pourtant l'incident l'avait ébranlé comme jamais. Non parce qu'il avait eu peur de mourir, mais parce que la mort l'aurait empêché d'accomplir la tâche qu'il s'était fixée, à savoir posséder Evelyn Ruddick. Il n'avait pas envie de mourir parce qu'il avait enfin trouvé quelque chose – quelqu'un – qui lui donnait envie de vivre.

Il inclina le pistolet au-dessus de sa main pour en déloger la balle. Rien ne se passa. Il ôta le cran de sécurité et leva l'arme vers la fenêtre du hall pour l'examiner à la lucur du clair de lune.

— Nom de Zeus.

Le pistolet était vide. Apparemment, il n'avait même jamais été chargé. Evelyn l'avait gardé prisonnier avec un pistolet vide ! Saint secoua la tête. Elle n'avait donc pas menti en disant qu'elle ne voulait pas lui faire de mal. Elle s'était montrée sacrément courageuse, il devait le reconnaître.

Mais c'étaient justement ce courage, ses bonnes intentions et son insistance à voir du bon en chacun et en toute chose qui la rendaient dangereuse. Et la seule façon qu'il avait de se protéger de ce danger était de la garder près de lui.

Il eut soudain envie de parler à quelqu'un de cette étrange révélation, mais les seules personnes à qui il aurait pu se confier entretenaient des liens plus étroits avec Evelyn qu'avec lui. Saint resta dans le hall un moment, à écouter le silence qui régnait dans la maison endormie. L'identité de la personne la plus susceptible de remplir le rôle de confident lui apparut soudain. Il s'écarta de la porte et gagna le quartier des domestiques.

— Jansen, appela-t-il en frappant à la porte de son majordome. Sortez de là !

La porte s'ouvrit un instant plus tard et le domestique sortit précipitamment dans le couloir, les pans de sa chemise flottant au-dessus de son pantalon.

— Il se passe quelque chose, milord ?

— Suivez-moi, ordonna Saint en tournant les talons.

— Je... euh... Bien, milord.

Saint prit une chandelle sur la table du hall et ouvrit la marche jusqu'au salon. Le majordome resta sur le seuil tandis que Saint s'accroupissait devant les braises de la cheminée pour allumer sa chandelle, qu'il plaça ensuite sur le manteau de la cheminée.

— Asseyez-vous, dit-il.

— Allez-vous me congédier, milord ? s'enquit Jansen d'une voix tendue. Si tel est le cas, je préférerais au moins être chaussé avant de me voir notifier mon renvoi.

Saint s'assit dans le fauteuil placé face à la porte.

— Ne dites donc pas de sottises, grommela-t-il. Si je voulais vous renvoyer, j'attendrais au moins qu'il soit une heure décente pour le faire. Asseyez-vous, Jansen, répéta-t-il.

Le majordome s'éclaircit la gorge, visiblement mal à l'aise, traversa le salon sur ses chaussettes et se percha au bord du fauteuil qui faisait face à celui de Saint. Après une hésitation, il croisa les mains sur ses cuisses maigres, aussi pâle qu'un condamné confronté au peloton d'exécution.

— Cognac, décida Saint.

Jansen bondit sur ses pieds.

— Tout de suite, milord.

— Restez assis, je m'en charge. Voulez-vous un verre ?

— Moi, milord ?

Saint lui jeta un coup d'œil par-dessus son épaule.

— Cessez donc de glapir ainsi, on dirait une souris. Alors, voulez-vous un verre, oui ou non ?

— Je... euh... Oui, milord.

Une fois rassis, Saint prit une longue gorgée de cognac.

— J'ai besoin d'un conseil, déclara-t-il. Et j'ai décidé de faire appel à vous.

— Vous m'en voyez très honoré, milord.

Le verre du majordome était déjà presque vide, et Saint se pencha en avant pour le remplir.

— Je compte sur votre discrétion. Et sur votre franchise.

— Cela va de soi.

Saint n'arrivait pas à croire qu'il puisse vraiment penser ce qu'il s'apprêtait à dire. Et à son majordome, encore.

— J'envisage, commença-t-il lentement, de faire certains changements dans cette maison.

— Je vois.

— En fait, je crois que je vais...

Il s'interrompit. Il n'arrivait pas à prononcer les mots. C'était trop incongru, trop étrange. Il toussota et fit une nouvelle tentative.

— J'envisage de...

— Changer les rideaux, milord ? Vous m'avez demandé d'être franc, et je dois dire que les tentures, particulièrement celles du rez-de-chaussée, sont assez...

— Il ne s'agit pas des rideaux.

— Oh.

Saint vida son verre et s'en servit un autre.

— Il s'agit d'une chose bien plus grave que les rideaux, croyez-moi.

— Vous souhaitez acquérir une nouvelle demeure, milord ? demanda Jansen. J'ai justement entendu dire que lord Wenston cherchait à se défaire de sa maison de Park Lane et...

— Le mariage, lâcha Saint. J'envisage de me marier.

Le majordome resta bouche bée un long moment.

— Je... Milord, dit-il finalement, je ne me crois pas qualifié pour vous donner un avis à ce sujet.

— Ne dites pas cela, objecta Saint. Dites-moi si vous parvenez ou non à m'imaginer marié.

Le majordome posa son verre et se pencha vers lui.

— Je ne voudrais pas me mêler de ce qui ne me regarde pas, milord, mais j'ai remarqué un... changement dans votre comportement, ces derniers temps. Quant à savoir si l'on peut vous imaginer marié ou non, c'est à vous qu'il convient de répondre. Et à la dame concernée, bien sûr.

— Lâche.

— J'en conviens.

La pendule du hall sonna 1 heure.

— Allez vous coucher, Jansen. Vous ne m'aurez guère aidé.

— Bien, milord.

Le majordome gagna le seuil, s'y attarda un instant et se retourna.

— Si je puis me permettre, milord, la question que vous devriez peut-être vous poser, c'est de savoir si vous seriez plus heureux avec ou sans épouse.

Jansen disparut dans la pénombre du hall, et Saint resta assis à siroter son cognac à la lueur de la chandelle. Serait-il plus heureux s'il épousait Evelyn ou s'il laissait Clarence Alvington l'épouser ? Il ne pouvait pas répondre simplement par oui ou par non, car la question n'était pas de savoir s'il serait heureux avec elle, mais s'il parviendrait à survivre sans elle.

22

Quoique humaine, tu ne m'as pas trahi,
Femme, tu ne m'as pas abandonné.

Lord Byron,
Stances à Augusta

Dès qu'Evie aperçut les fraises sur le buffet, elle devina les intentions de Victor. Son frère était attablé devant son petit déjeuner habituel – pain toasté au miel et tranches de jambon. Il n'avait pas encore ouvert son exemplaire du *London Times*, ce qui était fort inhabituel, en revanche.

— Bonjour, Evie, dit-il.

Elle choisit quelques fraises et une tranche de pain frais.

— Bonjour.

— Ta soirée s'est-elle bien passée ?

Comme il appelait habituellement le salon littéraire de lady Bethson son « cercle de pipelettes », sa question polie renforça ses doutes. Elle n'avait par ailleurs aucune plainte à formuler au sujet de cette soirée qu'elle avait passée avec Saint assis près d'elle, lui murmurant des propos audacieux tout en restant charmant…

— Evie ?

Elle chassa Saint de ses pensées, sachant qu'il ne s'en irait pas bien loin.

— Oh. Oui, très bien, je te remercie, répondit-elle en prenant place à table. Où est maman ?

— Elle va bientôt descendre. Les fraises sont-elles à ton goût ?

Evie eut envie de lui en lancer une à la figure. Il faisait mine d'être poli et de s'intéresser à elle pour l'amadouer et s'assurer qu'elle ne discuterait pas quand il l'obligerait à épouser cet imbécile de Clarence Alvington. Mais elle discuterait, évidemment, quitterait la pièce en claquant la porte... et finirait par faire exactement ce que voulait Victor, parce que c'était ce qu'elle faisait toujours.

Elle avait cependant appris à jouer différemment, ces derniers temps, auprès d'un joueur expert. Et elle avait de bonnes raisons de vouloir suivre ses propres plans plutôt que ceux de son frère. Cinquante-trois raisons, précisément, qui avaient entre sept et dix-sept ans.

— Les fraises sont délicieuses. Je te remercie d'y avoir pensé.

Victor lui jeta un bref regard suspicieux, puis reprit son petit déjeuner.

Sur ces entrefaites, leur mère entra dans la salle à manger et déposa un baiser délicat sur la joue de son fils, puis de sa fille.

— Bonjour, mes chéris. C'est charmant de prendre le petit déjeuner tous ensemble. Nous devrions faire cela plus souvent.

« Ne crie pas. Quoi qu'ils disent, ne crie pas », s'ordonna Evie.

— Tout à fait, acquiesça-t-elle à voix haute. Qu'avais-tu donc à me dire, Victor ?

Son frère essuya le coin de ses lèvres avec sa serviette.

— Pour commencer, je tiens à te remercier pour l'aide que tu m'as apportée durant la saison. Grâce à toi, j'ai pu nouer des relations qui me seront fort utiles.

— C'est vrai. Et c'est bien naturel.

Sa mère soupira.

— Evie, ne sois pas contrariante.

— Je ne suis pas contrariante. J'acquiesce à ce que dit Victor.

Son frère fronça les sourcils.

— Tu veux bien me laisser finir ? Merci. Tu as aussi commis ton lot de sottises.

Elle hocha la tête, comprenant parfaitement à quoi il faisait allusion.

— Oui. Et St Aubyn t'a présenté Wellington.

Du coin de l'œil, Evie vit un sourire passer sur les lèvres du majordome, qui reprit aussitôt son expression sévère. Quelqu'un, au moins, était de son côté.

— Ce n'est pas là l'important.

— Puis-je savoir ce qui l'est, dans ce cas ?

Il l'observa par-dessus le rebord de sa tasse.

— L'important, c'est qu'une alliance avec Alvington me garantit assez de voix pour prendre le siège de Plimpton à la Chambre des communes. Et, comme tu le sais, il y a déjà un moment que je cherche un bon parti pour toi, quelqu'un qui ferait ressortir tes qualités au lieu d'encourager… ton côté frivole. Je t'aime beaucoup, Evie, et je n'ai pas pris cette décision à la légère. Si Clarence n'avait pas correspondu à mes exigences, je ne l'aurais pas choisi pour toi. Et tu voudras bien remarquer que je n'ai pas cherché à cacher que ce choix m'est bénéfique, à moi aussi.

Il se pencha vers elle.

— Avant que tu te mettes à crier, je te demande de m'écouter.

Evie serra très fort ses mains sur ses genoux.

— Je t'écoute.

Victor était trop habile politicien pour laisser voir sa surprise, mais Evie, plus fine mouche que ses amis politiques, ne fut pas dupe. Elle l'avait déstabilisé.

Son frère s'éclaircit la gorge.

— M. Alvington m'a confié à maintes reprises toute l'admiration qu'il a pour toi. Il voit en toi un atout, pour le jour où il succédera à son père en tant que vicomte.

— Et que pense-t-il de mon amitié avec lord St Aubyn ?

— *Je* n'en pense pas grand bien, dit Victor d'un ton plus dur, et cela seul doit compter. Tu devrais te soucier davantage de préserver ta réputation. Ce n'est pas uniquement à Clarence et à moi qu'il revient d'approuver votre union. Les Alvington n'ont aucun sens de l'humour quand il s'agit de leur nom et de leur réputation.

Evie s'en doutait bien un peu.

— Tout est donc déjà décidé entre les Alvington et toi ? s'enquit-elle froidement.

— Il faut bien que tu te maries, de toute façon, intervint sa mère. Autant que ce soit avec quelqu'un d'utile et d'inoffensif.

Evie n'était pas certaine d'être d'accord avec cette estimation du caractère de Clarence Alvington, mais discuter lui parut superflu. Ils avaient déjà statué sur son sort. Elle déglutit pour faire passer le nœud glacé qui s'était logé dans sa gorge.

— Très bien.

Victor cligna des yeux.

— Que dis-tu ?

— Qui suis-je pour discuter avec mon frère et ma propre mère ? Vous êtes les personnes les mieux placées pour veiller à mes intérêts.

Son frère plissa les yeux.

— Un peu de sérieux, je te prie.

— Je suis tout à fait sérieuse.

— Tu épouseras Clarence Alvington ? Sans faire d'histoires ?

— S'il veut bien de moi, répondit-elle, avant tout soucieuse de gagner du temps. J'aimerais qu'il me présente sa demande, cependant. Et s'il pouvait me faire la cour, au lieu de se contenter de signer un papier, ce serait agréable.

— J'y veillerai, déclara Victor en se levant. Je dois partir, j'ai une réunion. Mais je tiens pour acquis que tu accepteras cette union, Evie.

Toute réponse de sa part aurait éveillé ses soupçons, aussi se contenta-t-elle de hocher la tête quand il ramassa son journal et quitta la pièce. Si les Alvington étaient si soucieux des convenances, elle savait ce qu'elle avait à faire. Clarence Alvington ne demanderait jamais sa main si son attitude ne correspondait pas aux stricts critères de bienséance de sa famille. Elle allait donc mettre à profit les leçons que Saint lui avait données.

— Je suis si fière de toi, dit Geneviève Ruddick en étreignant les mains de sa fille. Je savais que Victor te trouverait un bon parti.

— Oui, je serai très heureuse de faire un aussi beau mariage d'amour, répondit Evie avant d'avaler une dernière fraise et de se lever. Si vous n'y voyez pas d'inconvénient, je vais aller me promener avec Lucinda et Georgie.

— Je comprends le sarcasme, figure-toi, répondit sa mère à voix basse. Je t'avais dit de te trouver un mari avant le retour d'Inde de ton frère, mais tu ne songeais qu'à t'amuser avec tes amies. Maintenant, tu n'as plus le choix.

— J'aurais peut-être eu le choix si vous aviez pris ma défense, pour une fois, au lieu de vous ranger à l'avis de Victor. Vous ne m'avez jamais demandé quels étaient mes rêves, mes souhaits ou mes ambitions. Vous avez simplement supposé que je n'en avais pas. Aider Victor ne me dérange pas, mais je ne comprends pas pourquoi je dois être la seule à me sacrifier.

— Evie...

— Je vous reverrai au thé de lady Humphrey, maman.

Après s'être munie de son châle et de son bonnet, Evie quitta Ruddick House, Sally sur ses talons. Quand elles eurent franchi le coin de la rue, elle se tourna vers sa femme de chambre.

— Je vais seulement voir Lucinda. Vous n'avez pas besoin de venir.

— M. Ruddick m'a demandé de vous accompagner partout, répondit Sally avec un sourire d'excuse.

— A-t-il dit pourquoi ?

— Il m'a seulement dit de veiller à la bienséance de votre comportement et de lui rapporter tous vos manquements à cet égard. Je ne ferais jamais cela, mademoiselle Ruddick, ajouta la femme de chambre avec une petite révérence maladroite, mais M. Ruddick me congédierait s'il le savait.

— Il ne saura rien. Nous inventerons quelque chose à lui dire pour que vous n'ayez pas d'ennuis, assura Evie, ragaillardie par le soutien de sa femme de chambre. Merci, Sally.

— Vous n'avez pas à me remercier, mademoiselle Ruddick. Dieu soit loué, soupira-t-elle, je ne savais plus comment m'en sortir.

Un cavalier qui arrivait à leur hauteur régla le pas de son cheval sur le leur.

— Il semblerait que je ne vous rencontre jamais quand il faut, déclara Saint de sa belle voix grave. Je ne peux pas proposer de vous faire monter sur Cassius avec votre femme de chambre.

Evie leva les yeux vers lui. Avec sa toque de castor crânement inclinée sur ses boucles sombres et sa parfaite tenue en selle, il avait tout du parfait gentleman – bien qu'un brin canaille. Evie se disait parfois qu'elle aurait été heureuse de ne rien faire d'autre que le regarder des journées entières.

— Bonjour, dit-elle quand elle se rendit compte qu'elle le dévisageait.

Il descendit de cheval et prit les rênes dans sa main gauche pour marcher près d'elle.

— Bonjour. Qu'est-ce donc qui vous chiffonne ?

— Rien ne me chiffonne. Pourquoi dites-vous cela ?

— Ne vous avisez jamais de me mentir, répondit-il plus bas. Votre franchise est une des rares choses fiables, en ce bas monde.

— Peste. J'ignorais que j'avais tant d'importance, dit-elle en se forçant à sourire.

Il haussa les épaules.

— Seulement pour ceux qui attachent de l'importance à de telles choses. Allez-vous me dire ce qui vous ennuie, ou bien vais-je devoir vous attirer derrière cette maison pour vous extorquer la vérité ?

— Taisez-vous donc, Saint, marmonna-t-elle en désignant Sally, qui marchait à quelques pas d'eux.

Le marquis se pencha vers elle.

— Voilà près d'une semaine que je ne vous ai pas fait l'amour, Evelyn, lui murmura-t-il à l'oreille. Je n'en peux plus.

— Vous avez fait remonter votre main sous mes jupes, hier soir, lui murmura-t-elle en retour, une onde de chaleur parcourant ses jambes tandis qu'elle prononçait ces mots.

— Heureusement que j'avais un livre ouvert sur les genoux, sinon tout le monde aurait su à quel point j'avais envie de vous.

Deux jeunes femmes en calèche les dépassèrent, et Evie grimaça. Si Saint ne se dépêchait pas de partir, quelqu'un allait bientôt raconter à Victor qu'elle avait été vue en sa compagnie.

— Vous devez cesser de tenir de tels propos, siffla-t-elle. Je… je vais bientôt me marier.

Saint s'immobilisa si soudainement qu'elle fit encore au moins six pas avant de se rendre compte qu'il ne la suivait plus. Quand elle se retourna, l'expression qu'elle découvrit sur son visage lui glaça le sang.

— Saint ?

— Vous avez accepté d'épouser Clarence Alvington ? gronda-t-il, le regard dur.

— Mon frère m'a prévenue qu'il allait me présenter sa demande et que je devrais dire oui. Avec le soutien d'Alvington, il est assuré d'obtenir un siège à la Chambre.

Elle n'aurait pas dû en dire autant, mais Saint l'aurait compris, de toute façon. Il l'avait même compris avant elle.

— Et vous avez accepté.

— M. Alvington ne m'a pas encore présenté sa demande, biaisa-t-elle, mais oui, j'ai accepté.

— Comme c'est sage de votre part. Et votre frère vous a exprimé sa gratitude, je suppose.

— Ne soyez pas cynique, Saint. J'ai été piégée.

— On ne vous traite pas mieux qu'un animal de compagnie, commenta-t-il sèchement.

— Comment osez-vous ? dit-elle en luttant contre une soudaine envie de pleurer. Vous êtes seulement fâché parce que vous savez qu'une fois que je serai mariée, nous ne serons plus… amis. Partez, Saint. Je pensais… Partez. Vous ne m'aidez pas, en me criant dessus parce que je fais ce qu'il convient de faire.

— Ce qu'il convient de faire ? répéta-t-il sombrement.

— S'il vous plaît, partez.

Saint aurait voulu en dire plus, exiger de savoir pourquoi elle n'avait pas résisté, mais il n'avait pas envie qu'elle en vienne à le détester. À moins qu'il ne lui donne une bonne raison de ne pas le faire, elle ne pouvait pas décliner la demande de Clarence, et encore moins envisager d'épouser quelqu'un qui risquait de nuire au précieux standing politique de sa famille.

— Dans ce cas, je vous souhaite le bonjour, gronda-t-il avant de remonter en selle et de lancer son cheval au galop.

L'idée de ne plus jamais pouvoir la toucher, de devoir rester tapi dans l'ombre aux soirées pendant que d'autres hommes danseraient avec elle, de la voir en sachant que Clarence Alvington avait couché avec elle et pouvait le faire chaque fois qu'il le souhaitait... Personne ne pouvait tolérer pareille torture.

Sa première impulsion fut d'aller trouver Clarence Alvington, de le provoquer en duel et de le tuer. Mais, si attirante que fût cette idée, ce n'était pas ainsi qu'il gagnerait Evelyn. Il serait même contraint de quitter l'Angleterre et ne pourrait plus du tout la voir.

Il fit ralentir sa monture en approchant de sa destination et se força à réfléchir plus posément. Evelyn avait eu une façon étrange de formuler les choses. Elle n'avait pas dit que le mariage avait été décidé, mais que *lorsque* Nœud de Cravate ferait sa demande, elle accepterait. Elle n'avait pas dit qu'elle avait pris la décision de se marier, mais qu'elle avait été *piégée*. Et elle n'avait pas dit qu'elle voulait que Saint disparaisse de sa vie, mais qu'il *ne l'aidait pas* en restant là.

Il s'arrêta, descendit de cheval et remit les rênes à un valet. Elle n'aimait pas ce bouffon, c'était évident, et le pire de tout en ce qui la concernait, c'était qu'une fois mariée à cet odieux crétin, elle ne serait plus autorisée à s'occuper de l'orphelinat.

Le bruit de ses bottes se répercuta dans le long couloir. Il était une fois de plus en retard, mais au moins, il était là. C'était le seul plan auquel il ait pu penser. Victor Ruddick avait conçu une union politique pour sa sœur. Si une meilleure alliance se présentait, il serait un bien piètre politicien de la laisser passer.

— Saint ? murmura lord Dare quand il grimpa les marches pour gagner son siège. Que diable fais-tu là ?

— Mon devoir, répliqua Saint en saluant le duc de Wycliffe d'un hochement de tête.

Quelques rangs plus bas, le vieux comte Haskell se leva, rouge de colère.

— Je ne puis tolérer cela, cracha-t-il. Si vous avez l'intention de rester ici, St Aubyn, je m'en vais.

Saint se leva à son tour.

— Lord Haskell, vous siégez depuis vingt-huit ans dans cette Chambre à laquelle vous consacrez votre érudition et votre temps. Il y a deux semaines, je vous ai manqué de respect. Aujourd'hui, je vous prie de m'en excuser. Si je possédais un dixième de votre sagesse, je serais un bien meilleur homme que je ne le suis.

Un brouhaha assourdissant salua cette déclaration, mais Saint n'y prêta pas attention. S'il ne parvenait même pas à siéger une heure parmi ses pairs, il ne pouvait pas espérer arriver à grand-chose.

— Vous attendez-vous que je vous croie sincère, mon garçon ? répliqua le comte.

— Non, milord. Je vous demande seulement d'accepter mes excuses. Je suis désolé de mon comportement.

Saint retint son souffle et se pencha en avant, la main tendue vers le vieil homme. C'était pour Evelyn qu'il faisait cela, se rappela-t-il tandis que le comte le fusillait du regard. Il pouvait faire cela pour elle. Pour elle, il était prêt à tout.

— Et si je n'accepte pas vos excuses ?

— Dans ce cas, je reviendrai demain pour vous les présenter de nouveau.

Haskell poussa un long soupir, comme s'il se dégonflait, et accepta la main tendue de Saint. Leur public éclata en un tonnerre d'applaudissements, mais Saint savait que la partie n'était pas encore gagnée. Cependant, Haskell venait de lui accorder sa confiance comme peu d'hommes l'avaient fait avant lui, et il trouvait cela aussi plaisant qu'inattendu.

— Merci. Vous êtes bien plus aimable que je ne le mérite, déclara-t-il avant de se rasseoir. Je m'efforcerai de ne pas vous faire regretter votre générosité.

— Vous ne vous en sortez pas trop mal jusqu'ici, grommela le comte en se rasseyant à son tour.

— Messieurs, lança l'orateur en frappant son pupitre de ses doigts repliés, pouvons-nous reprendre, je vous prie ?

— Diantre, murmura Dare à Saint. Quelle mouche te pique ?

— Je te le dirai quand je l'aurai compris, répondit Saint.

Mais il avait déjà compris. La bouche soudain sèche, il fit signe à l'un des valets de lui apporter un verre d'eau. Oui, il venait brusquement de comprendre ce qui l'avait incité à présenter des excuses au vieux comte et pourquoi il resterait jusqu'à la fin de la séance de la Chambre des lords, pourquoi il reviendrait le lendemain et le surlendemain, jusqu'à la fin de la saison. Parce qu'il ferait tout ce qui serait nécessaire pour épouser Evelyn Marie Ruddick. Il le ferait parce qu'il l'aimait. Michael Edward Halboro, l'homme sans cœur, aimait une femme. Et il ne reculerait devant rien pour gagner sa main.

Saint ne put réprimer le sourire qui retroussa ses lèvres. Bonté divine. Il espérait qu'Evelyn apprécierait ce qu'elle lui avait fait. Pour elle, il allait devenir un gentleman. Et le plus drôle, c'était qu'après cinq minutes de métamorphose, il y prenait plaisir.

— As-tu réussi ? demanda Evelyn en marchant de long en large.

— Oui, et cela n'a pas été facile, tu peux me croire. Mon père pose toujours une foule de questions, et le convaincre d'inviter le marquis de St Aubyn à ce pique-nique...

Lucinda soupira et se laissa tomber sur le divan.

— Il doit sans doute encore se poser des questions et me sommera de lui donner des réponses la prochaine fois que je franchirai le seuil de son bureau.

— Si je le pouvais, je t'expliquerais, Luce.

Un cavalier franchit le portail de Barrett House, et Evelyn retint son souffle jusqu'à ce qu'elle se rende compte qu'il était trop massif pour qu'il puisse s'agir de Saint. Elle lui avait dit de la laisser tranquille, de toute façon.

— Tu n'as aucune explication à me donner. Tu es mon amie, dit Lucinda en quittant le divan pour la rejoindre près de la fenêtre. J'imagine que tu souhaites donner une nouvelle leçon à ton élève. Je me contenterai de te dire que tu prends un risque énorme. La carrière de ton frère semble bien engagée, et s'il pense que tu lui mets des bâtons dans les roues, Dieu seul sait ce qu'il sera capable de faire.

— Il a déjà fait le pire.

— Quoi ? s'exclama Lucinda en prenant son bras pour l'obliger à se tourner vers elle. Cela, tu dois m'en parler. Qu'a donc fait Victor ?

— Sans même savoir ce que je fais ou pense, mon frère a un talent consommé pour dresser des murs devant moi, confia-t-elle en laissant une larme rouler sur sa joue. Peux-tu imaginer pire que d'être mariée à Clarence Alvington ?

Lucinda la dévisagea, puis s'approcha d'un pas décidé du cabinet à liqueurs qui se trouvait au fond de la pièce. Evelyn la regarda remplir deux verres de vin de Madère, revenir vers elle et lui en tendre un.

— Clarence Alvington ! s'écria-t-elle finalement. À cause des domaines que son père possède dans le West Sussex, j'imagine. Pour l'amour du Ciel ! Ton frère ne voit-il donc pas que vous n'avez rien à faire ensemble ?

Evelyn prit une gorgée de Madère et regretta que le vin ne soit pas plus fort.

— Clarence est un idiot et Victor pense que je suis une idiote, alors en ce qui le concerne, nous sommes faits l'un pour l'autre. Enfin, ce n'est pas entièrement vrai, je suppose, ajouta-t-elle en soupirant. Clarence est tellement terne et soporifique que Victor s'est dit que je ne ferais pas trop d'histoires puisque je me rendrais à peine compte que je suis mariée.

— C'est affreux. Que vas-tu faire ?

— J'ai du mal à dresser un plan de défense. Je ne veux pas briser les chances de Victor d'entrer au Parlement. C'est bête, n'est-ce pas ?

Lucinda la serra dans ses bras.

— Tu es une gentille sœur. J'espère que Victor voudra bien s'en rendre compte un jour.

— Merci, Luce. Je suis bien tentée de mettre à profit ce que j'ai appris auprès de St Aubyn. Je n'ai pas pu lui enseigner l'art et la manière de se comporter en gentleman, mais il m'aura au moins appris une ou deux façons de créer du scandale.

— Tu ne dois pas ruiner ta réputation, Evie. Pas même pour échapper à Clarence Alvington.

— Non, mais je peux l'endommager superficiellement. Michael a une vie bien plus… exaltante que je ne l'aurais cru possible. Bien plus que ne pourrait même le concevoir M. Alvington.

Son amie retourna s'asseoir sur le divan et posa son verre sur un guéridon.

— Michael ? répéta-t-elle sans se tourner vers elle.

Evelyn rougit. *Malédiction.*

— St Aubyn, je veux dire, rectifia-t-elle. Il m'a demandé de… Je l'appelle parfois…

La porte du salon s'ouvrit à la volée et Georgie entra dans la pièce, encore occupée à défaire les rubans de son bonnet.

— Evie. Le Ciel soit loué !

— Que se passe-t-il ?

Lucinda s'empressa d'aller refermer la porte.

— Oui, que se passe-t-il ? demanda-t-elle en se retournant.

— Tu as réussi, Evie, voilà ce qui se passe, répondit la vicomtesse en se laissant tomber sur une chaise. C'est un miracle. Je reviens de chez toi, où Langley m'a dit que je te trouverais ici.

La bonne humeur de Georgiana était si communicative qu'Evie sentit son cœur s'alléger un peu. Au moins, quelqu'un était heureux.

— J'ignore totalement de quoi tu parles, Georgie.

— Je parle de St Aubyn. Tristan vient de rentrer de la séance de la Chambre, et il m'a appris la chose la plus extraordinaire qui soit !

Dès que le nom de Saint franchit les lèvres de son amie, Evie sentit la tête lui tourner. Elle alla s'asseoir devant la fenêtre et prit une gorgée de vin.

— Qu'a donc encore fait St Aubyn ?

— Il s'est présenté au Parlement et il s'est excusé auprès de lord Haskell pour les propos blessants qu'il avait eus vis-à-vis de lui lors de la dernière séance à laquelle il avait assisté.

Evie haussa les sourcils.

— St Aubyn s'est excusé auprès de quelqu'un ?

— Comme un vrai gentleman ! Tristan m'a dit aussi qu'il était resté jusqu'à la fin de la séance et qu'il s'était porté volontaire pour siéger au comité de réforme du travail des enfants.

Ses deux amies l'observèrent, attendant une réaction de sa part.

— Ô mon Dieu, souffla-t-elle finalement.

Que dire d'autre, quand elle souhaitait de toute son âme aller retrouver Saint pour lui demander des explications, le serrer dans ses bras et l'embrasser ? Il avait enfin compris la leçon, et même si cela ne l'aidait pas, elle, il avait le pouvoir de faire tant de bien, ailleurs.

— ... la forcer à épouser Clarence Alvington, était en train de dire Lucinda.

— Non ! Ne voit-il donc pas que ce dandy n'est absolument pas fait pour toi ? demanda Georgiana.

— Probablement pas. Tout ce qu'il voit, c'est que Clarence est parfait pour lui. Notre union lui garantit un siège à la Chambre des communes.

— Il serait préférable qu'il y parvienne grâce à son seul mérite, releva Georgiana.

— Je regrette de ne pas avoir eu la présence d'esprit de lui dire cela, répondit Evie en lui souriant.

— Je t'autorise à le lui dire quand bon te semblera. Que vas-tu faire, à présent ?

— Elle compte mettre à profit ce qu'elle a appris auprès de St Aubyn, répondit Lucinda sans laisser à Evie le temps d'ouvrir la bouche, dans l'espoir qu'un léger parfum de scandale suffira à repousser Clarence, ou au moins ses parents.

— C'est très risqué, Evie, déclara la vicomtesse, la mine soudain sombre. Crois-moi.

— Je sais. En fait, ajouta-t-elle tant qu'elle s'en sentait le courage, je vais peut-être avoir besoin de votre aide.

— Pour créer un parfum de scandale ?

Lucinda et Georgie la dévisagèrent d'un air sceptique.

— Non, répondit-elle. Pour faire comme s'il ne se passait rien de scandaleux, justement. Car si vous qui êtes mes amies semblez désapprouver ce que je fais, je serai définitivement perdue, ajouta-t-elle avec un rire forcé.

Lucinda soupira.

— Je te conseillerais bien de tenter de raisonner Victor, mais je sais d'avance ce que cela donnera. Tu peux compter sur moi pour ne rien remarquer de scandaleux, quoi que tu fasses.

— Je serai tout aussi aveugle, promit Georgie. Mais je regrette que cette absurdité t'empêche de fêter ton succès avec St Aubyn. Et je me permets de souligner, ajouta-t-elle en se tournant vers Lucinda, que maintenant que St Aubyn est devenu un parfait gentleman, tu demeures la seule à ne pas avoir réformé de débauché, Luce.

Celle-ci fit la moue.

— Il n'a été charmant que pendant cinq minutes. Je ne considère pas cela comme une victoire absolue. En outre, nous avions décidé de donner une leçon à un débauché sur la façon de se comporter décemment *avec une femme*. Or aucune femme ne siège à la Chambre des lords, que je sache. Pas depuis la reine Elizabeth, en tout cas.

Tandis que Georgie et Luce continuaient à se chamailler afin de déterminer si elle avait ou non accompli sa mission, Evelyn se contenta de veiller à juguler son excitation. Elle passerait la journée du lendemain en compagnie de Saint, comme elle le lui avait promis. Elle allait le revoir et elle se comporterait de façon scandaleuse. Après tout le temps qu'elle avait consacré à le réformer, se réjouir de ce que le marquis de St Aubyn soit un débauché était assez absurde… Mais ce n'était pas n'importe quel débauché. Saint était *son* débauché.

23

Elle marche dans sa beauté, semblable à la nuit
Des climats sans nuages et des cieux étoilés ;
Tout ce qu'ont de plus beau la lumière et l'ombre
Est réuni dans ses traits et dans ses yeux.

Lord Byron,
Elle marche dans sa beauté

Saint engagea son phaéton derrière la longue file de chevaux et d'attelages qui avaient quitté le centre de la capitale pour assister au traditionnel pique-nique du général Barrett. Il dut reconnaître que l'endroit choisi, le versant d'une colline qui dominait la ville, était pittoresque. Il dut s'avouer aussi, alors qu'il répondait par un salut poli au regard stupéfait de lord et lady Milton, qu'il se sentait complètement idiot.

On l'invitait rarement à un lunch en plein air, et si quelqu'un le faisait, il n'envoyait pas de réponse pour remercier de l'invitation et confirmer sa venue. De la même façon, il arrivait toujours en retard et ne restait jamais jusqu'à la fin de l'événement.

Alors qu'il immobilisait ses chevaux et sautait du phaéton, il parcourut la colline du regard. Il devait y avoir une cinquantaine d'invités, mais l'abondance de personnel rendait cette estimation très incertaine.

— Vous êtes venu.

Au son de la voix d'Evelyn, ces considérations absurdes et l'abeille qui s'obstinait à bourdonner autour de son chapeau cessèrent d'avoir la moindre importance.

— Vous m'avez obtenu une invitation, répondit-il en se tournant vers elle.

— J'ai pensé que vous seriez peut-être encore fâché contre moi.

— Et pourtant, vous avez tenu parole.

Ses yeux gris dansèrent lorsqu'elle croisa son regard. Sa robe de mousseline jaune était assortie aux jonquilles qui parsemaient la colline, et quand elle lui sourit, Saint en oublia de respirer.

— Je crois me souvenir que si je ne parvenais pas à vous procurer une invitation, j'avais toutes les chances de me retrouver nue, murmura-t-elle.

— Mon Dieu, comme vous voilà directe, aujourd'hui, répondit-il en lui offrant son bras. Il ne me déplairait pas que vous gardiez en tête ma proposition, savez-vous ?

Elle rougit, et il se sentit soudain plus à son aise. Evelyn avait cherché à se montrer audacieuse, mais elle était toujours la demoiselle convenable prête à tout pour améliorer le sort de petits orphelins. Il fut néanmoins surpris de la voir accepter son bras.

— Je devrais peut-être vous présenter quelques personnes, avant cela.

La situation, pour inattendue qu'elle soit, était loin de lui déplaire.

— Bras dessus, bras dessous ? demanda-t-il en haussant les sourcils. Non que je m'en plaigne, remarquez, mais il me semblait que nous devions nous toucher uniquement lorsque nous étions seuls, ajouta-t-il en inclinant légèrement la tête au-dessus d'elle pour respirer son parfum.

— J'ai une dette envers vous, répondit-elle. Vous m'avez demandé de passer la journée près de vous, aussi je m'exécute.

Elle se contentait d'honorer sa promesse. S'il s'y était engagé, son ange aurait accepté de dîner avec le diable.

— Présentez-moi donc.

Ils traversèrent la pelouse pour gagner l'endroit où la plupart des invités étaient rassemblés. Dare était là, en compagnie de son épouse, et Saint réprima un froncement de sourcils. Il avait reproché au vicomte de s'être domestiqué, et pourtant, ils assistaient au même événement - une fois de plus.

Non, non, non. Il ne se laissait pas domestiquer. Il était là parce qu'il avait envie de voir Evelyn et parce qu'un pique-nique avec les plus brillants esprits de la haute société, auquel il avait été miraculeusement convié, pouvait se révéler intéressant.

— Général Barrett, dit Evelyn en le faisant pivoter sur lui-même, connaissez-vous lord St Aubyn ? Milord, notre hôte, le général Augustus Barrett.

Le gentleman de haute taille, dont les yeux et la chevelure présentaient le même gris acier, inclina la tête avec une raideur toute militaire.

— St Aubyn. Ma chère petite Lucinda a suggéré de vous inviter. Amusez-vous bien, dit-il en jetant un coup d'œil à Evelyn avant de reporter les yeux sur lui. Mais pas trop tout de même.

— Merci, monsieur.

Tandis qu'il regardait le général s'éloigner pour accueillir un nouveau groupe d'invités, Saint se dit que son hôte venait de lui fournir la clé du succès : s'il voulait souffler la main d'Evelyn à cet imbécile de Clarence Alvington, il lui suffisait de s'amuser un peu moins que d'habitude. Au lieu de dire ce qu'il pensait sans se soucier des conséquences, il allait jouer la carte de la réserve et de la pondération. Ce ne serait pas facile, mais il pouvait considérer cela comme une sorte de défi.

— Ce n'était pas si terrible, n'est-ce pas ? murmura Evelyn en serrant son bras davantage.

— Pas le moins du monde, répondit-il en baissant les yeux sur sa main. Mais que faites-vous, au juste ?

— Comment cela ? Je vous ai dit que je vous avais promis...

— Depuis que nous nous connaissons, vous n'avez cessé de me dire que vous ne vouliez rien avoir à faire avec moi, Evelyn Marie. Que se passe-t-il ? Auriez-vous décidé de poursuivre notre... amitié après votre mariage avec Clarence Alvington ?

— Bien sûr que non, répliqua-t-elle, stupéfaite.

En réalité, c'était sans doute le mieux qu'il puisse espérer, songea-t-il. Devenir son amant, une fois qu'elle aurait épousé celui que sa famille avait choisi pour elle.

— Cela serait-il si terrible ? poursuivit-il d'une voix plus douce. Personne n'en saurait rien. Juste vous et moi, Evelyn.

— Taisez-vous, ordonna-t-elle. Je vous interdis de suggérer des choses pareilles. Ce serait malhonnête vis-à-vis de mon époux.

— Et si je ne peux pas me passer de vous ?

Elle ralentit le pas et leva les yeux vers lui.

— Dans ce cas... faites quelque chose pour y remédier.

Saint s'immobilisa et la regarda rejoindre lord et lady Dare. Qu'essayait-elle de lui dire ? Qu'il devait se battre pour obtenir sa main ? Il était parfaitement prêt à le faire, mais elle devait savoir aussi bien que lui que son frère n'approuverait jamais son union avec un débauché tel que lui.

Il aurait pu l'enlever, bien sûr, comme elle l'avait fait avec lui. L'idée de la garder captive à St Aubyn Park, seulement vêtue de robes de soie diaphanes, était loin de lui déplaire. Elle aurait sans doute même apprécié cela un moment, avant de comprendre qu'elle était définitivement perdue de réputation.

Un grand cercle vide s'était formé autour de lui. Le phénomène se produisait chaque fois qu'il assistait à un événement convenable, mais ce n'était pas censé arriver ce jour-là ; c'était justement pour éviter cela qu'il avait demandé à Evelyn de rester près de lui. Il se décida à la rejoindre.

« Tiens-toi bien, s'ordonna-t-il avec sévérité. Quoi qu'il advienne, tiens-toi bien. »

— Qu'est-ce qui te fait sourire ainsi ? demanda Georgiana en déposant un baiser sur la joue de son amie.

— C'est une si belle journée.

Et je vais la passer avec Saint.

Le vicomte Dare s'inclina au-dessus de sa main.

— Le soleil et les petits oiseaux ne suffiraient pas à me donner le sourire si je vivais dans l'idée de devoir épouser Nœud de Cravate Alvington.

— Dare, lui dit Georgie d'un ton de reproche en lui donnant un coup de coude dans les côtes.

Son époux accusa le coup.

— Mais le fait d'être heureux en mariage ne m'autorise pas à médire des autres, s'empressa-t-il d'ajouter.

— Médisez tant que vous voudrez, mon ami, fit Georgiana avec un sourire. J'ai eu droit à mon lot de médisances en mon temps.

Evie regarda son amie incliner la tête sur l'épaule de son mari et ne put réprimer un pincement d'envie. Les choses n'avaient pas été simples pour Georgiana et Tristan, mais ils étaient si visiblement épris l'un de l'autre… Les voir ensemble lui donnait parfois envie de pleurer. Comme elle aurait aimé pouvoir se tenir ainsi, main dans la main, avec Saint, se dit-elle avant de s'efforcer de chasser cette pensée.

— Tu n'es pas encore mariée, Evie, déclara Georgie d'un ton ferme. Il n'est pas impossible que ton frère revienne à la raison.

— Nous pourrions l'enlever et le séquestrer pour l'inciter à réfléchir, suggéra la voix de Saint derrière Evie.

Elle avait beau s'être habituée à ses commentaires à double sens, le fait de le sentir si près d'elle la fit instantanément rougir.

— Je doute que cela puisse avoir le moindre effet sur Victor.

Le marquis vint se placer à côté d'elle.

— Les gens se révèlent parfois surprenants.

Comme à la soirée de lady Bethson, une irrépressible envie de le toucher et de faire courir ses doigts sur sa peau nue s'empara d'Evie, au point qu'elle se mit à trembler. Et n'avait-elle pas décidé de faire fi des convenances, ce jour-là ?

— Oui, répondit-elle en posant les deux mains sur son bras, les gens se révèlent parfois surprenants.

Elle sentit ses muscles se tendre sous ses doigts, mais il ne bougea pas.

Le vicomte Dare s'éclaircit la voix.

— Au fait, Saint, je tenais à te dire que tu as gagné le respect du comte Haskell, hier. Et de quelques autres aussi, j'imagine.

— Si je ne m'étais pas excusé, j'aurais dû me battre, et je portais mon habit préféré.

Evie jeta un coup d'œil au beau visage du marquis. Il semblait assez mal à l'aise, comme s'il ne savait pas comment réagir à un compliment. Elle comprit que ses excuses avaient été sincères et se sentit très fière de lui. L'envie de l'embrasser qui la saisit alors fut telle que le fait de se trouver près de lui devint presque douloureux.

— Evelyn ? murmura-t-il.

Son cœur tressaillit dans sa poitrine.

— Oui ?

— Vous allez bientôt me faire saigner, si vous ne relâchez pas votre étreinte.

— Oh, souffla-t-elle en détendant légèrement ses doigts.

— Que pensez-vous du pique-nique du général Barrett ? s'enquit brillamment Georgiana.

— C'est intéressant. Je suis ravi que Mlle Ruddick lui ait recommandé de m'inviter.

Evie aperçut lord et lady Huntley qui traversaient la pelouse devant eux, passant d'un groupe à l'autre. La comtesse était la cousine au second degré de Clarence Alvington, et son farouche attachement au respect de l'étiquette et de la bienséance était connu de tous. Victor et les Alvington n'ayant pas été invités au pique-nique du général, les Huntley étaient les personnes les plus susceptibles de rapporter des rumeurs à Clarence. Elle tira sur la manche de Saint.

— Allons cueillir des fleurs, milord, suggéra-t-elle en faisant porter sa voix, ponctuant sa proposition d'un gloussement forcé. Les invités se chargent toujours de faire des bouquets pour décorer les tables.

Saint la regarda comme si elle avait perdu la raison, mais acquiesça.

— Des fleurs. Certainement, mademoiselle Ruddick. Vous joindrez-vous à nous ? ajouta-t-il à l'adresse de Georgiana et de son époux.

— Tout le monde y va, insista Evie en tirant plus fort sur sa manche. Venez, avant que les autres aient trouvé les plus jolies fleurs !

— Oui, allez-y, les encouragea Georgie. Personne n'y trouvera à redire. Regardez, Mme Mullen est en train de cueillir des jonquilles avec le général. Vous n'avez pas besoin qu'un ennuyeux couple marié vous serve de chaperon.

— Ennuyeux ? releva le vicomte en haussant les sourcils.

Saint, qui ne tenait visiblement pas à assister à la querelle domestique qui menaçait, cessa de discuter et suivit Evie de bonne grâce.

Soulevant sa jupe d'une main, elle plaça l'autre sur le bras de Saint et le guida vers le versant opposé de la colline.

— Eh bien, eh bien, fit-il. Seriez-vous devenue folle ?

— Parce que je veux cueillir des fleurs ?

— Parce que vous tenez à être vue à mon bras, Evelyn. Je vous ai demandé de rester près de moi, mais je n'ai jamais eu l'intention de vous emmener batifoler dans la nature. Si votre frère apprenait…

— Ne vous souciez donc pas de mon frère, l'interrompit-elle avec bien plus d'assurance qu'elle n'en ressentait. Contentez-vous de vous amuser, Michael.

— Si j'avais l'intention de m'amuser, nous nous trouverions dans ma chambre, les rideaux tirés. Ceci, ajouta-t-il en désignant les invités éparpillés alentour, je ne fais que le tolérer.

Evie ralentit le pas. Peut-être se comportait-elle de façon mesquine et égoïste. Il était pourtant évident que le marquis ne pouvait pas s'amuser, quand tout le monde lui battait froid.

— Regrettez-vous d'être venu ?

Il eut ce beau sourire, sensuel et sombre, qu'elle aimait tant.

— Si je n'étais pas venu, je serais en ce moment même en train de tourner comme un lion en cage dans ma salle de billard, à regretter de ne pas l'avoir fait.

— Pourquoi ?

— Parce que vous êtes ici. Pour quelle autre raison ?

— Je… je ne m'attendais pas que… bredouilla-t-elle en rougissant tandis qu'il se penchait vers elle.

— Vous ne vous attendiez pas que je le reconnaisse, termina-t-il à sa place. Pourquoi m'en priverais-je ?

— Saint…

— Tss tss, fit-il en secouant la tête. Michael.

Ô mon Dieu. Pouvait-elle l'embrasser sans risquer d'être perdue de réputation, si elle feignait ensuite la surprise choquée ? Elle était prête à le faire, rien que pour sentir sa bouche contre la sienne et qu'il la serre dans ses bras ; elle saurait alors qu'il avait autant envie d'elle qu'elle avait envie de lui. Rien qu'un b…

— Oh, regardez ! Des marguerites !

La repoussant presque, Saint s'écarta d'elle avec une brusquerie qui ne lui ressemblait guère pour s'approcher d'un petit ruisseau. Evie le regarda s'éloigner d'elle, le souffle coupé. Elle avait souhaité qu'il l'embrasse et il n'en avait rien fait. Il s'était même pratiquement enfui.

— Celles-ci sont jolies, n'est-ce pas ? lança-t-il en arrachant quelques fleurs.

Evie battit des cils et dut se mordre la joue pour ne pas rire. Saint était *nerveux*.

— Juste Ciel ! Pas les racines, Saint. Seulement les tiges.

Il considéra les fleurs, arracha les racines avec une aisance qu'elle ne put s'empêcher d'admirer et tendit les fleurs vers elle.

— Est-ce mieux ainsi ?

Elle prit dans sa main les pauvres petites choses meurtries et s'approcha du ruisseau.

— Oui, elles sont très jolies. N'auriez-vous pas un couteau, cependant ?

Saint se pencha en avant et sortit un long poignard de sa botte. Evelyn déglutit quand elle l'aperçut.

— Est-ce que... est-ce que vous l'aviez sur vous, à l'orphelinat ?

— Qui sait ? répondit-il en la dévisageant d'un œil amusé.

— Si vous l'aviez, je vous remercie de ne pas en avoir fait usage.

Saint pinça les lèvres et porta son regard au loin, comme s'il pensait à autre chose.

— Je ne l'avais pas sur moi. Et, rétrospectivement, j'en suis très heureux, dit-il en se penchant pour couper une demi-douzaine de marguerites qu'il lui tendit. Ma vie serait très différente aujourd'hui, si j'avais été armé.

— Vous êtes donc... heureux que je vous aie séquestré pendant une semaine dans le cachot de l'orphelinat ?

Il eut un doux sourire pensif qu'elle ne lui avait encore jamais vu et qui fit étrangement frémir son cœur.

— J'ai fini par comprendre pourquoi ce maudit endroit s'appelle le Cœur de l'Espoir. Je ne sais comment, quelqu'un avait prévu que je vous y rencontrerais, Evelyn Marie.

— Michael, souffla-t-elle, vivement émue, j'ai très envie de vous embrasser.

Le sourire de Saint s'accentua, et son regard se fit malicieux.

— Evelyn, vous embrasser n'est que le début de ce que j'ai envie de vous faire. Pourtant, ajouta-t-il en lui offrant une nouvelle poignée de fleurs parfaites, je m'en abstiendrai.

Elle ne put réprimer un froncement de sourcils.

— Pourquoi ?

Il fit courir son doigt le long de sa joue.

— Parce que je tiens vraiment à me comporter en gentleman.

— Mais moi, je ne veux pas.

Sa caresse l'avait laissée tremblante.

— Vous culbuter dans l'herbe serait... délicieux, murmura-t-il en lui offrant son bras, mais quelqu'un pourrait nous voir. Ce que je veux obtenir de vous ne s'arrête pas à aujourd'hui, ma chère. Et, si frustrante que soit l'attente d'un moment plus propice, si c'est ce qu'il convient de faire, je me plierai aux convenances.

Evie en resta un instant sans voix. Saint – Michael – avait tellement changé qu'elle le reconnaissait à peine. Et, apparemment, c'était grâce à elle.

— Vous êtes vraiment charmant quand vous voulez, susurra-t-elle.

Et même s'il n'y avait aucun espoir pour eux deux, Evie n'avait pas envie d'y songer. Pas en un tel jour.

Alors que les bruits de cette conversation roucoulante s'éloignaient le long du ruisseau, lady Huntley tendit le cou pour regarder au-delà des roseaux derrière lesquels elle avait élu refuge avec son mari. Si elle n'avait pas eu l'idée de composer un centre de table avec des roseaux, personne n'aurait sans doute découvert le pot aux roses.

— Avez-vous entendu cela ? demanda-t-elle en décochant un coup de coude à son mari.

— On dirait bien que St Aubyn tourne autour de cette jeune personne, répondit celui-ci en époussetant l'herbe de ses genoux, avant de tendre la main à son épouse pour l'aider à se relever.

— Oh, je suis certaine que c'est bien plus grave que cela. Je pense qu'elle est déjà tombée dans ses filets. Et des orphelins ou je ne sais qui ont été séquestrés et Dieu sait quoi encore. Nous devons prévenir Alvington !

— Alvington ? Pourquoi ?

— Parce que c'est cette fille que Clarence compte épouser, pour l'amour du Ciel ! Tenez-vous un peu au courant, mon ami.

— Je m'y efforce, ma chère.

Evie comprit ensuite qu'elle aurait dû flairer l'embuscade. Mais alors qu'elle assistait à l'ennuyeux et pesant dîner donné par Victor, son principal souci était de garder les yeux ouverts plutôt que de guetter les chausse-trapes. Elle venait de passer la plus belle journée de sa vie, et les amis politiques de son frère lui rappelaient seulement à quel point elle était heureuse que Michael Edward Halboro soit entré dans sa vie.

Tout le monde paraissait l'observer. Il lui semblait en tout cas qu'elle recevait plus d'attention qu'à l'accoutumée au titre d'élément décoratif de la maison, mais elle ignora cette sensation du mieux qu'elle put. Clarence s'évertuait vainement à lui faire du pied sous la table, ce qui la décida plus que jamais à se concentrer sur le rôti de faisan qu'on lui avait servi et à trouver une excuse pour s'éclipser le plus tôt possible.

— J'ai entendu la chose la plus extraordinaire, ce matin, dit lady Alvington au-dessus du cliquetis des couverts.

La marquise de Houton jeta un coup d'œil vers Evie et lui adressa un froncement de sourcils qui ressemblait à un avertissement. Le cœur de la jeune femme se mit à battre plus vite. Elle allait enfin savoir si les Huntley avaient rapporté qu'elle avait passé la journée auprès de St Aubyn, lui tenant le bras chaque fois qu'elle pouvait et allant même jusqu'à chasser une coccinelle de ses cheveux – et Saint, l'affreux débauché, le redoutable duelliste, avait ri et soufflé sur ses doigts pour la faire s'envoler.

— Qu'avez-vous donc entendu, milady ? s'enquit Victor.

— J'hésite presque à le dire, mais cela concerne directement une personne qui se trouve à cette table.

— Dans ce cas, vous devez le dire, insista Geneviève Ruddick.

— Très bien, dit lady Alvington en se penchant en avant avec une mine de conspiratrice, sans prendre cependant la peine de baisser le ton – pour qu'une rumeur se répande, il était essentiel que les domestiques n'en perdent pas une miette. Apparemment, le marquis de St Aubyn serait impliqué dans une affaire d'enlèvement à l'orphelinat dont il a la charge. Ce qui expliquerait d'ailleurs qu'il ait disparu pendant toute une semaine.

Evie se sentit devenir exsangue. Luttant contre la panique, elle prit une profonde inspiration pour éviter de se trouver mal en plein dîner. Qui pouvait avoir entendu cela ?

Cette fois, il ne faisait plus aucun doute que tout le monde la regardait et que personne ne semblait surpris – il n'y avait que sa tante Houton pour lui adresser un regard de vague sympathie. Que devait-elle faire ?

mentir ? Saint serait apparu sous un jour encore pire, et elle ne l'aurait pas supporté.

— Je sais... quelque chose à ce sujet, balbutia-t-elle. C'est bien moins terrible qu'il n'y paraît. Croyez-moi, se força-t-elle à glousser en saisissant son verre de vin. Où diable avez-vous entendu une telle chose, milady ?

Victor laissa violemment retomber sa fourchette dans son assiette, au risque de briser la délicate porcelaine.

— De tes propres lèvres, Evie.

— Qu...

— Je te laisse imaginer ma surprise quand lord Alvington est venu ici en fin d'après-midi avec ses cousins, lord et lady Huntley. Ils t'ont entendue, ma chère, à ce stupide pique-nique d'idéalistes que donnait le général Barrett, tenir des propos... déplacés avec St Aubyn. Tu aurais même prétendu, je crois, avoir envie d'embrasser ce... libertin. Je m'abstiens d'employer un terme plus fort par égard pour les dames ici présentes.

— Puis-je m'expliquer ? demanda Evie, bien qu'elle n'eût pas la moindre idée de ce qu'elle aurait pu dire, excepté la vérité.

— Non, tu ne peux pas, répliqua son frère. Qu'est-ce qui t'a permis de croire que tu pouvais te comporter de la sorte ? T'associer avec cette parfaite... canaille, sans que je réagisse ? J'ai questionné ta tante au sujet de tes visites, et elle a avoué que tu passais ton temps avec ces maudits petits bâtards – pardonnez mon langage, mesdames – à l'orphelinat du Cœur de l'Espoir, celui que dirige justement St Aubyn !

Evie coula un regard vers sa tante, qui baissa les yeux d'un air à la fois coupable et navré.

— Tu peux t'estimer heureuse que les Huntley soient allés trouver lord Alvington et non la presse à scandale, poursuivit Victor. Et remercie le Ciel qu'il soit encore possible d'arranger ce fiasco.

Evie ferma les yeux un instant et souhaita qu'ils disparaissent, tous autant qu'ils étaient. Saint. Il fallait qu'elle parle à Saint. Il aurait une réponse à leur donner.

— Comment comptes-tu arranger cela ? demanda-t-elle.

Clarence émit une quinte de toux nerveuse.

— Votre frère et moi avons discuté, et nous... sommes parvenus à un arrangement. J'ai donc accepté de vous épouser.

Son cœur cessa de battre. Non qu'elle fût surprise, mais l'entendre parler de leur mariage à voix haute...

— Vous avez « accepté » de m'épouser ? répéta-t-elle en relevant la tête pour le regarder.

— J'ai également accepté, intervint Victor. L'annonce d'un mariage coupera court aux spéculations sur la faiblesse de ton caractère.

— Mais moi, je n'accepte pas !

Evelyn prit une longue inspiration pour se calmer. Elle n'en pouvait plus. Si Victor avait besoin de témoins pour l'attaquer, elle était de taille à lui tenir tête toute seule.

— Je ferai savoir haut et fort que tu me contrains à ce mariage et quand les gens te regarderont, Victor, ce ne sera pas pour louer ton talent politique, mais pour dénoncer ta tyrannie et raconter de quelle odieuse façon tu as utilisé ta propre sœur !

— Evie ! s'étrangla sa mère.

— Les gens admireront plus probablement ma force de caractère et la patience dont j'ai fait preuve avec toi, Evelyn, rétorqua Victor. J'ai visiblement eu trop d'indulgence pour ton égoïsme et ta futilité. Va dans ta chambre. Tu n'en ressortiras que lorsque tu seras disposée à te comporter décemment. Les orphelins, les emplettes avec tes amies frivoles et les conversations avec St Aubyn, c'est terminé. Il n'en sera plus jamais question.

Evelyn posa sa serviette sur la table et se leva lentement.

— Quoi que tu penses et quoi que tu aies dit, souviens-toi que tu n'as jamais entendu ma version de l'histoire. Et tu aurais pu penser à me la demander, Victor, avant de chercher à m'humilier devant la famille et tes amis. Tu feras sans doute un brillant politicien, mais tu aurais fait un meilleur frère si tu étais venu me parler et si tu avais pris la peine de m'écouter.

Evie monta l'escalier aussi dignement qu'elle put, longea le couloir, entra dans sa chambre et referma la porte derrière elle. S'adossant au battant, elle se concentra pendant un long moment sur sa respiration. Elle se rendit compte alors qu'elle était plus fâchée que vexée. Se retournant, elle verrouilla la porte. Ce serait toujours mieux que de les entendre la verrouiller de l'extérieur.

Ils ne contrôlaient pas tout, se dit-elle. Elle pouvait toujours dire non. Victor n'avait pas le pouvoir de la forcer à se marier contre son gré. En guise de représailles, il pouvait l'expédier dans leur domaine du West Sussex et lui refuser la permission de se marier avec qui que ce soit d'autre - et il pouvait aussi lui couper les vivres parce qu'elle avait failli aux devoirs qu'elle avait envers sa famille, l'empêchant ainsi d'agir à sa guise et d'aller où que ce soit.

Mais ce qui était encore pire, c'était que même si Saint tenait parole et relogeait les orphelins dans un nouveau foyer, Evie, elle, serait obligée de rompre la promesse qu'elle avait faite aux enfants. Ils penseraient qu'elle les avait abandonnés, comme tous les autres.

— Non, non, non, psalmodia-t-elle en se mettant à faire les cent pas entre la porte et la fenêtre de sa chambre.

Six mois plus tôt, si Victor lui avait ordonné de se marier avec Clarence Alvington, elle aurait pleuré, protesté, mais se serait finalement exécutée.

Mais elle avait changé depuis, elle avait tissé des liens d'amitié avec des orphelins et compris qu'elle pouvait améliorer leur sort. Elle avait visité plusieurs institutions et constaté qu'il y avait encore beaucoup à accomplir. Elle avait découvert ce que cela faisait d'être dans les bras d'un homme et le plaisir que les attentions d'un amant pouvaient lui procurer.

Evelyn ouvrit la fenêtre et regarda au-dehors. Entre le jardin et elle, il n'y avait rien d'autre que le mur lisse de la maison. Dans les romans, il se trouvait toujours une gouttière ou un treillage à portée de main qui permettait de s'enfuir – ou de recevoir une visite galante. Et elle n'avait aucun complice, tapi dans l'ombre, attendant l'instant propice pour déployer une échelle.

Elle s'assit sur le banc de fenêtre. Si elle avait pu s'échapper, elle serait allée trouver Saint et lui aurait demandé de l'enlever ou de s'enfuir avec elle, ou au moins de la cacher, le temps qu'elle trouve quoi faire. Mais Saint était hostile à tout attachement. Si elle s'était présentée chez lui, elle aurait apporté avec elle un nœud coulant de la taille du château de Windsor.

Sans doute ne la désirait-il que parce qu'ils se voyaient en secret et que leur histoire restait simple. Evelyn referma lentement la fenêtre. Si sa vie devait devenir un cauchemar, elle pourrait au moins se raccrocher au fantasme de l'homme aimant que Michael Halboro avait été en passe de devenir.

— Oh, Michael, murmura-t-elle. Que va-t-il advenir de moi ?

Saint considéra son notaire d'un œil noir.

— Non, je n'ai pas besoin de réfléchir davantage, affirma-t-il sèchement. Donnez-moi ces papiers, que je les signe.

Wiggins déglutit et sortit une liasse de papiers de sa sacoche.

— Paraphez les trois premières pages et ne signez que la dernière, dit-il. Il y a deux exemplaires.

Saint plaça les papiers face à lui, prit une inspiration, trempa sa plume dans l'encrier et signa.

— C'est tout, n'est-ce pas ? La propriété m'appartient ?

— Oui, milord. Vous venez d'accomplir la dernière étape.

— Parfait. Allez faire ce qu'il reste à faire et rapportez-moi l'acte de propriété. Je le veux pour midi.

— Pour... Bien, milord.

Le notaire s'empressa de quitter le bureau tandis que Saint croisait les mains derrière sa tête et inclinait son fauteuil en arrière. Les orphelins avaient leur foyer. Acheter St Eve, comme il avait décidé de le baptiser, était sans doute l'acte le plus frivole qu'il eût jamais accompli. Cela ne lui rapporterait aucun profit - tout le contraire, en fait - et ne lui permettrait de faire pression sur personne. Mais cela le placerait dans les bonnes grâces de la femme qu'il estimait plus que tout au monde.

Maintenant que les papiers étaient signés, il pouvait se concentrer sur le moyen de la faire sienne pour toujours.

— Jansen !

Le majordome apparut aussitôt.

— Milord ?

— Faites seller Cassius. Et trouvez-moi une douzaine de roses rouges.

— Bien, milord, répondit le majordome avant de disparaître.

— Jansen !

La tête du majordome réapparut.

— Oui, milord ?

— Plutôt deux douzaines, les roses.

— Très bien, milord.

Saint rangea ses papiers, puis enfila ses gants. Il était plus de 9 heures du matin, et Evelyn avait dit la veille qu'elle passerait la matinée dans la nouvelle maison pour dresser la liste des achats à faire avant l'arrivée des enfants.

Il la retrouverait donc là-bas. Et après la merveilleuse journée qu'ils avaient passée ensemble, il ne doutait pas de réussir à la convaincre de s'isoler un moment avec lui dans une des chambres. S'il ne la possédait pas bientôt, il allait exploser.

Il s'occuperait ensuite de convaincre Wellington d'offrir un poste dans un ministère à Victor Ruddick, ou bien ils proposeraient tous deux à Prinny d'en créer un tout spécialement. Il descendit dans le hall en fredonnant une valse. Se comporter en véritable gentleman se révélait bien plus simple qu'il ne l'aurait cru – surtout quand il connaissait la récompense qui l'attendait à la fin de la partie.

— Je reviendrai vers midi, annonça-t-il. Wiggins doit m'apporter des papiers.

— Très bien, milord, répondit Jansen en ouvrant la porte. Voici les fleurs que vous avez demandées.

— Merci, Jansen.

— Il n'y a pas de quoi, milord. Et bonne chance, si vous me permettez cette audace.

Saint sourit en enfourchant Cassius.

— Je la permets, Jansen, mais n'en faites pas une habitude.

La rue où se dressait St Eve était déserte à l'exception de quelques attelages appartenant aux occupants des maisons voisines. Saint entra cependant, passant par une fenêtre mal fermée quand il trouva la porte d'entrée verrouillée.

— Evelyn ? appela-t-il en traversant le hall désert. Mademoiselle Ruddick ?

Elle n'était visiblement pas là. Il ressortit et se remit en selle. Sans doute la trouverait-il à l'ancien orphelinat, songea-t-il, avant de traverser Marylebone jusqu'à Great Titchfield Road.

La concierge l'accueillit sur le seuil.

— Milord, dit-elle avec une profonde révérence.

— Madame Natham. Je cherche Mlle Ruddick. Est-elle ici, ce matin ?

La femme semblait stupéfaite d'avoir conservé son emploi, mais puisque Evelyn l'appréciait, Saint avait consenti à la garder.

— Non, milord. Les enfants la réclament, mais voilà trois jours que nous ne l'avons pas vue.

— Ah. Merci, madame Natham, dit-il en s'apprêtant à tourner les talons.

— Milord ?

— Je vous écoute, répondit Saint, agacé.

— Le jeune Randall a raconté une histoire incroyable aux autres enfants, au sujet d'une nouvelle maison où ils iraient tous ensemble. Ils sont tout excités, mais je me demandais... Randall aime plaisanter, voyez-vous.

— Randall n'a pas menti, répondit-il. Mlle Ruddick souhaitait le leur dire elle-même, une fois tous les papiers signés. Je vous serais reconnaissant de suggérer aux enfants de feindre la surprise quand elle leur annoncera la nouvelle.

Le sourire qui apparut sur le visage de la concierge adoucit considérablement ses traits.

— Volontiers, milord. Et merci – au nom des enfants, je veux dire.

— Il n'y a pas de quoi. Bonne journée, madame Natham.

Comme c'était étrange, se dit-il en repartant, que le fait de voir des gens heureux puisse le rendre aussi... heureux lui-même. Il faudrait qu'il demande à Evelyn de lui expliquer ce phénomène, une fois qu'il l'aurait retrouvée.

Il trouva Mlle Barrett et lady Dare sur le seuil de Barrett House, s'apprêtant à sortir.

— Mesdames, les salua-t-il en inclinant son chapeau.

— Milord, répondirent-elles, échangeant un regard entre elles.

— Je cherche Mlle Ruddick. J'espérais la trouver en votre compagnie ce matin.

— Elle m'a confié hier qu'elle devait aller... quelque part, ce matin, répondit Lucinda.

Saint descendit de cheval.

— Oui. J'en reviens, mais elle n'y était pas. Et je ne l'ai pas trouvée non plus à... l'ancien endroit.

— Nous avions prévu d'aller au musée, cet après-midi, ajouta lady Dare d'un ton pensif, mais elle m'a adressé une note pour me prier de l'excuser.

Saint tâcha de garder un air digne et prit le billet que la vicomtesse avait sorti de sa poche pour le tendre vers lui.

— Elle ne dit pas ce qui l'empêche de venir, marmonna-t-il pour lui-même.

— Son frère l'aura sans doute envoyée accomplir une de ses missions, avança lady Dare d'un ton incertain.

Saint se souvint alors qu'Evelyn lui avait dit que les Alvington étaient conviés à dîner chez les Ruddick, la veille. Il sentit une déplaisante sensation le gagner – de l'inquiétude.

— Nous pourrions peut-être passer chez elle, Georgie, suggéra Lucinda. Pour prendre de ses nouvelles.

Saint l'entendit à peine. Il s'était déjà remis en selle.

— Inutile. J'y vais.

Quelque chose ne tournait pas rond. Il n'avait aucune preuve, mais son instinct lui soufflait que la matinée n'aurait pas dû se dérouler de cette façon. Il allait lancer Cassius au galop quand il se rappela qu'il respectait désormais les convenances. Il se contenta donc d'un trot rapide pour gagner Ruddick House.

Le majordome des Ruddick lui ouvrit la porte.

— Lord St Aubyn. Bonjour.

— J'aimerais parler à Mlle Ruddick, dit Saint, maîtrisant difficilement son impatience.

— Si vous voulez bien attendre au petit salon, milord, je vais voir si Mademoiselle est ici.

Saint relâcha le souffle qu'il retenait depuis un moment sans s'en rendre compte. Elle était forcément là. On ne pouvait tout de même pas l'avoir entraînée contre son gré quelque part pour épouser Clarence Alvington avant qu'il ait pu tenter d'intervenir.

Il se mit à arpenter le petit salon, le besoin qu'il avait de la voir lui échauffant le sang comme une fièvre. Tout allait bien. Elle allait descendre pour lui dire qu'elle avait bu trop de vin la veille, à l'ennuyeux dîner de son frère, et qu'elle s'était réveillée tard.

— St Aubyn.

Il se retourna.

— Ruddick.

Il sentit ses cheveux se dresser sur sa nuque. Il se passait quelque chose de grave, pire que tout ce qu'il avait imaginé. « Reste poli », s'ordonna-t-il. Evelyn ne s'opposerait jamais complètement à son frère, et il devait d'abord amadouer Victor avant de convaincre Evelyn de sa sincérité.

— Je crains que ma sœur ne se sente pas très bien, ce matin.

Saint serra les dents. Il n'allait pas la voir.

— Rien de sérieux, j'espère ? se força-t-il à dire.

— Non. Une simple migraine. Mais elle ne peut recevoir personne.

— Bien. Je ne vous retiens pas plus longtemps, dans ce cas.

Saint passa devant Ruddick pour regagner le hall et remit les roses au majordome.

— Pour Mlle Ruddick.

— St Aubyn ? l'interpella Victor, qui l'avait suivi dans le hall.

— Oui ?

— Ma sœur n'est pas aussi raisonnable que je le souhaiterais. Elle est fiancée à Clarence Alvington, et j'apprécierais que vous vous comportiez en gentleman et gardiez vos distances avec elle.

Saint se figea. *Non.* Quand Evie lui en avait parlé, il s'agissait d'une simple possibilité, de quelque chose qu'il avait décidé d'empêcher. La femme dont il était tombé amoureux ne pouvait pas s'être fiancée à un autre.

— Elle a accepté d'épouser Alvington ?

— Bien sûr. Les intérêts de sa famille lui tiennent beaucoup à cœur. Je vous souhaite une bonne journée, St Aubyn. Je sais que vous ne chercherez pas à la revoir.

Saint s'immobilisa sur le seuil après que le majordome lui eut ouvert la porte.

— Vous savez, Ruddick, dit-il en se retournant, je croyais être le pire scélérat de Londres, et c'est assez réconfortant de découvrir que je m'étais trompé. Félicitations. Le titre vous revient.

— Si vous aviez une sœur, St Aubyn, vous comprendriez peut-être. Partez, maintenant. Et ne revenez pas.

Quitter Ruddick House fut la chose la plus difficile qu'il eût jamais faite. Il savait qu'Evelyn était là et qu'elle était désespérément malheureuse. Il voulait la voir, il voulait lui venir en aide. Il fallait absolument qu'il trouve une solution.

24

Les tyrans peuvent-ils être vaincus par des tyrans
Et la Liberté ne jamais trouver personne
qui la défende ?

Lord Byron,
Le Pèlerinage du chevalier Harold,
chant quatrième

Saint venait de reprendre la bride de Cassius des mains du valet des Ruddick quand le majordome apparut sur les marches du perron.

— Hé, toi, le clochard ! cria le domestique. Je te défends d'importuner nos visiteurs. L'entrée de service est de l'autre côté !

Saint tourna les yeux vers le portail et n'aperçut pas le moindre clochard. Il reporta les yeux sur le majordome, qui lança un bref coup d'œil dans sa direction avant de disparaître dans la maison et de claquer la porte.

Saint enfourcha son cheval et descendit la rue en s'efforçant de ne pas songer au désir brûlant qu'il avait de rouer de coups Victor Ruddick, jusqu'à le laisser pour mort. Une fois qu'il eut tourné le coin de Chesterfield Hill, il descendit de selle et, apercevant un jeune garçon, lui remit un shilling pour qu'il veille sur son cheval. Dieu bénisse les majordomes !

Il se faufila jusqu'à l'entrée de service de Ruddick House, trouva la porte des cuisines ouverte et aperçut le majordome, qui lui fit signe d'entrer.

— Merci, murmura-t-il en suivant le domestique jusqu'à l'escalier de service.

— Si M. Ruddick vous voit, je serai contraint de nier vous avoir laissé entrer, répondit l'homme. Mais je crois que Mlle Ruddick vous apprécie autant que nous l'apprécions. Elle ne mérite pas un traitement aussi indigne. Montez au premier. La porte de sa chambre est la quatrième sur la gauche.

Saint acquiesça, déjà parvenu à mi-hauteur de l'escalier. L'intervention du majordome confirmait ses doutes. Evelyn ne se trouvait pas dans cette situation par choix. Par chance, le couloir était désert. Il s'avança jusqu'à la porte indiquée et tambourina du bout des doigts contre le battant.

— Evelyn ? appela-t-il à voix basse.

— Pars, Victor ! Je ne veux pas te parler.

— Evelyn Marie, reprit-il à voix basse. C'est moi, Saint.

Il perçut un froissement d'étoffe qui approchait de la porte.

— Saint ? Que faites-vous ici ?

— La clé n'est pas sur la serrure, chuchota-t-il. Savez-vous où elle se trouve ?

— J'ai fermé de l'intérieur. Partez, Saint. Maintenant. Vous ne faites qu'aggraver les choses.

Saint actionna la poignée.

— Ouvrez la porte, Evelyn. Il faut que je vous parle.

— N... non.

— Si je force la porte, tout le monde saura que je suis là. Ouvrez avant que quelqu'un ne me trouve ici.

Il patienta quelques secondes, entendit finalement la clé tourner dans la serrure, et elle ouvrit la porte. Il se glissa à l'intérieur et referma silencieusement derrière lui.

Evelyn le regarda se retourner. Elle avait passé une longue nuit sans sommeil, à rêver de le revoir, et maintenant qu'il était là, elle ne voyait pas ce qu'il pouvait faire pour lui venir en aide.

— Vous ne devriez pas être ici. Si Victor l'apprend, il m'expédiera immédiatement dans le West Sussex.

Le marquis la considéra le temps d'un battement de cœur, puis fondit sur elle, prit son visage entre ses mains et l'embrassa si tendrement, si doucement, qu'elle eut envie de pleurer.

— Votre cher frère m'a fermement invité à sortir d'ici il y a quelques minutes, dit-il avant de l'embrasser de nouveau, comme s'il ne l'avait pas vue depuis des années. Je doute qu'il s'attende à me trouver dans les parages.

— Comment êtes-vous...

— Victor ne sera jamais aussi rusé que moi, quand bien même il s'y essaierait, répondit-il.

— Il a découvert mes activités à l'orphelinat, quelqu'un nous a vus ensemble au pique-nique du général, et il a décidé qu'il en avait assez. Clarence Alvington a consenti à m'épouser, sans doute en échange d'une dot importante, et lord Alvington a accepté de donner les voix de son district à Victor.

Saint s'écarta d'elle, la mine grave.

— Votre frère vous a donc livrée aux Alvington comme un vulgaire paquet. Vous a-t-on demandé votre avis, Evelyn ? Avez-vous eu votre mot à dire ?

— Non, évidemment. Mais j'ai bafoué les convenances. Je savais ce que je risquais.

— Vous acceptez donc ceci ?

Evelyn soupira.

— J'aurais préféré que vous ne veniez pas ici, Michael. Je ne veux pas épouser cet idiot, évidemment. Mais que puis-je faire d'autre ?

— Vous enfuir. Avec moi. Tout de suite.

Elle avait tant rêvé de l'entendre dire cela !

— Et ma famille ?

— Votre frère et votre mère vous ont vendue. Je vous interdis de vous soucier d'eux.

— Mais Saint, c'est ma famille. J'aurais tellement voulu me distinguer d'eux. Et si je brise la carrière de Victor, qu'est-ce que cela fera de moi ?

Il plissa les yeux.

— Cela vous mettra à égalité.

— Mais ce n'est pas ma philosophie, dit-elle en lissant les revers de son habit, incapable de résister à la tentation de le toucher.

Il captura sa main, pressant sa paume contre son torse.

— Je ne vous laisserai pas épouser Clarence Alvington, déclara-t-il d'un ton sombre qu'elle ne lui avait encore jamais entendu. Voilà ma philosophie.

Sous les doigts d'Evie, son cœur battait vite et fort.

— Croyez-moi, s'il y avait un moyen d'échapper à ce mariage, je l'emploierais. Mais je ne veux pas salir le nom de ma famille. Mon père était très fier de ce qu'il était, et je le suis aussi. Et j'ai beau avoir envie de le haïr, je sais que Victor est un homme bon, malgré ses erreurs.

— Et vos orphelins, alors ? répliqua-t-il en l'attirant plus près. Vous me les abandonneriez ?

— Vous saurez vous occuper d'eux, Saint, dit-elle tandis qu'une larme coulait sur sa joue – la première depuis que tout s'était écroulé. Je sais que vous avez bon cœur.

Il la relâcha si brusquement qu'elle chancela.

— Je n'ai pas de cœur, Evelyn. C'est pour cela que… j'ai besoin de vous. Partons ensemble, maintenant. Je vous offrirai tout ce que vous désirez, je vous emmènerai où vous voudrez, nous ouvrirons des orphelinats dans toute l'Europe si c'est ce que vous souhaitez. Mais restez avec moi.

Elle entendit la note de désespoir dans sa voix, de souffrance aussi.

— Michael, je ne peux pas, murmura-t-elle. Je vous en prie, comprenez-moi.

Saint regarda par la fenêtre un long moment, le dos si tendu qu'elle le vit trembler.

— Je comprends, dit-il finalement. Victor aura son siège au Parlement, les enfants auront quelqu'un pour veiller sur eux, et vous mènerez une vie malheureuse et sans aucun espoir.

— Ce n'est pas...

Il se retourna brusquement vers elle.

— Je veillerai aux deux premiers points. Mais je n'accepterai jamais, jamais, le troisième.

Il avança jusqu'à elle et l'embrassa, brutalement.

— Je vous reverrai ce soir.

— Michael, je ne v...

— Ce soir.

Il gagna la porte. Effrayée à l'idée qu'il puisse prendre des risques plus grands encore que ceux qu'il avait pris jusqu'ici, elle se précipita pour le devancer et plaqua son dos contre le battant. Elle aurait eu plus de chances de réussir si elle avait cherché à arrêter la charge d'un ours, mais il recula.

— Michael, regardez-moi.

Il consentit à lever les yeux vers elle.

— Promettez-moi de persévérer dans la voie que vous avez choisie. Que vous vous comporterez honorablement.

Le marquis de St Aubyn secoua la tête.

— Non., Evelyn. J'ai l'intention d'obtenir ce que *je* veux, même si vous avez baissé les bras.

Ayant prononcé ces mots, il se glissa hors de la chambre et referma sans bruit la porte derrière lui. Evelyn plaqua l'oreille au battant et guetta longtemps, mais il ne revint pas. Elle tourna lentement la clé, et la serrure cliqueta. Même s'il revenait ce soir, elle ne le ferait pas entrer. Sinon, elle n'aurait jamais la force de le laisser repartir.

— Je dois adresser un message à Wellington, annonça Saint en franchissant le seuil de sa maison.

— Je vais chercher Thomason, répondit Jansen en trottinant dans le couloir tandis que Saint grimpait à son bureau.

Il avait reçu une douzaine d'invitations – plus qu'il n'en recevait habituellement. Au bas de la pile, il trouva celle qu'il cherchait. Celle du bal des Dorchester.

Il prit une feuille de papier sur laquelle il griffonna brièvement un message adressé à Wellington : si Sa Grâce voulait bien lui faire l'immense faveur d'adresser une note à Victor Ruddick pour requérir la présence de celui-ci et de sa famille au bal des Dorchester, Saint offrirait au duc sa dernière caisse de cognac.

Dès que Thomason apparut, Saint lui remit le message et ordonna au valet d'attendre une réponse. Thomason fut de retour une demi-heure plus tard.

— Vous avez fait vite, commenta Saint. Qu'a-t-il répondu ?

Le messager recula d'un pas.

— Le... Sa grâce était absente, milord.

— Malédiction. Son majordome a-t-il indiqué où il serait possible de le trouver ?

— Oui, milord.

— Où cela ? siffla-t-il, presque à bout de patience.

— À Calais, milord.

— À Calais ? répéta-t-il. Calais, en France ?

— Oui, milord. En route pour Paris.

— Bien. Partez, Thomason.

Il ne pouvait donc pas compter sur Wellington. Inutile, par conséquent, d'espérer convaincre Prinny.

— Thomason ! le rappela-t-il.

Le valet et Jansen reparurent aussitôt.

— Quand Wellington est-il parti pour Calais ?

— Ce matin, milord, répondit Thomason.

Saint hocha la tête.

— Les journaux ne parleront donc pas de son départ avant demain matin. Bien. Je vais avoir besoin de huit voitures ce soir, dit-il en retournant s'asseoir à son bureau pour écrire un message. Non, disons plutôt dix, ajouta-t-il en relevant la tête. Je les veux ici à 19 heures.

— J'y veillerai, milord.

Saint replia la lettre et la scella en veillant à tordre le sceau dans la cire molle afin de le rendre méconnaissable. Il souffla dessus en se relevant, puis se rendit compte que Thomason portait la livrée rouge et noir de la famille St Aubyn.

— Vous irez trouver Pemberly avant de partir. La livrée des domestiques de Wellington est bien uniformément noire, n'est-ce pas ?

— Oui, milord.

— Je dois avoir cela dans ma garde-robe. Vous êtes à présent au service de Wellington et vous allez porter ce message à Ruddick House. N'attendez pas de réponse.

— Bien, milord.

— Je compte sur vous pour les convaincre que vous êtes au service de Wellington et que celui-ci est en ville. Autrement, rien de tout cela ne fonctionnera.

— Je comprends, milord, acquiesça le valet.

— Allez voir mon valet de chambre, à présent.

Une fois Thomason parti, il changea de manteau et ressortit. Le temps pressait, et il avait encore des courses à faire.

Quand on frappa à sa porte, Evelyn crut d'abord que Saint était revenu l'enlever. Elle n'aurait pas résisté. Elle n'aurait pas dû refuser son offre, tout à l'heure. Il avait raison. Ce n'était pas juste que tout le monde obtienne ce qu'il voulait sauf elle.

— Evie, ouvre cette porte ! tonna Victor.

Son espoir retomba.

— Jamais !

— Si je dois entrer ici par la...

— Si tu forces cette porte, tu seras ensuite obligé de m'enfermer à la cave.

Elle l'entendit étouffer un juron.

— Wellington a requis ta présence au bal des Dorchester, ce soir, dit-il au bout d'un moment.

— Je n'irai pas.

— Il te trouve charmante et veut danser avec toi. Tu *dois* venir, Evie. Et tu danseras aussi avec Clarence, nous ferons courir le bruit de vos fiançailles.

L'idée de sauter par la fenêtre lui parut soudain raisonnable. Alors qu'elle s'apprêtait à crier un nouveau refus, elle se souvint de ce que Saint avait dit. *Je vous reverrai ce soir*. Était-ce lui qui avait arrangé cela ? Après tout, il connaissait Wellington...

C'était un risque à courir. Au moins, si elle sortait, elle verrait ses amies et trouverait peut-être un moyen de se sortir de ce piège. Elle pourrait aussi demander à Lucinda de transmettre un message aux orphelins, pour qu'ils sachent qu'elle ne les avait pas oubliés.

— Je viendrai si tu m'autorises à voir mes amies, lança-t-elle.

— Tant que je serai près de toi, tu pourras voir qui bon te semblera, excepté St Aubyn.

Elle s'abstint de lui répondre. Il ne l'aurait pas crue, de toute façon.

Par défi, Evie choisit de porter le pendentif de Saint. Personne d'autre qu'eux ne connaissait sa signification, et elle se sentait plus forte parée de ce diamant.

Dès qu'elle arriva au bal, Lucinda fendit la foule pour la serrer dans ses bras.

— Evie ! s'écria-t-elle. Nous nous faisions du souci pour toi. Comment vas-tu ?

Evelyn sourit en voyant approcher Georgie et Dare.

— Je crains que ma sœur ne soit légèrement souffrante, répondit Victor à sa place. Trop d'excitation, je suppose.

— De l'excitation ? répéta Georgie en étreignant les mains de son amie. À quel propos ?

— L'annonce paraîtra dans le *Times* d'ici à un jour ou deux, mais Clarence Alvington a demandé Evie en mariage et elle a accepté.

Ses amies la dévisagèrent un instant.

— Je... Félicitations, Evie, bredouilla finalement Lucinda. Quelle surprise !

— En effet, renchérit Georgie. Il faut que tu annonces la nouvelle à ma tante ! dit-elle en gratifiant Victor d'un sourire qui n'atteignit pas ses yeux. La duchesse douairière de Wycliffe adore tout simplement votre sœur.

— Oui ! s'exclama Lucinda avec enthousiasme en prenant Evie par le bras. Viens, allons lui annoncer cela !

Le vicomte Dare se plaça entre les jeunes femmes et Victor, passant son bras autour des épaules de celui-ci.

— Ruddick, mon cher, vous ai-je déjà dit...

Victor se dégagea et reprit le bras d'Evie à Lucinda.

— Comme je l'ai dit, Evie est souffrante. Si nous sommes ici, c'est parce que Wellington a requis sa présence. Elle rentrera se coucher dès qu'ils se seront vus.

— Mais... protesta Georgiana en fronçant les sourcils.

— Je crains de devoir insister.

— Tout va bien, assura Evie, sentant poindre une querelle qui n'aurait rendu service à personne. Comme le dit Victor, je me sens un peu faible.

— Dans ce cas, nous viendrons te voir demain.

Son frère secoua la tête.

— Elle sera rétablie jeudi. Vous pourrez venir à ce moment-là.

Évidemment. Jeudi, l'annonce de ses fiançailles serait parue dans le *London Times*, et tout Londres serait au courant. Personne ne pourrait plus rien faire, alors.

— Ah, j'aperçois Clarence qui vient d'entrer, annonça soudain son frère. Il me semble que tu lui as promis cette danse, Evie.

Elle le considéra du coin de l'œil. S'attendait-il qu'elle tresse elle-même la corde pour se pendre, aussi ?

— Je ne sais pas. L'ai-je fait ?

— Mais oui, affirma-t-il sans vergogne avant de s'incliner devant ses amies. Si vous voulez bien nous excuser…

Elle le suivit à contrecœur et se décida à regarder dans la direction où s'était porté le regard de son frère.

— Je ne vois pas Clarence Alvington.

— Il sera là pour la valse. Je n'allais pas te laisser régaler tes amies de tes lamentations.

Evie soupira amèrement.

— Tu as déjà gagné, Victor. Dois-tu vraiment me voir malheureuse à chaque instant ?

— Tu ne m'as donné aucune raison de te faire confiance.

Elle aurait pu lui retourner le compliment.

— Je t'en prie, contente-toi de trouver Wellington, que tu puisses m'exhiber avec lui et que nous puissions rentrer.

— Je ne veux pas paraître trop empressé.

— S'il compte tellement pour toi, c'est peut-être toi qui devrais danser avec lui.

— Le sarcasme ne te sied pas, dit-il en plaçant la main d'Evelyn sur son bras. Mais voyons si nous pouvons trouver Wellington.

Après un quart d'heure de recherches et de questions discrètes, il devint évident que le duc n'assistait pas au bal. Evelyn put également constater que St Aubyn n'était pas là non plus. Son cœur se serra. Elle ne s'était pas attendue qu'il lui porte secours, mais le voir aurait signifié… quelque chose.

— Malédiction, maugréa Victor.

— On dirait qu'il t'a fait faux bond, railla Evie. Je ne peux que souhaiter que Clarence en fasse autant.

— Tais-toi. Nous resterons jusqu'à la valse, puis nous rentrerons et tu resteras enfermée dans ta chambre jusqu'à jeudi.

Evelyn tira sur son bras pour l'obliger à se tourner vers elle.

— Qu'y a-t-il ?

— As-tu seulement envisagé que je puisse dire non ? Ou faire un scandale au beau milieu de cette salle de bal ? Ou même clamer sur tous les toits que St Aubyn et moi sommes amants ? Quel effet crois-tu que cela aurait sur ta carrière ?

— Tu serais perdue de réputation, grinça-t-il, le regard dur.

— Oui. Complètement. Et, crois-le ou non, je préférerais l'être plutôt que d'épouser Clarence. Si j'ai gardé le silence, c'est uniquement parce que j'estime que tu feras un bon membre du Parlement et que le peuple d'Angleterre a besoin d'hommes comme toi.

— Faire des grâces ne t'avancera à rien, maintenant que tu as été prise sur le fait. Ce n'est pas moi qui ai batifolé avec St Aubyn, ni visité sans chaperon d'immondes orphelinats de Covent Garden.

Evie fut sur le point de répliquer mais, face au regard implacable de son frère, elle comprit qu'elle ne gagnerait pas. Il ne verrait jamais le mal qu'il lui faisait et le reconnaîtrait encore moins.

— Le marquis de St Aubyn, déclara-t-elle posément, mérite cent fois plus le nom de gentleman que Clarence Alvington. Tu as fait un choix lamentable.

Son frère eut un sourire sombre.

— Tu cherches à me convaincre que tu es devenue folle, n'est-ce pas ? Tiens, regarde, voilà Clarence. Danse avec lui, souris, après quoi nous rentrons.

Evelyn releva le menton.

— Figure-toi que je préfère encore la compagnie de cet idiot à la tienne.

Elle alla rejoindre Clarence et le regarda avec une sorte de détachement désespéré prendre sa main pour l'embrasser goulûment. Heureusement qu'elle portait des gants !

— Charmante, charmante mademoiselle Ruddick, roucoula-t-il en étreignant ses doigts.

— Monsieur Alvington. Je crois que nous sommes censés valser.

— Vous devez m'appeler Clarence.

— Je préfère m'en abstenir, répondit-elle, presque amusée par son expression interloquée.

Il était sans doute le moins chanceux du lot des conspirateurs. Les autres récolteraient le bénéfice de sa vente aux Alvington, alors que lui serait obligé de vivre avec elle.

Les premières mesures de la valse s'élevèrent, et il glissa une main au creux de sa taille. Ce contact la révulsa, lui rappelant le devoir qu'elle aurait envers lui une fois qu'ils seraient mariés. L'idée de partager avec lui ce qu'elle avait partagé avec Saint… Elle ferma les yeux et frissonna. Où était Michael ? Ne savait-il pas à quel point elle avait envie de le voir ? D'être au moins près de lui ?

Les portes de la salle de bal s'ouvrirent brusquement. Evelyn tourna la tête et vit, stupéfaite, des enfants entrer dans la salle. Dix, vingt et plus encore. Des enfants pauvrement habillés. Des orphelins. *Ses* orphelins.

Les invités qui se trouvaient aux abords des portes poussèrent des cris de terreur et s'écartèrent sur les côtés comme s'ils subissaient la charge d'un troupeau de bétail. L'orchestre s'interrompit sur une dernière note discordante, tandis que les danseurs se pétrifiaient sur la piste de danse.

— Juste Ciel ! souffla Clarence en pâlissant. C'est une révolte !

Il n'était pas le seul à penser que les classes inférieures fomentaient une révolution. Lady Halengrove s'évanouit, et la plupart des invités bousculèrent les valets pour gagner les portes-fenêtres donnant sur le jardin.

Evelyn, elle, garda les yeux rivés sur la haute silhouette sombre qui était apparue au milieu du chaos. Saint. Il tenait la petite Rose dans ses bras et semblait aussi serein que s'il était en train de faire des emplettes dans Bond Street.

Les enfants s'éparpillèrent soudain, sur un signal de Saint. Lord Alvington se retrouva coincé contre la table des rafraîchissements, tandis que Victor faisait connaissance avec Randall, Matthew et deux autres des garçons les plus âgés.

— Que faites-vous ? articula-t-elle silencieusement à l'intention de Saint, partagée entre l'embarras et l'amusement.

Il l'ignora cependant et se rapprocha de son frère.

— Bonsoir, Ruddick, claironna-t-il.

Le reste des invités s'apaisèrent, commençant à comprendre qu'ils n'étaient pas en danger immédiat. Evelyn avança, obligée de traîner Clarence, qui refusait de lâcher sa main.

— Que diable signifie ce cirque, St Aubyn ? gronda son frère par-dessus la tête de Randall. Je vous ai prévenu…

Saint tira quelque chose de sa poche.

— Tenez. Vous êtes désormais l'assistant du chancelier de l'Échiquier, dit-il en plaquant un parchemin contre le torse de Victor. Félicitations.

— Je…

Le marquis lui tourna le dos et revint vers Evie, dont le cœur se mit à battre follement. Il l'avait fait. Il avait devancé Alvington dans la course pour faire entrer Victor au gouvernement.

— Tenez, dit Saint en déposant la petite Rose dans les bras de Clarence.

— Êtes-vous mon papa ? lui demanda la fillette avec une telle précision qu'Evelyn sut que Saint lui avait fait répéter sa réplique.

— Je… Ô mon Dieu, je…

Saint se tourna vers Evie.

— Bonsoir, dit-il tranquillement.

— Bonsoir, souffla-t-elle.

— Puis-je ? demanda-t-il en prenant ses mains. Je vous ai amené vos enfants.

— Je vois cela.

— Ils ont besoin de vous.

Dans un coin de son esprit, Evie nota qu'un silence de mort s'était abattu sur la salle. Tout le monde pouvait entendre leur conversation, mais elle ne s'en souciait pas. Saint était venu et lui tenait les mains.

— Moi aussi, j'ai besoin de vous, poursuivit-il.

— Saint...

— Michael, souffla-t-il.

— Michael, comment avez-vous fait cela ?

Il sourit, de ce séduisant sourire qui la faisait chavirer.

— Vous m'avez inspiré. Je ferais n'importe quoi pour vous, pour que vous puissiez choisir librement votre destin.

Une larme qu'elle n'avait pas sentie se former roula sur sa joue.

— Merci. Du fond du cœur.

Michael prit une inspiration et, à sa grande stupéfaction, mit un genou à terre.

— Je vous ai menti, précédemment, déclara-t-il.

— Quoi ? demanda-t-elle, se sentant sur le point de défaillir.

— Je vous ai dit que je n'avais pas de cœur, poursuivit-il d'une voix qui tremblait un peu, en levant les yeux vers elle. J'en ai un, mais je l'ignorais avant de vous rencontrer. Vous êtes ma lumière. Mon âme a besoin de vous, et je vous aime de tout ce cœur que vous avez su éveiller en moi. Je... je pourrais vivre sans vous, mais je ne le veux pas. Voulez-vous m'épouser, Evelyn Marie ?

Les genoux d'Evelyn la trahirent, et elle s'affaissa contre lui, avant de passer les bras autour de ses épaules pour s'assurer qu'il n'allait pas disparaître.

— Je vous aime, murmura-t-elle contre sa joue. Je vous aime tellement. Vous m'avez tout donné.

— Seulement parce que vous m'avez montré comment faire, dit-il en étreignant ses bras pour la regarder bien en face. Épousez-moi.

— Oui. Je veux bien vous épouser, Michael.

Saint sourit de nouveau et glissa une main dans sa poche. Il en tira un petit écrin de velours qu'il ouvrit devant ses yeux, révélant une bague ornée d'un diamant serti dans un cœur d'argent étincelant. Saint prit la bague, la glissa à son doigt, se pencha vers elle et l'embrassa. Evelyn entendit les enfants pousser des cris de joie et sourit contre ses lèvres.

— Vous m'avez donné bien du fil à retordre, dit-elle une fois qu'il l'eut aidée à se remettre debout. Mais je reconnais que, ces derniers temps, je vois les débauchés d'un autre œil.

Saint avait gardé sa main dans la sienne, comme s'il répugnait à se séparer d'elle.

— Tant mieux. Parce que je ne suis pas certain de rester parfaitement convenable en ce qui vous concerne, ma chère.

Evelyn aperçut Georgiana, Dare et Lucinda qui applaudissaient à l'extrémité de la salle et se laissa aller contre la puissante épaule de Saint en riant.

— À ton tour ! articula-t-elle silencieusement à l'intention de Lucinda.

— Musique ! tonna Saint. Jouez-nous une valse !

Lady Dorchester, très pâle, plusieurs enfants agrippés à ses bras cherchant à attirer son attention, s'avança sur la piste de danse.

— Que signifie tout cela ? grinça-t-elle. Cette demande en mariage est bien jolie, mais ces enfants répugnants ne peuvent pas rester ici.

— Pourquoi pas ? répondit Saint en entraînant Evelyn dans la danse, serré bien plus près d'elle que ne le voulaient les convenances. Ils savent danser la valse.

Mille cœurs battirent gaiement ; et quand
La musique s'éleva voluptueusement,
De doux yeux lurent l'amour
dans des yeux animés d'une nouvelle étincelle,
Et tout finit aussi gaiement
que lorsque retentissent les cloches d'un mariage.

Lord Byron,
Le Pèlerinage du chevalier Harold,
chant troisième

11913

Composition
FACOMPO

Achevé d'imprimer en Italie
par GRAFICA VENETA
le 1er avril 2024

Dépôt légal : mai 2024
EAN 9782290399989
OTP L21EPSN002619-621565

ÉDITIONS J'AI LU
82, rue Saint-Lazare, 75009 Paris

Diffusion France et étranger : Flammarion